Tod auf Cabrera

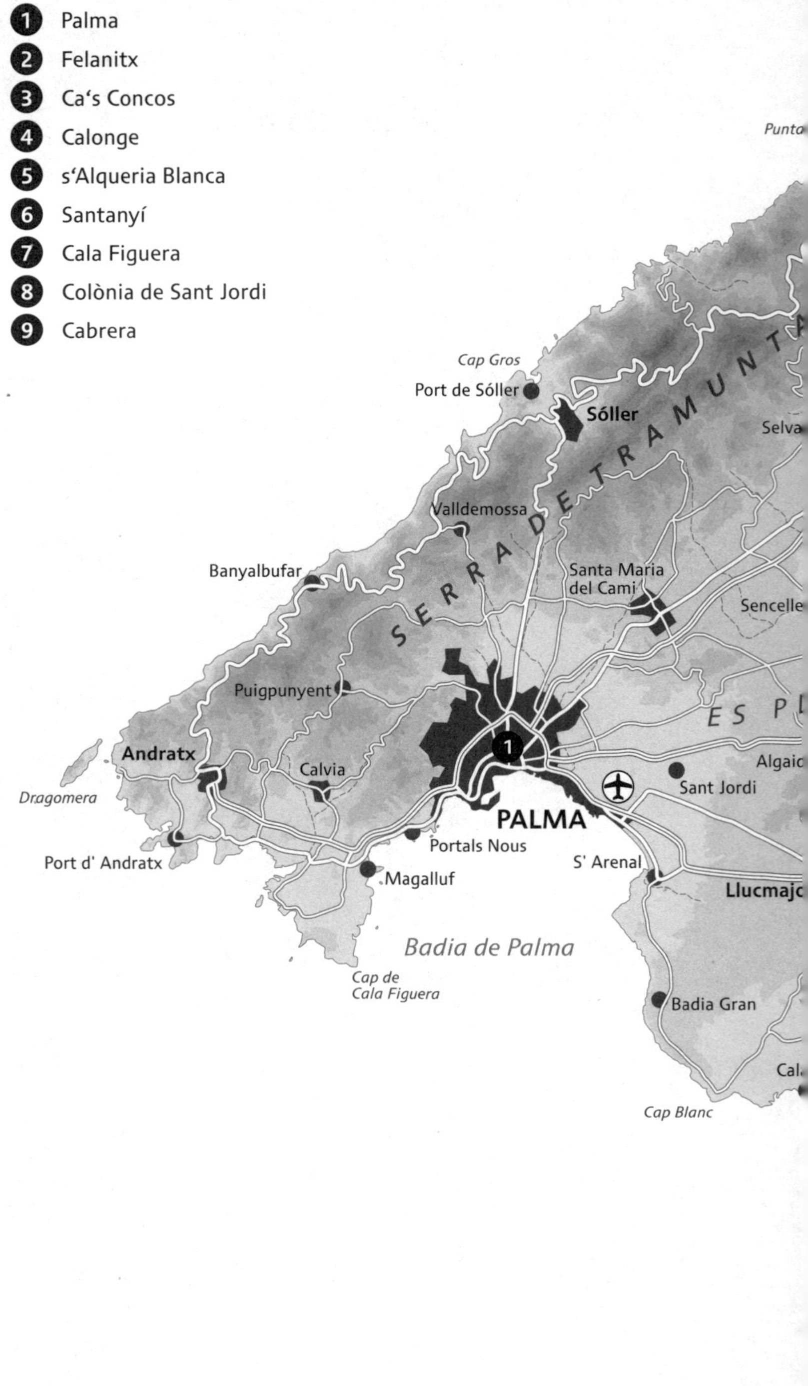

Kartographie: U. Beha

Cap de Formentor
Punta Galera
Cap des Pinar
Pollença
Alcúdia
Badia d' Alcúdia
Cap de Ferrutx
Cap del Freu
Can Picafort
Sa Pobla
Cala Ratjada
Artà
Muro
Santa Margalida
Llubi
Maria de la Salut
ANURA DEL CENTRO
Son Severa
Sineu
Cala Millor
Petra
Manacor
Es Cubells
Sant Joan
SERRA DE LLEVANT
Portocristo
Porreres
2
Felanitx
Portocolom
3
Campos del Port
4
s'Alqueria Blanca
5
Portopetro
Santanyi
6
7
Ses Salines
Cala Figuera
8
olònia de ant Jordi
Cap de Ses Salines
ra
9

Andreas Schnabel, geboren 1953 in Hamburg, ist ausgebildeter Rettungssanitäter, arbeitete früher als Hauptbrandmeister, Taxifahrer, Rundfunkreporter, RTL-Sportredakteur, Event- und TV-Regisseur, TV-Producer, Filmproduzent, Theater-Autor und heute, der Gesundheit wegen, als Briefträger in Frechen-Königsdorf. Er lebt in Pulheim bei Köln. Im Emons Verlag veröffentlichte er die Mallorca Krimis »Tod oder Finca« (2009), »Tod in Palma« (2010) und »Tod auf der Insel« (2011).
www.andreas-schnabel.com

ANDREAS SCHNABEL

Tod auf Cabrera

MALLORCA KRIMI

emons:

Bibliografische Information der Deutschen Nationalbibliothek
Die Deutsche Nationalbibliothek verzeichnet diese Publikation in der Deutschen Nationalbibliografie; detaillierte bibliografische Daten sind im Internet über http://dnb.d-nb.de abrufbar.

FSC
www.fsc.org
MIX
Papier aus verantwortungsvollen Quellen
FSC® C083411

Umschlaggestaltung: Tobias Doetsch, Berlin
Druck und Bindung: CPI – Clausen & Bosse, Leck
Printed in Germany 2012
ISBN 978-3-89705-974-0
Mallorca Krimi
Originalausgabe

Für Petra
mit einem ganz dicken »Danke«!

1

Im Zimmer 410 des Hotel Ritz in Barcelona lief die Klimaanlage auf vollen Touren. Dennoch hatten sowohl Gräfin Rosa als auch Michael Berger Probleme, wieder abzukühlen, obwohl sie keinen Fetzen Stoff am Leibe hatten. Beide rangen nach Luft, und es dauerte eine Weile, bis sie wieder in der Lage waren zu sprechen.

»Kinder, was ist hier nur los?« Die Gräfin richtete sich leicht auf, um ihr Wasserglas auf dem Nachttisch erreichen zu können. »Ich habe ja schon viel erlebt, aber so etwas noch nicht.« Sie griff nach Bergers Hand, hob sie an ihren Mund und küsste sie. Señor Residente, Sie sind ein Tier.«

»Moment mal«, widersprach er. »Wir haben inzwischen viermal versucht zu duschen. Und ginge es nach mir, dann hätten wir das auch getan.«

Sie machte eine entschuldigende Geste. »Ich weiß auch nicht, was in mich gefahren ist. Wie Sie da so nackt unter der Dusche standen, das war einfach erregend.«

»Natürlich war es erregend. Haben Sie sich schon mal nackt unter der Dusche gesehen?«

Sie trank einen Schluck Wasser. »Nein, aber ich weiß, dass ich nie wieder etwas anderes machen möchte, als mit Ihnen zu duschen.«

»Durchlaucht.« Berger wirkte erschöpft. »Wir tun seit zwei Tagen nichts anders, als übereinander herzufallen. Ich bin Mitte fünfzig und Sie sind Mitte vierzig. Meinen Sie nicht, wir sollten wenigstens versuchen, ein bisschen kürzerzutreten?«

»Sicher, in unserem Alter tut man so etwas nicht mehr. Vor allem nicht mit Lügnern.«

»Wieso bin ich ein Lügner?«

»Wir kannten uns kaum zehn Minuten, da haben Sie mir gesagt, dass Sie ein schlechter Liebhaber seien.«

»Was soll ich machen? Ich bin seit Tagen der raffiniertesten Liebhaberin ausgeliefert, die ich mir nur vorstellen kann.« Er schaute an sich herunter und stellte mit Besorgnis fest, dass sich bei ihm schon wieder etwas regte.

Sie leckte sich genüsslich ihre Lippen. »Haben wir noch etwas Nutella?«

»Das ist schon seit gestern alle.«

»Egal.« Sie richtete sich auf, um sich lächelnd über ihn zu beugen. »Es wird auch ohne gehen.«

Das Telefon klingelte. Beide schauten entgeistert auf den Nachttisch. Das Klingeln schien immer lauter zu werden. Schließlich drehte die Gräfin sich zur Seite und griff nach dem Hörer.

»Sí?«

»Señora von Zastrow?«, fragte eine freundliche Stimme.

»Sí.«

»Mein Name ist Monseñor Grünstädter von der Diözese Barcelona, dürfte ich Sie mit Bischof Crasaghi verbinden?«

Die Gräfin war sichtlich irritiert. »Gern.«

Berger richtete sich auf. »Wer stört?«, fragte er.

»Irgendein Bischof will mich sprechen.«

»Ein richtiger Kirchenbischof?«

»Scheint so.« Sie horchte konzentriert.

»Meine Herren, die sind aber auf Trab.« Er streichelte ihren Rücken. »Da treiben es zwei verliebte Menschen ein paar Tage lang, ohne verheiratet zu sein, und schon bekommt der Klerus Wind davon. Reife Leistung. Dagegen waren die Jungs von der Stasi blutige Anfänger.« Seine Hand wanderte abwärts. Kichernd versuchte Rosa durch kokettes Wackeln mit dem Po, die liebkosende Hand abzuschütteln, die rutschte dadurch aber nur zwischen ihre Schenkel. Eine Woge der Wollust durchströmte ihren Körper. In diesem Augenblick meldete sich der Bischof.

»Guten Tag, Frau Gräfin, es freut mich, dass Sie Zeit für mich haben.«

»Oh mein Gott«, stöhnte sie in den Hörer.

Es entstand eine kurze Pause. »Nicht ganz, Frau Gräfin, ich bin nur einer von seinem Bodenpersonal. Mein Name ist Crasaghi, Bischof Crasaghi.«

Sie gab ein Schnurren von sich.

»Störe ich?«, fragte Crasaghi hörbar irritiert.

Rosa war nur noch von der Hand ihres Residente erfüllt. »Nicht doch, Herr Bischof.« Ihre Stimme war etwas gepresst, da eine neue Woge der Lust ihren Körper schüttelte.

»Ich habe dennoch das Gefühl, ungelegen zu kommen.«

»Nein, Exzellenz, Sie nicht.« Rosa versuchte mit aller Kraft, ihrer Stimme etwas Geschäftliches zu geben. »Ich werde in etwa einer Stunde zurückrufen, dann ist das Meeting beendet, denke ich.« Mit letzter Kraft knallte sie den Hörer aufs Telefon, drehte sich auf den Rücken und nahm Berger fest zwischen ihre Beine. »So, Señor Residente. Jetzt will ich auch noch den letzten Rest von dem haben, was Sie in der Lage sind zu geben, und dann ist Schluss für heute. Ich denke mal, es gibt Arbeit für uns.«

»Ach«, kam es gespielt verzweifelt von ihm, »und was ist das hier?«

Sie lächelte breit. »Nennen wir es Dienstsport.«

»Dienstsport?«, protestierte er. »Das ist harte Arbeit, was ich hier mache.«

»Harte Arbeit«, gurrte sie lächelnd. »Stimmt, ich spüre es.«

***

Mira Katzev und Fatma Haifaz, beide bildschön und braun gebrannt, waren im Jachthafen von Sa Ràpita damit beschäftigt, ihr Motorboot der Marke Zodiac klarzumachen. Für Laien war nur schwer erkennbar, dass das Boot nicht ganz der originalen Bauweise entsprach. Der Ruderstand hatte keine senkrechten oder waagerechten Kanten und Flächen, und selbst der Außenbordmotor hatte ein Gehäuse, das an die neueste sogenannte Stealth-Technik erinnerte. Außerdem verfügte das Boot über einen ziemlich langen, flachen Notmast und ein ziemlich großes, sonderbar gewölbtes und zudem nicht reflektierendes Spezialsegel, das zusammengerollt am Bug lag. Auf den ersten Blick sah es aber aus, als handele es sich bei dem Segel um eine Persenning. Sie beluden das Boot mit zwei kompletten Taucherausrüstungen, jeder Menge Proviant und zwei ziemlich unförmigen Seesäcken. Nachdem sie alles festgezurrt hatten, machten sich die beiden Frauen auf den Weg. Da das mit einem starren Boden ausgerüstete Schlauchboot über eine vorschriftsmäßige Beleuchtung verfügte, machte sich der Hafenmeister keine weiteren Gedanken darüber, dass so spät noch ein Sportboot den schützenden Hafen verließ. Er wunderte sich nur, dass die beiden »flotten Käfer«, wie er sie insgeheim nannte, sich peinlich genau an die Geschwindigkeitsbegrenzung in der Hafeneinfahrt hielten.

Als sie die letzte Hafenbetonnung passierten, gab Mira Vollgas und lenkte das Boot in Richtung Südosten aufs offene Meer hinaus.

***

In der Empfangshalle des Hotels herrschte reger Betrieb. Trotz der Tatsache, dass Berger und die Gräfin endlich geduscht hatten und sich eigentlich frisch fühlten, war ihr Gang leicht unsicher. Die Kleidung an ihren Körpern fühlte sich nach dem zweitägigen kräftezehrenden Bettaufenthalt ausgesprochen ungewohnt an.

»Ich fürchte«, flüsterte Rosa panisch, »er wird uns an der Nasenspitze ansehen, was wir beide hinter uns haben.«

Berger schüttelte den Kopf. »Woher soll das ausgerechnet ein Bischof wissen? Noch dazu ein päpstlicher Nuntius.«

»Der war ja schließlich auch mal jung.«

»Ja, aber wenn er heute Bischof ist, dann ist das hundert Jahre her.« Er blickte suchend um sich.

Sie entdeckten den Kirchenmann zur selben Zeit und glaubten, ihren Augen nicht trauen zu können.

»Wollen die von ›Verstehen Sie Spaß?‹ uns mit George Clooney verarschen, oder haben Seine Exzellenz eine Schönheits-OP genossen?«, entfuhr es Berger. »Nicht dass Sie mir auf Ihre alten Tage noch fromm werden, liebste Gräfin.«

»Da machen Sie sich mal keine Sorgen, mein Lieber. Die wirklich schönen Männer sind alle entweder schwul oder Arschlöcher.«

Sie näherten sich dem Kirchenmann. »Vorsicht«, raunte Berger ihr zu. »Der hat etwas von beidem.«

Rosa warf ihm einen tadelnden Blick zu. »Exzellenz«, sagte sie.

Crasaghi sprang förmlich aus seinem Sessel heraus. »Gräfin Rosa, ich freue mich, Sie kennenlernen zu dürfen.« Er nahm ihre ausgestreckte Hand und umfasste sie mit beiden Händen, während Rosa Anstalten machte, sich zu einem Handkuss niederzuknien. »Aber nicht doch, Durchlaucht, ich bitte Sie. Ich bin es, der vor so viel Schönheit niederknien müsste.«

Kinder, ist das ein Schleimbolzen, dachte Berger und setzte ein Lächeln auf, das jedem chinesischen Triaden-Boss zur Ehre gereicht hätte, und auch seine finsteren Gedanken über diesen Schönling standen dem in nichts nach.

»Es ist mir eine Ehre, Exzellenz«, log er, ohne mit der Wimper zu zucken, als auch seine Hand von denen des Bischofs umspannt und geschüttelt wurde.

Der gut einen Meter neunzig große, gertenschlanke Mann zeigte einladend auf die beiden leeren Sessel, die dem gegenüber standen, aus dem er sich gerade erhoben hatte. Sie setzten sich. Crasaghi klopfte voller Spannung mit beiden Händen auf die ledernen Lehnen und lächelte Rosa geradezu enthusiastisch an. »Seine Heiligkeit, der Papst, sagte einmal, dass es nichts Strahlenderes gibt als das Antlitz einer schönen Frau, die geliebt wird.«

Rosa bekam einen knallroten Kopf.

»Die Haushaltsnonnen des Papstes sehen aber auch ganz nett aus«, bemerkte Berger trocken.

Wie auf Knopfdruck wich die gute Laune des Bischofs. »War das eine verbale Attacke auf unser Kirchenoberhaupt?« Sein Blick bekam etwas Eiskaltes. »Die Liebe Jesu, die wir Gläubigen erfahren, ist noch sehr viel tiefer als die, die Sie zu empfangen in der Lage sind, mein Freund.«

Berger grinste ihn frech an. »Dafür sind die Orgasmen, die wir Heiden genießen dürfen, geradezu himmlisch, Herr Bischof.«

Bevor sich die beiden an die Gurgel gehen konnten, versuchte Rosa, die Situation zu entschärfen. »Exzellenz, was können wir für Sie tun?«

»Die Großherzogin, von der ich Ihnen auf diesem Wege die besten Grüße übermitteln soll, hat Sie mir wärmstens als professionelle und diskrete Dienstleister empfohlen.«

Rosa nickte. »Und wobei können wir Ihnen behilflich sein?«

Der Bischof vergewisserte sich durch kurze Blicke in alle Richtungen, dass ihnen niemand zuhören konnte. Er beugte sich zu ihnen. »Ich beabsichtige, einige Tage Urlaub auf Mallorca zu machen. Tauchurlaub, um genau zu sein. Dazu benötige ich Sie, oder besser gesagt: Ihre Erfahrungen als Skipper.« Sein Blick ruhte auf Berger.

Der Residente wurde hellhörig. »Wie lange?«

»Ich denke mal, eine Woche bis maximal zehn Tage.«

»Ich bin aber teuer. Tausend Euro pro Tag zuzüglich Mehrwertsteuer.«

Crasaghi nickte wenig beeindruckt. »Sagen wir zweitausend pro Tag cash, und Sie halten mir sämtliche Paparazzi vom Leibe.«

Die Gräfin schaute nachdenklich. »Es gibt so viele Tauchstationen und kommerzielle Anbieter von Tauchfahrten mit dafür ausgerüsteten Schiffen. Warum fällt Ihre Wahl ausgerechnet auf uns?«

»Nur Sie können die von mir angestrebte Diskretion auch garantieren.«

»Wer lässt sich schon gern dabei fotografieren, wie er Unsummen von Kirchensteuern auf den Kopf haut, gell?« Berger lächelte ihn freundlich an.

»Ich komme aus einer sehr wohlhabenden Familie, Señor Berger. Sie können versichert sein, dass ich keinen einzigen Kirchenpfennig für meine privaten Belange ausgeben werde.«

Rosa nickte. »Okay, wir sind im Geschäft. Ab wann?«

»Das ist der Haken an der Sache.« Crasaghi spitzte die Lippen. »Ich bräuchte Sie sofort.«

»Wie, sofort?«

»Der Flieger wartet bereits mit laufenden Triebwerken auf der Rollbahn.«

»Moment«, protestierte Berger. »So schnell geht das nicht. Selbst wenn wir heute zurückfliegen würden, bräuchte ich mindestens zwei Tage, um alles für so einen langen Törn vorzubereiten und zu besorgen.«

Der Bischof schüttelte den Kopf. »Verzeihen Sie, wenn ich Ihnen widerspreche, Skipper, aber im Hafen von Cala Figuera wartet bereits ein voll beladener Lkw auf uns. Die Llaut wird beladen, während wir noch in der Luft sind.«

Berger fühlte sich überrumpelt, fand aber auf die Schnelle keinen plausiblen Einwand. »Dann soll es eben so sein.« Er schaute Rosa an. »Wir sollten uns besser auf die Strümpfe machen und unsere Sachen packen.« Sie nickten dem Bischof freundlich zu und erhoben sich.

»Ich möchte nicht voreilig wirken, aber ich habe bereits veranlasst, dass Ihre Koffer gepackt werden. Sie sind schon im Wagen.«

Die beiden staunten den Bischof an wie zwei ungläubige Kinder.

»Ich bin mir nicht sicher, ob das, was wir in unserem Zimmer haben, für fremde Augen bestimmt war«, sagte Berger gedehnt.

»Seien Sie versichert, dass dabei absolut diskret vorgegangen wurde.«

Gräfin Rosa wusste nicht, ob sie den Bischof für seine Forschheit bewundern oder ob seines Übergriffs sauer sein sollte. »Und was hätten Sie gemacht, Exzellenz, wenn wir uns nicht einig geworden wären?«

Er lächelte sie freundlich an. »Dann hätten Sie in zehn Minuten in ihren Zimmern alles wieder so vorgefunden, wie es war, als Sie es verlassen haben. Die katholische Kirche, Durchlaucht, mag mit Sicherheit viele Laien beschäftigen, doch hin und wieder trifft man in unseren Reihen auch auf Profis.«

Kaum eine halbe Stunde später erreichten sie in einer schwarzen Dienstlimousine, von einem jungen Priester chauffiert, den nahe gelegenen internationalen Flughafen »El Prat«. Zu ihrem großen Erstaunen fuhr der Wagen, von sämtlichen Kontrollen völlig unbehelligt, direkt auf das Rollfeld. Wie von Geisterhand öffneten sich auf dem Weg dorthin alle Barrieren. Nach einer kurzen Fahrt an den großen Verkehrsmaschinen vorbei kamen sie neben einem weißen Learjet 60 XR zum Stehen. Auf dessen Außenwand prangte das Wappen des Vatikans.

»Das ist doch mal ein nettes Vögelchen«, kam es von Berger. »Um so etwas anzuschaffen, muss es ganz gewaltig im Kollektenbeutel geklingelt haben. Was meinen Sie, Exzellenz, wie viele Bedürftige könnte man mit so einem Ding hier aus der Scheiße ziehen?«

»Keinen einzigen«, erwiderte Crasaghi gelangweilt. »Was wollen die mit einem Flugzeug unter ihrer Brücke?«

Berger schaute missmutig drein. Mit so einer gekonnten Retourkutsche hatte er nicht gerechnet.

Gräfin Rosa tätschelte ihm beruhigend die Schulter. »Nun bleiben Sie hübsch geschmeidig, Residente. Lassen Sie uns nach Hause fliegen und unseren Job machen. Es hat Sie schon unangenehmer erwischt, als einen Tauchgast für zwei Mille am Tag ein bisschen über die See zu schippern.«

Sie bestiegen das Flugzeug. Wo sie auch hinschauten, sie sahen nur puren Luxus. »Gottes Sohn reichte ein Eselchen zum Reisen«, sagte Berger. »Sind Sie sicher, Exzellenz, dass diese Art der Fortbewegung für Vertreter der Kirche angemessen ist?«

»Ja, Señor Residente. Wenn Gott diesen Luxus nicht gewollt hätte, so würde er ihn uns nicht zuteilwerden lassen. Außerdem können Eselchen nicht fliegen.«

***

Die Dämmerung hatte eingesetzt. Das Schlauchboot befand sich inzwischen dreißig Seemeilen in südwestlicher Richtung vom Cap de Ses Salines, dem südlichsten Zipfel Mallorcas. Mira schaltete in den Leerlauf und stellte den Motor aus. Wortlos begannen die beiden Frauen, einen rautenförmigen Segelmast aus Karbon aufzustellen und mit dem Boot zu verdrahten. Danach wurde der ebenfalls rautenförmige Karbonsegelbaum am Mast eingeklinkt. Fatma zog die beiden Holzschwerter aus dem Seesack und schob sie in seitlich am Rumpf befestigte Halterungen. Gemeinsam befestigten sie das hölzerne Segelruder am Heck. Obwohl das kleine Boot auf den Wellen des Mittelmeeres wie eine stark schwankende Nussschale wirkte, behielten die beiden Frauen einen sicheren Stand. Sie waren zweifelsohne erfahrene Seefahrerinnen.

Fatma schaute auf die Uhr. »Kurz vor neun. Du solltest ein Lebenszeichen von uns absetzen. Vielleicht gibt es auch Neuigkeiten.«

Mira, die erheblich Ältere von beiden, nickte und holte ein kleines Satellitentelefon aus einem wasserdichten Fach an der Seite des kleinen Ruderstandes, während Fatma das Spezialsegel anbrachte und es aufzog. Das Boot drehte sich in den Wind.

»Hallo, Basis? Im Morgengrauen wird die Katze vor dem Mauseloch eintreffen. Habt ihr weiteres Futter?« Die Antwort schien negativ auszufallen. Missmutig klappte sie nach kurzem Zuhören die Antenne des Telefons ein. »Nichts Neues.« Sie schaute sich um. »Lass uns segeln. Wenn der Wind nicht auffrischt, werden wir erst knapp vor dem Morgengrauen eintreffen.«

Sie nahmen Fahrt auf.

»Hast du inzwischen eine Ahnung, wonach wir suchen?«, fragte Fama nach einer Weile.

Mira schüttelte den Kopf. »Nein, wir werden es erst erfahren, wenn wir da sind.«

»Das ist doch Scheiße.«

»Das habe ich denen auch schon gesagt, aber genutzt hat es nichts. Morgen werden wir klüger sein.«

»Und das ist Oberscheiße.«

»Auch wenn du es noch so oft wiederholst und der Haufen immer größer wird, davon wird es mit Sicherheit nicht besser.«

***

Sie hatten die notwendige Reiseflughöhe erreicht. Berger streichelte anerkennend mit der Hand über das Leder seines Sitzes. »Das ist aber ein ganz feiner Zwirn. Aus dem Material könnte ich mir noch nicht einmal einen Tanga leisten.«

Der Bischof lächelte verschmitzt. »Es kann sich halt nicht jeder erlauben, einen Tanga zu tragen.«

Gräfin Rosa lachte lauthals los. »Tja, mein Lieber, ich denke mal, dass Sie für die nächsten Tage einen würdigen Gegner gefunden haben.«

»Ja, das könnte spaßig werden.« Berger streichelte erneut über das weiche Leder. »Aber jetzt mal im Ernst, Exzellenz, es heißt immer, der Papst sei eigentlich bettelarm, da ihm absolut nichts gehöre. Also, wenn ich mich so umsehe, dann könnte mir diese Art von Armut auch gefallen.«

»Dieser Jet gehört der Kirche. Meine Familie war so frei, ihn ihr zu schenken«, antwortete Crasaghi.

»Aha, und als Gegenleistung dürfen sie ihn ab und zu auch selbst benutzen.«

»Richtig. Die Betriebskosten muss ich aber selbst übernehmen.«

»Was nicht unerheblich sein dürfte.«

»Leider.« Der Bischof zuckte mit den Schultern. »Ich muss allerdings zugeben, dass ich auf diese Weise auch Vorteile genieße, die für kein Geld der Welt zu kaufen wären.«

Gräfin Rosa wurde neugierig. »Und was für Vorteile wären das?«

»Zum Beispiel der Umstand, dass wir unter der Flagge des Vatikans fliegen. So dürfen wir jederzeit auf jedem Flughafen unserer Wahl landen.«

»Selbst auf dem mallorquinischen? Der ist doch immer völlig überlastet.«

»Selbst auf dem Aeroport de Son Sant Joan«, erwiderte der Bischof, »und das zu jeder Tages- und Nachtzeit. Damit wir bequem landen können, wird der eine oder andere Charterflieger wohl eine Extrarunde drehen müssen.«

Berger schüttelte den Kopf. »So einfach geht das, schau mal einer an. Aber warum landen wir nicht auf Son Bonet? Diese Kiste gilt doch als Privatflugzeug, oder?«

»Ja, aber Son Bonet ist nur für Propellerflugzeuge und Hubschrauber ausgelegt. Außerdem hat der Flugplatz keine Befeuerung, sodass wir nur tagsüber und nur bei guter Sicht landen könnten.«

»Son Bonet? Wo liegt denn das?«, fragte Rosa.

»Das ist der alte Flughafen von Mallorca«, erklärte Berger. »Den gibt es schon seit 1920. Von dort aus wurden im Spanischen Bürgerkrieg die Bombenangriffe der Italiener auf Barcelona und Valencia geflogen. 1960 wurden dann Sant Joan gebaut.«

»Na, dann ist es wohl nur eine Frage der Zeit, wann das Ding eingestampft wird, wenn da nur kleine Propellerflugzeuge landen können.«

»Absolut nicht. Viele Touristen kommen mit eigenen Flugzeugen. Außerdem ist Son Bonet der Stützpunktflughafen der Polizeihubschrauber und Löschflugzeuge. Die haben weit über zehntausend Landungen im Jahr.«

Crasaghi nickte Berger zu. »Wie ich sehe, wurde mir mit Ihnen ein Kenner dieser Insel empfohlen. Ich hoffe nur, dass Sie sich auf See genauso gut auskennen.«

Die Maschine setzte zur Landung an.

»Was denn«, kam es erstaunt von der Gräfin, »wir fliegen doch erst seit einer Viertelstunde.«

»Das hier ist ein Learjet, der braucht für die knapp dreihundert Kilometer nur eine halbe Stunde.«

Berger schaute aus dem Fenster. Eben noch hatte die nächtliche See pechschwarz unter ihnen gelegen, doch nun sah man in der Entfernung die ersten Lichter der Insel. Ganz deutlich war das Blinken des Leuchtturms vom Cap de Formentor zu erkennen.

Crasaghi wirkte plötzlich nachdenklich. »Durchlaucht, die Großherzogin war so voll des Lobes über Sie und Ihren Residente, dass ich mich frage, in welchem Verhältnis Sie zu ihr stehen.«

»Die Großherzogin zu Schleswig-Holstein-Gottorf ist meine Mutter, meine Tante, meine allerbeste Freundin, meine Beraterin, mein Vorbild und meine persönliche letzte Instanz in allen wichtigen Fragen. Oder, einfach gesagt, meine Tante Auguste.«

Crasaghi schaute sie ratlos an. »Entschuldigung, aber die Mutter und die Tante bekomme ich nicht unter einen Hut.«

»Zumal sie biologisch gesehen nichts von beidem ist«, warf Berger ein. »Dennoch besteht zwischen den beiden eine immer fester werdende Nabelschnur. So wie auch zwischen Rosa und Anatol.«

»Dann ist Anatol Ihr Vater?« Crasaghi hatte etwas Mühe zu folgen.

Berger grinste. »Nein, er ist Tantchens Butler.«

»Aber sagten Sie nicht gerade, es bestehe eine Nabel–«

»Nein, sie springt ihm zur Begrüßung nur um den Hals und drückt dem armen Mann vor lauter Liebe die Luft ab. Aber das liegt daran, dass Anatol die einzige Instanz ist, von der Rosas Tantchen einen – wenn auch zarten – Widerspruch duldet.«

Crasaghi schaute abwechselnd von Berger zur Gräfin. »Wir sprechen doch von dem ebenfalls reichlich in die Tage gekommenen Diener der Großherzogin?«

Mit größtem Vergnügen malte sich Berger aus, was in dem Mann vorging. Er warf Rosa einen belustigten Blick zu. »Vielleicht sollten wir die moralischen Qualen, die dieses sakrale Hirn momentan zermartern, lieber beenden. Ja, die beiden haben etwas miteinander.«

»Moment«, protestierte die Gräfin. »So einfach kann man das nun auch wieder nicht sagen.«

Berger lenkte ein. »Okay, er ist nicht ihr offizieller Lover, die neunzigsten Geburtstage der Großherzogin werden aber schon zusammen gefeiert.«

»So alt ist sie doch noch gar nicht«, wandte Crasaghi verwirrt ein.

»Nein, aber gelegentlich gibt es ein ›Dinner for One‹ – inklusive Tigerfell.«

Jetzt musste sogar der Bischof herzlich lachen. »Dann lassen Sie sie in Gottes Namen feiern. Solange ich dabei nicht den Mister Pommeroy geben muss, soll mich das nichts angehen.« Er schmunzelte noch immer, als er den Blick auf Rosa richtete und hinzufügte: »Wo wir schon beim Thema sind: Sie wissen, dass die Großherzogin ihr Vermögen gern einem männlichen Erben hinterlassen würde?«

»Dafür scheint es ein wenig spät, finden Sie nicht?«, kam es vom lachenden Berger. »Aber die Hoffnung stirbt zuletzt.« Er kicherte albern.

Rosa jedoch wurde hellhörig. »Wenn ich Ihre Worte richtig interpretiere, hat sie schon jemanden im Auge.«

Berger lachte weiter. »Und wer soll das bitte sein? Doch wohl kaum ein kleiner Großherzog Anatol zu Schleswig-Holstein-Gottorf.«

Nun machte die Unterhaltung zur Abwechslung mal Crasaghi einen diebischen Spaß. »So ein seltsamer Expolizist aus Bonn ist in der engeren Wahl«, sagte er lächelnd.

Auch die Gräfin verfolgte mit Vergnügen, was sich in dem völlig entgeisterten Gesicht ihres Freundes abspielte. Zuerst blickte der Residente den Bischof an, als würde er den Sinn seiner Worte überhaupt nicht verstehen, dann kam ein leicht debiler Gesichtsausdruck hinzu, der von Bergers bleichem, wächsernem Teint noch unterstützt wurde. Darauf folgte die wundersame Metamorphose vom Idioten zum Racheengel, dem – Rosa glaubte sie in diesem Augenblick wirklich sehen zu können – leichte Rauchwölkchen der Wut aus der Nase stoben.

»Na, so was.« Crasaghi sonnte sich in Bergers Überraschung. »Da scheine ich jemanden auf dem völlig falschen Fuß erwischt zu haben. Hat die Großherzogin denn noch nicht über ihren Adoptionsplan mit Ihnen gesprochen?«

Gräfin Rosa winkte ab. »Über solche Nebensächlichkeiten pflegt mein Tantchen keinerlei Worte zu verlieren. Das wird einfach so gemacht, wie sie sich das vorstellt, und damit basta.«

Crasaghi lachte herzlich. »Nicht einmal die Betroffenen werden eingeweiht?«

»Wozu? Die zicken ja doch nur rum, wenn sie es zu früh erfahren.« Sie zeigte amüsiert auf Berger. »Schauen Sie sich Seine Königliche Hoheit in spe doch mal an. Diese Bürde hat ihm glatt die herzögliche Petersilie verhagelt.«

Berger drehte sich beleidigt zum Fenster. »Ihr könnt den Erbprinzen alle mal kreuzweise.«

Bischof Crasaghi schaute eine Weile vergnüglich die ebenfalls grinsende Gräfin an und beugte sich dann zu ihr vor. »Durchlaucht, entschuldigen Sie die indiskrete Frage: Als ich Sie vorhin anrief, in was für einem Meeting waren Sie da? Ich hoffe sehr, dass Ihnen durch meine Einmischung kein Geschäft vermasselt wurde.«

Sie errötete etwas. »Es war nichts Geschäftliches, Exzellenz. Mir wurde lediglich eine sehr private Audienz gewährt.«

Eine knappe Stunde später betraten sie in Santanyí Bergers geliebte Bar »Sa Seu«. Ein lang gezogenes *»Uep, bon dia«* ließ ihn aufhorchen. Die Stimme kannte er doch? Genau so hörte sich der frühere Betreiber der Bar, Bergers Freund Bernardo, an. Er schaute sich um, und da standen sie sogar beide, Bernardo und seine Frau Maria, und lächelten um die Wette.

Berger benötigte einen Moment, bis er die Fassung wiederhatte. »Maria, Bernardo, was machen Sie denn hier?«

»Unsere Pächter wollten nicht mehr, und wir wollten unbedingt zurück, also sind wir wieder hier, seit zwei Tagen.«

Berger stürmte mit ausgebreiteten Armen hinter den Tresen und umarmte erst Maria und dann Bernardo. »Das ist ja wunderbar! Willkommen! Und was ist mit Ihrer Tochter Maria Antonia?«

»Alle sind wieder da, auch Maria Antonia mit ihrer ganzen Familie«, sagte Bernardo stolz.«

»Sagen Sie bloß, Sie haben schon …« Ohne den Satz zu vervollständigen, rannte Berger auf die Plaça und schaute nach. Tatsächlich, da stand auf der Markise wieder der so von ihm geliebte Schriftzug »Bar Sa Plaça«. »Ach je, ist das schön«, stammelte er. »Es ist endlich wieder alles beim Alten.«

Er stürmte in die Bar zurück, in der Rosa und der Bischof noch immer vor dem Tresen standen und auf ihn warteten.

»Es tut mir so leid, Bernardo, dass ich vergessen habe, Ihnen meine Chefin und, wie soll ich sagen, meine Gräfin vorzustellen.« Er zeigte voller Stolz auf Rosa. »Dies, meine Lieben, ist Gräfin Rosa von Zastrow. Und das ist«, er wies auf Crasaghi, »Seine Exzellenz Bischof Crasaghi aus Rom.«

Maria war ganz hingerissen, einen echten Bischof in ihrer Bar zu wissen, und dazu noch einen, der so gut aussah. Beide kamen hinter dem Tresen hervor, gingen in die Knie und gaben Crasaghi seinem kirchlichen Rang entsprechend einen Kuss auf seinen Ring. Erst danach wurde die Gräfin begrüßt, dafür aber sehr viel herzlicher als der Kirchenmann.

»Ich habe schon so viel von Ihnen gehört«, sagte Maria aufgeregt und schloss Rosa ganz gegen die mallorquinische, das heißt sehr zurückhaltende Art in die Arme.

Bernardo zeigte, als er sie begrüßte, auf seine Frau. »Das ist *meine* Chefin. Und ich habe sie sogar geheiratet. Von dem Tag an hatte ich dann gar nichts mehr zu sagen.«

Alles lachte herzlich. Wer den Mann kannte, wusste, dass es wirklich so war, doch niemand fand etwas dabei. So war es eben auf Mallorca.

Nur Minuten später standen unaufgefordert drei dampfende Cortados vor ihnen. Berger roch daran. »Und nun darf ich Ihnen, Condesa, und auch Ihnen, Exzellenz, den mit Sicherheit besten Cortado vorstellen, den es in der westlichen Hemisphäre überhaupt gibt.« Alle drei rührten bedächtig den Zucker in ihren Milchespresso und tranken den ersten Schluck. »Kinder, ist der gut«, kam es von Berger. »Nun wissen Sie, warum diese kleine Pause einfach sein musste.«

Nach zwei weiteren Cortados und einer kurzen Autofahrt erreichten sie Bergers Bootshaus in Cala Figuera. Der war hin- und hergerissen. Einerseits war er froh, dass er wegen eines so lukrativen Auftrags nur einen Urlaubstag hatte abhängen müssen, andererseits bedauerte er, nicht länger mit seiner Traumfrau allein sein zu können. In Anwesenheit dieses Bischofs hatte er sogar Hemmungen, die Gräfin einfach nur mal so in den Arm zu nehmen. Er schloss die schwere Holztür auf. »Wo ist denn der von Ihnen angekündigte Lkw?«

Der Bischof schaute sich um. »Die werden das Boot schon beladen haben.«

Berger schaute zu seiner Llaut, die, von einer Persenning bedeckt, friedlich im Wasser dümpelte.

»Nee, Exzellenz, da war keiner dran. Das würde ich auf den ersten Blick sehen.«

»Natürlich war da keiner dran. Sie haben das Boot beladen, mit dem wir rausfahren werden. Habe ich etwa vergessen zu erwähnen, dass ich Sie nur als Skipper angeheuert habe?«

Berger blickte erstaunt auf. »Das haben Sie.« Er hielt die Tür auf und ließ die Gräfin und Crasaghi ein. »Und es lässt die ganze Aktion in einem völlig anderen Licht erscheinen.«

»Schön locker bleiben, Señor«, beschied ihn Crasaghi gelassen. »Schließlich habe ich Sie bisher noch nicht enttäuscht.«

»Das stimmt«, konterte Berger, »nur fürchte ich, wenn ich Ihr Geschenk für den Papst in Rechnung ziehe, dass Sie die ›Queen Mary 2‹ gechartert haben.«

Crasaghi lächelte ihn an. »Nicht alles, was möglich wäre, macht auch Sinn, Señor. Ich habe für unsere gemeinsame Zeit auf See eine funkelnagelneue Llaut 38 gechartert. Elfeinhalb Meter lang, knappe vier Meter breit, vier Kabinen, Flying Bridge, zwei Yanmar-Dieselmotoren mit je vierhundertvierzehn PS. Trotz der relativ großen Verdrängung macht sie gute zwanzig Knoten.«

Berger war sichtlich beeindruckt. »Bei so viel Detailkenntnis scheinen Sie ein Fachmann zu sein, wozu brauchen Sie dann noch mich?«

»Tja, also«, druckste Crasaghi herum. Er war augenscheinlich verlegen. »Ein Fachmann bin ich, ehrlich gesagt, nicht. Um etwas vor Ihnen anzugeben, habe ich den Quatsch auswendig gelernt.«

»Mit dieser Beichte haben Sie mich bisher allerdings am meisten beeindruckt. Jedenfalls mehr, als wenn Sie Benedikt einen Airbus 380 geschenkt hätten. Wo liegt das Boot?«

»Es ist, so war es jedenfalls vereinbart, an der Hafenmole neben dem Leuchtfeuer vertäut. Sollen wir kurz hingehen?«

»Gern.« Berger sah die völlig übermüdete Gräfin an. »Kommen Sie mit?«

Rosa winkte ab. »Seien Sie mir bitte nicht böse, aber ich werde mich vom Chauffeur Seiner Exzellenz nach Hause bringen lassen und Sie dafür zum Frühstück mit frischen Brötchen beglücken.«

»Das ist sehr aufmerksam«, sagte Crasaghi, »aber dann werden wir schon auf See sein. Spätestens um acht Uhr legen wir ab.«

»Können Sie mir denn schon Ihr erstes Ziel nennen?«

»Ja, natürlich. Wir werden uns rund um Cabrera aufhalten. Das soll ein faszinierendes Tauchgebiet sein.«

»Gut, dann werde ich morgen mit dem Boot des Residente auf

einen Besuch nachkommen.« Sie gab Berger einen kurzen Kuss und zog von dannen.

Er sah ihr lächelnd nach. »Mein Gott, was für eine tolle Frau.«

Crasaghi schien Bergers Gefühle nachempfinden zu können. »Vergessen Sie bitte nie, dass Gott es war, der Sie zusammenführte. Ich hoffe inständig, Sie werden ihm eine Chance geben, diese Verbindung eines Tages zu segnen.«

Berger nickte. »Vielleicht sogar das, wir werden sehen. Aber was Cabrera betrifft, da hätten Sie mich lieber zuerst fragen sollen. Leider ist das ganze Gebiet bis auf eine Bucht für Taucher und Boote gesperrt. Aber das macht Sinn. Die Insel ist ein Naturschutzgebiet, sowohl über als auch unter Wasser. Wenn da jeder Hinz und Kunz tauchen oder ankern dürfte, dann sähe das Mittelmeer in kürzester Zeit so aus wie ein Rastplatz auf der A2 in den Sommerferien.«

»Sie sollten mich inzwischen besser kennen, Señor Residente. Selbstverständlich hat der Erzbischof von Valencia für mich eine Sondergenehmigung erwirkt.«

»Was hat der denn damit zu tun?«

»Das Bistum Mallorca ist als Suffraganbistum dem Erzbischof von Valencia, Seiner Exzellenz Carlos Osoro Sierra, unterstellt.«

»Und damit können Sie tauchen, wo Sie wollen?«

»Nicht nur tauchen. Wir dürfen auch überall anlegen, solange wir nicht ankern.«

Bergers Augen leuchteten vor Freude. »Na dann, Exzellenz, dann wollen wir mal. So wollte ich Cabrera schon immer mal erforschen. Ich hoffe nur, ich muss vorher nicht zur Beichte.«

»Müssen Sie nicht. Es würde Ihnen aber guttun«, konterte Crasaghi.

»Wenn, dann jedenfalls nicht bei Ihnen.« Berger lächelte ihn freundlich an. »Dafür sind Sie mir eindeutig zu neugierig.«

***

Um fünf Uhr dreißig morgens hatten die beiden Frauen mit ihrem Spezialboot die Südspitze Cabreras erreicht. Die letzten dreihundert Meter legten sie paddelnd zurück. Sie waren froh darüber, dass sie von dem modernen Radarsystem der Spanier nicht erfasst wurden, sonst wären sie schon längst von der Küstenwache aufgebracht worden. Das Ufer der Insel war jetzt, im Morgengrauen, bereits mit bloßem Auge zu erkennen. Mira zeigte auf eine kleine Landzunge. »Das dahinten könnte was für uns sein.«

Sie paddelten um die Felsformation herum und fanden eine Stelle, die für ihre Zwecke perfekt war. Die Form der Felsen bildete so etwas wie einen kleinen Hafen. Sie waren zu hoch, um an Land zu gehen, doch die Brandung hatte das Gestein weit genug über dem Meeresspiegel ausgehöhlt, sodass es bei normalem Seegang ungefährlich war, sich unter diesem Felsdach zu verstecken. Hier waren sie vor der Sonne geschützt und konnten sich beruhigt zum Schlafen ins Boot legen.

»Wann bekommen wir denn nun endlich Nachricht, was wir hier überhaupt sollen?«

»Für neunhundert ist eine SMS angekündigt. Mehr kann ich dir auch nicht sagen.«

»Hör mal, Mira, du hast doch schon mehrere Missionen durchgeführt?«

Mira nickte.

»Machen die immer so ein Bohei darum, wie wir unsere Instruktionen bekommen?«

Mira schaute Fatma verständnislos an. »Du hast doch gewusst, dass du nicht bei der Heilsarmee anheuerst, sondern beim Mossad.«

»Schon, aber bei dieser Nummer habe ich das Gefühl, dass nicht einmal der darüber Bescheid weiß, was wir hier machen.«

»Kann schon sein«, kam es abweisend zurück. »Aber der Marschbefehl kam von unserem direkten Vorgesetzten, da gibt es kein Wenn und Aber.«

»Ich weiß.« Fatma nickte nachdenklich und schwieg eine Weile. »Aber nehmen wir mal an, der fängt plötzlich an zu spinnen und befiehlt uns eigenmächtig etwas, über das der Mossad gar nicht Bescheid weiß. Zum Beispiel, Putin umzubringen.«

»Dann machen wir, ohne darüber nachzudenken, aus Ljudmila Alexandrowna Putina eine steinreiche Witwe. Wo ist das Problem?«

»Wir könnten nicht überprüfen, ob unsere Regierung das überhaupt wollte.«

»Sollten wir so einen Einsatz überhaupt überleben, würden wir es nach einer Weile daran merken, dass man uns austauscht.«

»Und wenn nicht?«

»Dann werden wir am Leben bleiben, solange die Wärter unserer Körper nicht überdrüssig werden.«

Fatma sah sie traurig an. »Und wenn wir doch irgendwann freikommen?«

»Glaub mir, Schwester, dann willst du nicht mehr leben.«

2

Bischof Crasaghi hatte die Nacht auf dem Boot verbracht, während Berger es vorgezogen hatte, in seiner Wohnung in Santanyí zu schlafen, schon allein, um sein Reisegepäck neu zu sortieren. Dort hatte er alles, was er persönlich für einen einwöchigen Seeaufenthalt benötigte. Nun stand er, pünktlich um sieben Uhr morgens, mit seinem fertig gepackten Seesack neben dem kleinen Hafenleuchtfeuer von Cala Figuera und staunte erneut über die Llaut, die der Bischof gechartert hatte. Sie war ein Traum von einem Boot.

Kinder, dachte Berger, wenn man mit dem Ding auf See kreuzt, hüpfen einem die Fische sicher vor lauter Ehrfurcht und Neugier von allein an Deck.

Crasaghi kam gut gelaunt und frisch rasiert aus dem Ruderhaus. Er hatte seine Soutane gegen T-Shirt und Jeans eingetauscht.

»Bitte an Bord kommen zu dürfen«, rief Berger.

Crasaghi pfiff eine Tonfolge mit den Lippen und brüllte durch den ganzen Hafen: »Achtung, Kapitän kommt an Bord!«

Der Residente schulterte seinen Seesack und enterte mit geübten Schritten seinen neuen Arbeitsplatz. »Exzellenz, ich danke Ihnen für diese Begrüßung, aber ich erbitte für die Folgezeit einen etwas weniger förmlichen Umgang.«

»Aye, aye, Käpt'n. Dann bitte ich Sie im Gegenzug darum, hier an Bord auf meine kirchlichen Titel zu verzichten.«

»Und wie soll ich Sie anreden?«

»Wie wäre es mit meinem Namen, Daniele?«

»Gern. Ich höre auf Michael.«

Sie schüttelten einander kurz die Hände.

»Darf ich Ihnen Ihr Boot zeigen?«

Berger nickte und trat ins Ruderhaus ein.

»Señor Michael, ich denke, ich muss gar nicht viel sagen. An Ihren glänzenden Augen erkenne ich, dass Ihnen die technische Ausstattung zusagt.«

Berger nickte. »Das kann man wohl sagen. GPS-Sender, Navigationscomputer, digitaler Hochleistungsseefunk, Sonar, Radar und von allem nur das Modernste und das Beste.« Mit Entzücken stellte er fest, dass das Boot sogar über Bug- und Heckstrahlruder verfügte. Alles war auch noch miteinander kompatibel, sodass die Llaut selbst bei stärkster Strömung über Autopilot und GPS exakt ihren Standort halten konnte. Und mit den beiden dicken Maschinen machte sie auch mit der Topspeed richtig was her. Berger schwebte auf einer nautischen rosa Wolke. »Tja, Daniele, ich muss zugeben, dass mein kleiner Pott gegen diesen Kahn hier in allen Belangen abstinkt. Was kostet so ein Daimler der Meere?«

»Bei dem hier sind Sie mit gut und gern dreihunderttausend Euro dabei. In Bezug auf die Innenausstattung ginge es aber noch erheblich edler.«

Berger blickte bedient. »Sollte ich einmal Papst werden, dann möchte ich kein Flugzeug, sondern ein Schiff von Ihnen. Ließe sich das machen?«

»Wenn es so weit ist, können wir gern die Einzelheiten besprechen.«

Eine halbe Stunde später liefen sie aus. Berger stand am Steuer und nahm zunächst Kurs auf die Nordspitze Cabreras. Danach sollte die Fahrt an der Westseite entlang zur Südküste des Naturschutzgebietes gehen. Für die rund fünfundzwanzig Seemeilen in südwestlicher Richtung zum ersten Etappenziel würden sie circa neunzig Minuten benötigen, genug Zeit also, um die Seele etwas baumeln zu lassen. Ohne Soutane sah Seine Exzellenz aus wie ein Model, das jederzeit auch für Boxershorts Reklame machen könnte. Er hatte alles von einem Modellathleten, aber nichts von einem normalen Bischof. Crasaghi war in Deutsch und in Spanisch sattelfest, und wie Berger mit einem Ohr mithören konnte, parlierte er an seinem iPhone gerade in akzentfreiem Englisch. Gestern im Auto hatte er ihn mit dem Chauffeur von der Diözese sogar Lateinisch reden hören. Alles was er tat, das machte er perfekt. Für Bergers Empfinden zu perfekt. Die Gräfin würde ihm jetzt so etwas wie Eifersucht unterstellen. Er musste gestehen, sie täte es mit Recht.

***

Die beiden israelischen Frauen hatten sich nur wenig Schlaf gegönnt, dementsprechend missmutig kauten sie an ihren Müsliriegeln. Um Punkt neun Uhr piepte das Satellitenhandy.

»Wir sollen auf der Südseite der Insel nach einer alten U-Boot-Einfahrt unterhalb der Wasserlinie aus dem Zweiten Weltkrieg suchen und das dazugehörige Tunnelsystem mit allen Lagerstätten erkunden«, sagte Mira, nachdem sie die Nachricht gelesen hatte.

»Und was wird da gelagert?«

»Darüber steht hier nichts.«

»Mit anderen Worten: Wir durchsuchen einen Heuhaufen, in dem sich etwas befinden könnte. Es könnte auch eine Nadel sein.«

»Besser hätte ich es auch nicht beschreiben können.«

Fatma überlegte. »Wie habe ich mir so eine alte U-Boot-Einfahrt vorzustellen?«

»Ein unter Wasser liegendes Loch, so groß, dass ein U-Boot durchpasst. Oben, unten, links und rechts jeweils eine Sonarschallquelle, durch die das Tor einwandfrei geortet werden kann.«

»Und was erwartet uns dahinter?«

»Eine große Halle, in der ein U-Boot auftauchen und ent- oder beladen werden kann.«

»Moment«, ließ Fatma nicht locker. »So eine Riesenhöhle kann doch nach dem Zweiten Weltkrieg nicht einfach in Vergessenheit geraten sein. Da würden sie doch täglich zehntausend Touristen durchschleusen.«

»Vielleicht ist sie nicht ganz so groß. Man kann ja mit einem U-Boot auch davor halten und muss nicht hineinfahren. Wir werden sehen, was uns erwartet. Lass uns loslegen.«

Nur wenig später begannen sie mit ihrem ersten Tauchgang. Verzückt schauten sie sich in dem Felsenparadies voller seltener Korallen und Pflanzen um. So einen Fischreichtum hatten sie sich im Mittelmeer nicht annähernd vorstellen können.

Nach einer Dreiviertelstunde waren die ersten Sauerstoffflaschen aufgebraucht. Sie hatten die östliche Seite von Cabreras Südkante systematisch abgesucht.

»Herrje«, sagte Fatma verzweifelt, nachdem sie aufgetaucht war und das Mundstück zur Seite geschoben hatte, »da sind ja so viele

Grotten unter Wasser. Um die alle richtig gründlich zu untersuchen, bräuchten wir Jahre.«

»Es war aber keine dabei, die einem U-Boot ausreichend Platz bieten könnte.« Mira hatte etwas Mühe, wieder zu Atem zu kommen. Mit letzter Kraft zog sie sich ins Zodiac. »Wir sollten es auf der Westseite probieren. Dort sind zwei Buchten, die groß genug wären, dass dort so ein Tor sein könnte.«

Fatma schüttelte den Kopf. »Das sind gut zwei Kilometer. Sollen wir da nicht lieber mit dem Boot hinfahren?«

Mira schaute sie mit hochgezogenen Augenbrauen an. »Wer von uns beiden ist denn die mit der Seal-Ausbildung?«

»Und wer von uns beiden pfeift jetzt schon auf dem letzten Loch?«, konterte Fatma. Sie zog sich erheblich geschmeidiger ins Boot als ihre Kollegin. »Dennoch sollten wir gleich noch mal rein und die nächste kleine Bucht hinter der Landzunge überprüfen.«

»Und was denkst du da zu finden? Sie ist zu klein für ein größeres Schiff.«

»Sie ist aber zu groß, um sie außer Acht zu lassen.«

Dem konnte Mira nichts entgegensetzen. Als sich ihr Atem wieder etwas beruhigt hatte, wechselten sie die Druckluftflaschen aus und machten sich zu ihrem zweiten Tauchgang auf. In etwa zehn Metern Tiefe umrundeten sie den Felsvorsprung. In der nächsten Bucht bildete ein vorgelagertes Riff eine kleine Insel. Zwischen den Küstenfelsen und dem Riff hatte sich ein kleiner Kanal gebildet, in dem eine recht starke Strömung herrschte, wenn die Brandung hoch genug war. Mira machte ein Zeichen, dass sie diesen Kanal durchtauchen wollte. Fatma folgte ihr. Als sie das Riff halb umtaucht hatten, hielten sie vor Schreck abrupt inne. Vor ihnen im Wasser waberten im zurzeit seichten Sog der Strömung drei Leichen. Zwei Männer und eine Frau. An jeweils einem ihrer Beine hing ein Tau, das mit einem großen Gewicht verbunden war. Ihre Leiber waren durch Verwesungsgase stark aufgedunsen. In ihren kompletten Taucherausrüstungen bildeten sie ein groteskes Unterwasserballett.

Fatma bedeutete Mira, kurz aufzutauchen.

»Bei Allah, was ist da passiert? Welcher Wahnsinnige hat dieses grauenhafte Puppentheater eingerichtet?«, fragte sie japsend.

»Lass sie uns losschneiden, damit sie wegtreiben. Wenn wir in ihrer Nähe erwischt werden, sind wir sonst noch des Mordes verdächtig. Und das können wir gerade wirklich nicht brauchen. Lass uns mit ihnen in die Hauptströmung schwimmen. Die nimmt sie dann mit bis nach Es Trenc. Wenn sie in ein paar Tagen dort an Land treiben, sind wir aus der Schusslinie.«

Fatma nickte, und kurz entschlossen tauchten sie wieder ab. Mit ihren scharfen Tauchermessern war es kein großes Problem, die Taue zu durchtrennen. Fatma hielt mit einer Hand die Leine der Frau, mit der anderen die eines der Männer. Mira hatte den zweiten Mann im Schlepptau. Sie schwammen zur offenen See hinaus und tauchten, drei völlig irrsinnig aussehende Halloween-Ballons hinter sich herziehend, in rund siebzehn Metern Tiefe circa zweihundert Meter weit südlich, bis sie über einen Atollrand hinaus waren. Dort fiel der felsige Boden abrupt in Tiefen von weit über einhundert Meter. Schlagartig wurde das Wasser kälter, und die beiden Frauen hatten Mühe, ihre makabere Fracht zu halten, so stark wurde die Strömung. Auf ein Zeichen von Mira hin ließen sie die Leichen los. Wie Hampelmänner auf Drogen wirkten die drei, als sie mit grotesken Verrenkungen in Richtung Wasseroberfläche stiegen. Ohne aufzutauchen, kehrten die beiden Frauen zu ihrem Schlauchboot zurück.

***

Um dem Bischof die reizvolle Lage von Cabrera anschaulich zu machen, hatte sich Berger dazu entschlossen, den für die Großschifffahrt gesperrten Kanal zwischen Mallorca und dem Naturschutzgebiet zu umfahren. Eigentlich wurde jedes Schiff, das lange genug in dieser Meerenge fuhr, irgendwann von Delphinen begleitet. Selbst für Berger, der das auf seinem eigenen Boot schon oft erlebt hatte, war es immer wieder ein beeindruckendes Schauspiel. Noch war allerdings keins der Tiere in Sicht. Crasaghi stand am Bug der Llaut und schaute sich die Nordspitze Cabreras aufmerksam durch ein Fernglas an.

Als Bergers Handy klingelte, warf er einen kurzen Blick auf das Display und hob es lächelnd an sein Ohr. »Guten Morgen, Lieblingsgräfin. Ich wünsche, wohl geruht zu haben.«

»Guten Morgen, Lieblingsmatrose«, schnurrte sie. »Ich hatte seit gut und gerne zwölf Stunden keinen Orgasmus mehr. Ich beginne, mich zu langweilen.«

»Eijeijei …« Berger stöhnte auf. »Wenn Durchlaucht nur davon reden, beginnt sich bei mir schon etwas zu regen – was mir das Betätigen eines Schiffsruders anatomisch nahezu unmöglich macht. Ich wäre Ihnen darum dankbar, wenn jetzt eine etwas neutralere Botschaft folgen würde.«

»Soll ich ein Schreiben vom Finanzamt erfinden, nur damit Señor Erbherzog keine Erektion mehr hat?«

»Was heißt hier ›Erbherzog‹? Noch weiß ich offiziell gar nichts darüber, und bevor es so weit ist, sollte mich das liebe Tantchen überhaupt einmal gefragt haben, ob ich das will.«

»Wozu?«, fragte Rosa gelangweilt. »Um eine Absage auszuschließen, fragt Tantchen niemals.«

»Nun gut, darüber diskutieren wir später. Gibt's was Neues?«

»Nein. Ich wollte nur wissen, wo Sie sind, damit ich heute Nachmittag mit Ihrem Boot nachkommen kann.«

»Wir schippern dann vermutlich irgendwo an der Südwestseite Cabreras herum. Bei der Größe dieses Kahns dürften wir nicht zu übersehen sein. Sie sollten aber noch mal Sprit bunkern. Am besten in Colonia Sant Jordi, da war er heute Morgen drei Cent billiger. Den Wassertank habe ich frisch desinfiziert. Der lag jetzt eine Woche trocken. Den müssten Sie darum bitte auch auffüllen.«

»Okay, dann werde ich Sie vorerst mal wieder Ihrem Schicksal überlassen, bis nachher.«

»Bis nachher«, flötete Berger. »Ich freu mich.«

»Was ich Ihnen übrigens schon gestern sagen wollte.« Rosa stockte die Stimme, doch dann nahm sie allen Mut zusammen. »Ich liebe Sie.«

Bevor Berger etwas erwidern konnte, beendete sie schnell das Gespräch.

Sein Herz glühte auf und zersprang fast vor Verlangen nach ihr. Er benötigte einige Minuten, bis er sich wieder im Griff hatte.

»Na, da haben sich der Herr Residente aber ganz hübsch was eingebrockt«, raunte er vor sich hin. »Ich bezweifle, dass Sie aus diesem Schlamassel jemals wieder rauskommen, Señor.« Er beugte sich etwas nach links, um sein Gesicht im Bootsrückspiegel betrachten zu können, und lächelte sich selbst zu. »Aber will ich das überhaupt?«

Crasaghi betrat das Ruderhaus. »Mit wem unterhalten Sie sich denn da?«

»Mit mir«, entgegnete Berger trocken.

»Haben Sie dabei etwas Neues erfahren?«

»Ja.«

»Und was, wenn ich fragen darf?«

Berger lächelte ihn an. »Dürfen Sie nicht.«

»Auch gut.« Crasaghi grinste. »Wann werden wir die Südwestspitze der Insel erreichen?«

»Keine Ahnung, ich kenne dieses Schiff und die Strömungen auf dieser Seite noch nicht so gut. Ich schätze mal, in einer Stunde.« Berger schaute aus dem Seitenfenster und nickte zufrieden. »Na also, da sind ja die Gäste, die ich Ihnen gern zeigen wollte.« Er wies auf eine rund zehnköpfige Delphinschule, die sich von Steuerbord her immer näher auf sie zubewegte.«

»Was ist das für ein herrliches Spektakel.« Hin und weg von dem Anblick betrat der Bischof das Deck hinter dem Steuerhaus und konnte sich an diesem Naturschauspiel gar nicht sattsehen.

***

»Kann mir mal jemand sagen, in was wir da hineingeraten sind?« Mira schnaufte vernehmlich.

Fatma schaute sie verständnislos an. »Wieso sind wir irgendwo hineingeraten?«

»Na, glaubst du vielleicht, dass das für Cabrera normal ist, drei Mordopfer beim Baden zu erwischen?«

»Meinst du denn, dass sie ermordet worden sind?«

»Ich kann mir kaum vorstellen, dass das ein normales mallorquinisches Bestattungsritual für Sporttaucher ist.«

»Aber ich habe keine äußerlichen Verletzungen gesehen.«

»Wir haben die drei ja auch gar nicht darauf untersucht. Die Frau schien mir von der Hautverfärbung her aber noch nicht ganz so lange tot zu sein wie die beiden Männer.« Mira schälte sich nachdenklich aus ihrer Tarierweste. »Ich weiß nur eines genau, wir sollten uns verdammt vorsehen, dass uns hier niemand entdeckt. Ich habe absolut keinen Bock darauf, demnächst ebenfalls an Gewichten auf dem Meeresgrund zu baumeln.«

»Ich auch nicht«, erwiderte Fatma. »Wir sollten aber sicherheitshalber einen Bericht darüber anfertigen und wegschicken. Falls es irgendwelche politischen Verwicklungen geben sollte, sind wir so aus dem Schneider. Wenn die Toten wirklich ermordet wurden, können wir leicht in Verdacht geraten, daran beteiligt gewesen zu sein.«

»Hoffentlich treiben sie weit genug weg, damit wir weiterhin unsere Ruhe haben. Wir sollten sicherheitshalber das Tarnnetz an den Felsen anbringen und uns auch einmal an Land umsehen. Den dreien war jemand nicht sehr freundlich gesinnt, und ich habe das dumme Gefühl, dass auch wir nicht sicher sind, wenn man uns hier entdeckt.«

***

Von den Delphinen begleitet, fuhr die gecharterte Llaut in südlicher Richtung querab zu Cabreras Westküste.

»Señor Residente, können Sie mir etwas zu diesem phantastischen Fleckchen Erde erzählen?«

»Ein wenig schon«, sagte Berger, »denn es hat wirklich eine bewegte Geschichte. Der Cabrera-Archipel besteht aus dieser Hauptinsel und siebzehn weiteren kleinen Inselchen, die aber so klein sind, dass nicht einmal alle einen Namen haben. Sie alle hingen irgendwann geologisch mit Mallorca zusammen, bis sie vor rund fünfzehntausend Jahren durch ein Erdbeben abgetrennt wurden. Was vor Christi Geburt mit und auf Cabrera geschah, ist nicht so bekannt, da die Chronisten eigentlich erst mit den Römern diese Inselgruppe entdeckten. Die Phönizier und die Karthager waren aber wohl schon vor unserer Zeitrechnung hier. Die Legende besagt, dass der große Hannibal hier geboren wurde. Sicher ist, dass Cabrera vom ersten bis zum sechsten Jahrhundert nicht nur ein römischer Ziegenbunker, sondern von den Römern auch richtig besiedelt war.«

»Ziegenbunker?«

»Ja, die römischen Seefahrer haben hier Ziegen ausgewildert, damit sie sich ungehemmt vermehren konnten. Immer wenn ein römisches Handelsschiff anlegte, haben die sich ein paar Viecher abgegriffen, damit sie wieder was auf der Stulle hatten.«

»Cabrera war damals also eine Art antikes Drive-in?«

»Kann man sagen.«

»Die Römer, die hier fünfhundert Jahre lang lebten, waren demnach für die Ziegen zuständig?«

»Nee. Cabrera war auch die römische Viagra-Küche. Für ihre Orgien hatten die Herren Senatoren nicht genug Tinte auf dem Füller, und so mussten Aphrodisiaka en gros eingeführt werden.«

»Neben den Ziegen haben die Römer also eine Art Viagra-Plantage aufgezogen?«, fragte Crasaghi amüsiert.

»Nein, die haben die Wunderpillen aus Fischsedimenten hergestellt. Archäologen haben das anhand irgendwelcher Tontopfscherben nachweisen können.«

»Wer oder was kam nach den Römern?«

»Im neunten Jahrhundert folgten die Araber, die Cabrera auf dem Weg zum spanischen Festland ebenfalls als Raststätte nutzten. Und was den Römern und Arabern recht war, war den Piraten des Mittelmeeres nur billig. Man ist sich relativ sicher, dass in irgendeiner Höhle oder Grotte, und von denen gibt es auf Cabrera Tausende, noch die eine oder andere Schatztruhe auf ihre Wiederentdeckung wartet.«

»Ist das der Grund, warum die Insel von den spanischen Behörden so besonders geschützt wird?«

»Auch«, bestätigte Berger. »Könnten die Schatzjäger und Touristen auf dieser Insel tun, was und wie sie wollen, wäre in den vergangenen dreißig Jahren kein Stein auf dem anderen geblieben. Cabrera wäre eine Wüste – oder noch schlimmer: ein Spielkasino. Franco hat die Insel bereits im Zweiten Weltkrieg wegen ihrer strategischen Bedeutung zum militärischen Sperrgebiet erklärt. Das war aus meiner Sicht so ziemlich das Einzige, was der alte Knabe wirklich gut gemacht hat.«

Crasaghi kratzte sich am Kinn. »Aber zwischen den Piraten und Franco muss doch noch etwas gewesen sein?«

»Oh ja. In der Zeit der Krone Aragons, so im 14. Jahrhundert, wurde Cabrera militärisch befestigt. Zum Schutz vor Piraten und anderen Besatzern wurde über der Hauptbucht der Insel, man nennt sie Es Puerto, eine Burg errichtet. Somit war der einzige schiffbare Naturhafen gesichert.«

»Aber auch die Franzosen sollen mal hier gewesen sein. Da gibt es sogar ein Denkmal, oder nicht?«

»Richtig, aber das waren keine Besatzer, sondern irgendetwas zwischen neun- und zwölftausend napoleonischen Kriegsgefangenen. Die Zahlen schwanken heftig. Die Spanier hatten diese armen Teufel während der Unabhängigkeitskriege bei der Schlacht von Bailén hopsgenommen und auf Cabrera interniert. Das in Frankreich immer noch kursierende Gerücht, dass es auf Mallorca nur schlechte Hotels geben soll, stammt aus dieser Zeit. Zwischen drei- und fünftausend Soldaten der Grande Armée haben die Zwangsferien nämlich nicht überlebt. Man hat die armen Schweine einfach sich selbst überlassen und nach ein paar Jahren nachgeschaut, wie viele noch lebten. Für die Opfer dieser Untat ist das Denkmal errichtet worden. Während des Ersten Weltkrieges haben die Spanier dann eine Garnison errichtet, die es neben zwanzig ›Zivilinsulanern‹ noch heute gibt, die aber nur aus ein paar Mann besteht. Sicher wird es Sie interessieren, dass Cabrera außerdem eine Zeit lang ein Kloster beherbergt hat.«

»Sieh an«, kam es vom erstaunten Crasaghi. »Das habe ich gar nicht gewusst.«

»Kein Wunder. Das waren Mönche, die sich von der katholischen Kirche losgesagt hatten. Richtig viel Spaß hatten die aber wohl nicht miteinander, denn irgendwann sollen die völlig verblödet und nackt am Strand herumgetanzt sein.«

Crasaghi lachte laut auf. »Die Geschichte kenne ich auch, nur dass das in L'Arenal war und heute Ballermann heißt«, erklärte er. »Aber sagen Sie mal, was für eine Rolle hat Cabrera eigentlich im Zweiten Weltkrieg gespielt?«

»Keine strategische. Bis auf die Tatsche, dass Franco auf der Insel eine Art pharmazeutisches Zwischenlager eingerichtet hat, war auf Cabrera Ruhe.«

»Für wen war das Depot?«

»Für die Deutschen. Natürlich sollte von den Alliierten niemand wissen, dass Hitlers Truppen von den Spaniern mit riesigen Mengen Penizillin versorgt wurden. Franco schaffte die Medikamente auf die Insel, von wo sie dann quasi unter der Nase der Briten durch deutsche U-Boote wieder abtransportiert wurden.«

»Das müssen die Alliierten aber doch mitbekommen haben. Schließlich mussten die Deutschen auch durch die Meerenge von Gibraltar, und außerdem waren die Balearen doch unter strenger Beobachtung der Briten.«

»Das war denen auch ein Dorn im Auge. Was sie auch alles probiert haben, die Meerenge zu schließen, es ist den Deutschen U-Booten immer wieder gelungen, Gibraltar zu passieren. Wenn Sie darüber Genaues wissen wollen, dann fragen sie Großvater Pepe, den Onkel des heutigen Hafenmeisters von Sa Ràpita. Der alte Mann ist damals auf einem von den drei U-Booten gefahren, die Franco besaß. Wenn jemand weiß, wie man mit so einer Büchse ungesehen herumschippern und an Inselbunkern anlegen konnte, dann ist er es.«

Ein lauter Knall ließ die beiden hochschrecken. Das Geräusch war vom Rumpf des Bootes gekommen. Sie mussten mit irgendetwas kollidiert sein. Etwas Metallenem, das jetzt am Kiel entlangschubberte. Es ratschte plötzlich, als ob zu allem Übel auch noch eine der Schiffsschrauben etwas abbekommen hätte. Berger und Crasaghi schauten über die Reling. Dem Residente war, als könnte er etwas Gelbes in der Gischt erkennen. »Heilige Scheiße«, entfuhr es ihm. »Ich befürchte, wir haben einen Taucher überfahren. Haben Sie irgendwo ein Boot oder eine Warnboje gesehen?«

Crasaghi schüttelte den Kopf. »Ich habe mich ehrlich gesagt mehr auf Ihre Worte als auf das Wasser konzentriert.«

Berger schlug das Ruder hart nach Backbord, um das Boot so schnell wie möglich zu wenden. »Wenn das wirklich ein Taucher war, dann lebt er vielleicht noch. Daniele, machen Sie sich tauchfertig. Falls wir ihn zu weit unter die Wasseroberfläche gewirbelt haben, müssen Sie nach ihm suchen.«

Kurze Zeit später jaulten beide Motoren auf. Berger hatte auf volle Kraft rückwärts gestellt, um möglichst an der Stelle der Havarie zum Stehen zu kommen. Als das Boot stand, kletterte er blitzartig auf die Flying Bridge auf dem Dach des Ruderhauses. Von dort aus hatte er einen besseren Überblick. »Daniele, sind Sie so weit?«

»Ja«, kam es von unten.

»Dann springen Sie mal rein. Ich kann nichts erkennen. Vielleicht sehen Sie was von unten.«

Der Bischof befestigte eine lange Tauchleine erst an seinem Gürtel, dann am Schiffsgeländer und ließ sich über die Heckreling rücklings ins Wasser fallen. Anhand der Luftblasen konnte Berger von oben genau sehen, wo er sich befand. Nach kurzer Zeit kehrte er um und schwamm zum Schiff zurück. Jetzt konnte Berger erkennen, dass er etwas Gelbes hinter sich herzog. Genauso schnell, wie er oben gewesen war, stand der Residente auch wieder an Deck und schnappte sich einen Enterhaken, der immer griffbereit an der Seite des Schiffsaufbaus hing, um Crasaghi zu helfen.

Es war tatsächlich ein Taucher, den der Bischof eingefangen hatte. Berger rutschte das Herz vor Furcht über die Konsequenzen fast in die Hose.

Sein Gesicht schien Bände zu sprechen, denn Crasaghi versuchte ihn zu beruhigen, kaum dass er den Lungenautomaten aus dem Mund hatte gleiten lassen: »Der ist zwar mausetot, Señor Berger, aber das war er mit Sicherheit schon, als wir ihn überfahren haben.«

Erleichtert über diese Nachricht hakte Berger am Flaschengeschirr des Toten ein und hielt ihn neben dem Boot, um zu verhindern, dass er wieder abtauchte oder fortschwamm. Nun konnte auch er an den deutlichen Verwesungsspuren erkennen, dass der Mann schon länger tot sein musste. Er warf dem Bischof ein Tampen-Ende zu. »Können Sie die Leiche damit anbinden?«

Crasaghi nickte, wickelte eine Schlaufe um die Druckflasche des Toten und machte mit geübten Händen einen Knoten. Daraufhin zog Berger den Enterhaken an Bord und befestigte das andere Ende des Tampens an der Reling.

»Können Sie bitte mal nach der Schiffsschraube sehen? Ich fürchte, dass sie Schaden genommen haben könnte.«

Crasaghi tauchte erneut ab. Als er wieder hochkam, rief er: »Haben Sie noch andere Tampen?«

»Ja, aber wieso denn?«

»Weil dahinten zwei weitere Leichen angeschwommen kommen.«

Berger glaubte, seinen Ohren nicht trauen zu können, doch es sah nicht so aus, als würde Crasaghi scherzen. In null Komma nichts war er wieder oben auf der Flying Bridge und beobachtete das Meer. Tatsächlich, dahinten schimmerte es schon wieder gelb, und dicht daneben schwamm etwas Silbernes, beides vielleicht einen Meter unter der Wasseroberfläche. Berger hatte vor Beginn der Fahrt überall Tampen an die Reling gehängt, damit sie schnell griffbereit waren. Das zahlte sich jetzt aus. Er löste einen davon und warf ihn zu Crasaghi ins Wasser. Der tauchte kurz ab, um einen der beiden Toten daran festzumachen. Berger war inzwischen an Deck und fing das Tampen-Ende auf, das Crasaghi ihm zuwarf. Mit der dritten Leiche verfuhren sie genauso.

Während der Bischof die Antriebsschrauben der Motoren kontrollierte, griff Berger zum Handy und alarmierte Comisario García Vidal. »*Hola*, Comisario. Sie glauben nicht, was wir hier gerade aus dem Wasser gefischt haben!«

»Wer ist ›wir‹?«, kam es ungeduldig zurück. »Ich denke, Sie sind mit der Gräfin in Barcelona?« García Vidal räusperte sich. Seine Stimme hatte sich seit ihrem letzten Abenteuer, bei dem er auf Befehl der russischen Mafia tagelang in einer Klinik im künstlichen Koma gehalten worden war, noch nicht wieder ganz erholt. Natürlich hätte er mindestens noch eine Woche lang regenerieren sollen, aber wer ihn kannte, wusste, dass Ruhe und häusliche Beschaulichkeit nicht sein Ding waren.

»Nein, mein lieber Cristóbal. Mit ›wir‹ meine ich den päpstlichen Nuntius Bischof Daniele Crasaghi und mich. Der Mann ist aber inkognito hier. Nicht dass Sie sich verplappern.«

»Nuntius? Haben Sie auf dem Meer eine Messe für die Delphine gelesen?«

»So ähnlich.« Berger lachte. »Aber sagen Sie mal, interessiert es Sie gar nicht, was wir hier an der Angel haben?«

»Wenn Sie so einen Zinnober machen, haben Sie bestimmt eine Leiche gefunden. Ich kenne Sie doch.«

»Nein, habe ich nicht«, gab Berger zurück.

»Aha, und was ist es dann?«

»Drei Leichen.«

»Wie – drei Leichen?«, rief der Comisario aufgebracht. »Drei Stück, und alle sind tot?«

»Exakt drei Stück. Zwei Männer und eine Frau. Und wenn Sie mich fragen: Noch toter geht es gar nicht.«

García Vidal dachte offenbar kurz nach. »Möglich, dass ich weiß, wer die sind«, sagte er dann. »Zumindest zwei von ihnen. In der Tauchschule der Cala Santanyí werden seit einigen Tagen zwei Taucher vermisst. Sie waren mit einem Schlauchboot unterwegs.«

»Von einem Schlauboot ist hier nichts zu sehen«, antwortete Berger. »Wir haben allerdings auch nicht danach gesucht. Dazu fehlte uns bisher die Zeit.«

García Vidal seufzte. »Wie ist Ihre genaue Position? Ich komme umgehend mit der Küstenwache raus.«

Berger nannte dem Comisario die gewünschten Koordinaten und beendete das Gespräch. Im selben Augenblick tauchte Crasaghi wieder auf.

»Señor Skipper, die Schrauben scheinen intakt. Einer der Fangkörbe hat eine leichte Delle, kommt aber nirgends an die Schraubenblätter.«

***

Es dauerte ungefähr eine halbe Stunde, die circa zwanzig Meter hohe Klippe mit Hilfe von Haken, die sie mit Hämmern in das Gestein trieben, zu überwinden. Dabei brachen immer wieder größere Geröllbrocken aus der porösen Felswand. Vorsichtig lugten die beiden Frauen über die Felskante, um sich davon zu überzeugen, dass sie allein waren. Erst als sie sicher waren, es auch zu sein, trauten sie sich, sich aufzurichten und ihre Glieder zu strecken.

»Sag mal, warum sind wir denn nicht dahinten hoch? Das sieht zwar höher aus, aber da hätten wir uns den Überhang gespart«, beschwerte sich Fatma.

»Dann schau doch mal genauer hin. Siehst du den braunen Strauchballen in der Felswand?«

»Ja.«

Mira reichte ihr einen Feldstecher. »Sieh selbst.«

Fatma hob das Fernglas an die Augen. »Das ist ja gar kein Strauch, sondern ein Horst!«

»Genau. Und wer hat schon Lust, beim Klettern von Fischadlern attackiert zu werden? Die können nämlich ganz schön biestig werden, wenn ihnen jemand zu nahe kommt. Vor allem, wenn sie sich um ihre Jungvögel kümmern müssen, und das ist jetzt, Ende Juni, durchaus wahrscheinlich. Außerdem kümmern die sich zu zweit um ihre Brut, und wir bekämen nicht nur mit einem, sondern sogar mit zweien dieser Brocken Ärger.«

»Woher weißt du, dass Fischadler den Horst gebaut haben?«

»Ich habe vorhin welche bei der Jagd gesehen.«

»Hast du mal was mit den Viechern zu tun gehabt, bevor du zum Mossad gekommen bist? Du kennst dich ziemlich gut aus.«

»Ich war früher Veterinärin in der Nähe von Gaza. Bis die Hamas kam, da brauchten sie keine Tierärzte mehr.«

»Tierärztin war man nicht, das ist man sein ganzes Leben lang. Selbst in Gaza, egal, wer dort gerade an der Macht ist.«

»Aber was macht ein Tierarzt, wenn man ihm vor Hunger seine Patienten wegfrisst?«

»War der Hunger dort so groß?«

»Teilweise schon. Solange militante Ayatollahs und ultraorthodoxe Rabbiner das Sagen haben, kann es keinen Frieden zwischen Israel und Palästina geben, sosehr wir ihn uns vielleicht auch wünschen.«

Fatma nickte. »Aber nun sind wir hier und müssen einen Job erledigen. Du bist die Chefin bei unserer Mission, und du weißt von dem, was wir hier auf Cabrera ausrichten sollen, wirklich nicht mehr als ich? Das kannst du mir nicht ernstlich weismachen wollen.«

»Wie kommst du auf die Idee?«

»Wir haben einen Geigerzähler an Bord. Braucht man so etwas, um Fischadlern beim Brüten zuzuschauen?«

»Okay, du gibst einfach keine Ruhe. Irgendwann wirst du es ja doch erfahren müssen. Also: Nach dem Zweiten Weltkrieg waren auf alliierter Seite viele jüdische Offiziere, die die gefangenen Deutschen verhörten. Einige von ihnen berichteten damals, dass die Nazis kurz davor waren, die Atombombe zu bauen, und zu diesem Zweck bereits eine größere Menge spaltbaren Materials gebunkert hätten. Um was es sich dabei genau handelt, wissen wir nicht. Aber angereichertes Uran oder Plutonium ist mit Geld in einigen Kreisen gar nicht mehr zu bezahlen.«

»Und dieses Zeug soll hier auf Cabrera lagern?«

»Eventuell. Es ist zumindest nicht ganz unwahrscheinlich, dass es in dem geheimen U-Boot-Hafen der Deutschen gelagert wurde, nach dem wir suchen sollen. Wir sollen das hoch angereicherte Material, so wir denn welches finden, vor unbefugtem Zugriff sichern.«

»Und wenn es gar kein Uran oder Plutonium ist, was hier lagert? Wenn hier überhaupt etwas lagert.«

»Dann werden wir uns ganz diskret wieder zurückziehen.«

Fatma nickte. »Irgendetwas muss es hier aber geben, was einen dreifachen Mord rechtfertigt, sonst wären wir diesem makaberen Tiefseefigurenkabinett nicht begegnet.«

»Wenn es so ist, dann werden wir es finden.«

»Und wie gehen wir dabei vor?«

»Wir müssen die Luftschächte diverser Höhlen von Land aus mit unserem Geigerzähler kontrollieren. Das können wir nur im Schutz der Dunkelheit machen, sonst rücken uns sofort die Ranger auf den Pelz. Die Gerätschaften, die wir für eine zuverlässige Messung benötigen, können wir auch erst nachts hochbringen. Uns bleibt also erst mal nichts anderes übrig, als auf die Dunkelheit zu warten, um unsere Ausrüstung an Land zu bringen. Solange bleiben wir hier in Deckung. Wenn die Vegetation hier oben auch nur spärlich ist, uns bietet sie genug Schutz.«

***

Comisario García Vidal hielt Wort. Schon eine gute Stunde nach ihrem Telefonat konnte Berger ein Schnellboot der *Guardia Civil* am Horizont ausmachen.

»Na bitte, auf den Comisario ist mal wieder Verlass. Und das ist ein Wunder. Vor ein paar Tagen lag der noch im künstlichen Koma und hat verbissen auf einem Trachealtubus herumgekaut. Was der mit sich macht, ist eigentlich Wahnsinn, aber anscheinend kann der gar nicht anders.«

»Tja.« Der Bischof zuckte mit den Achseln. »Wir gehören eben einer Generation an, die hart im Nehmen ist. Wer nicht stirbt, der strampelt einfach weiter.« Er zeigte mit dem Daumen über die Schulter. »Sollten wir die Leichen nicht an Bord holen? Dann können sie doch sicher besser untersucht werden. Und ich könnte den armen Seelen die Sterbesakramente geben.«

»Da wir nicht genau wissen, wie lange sie schon tot sind, sollten wir die Finger davon lassen, um böse Überraschungen zu vermeiden.«

»Haben Sie Angst, dass Sie den Verwesungsgeruch nicht ertragen?«

»Nein, ich will vermeiden, versehentlich nur einen Arm oder

ein Bein an Bord zu zotteln. Das Fleisch dieser Herrschaften muss nämlich nur mürbe genug sein, dann passiert das ganz schnell.«

»Und wie holen die Damen und Herren der Wasserschutzpolizei solche Leichen an Bord?«

»Die haben dafür extra Netze. Aber wir sollten die armen Teufel an der Backbordseite festmachen, dann kann das Boot steuerbord längs kommen, damit die Leichen nicht zwischen die Boote geraten.«

Die Arbeit war schnell verrichtet, und kurz darauf stand der Comisario an Bord.

»Mein lieber Residente«, er klopfte Berger freundschaftlich auf die Schulter, »dass Sie mir hin und wieder mal eine Leiche anschleppen, daran habe ich mich ja schon gewöhnt, aber derer gleich drei, das ist mir noch nicht untergekommen.«

»Cristóbal, mein Freund, darf ich Ihnen den päpstlichen Nuntius, Kurienbischof Daniele Crasaghi, vorstellen?«

García Vidal staunte den großen, durchtrainierten und nur mit einer Badehose bekleideten Mann an. »Wenn du mal zu deinem Bischof gerufen wirst, so hieß es früher unter uns Ministranten, dann stelle ihn dir in Unterhose vor, dann hast du keine Angst mehr.«

Crasaghi musste lachen. »Und, Señor Comisario, stimmt es?«

García Vidal nickte und reichte ihm ohne weitere Ehrerbietung die Hand. »Ja, scheint so. Um einen Knicks zu erwirken, hätten es mindestens schwarz-lila Boxershorts sein müssen.«

Während die Besatzung des Schnellbootes damit beschäftigt war, mit aller gebotenen Vorsicht die drei inzwischen übel riechenden Leichen aus dem Wasser zu bergen, erzählten Berger und Crasaghi dem Comisario, wie sie auf die Toten gestoßen waren. Als die Leichen an Deck des Polizeibootes lagen, begann der mitgereiste Gerichtsmediziner mit der Leichenschau. Berger und García Vidal sahen ihm dabei zu.

»Dem äußeren Eindruck nach zu urteilen, würde ich auf eine Liegezeit von mindestens vier Tagen im Wasser tippen.« Er drückte hier und da auf der Haut eines der Toten herum, hob dessen Hand an und überprüfte die Beweglichkeit der Armgelenke. Dabei rutschte der Oberarmknochen mit einem seltsam glupschenden Geräusch aus dem Gelenk. »Hoppala, wohl doch eher fünf bis sechs Tage.«

Als Nächstes schob er der Leiche eine lange Sonde in den Leib und schaute auf ein Display. »Der Körper hat Wassertemperatur. Aber lange können sie nicht im offenen Meer geschwommen sein, dann wären Haie oder andere Aasfresser dran gewesen.« Er untersuchte die frei liegenden Hautpartien. »Sie müssen längere Zeit in der Nähe eines Riffs gewesen sein, weil die kleinen Bissspuren meines Erachtens von Muränen beigebracht wurden.« Er hob vorsichtig den Fuß des Toten, um seinen Knöchel näher zu untersuchen. »Sehen Sie diesen Schnitt hier, oberhalb des Fußgelenks?«

Berger und der Comisario beugten sich interessiert vor, während Crasaghi sich auf der Llaut diskret etwas abseitshielt. Eine schmale rosa Linie, etwa zwei Zentimeter lang, zog sich von einer stark verfärbten Quetschung über dem Fußgelenk schräg bis zum Knöchel.

»Kann das von einem Messer stammen?«, erkundigte sich García Vidal.

»Ja, und zwar post mortem, vor nicht allzu langer Zeit, sonst wären die Schnittränder mehr aufgeweicht.«

»Vielleicht ist es passiert, als wir den Mann mit unserem Boot überfahren haben«, überlegte Berger.

»Nein«, kam es entschieden vom Gerichtsmediziner. »Dann wäre die Wunde tiefer. Es sieht aber so aus, als sei die Haut von einer scharfen Klinge nur angeritzt worden.«

»Und wobei kann so etwas passieren?«

»Das kann passieren, wenn man zum Beispiel den Toten mit einem Messer von einer Fußfessel löst. Die entsprechenden Abdrücke sind ja deutlich erkennbar.«

»Fußfessel, wozu?«, fragte der Comisario.

»Um die Leiche unter Wasser zu halten. Wie bei einer sizilianischen Beerdigung. Dort nimmt man aber kein Seil, sondern betoniert die Füße ein«, beantwortete Berger die Frage. »Haben Sie denn schon eine Ahnung, wie diese Herrschaften zu Tode kamen?«

Der Arzt schüttelte den Kopf. »Tut mir leid, dazu werde ich mich erst nach der Obduktion äußern. Wenn Tote ein paar Tage im Wasser schwimmen, ist ihre Haut derartig entstellt, dass man ohne eine Leichenöffnung wirklich nur orakeln kann.«

»Und wann werden wir Genaueres erfahren?«, hakte García Vidal nach.

»Ich mache mich gleich, wenn wir wieder in Palma sind, an die Arbeit. Sowie ich etwas habe, werde ich mich bei Ihnen melden.«

»Okay.«

García Vidal ging zum Kommandanten des Schnellbootes. »Señor, Sie kennen die Strömungsverhältnisse hier zu dieser Jahreszeit genau. Was ist Ihre Einschätzung, woher kamen die Leichen?«

Der Mann kratzte sich nachdenklich am Kinn. »Ich denke, von der Südseite Cabreras. Die Strömung geht im Augenblick ziemlich massiv in östlicher Richtung. Dabei wirkt die Meerenge zwischen Mallorca und Cabrera wie ein riesiger Trichter, der alles ansaugt. Was südlich von Cabrera im Wasser schwimmt, wird so lange westwärts gewirbelt, bis es in diesen Sog kommt. Bis hierher dauert das bei der Strömung nicht länger als einen halben Tag. Gestern müssen die Leichen also noch an ihren Fußfesseln gehangen haben.«

Der Comisario bedankte sich für die Auskunft und stieg, gefolgt von Berger, wieder auf die gecharterte Llaut über. »Ich nehme mal an, dass der Residente und sein hoher Gast so freundlich sein werden, mich nach Cabrera zu bringen«, rief er dem Bootskommandanten zu. »Sie bringen bitte den Doc und seine Patienten nach Palma. Es wäre schön, wenn Sie mich gegen neunzehn Uhr wieder aus Es Puerto abholen könnten. Bis dahin dürfte ich mit meinen Ermittlungen auf Cabrera für heute durch sein.« An Berger gewandt fügte er hinzu: »Wir sollten versuchen, die Fischer auf unsere Seite zu bekommen. Vielleicht können die uns Stellen zeigen, an denen man doch unbeobachtet tauchen kann. Von den Rangern kann man in diesem Punkt keinen Tipp erwarten.«

»Dann werde ich mal besser versuchen, der Gräfin abzusagen.« Berger tippte auf seinem Handy herum. »Mit meinem kleinen Pott hat sie leider keine Sonderrechte, um ebenfalls hier anzulegen.«

»Ich möchte Sie aber bitten, mir noch ein paar Minuten zu geben, bevor wir aufbrechen«, hielt ihn der Bischof auf, der sich inzwischen mit seiner Soutane bekleidet hatte. In der einen Hand hielt er ein weißes Handtuch und in der anderen eine Flasche Olivenöl. »Ich gebe zu, es ist etwas improvisiert, aber Sie werden doch sicher nichts dagegen haben, dass ich diesen armen Seelen die Sterbesakramente erteile?«

»Mit Olivenöl?«

Crasaghi zuckte nur mit den Schultern. »Was soll ich denn machen? Das ist immer noch besser als Joghurtdressing.« Ohne auf eine Antwort zu warten, begann er mit seiner seelsorgerischen Pflicht.

García Vidal zog Berger ins Ruderhaus. »Na, ist mit dem Pfaffen ein Auskommen?«

»Überraschenderweise ja. Der Mann scheint mir sogar auch im täglichen Leben ganz brauchbar. Fast zu brauchbar, würde ich meinen.«

García Vidal runzelte die Stirn. »Was soll denn das schon wieder heißen?«

»Keine Ahnung. Irgendetwas ist komisch an ihm, ich weiß nur noch nicht, was.«

»Sie haben doch aber sonst ein Faible für unkonventionelle Typen.«

»Unkonventionell ja, aber nicht für Lackaffen. Er ist irgendwie beides, ich weiß nur noch nicht genau, was überwiegt.«

»Und wie lange haben Sie den jetzt an der Backe?«

»Er hat mich für eine Woche bis maximal zehn Tage gemietet.«

»Und was ist, wenn ich Sie benötige?«

»Dann können Sie ihn bei mir zurückmieten«, antwortete der Bischof, der nach verrichteter Arbeit das Ruderhaus betrat. »Er ist aber verdammt teuer.«

»Weiß ich. Das ging aber schnell, Exzellenz. Sind Sie schon fertig?«

»*Sí*, Comisario, die drei haben sich mit der Beichte extrem bedeckt gehalten, das hat Zeit gespart. Sollten wir die Gelegenheit dazu bekommen, werde ich mir bei Ihnen erheblich mehr Zeit nehmen, versprochen.«

García Vidal lachte. »Ich schätze, dass sich hier ein wunderbares Team gefunden hat. Schade, dass ich nicht noch eine Weile Mäuschen spielen darf. Ich wäre sicherlich voll auf meine Kosten gekommen. Es fragt sich nur, wer am Ende die Nase vorn haben wird.«

Berger wunderte sich. »Was wollen Sie denn damit sagen?«

»Na, ob Sie am Ende dieser Woche katholisch sein werden oder er Heide.«

»Señor Comisario«, sagte Crasaghi mit allem gebotenen Ernst, »wir beide werden bleiben, was wir sind: Gottes Kinder.«

3

Fatma hatte alles für ihren Exkurs auf der Insel zusammengepackt. »Wollen wir den Geigerzähler jetzt schon mitnehmen?«

»Ja, natürlich.«

»Was wollen wir da eigentlich messen? Einfach so rumrennen, immer dem Ticken nach?«

»Wie du sicher gesehen hast, haben wir ein Verlängerungskabel. Damit können wir die Verbindung zwischen Sensor und Gerät auf zwanzig Meter verlängern.«

»Wollen wir das Ding also hinter uns herziehen?«

»Nein, die Aufklärung hat Satellitenbilder von Cabrera, auf denen lauter tiefe Felseinschnitte oder Höhlen zu sehen sind. Ein Erkundungsflug mit Wärmescannern zeigte, dass sie ziemlich weit in die Insel hineinführen, da sie deutliche Temperaturunterschiede aufweisen. Man nimmt überhaupt an, dass Cabrera wie ein Schweizer Käse durchlöchert ist. Wir lassen also den Sensor runter und sehen, ob er ausschlägt. Wenn dort irgendwo Uran gelagert sein sollte, dann müssten wir schnell fündig werden. Bei einem derartigen Höhlensystem dürften wir in fast jeder dieser Felsspalten einen Ausschlag haben, ganz egal, wo sich das Material letztlich genau befindet. Wenn wir hingegen nirgends einen Ausschlag haben, können wir davon ausgehen, dass es sich bei dem spaltbaren Material um eine Mär handelt.«

Sie machten sich auf den Weg. Dabei achteten sie peinlichst genau darauf, dass sie sich immer in Deckung befanden. Dort, wo Deckung nicht gegeben war, krochen die beiden Frauen dicht am Boden entlang. Überall um sie herum versuchten sich die vielen kleinen Eidechsen vor ihnen in Sicherheit zu bringen. Mira zeigte auf einen kleineren Geröllhaufen. »Dort scheint so eine Art Schacht oder Spalt zu sein. Lass uns rüberrobben.«

Fatma folgte ihr nur missmutig. »Ich komme mir irgendwie saudämlich vor. Können wir nicht wie zwei ganz normale Spaziergänger hier entlanggehen?«

»Wir würden uns sofort verdächtig machen, wenn wir die Fußwege und Straßen verlassen, und hier im Süden Cabreras gibt es außerdem keinen befestigten Uferweg. Der nächste ist gut einen halben Kilometer landeinwärts.«

Sie erreichten den Stolleneingang. War es überhaupt einer? Mira überprüfte den Rand des Felseinstiegs, indem sie einen kleinen Geröllbrocken in die Hand nahm und daran leckte. »Salz, das Weiße hier ist Meersalz. Wahrscheinlich schießt es aus der Öffnung raus, wenn sich im Winter die Stürme an der Küste austoben und das Meerwasser mit dem enormen Druck in die vielen Höhlen und Gänge gepresst wird. Gib mal den Geigerzähler her.«

Sie schlossen das lange Verbindungskabel an, schalteten das Gerät ein und lasen den ersten Wert ab. »1,8 Millisievert pro Jahr, das ist fürs Mittelmeer völlig normal.« Mira ließ die Messsonde an dem Kabel in das Felsloch hinab. Ab und zu hatte sie das Gefühl, dass die Sonde am Rand des natürlichen Schachtes entlangschrammte, aber es ging immer weiter. Auf jeden Fall war dieses Loch tiefer als zwanzig Meter. Sie lasen das Display erneut ab. »1,9 Millisievert. Hier ist also schon mal alles negativ.« Sie holten das Kabel wieder ein. »Wunderbar. Wenn das so weitergeht, sind wir in zwei Tagen wieder zu Hause.«

Bis sie wieder in ihrem notdürftigen Versteck waren, nahmen sie insgesamt noch fünf weitere Messungen vor. Alle fielen gleich aus. Nichts sprach für die Lagerung spaltbaren Materials.

Fatma machte ein ernstes Gesicht. »Glaubst du wirklich, dass wir unsere Zelte hier bald abbrechen können? Ich nicht. Irgendetwas ist hier im Gange.«

Mira strich sich nachdenklich durchs Haar. »Darüber habe ich auch schon nachgedacht. Unser Mörder scheint pfiffig zu sein.«

»Wieso?«

»Weil er für seine Opfer einen fast idealen Aufbewahrungsort gefunden hat. Hier auf der Insel gibt es so wenig Nahrung, dass alles Viechzeug der Insel innerhalb kürzester Zeit mit einer Serviette um den Hals herumlaufen würde, wenn irgendwo eine Leiche rumläge. Von dem verräterischen Gestank einmal abgesehen. Hier sind überall Felsen. Da kannst du niemanden spurlos beseitigen.« Sie schaute sich nervös um. »Außerdem verstärkt sich bei mir das seltsame Gefühl, dass jeder Schritt, den wir machen, aufmerksam beobachtet wird.«

»Und das bedeutet?«

»Dass eine von uns beiden immer wach bleiben muss, während die andere schläft. Des Weiteren sollten wir unseren nächsten Tauchgang in die Nacht verlegen. Unterwasserlampen haben wir ja. So bleiben wir dezent im Verborgenen und vermeiden jeden Ärger.«

***

Nachdem Berger ihre Ankunft über Funk bei den Parkrangern angemeldet hatte, war es kein Problem, mit der Llaut an der Hafenmole von Cabrera anzulegen. Ein älterer, kugelrunder Mann mit Fünf-Tage-Bart und Schiffermütze empfing sie.

»Señor Comisario, *buenos días*, mein Name ist Ángel Bauzá, ich bin der dienstälteste Fischer auf der Insel. Wenn Sie Fragen zu Cabrera haben, können Sie mich jederzeit ansprechen.« Er schaute betont betroffen drein. »Das ist ja eine furchtbare Sache, das mit den Leichen. Sind Sie sicher, dass sie hier von der Insel kommen?«

»*Buenos días,* Señor Bauzá.« García Vidal nickte dem Mann zu. »Das mit den Leichen hat sich ja schnell herumgesprochen. Sicher sind wir noch nicht, aber wir haben Grund zu der Annahme, dass sie von hier kommen. Haben Sie schon einmal erlebt, dass Treibgut von Es Trenc gegen den Strom schwamm und hier bei Ihnen ankam?«

Bauzá schaute betroffen. »Nein, da haben Sie recht. Und dann gleich drei Leichen. So was hat es ja noch nie gegeben. Als ich das gehört habe, bin ich gleich zur Bar rüber und habe es erzählt. Die Letzte, die plötzlich verschwand, war 2004 das ertrunkene Mädchen. Aber die hatten wir schon nach ein paar Stunden wiedergefunden. Und die drei hier waren wirklich noch in der kompletten Taucherausrüstung?«

»*Sí*, Señor.«

»Aber wie sind die bloß hergekommen? Hier ist weit und breit kein Boot gestrandet. Es hat auch keines wild geankert. Die Ranger machen ja mehrmals am Tag Kontrollfahrten mit dem Schnellboot.«

»Nun bleiben Sie mal ruhig, Señor Bauzá.« García Vidal spürte, wie sehr der Mann von Aufregung ergriffen war. »Ich bin mir sicher, dass man weder Ihnen noch den Rangern irgendwelche Schuld an diesem Desaster anlasten wird.«

»Ja, das ist mir schon klar, aber wenn man so etwas hört, dann fragt man sich sofort, ob es nicht irgendwo ein Leck in unserem Sicherheitssystem gibt. Wir haben ja schon das neueste Radar, das es gibt. Wie können da Boote mit Tauchern an Bord unentdeckt bleiben?«

»Das ist verständlich, Señor. Darf ich Ihnen meine beiden Begleiter vorstellen? Das ist zum einen Señor Berger, besser bekannt unter ›el Residente‹.«

Bauzá schüttelte Berger die Hand. »Oh ja, Señor Residente, natürlich sind Sie auch auf unserer Insel ein Mann, von dem man spricht. Nur Gutes, versteht sich.«

»Darf ich mich vielleicht selbst vorstellen?«, bot Crasaghi an und streckte ebenfalls die Hand aus. »Daniele Crasaghi.«

»Die Ranger haben was von einer Exzellenz gefaselt, einem Bischof, der hier sein soll. Sind Sie das?«, fragte Bauzá neugierig.

»Ich bin als Mitglied eines diplomatischen Korps in Italien tätig, derzeit aber ein ganz normaler Feriengast auf den Balearen. Lassen wir also die Förmlichkeiten.«

Diese Antwort schien Bauzá nicht zufriedenzustellen. »Die Ranger haben aber ein hohes Kirchentier gemeldet, das hier mit einer gecharterten Llaut rumschippern soll. Mit so einer.« Er zeigte auf das Boot. »Mit dem haben Sie also nichts zu tun?«

»Nur entfernt«, log Crasaghi. »Kümmern Sie sich bitte nicht weiter um mich, ich bin nichts weiter als der Begleiter dieser beiden Herren.« Er zeigte auf Berger und den Comisario.

Da von den beiden keine Einwände kamen, war Bauzá zufrieden. »Was kann ich also für Sie tun?«

García Vidal schaute auf die vertäuten Fischerboote. »Auf der Insel nach etwas Relevantem für die Ermittlungen zu suchen, hat ja wohl nur wenig Sinn, oder? Ist es nicht eine weitaus bessere Idee, sich mit einem dieser Kutter hier«, er zeigte auf die Boote, »die Südseite der Insel genauer anzusehen?«

Berger war wenig begeistert. »Wenn wir nach irgendwelchen Leichen suchen, die am Meeresgrund schwimmen oder gar vertäut sind, macht das mit so einer Kiste wenig Sinn.«

»Doch, Señor«, widersprach Bauzá. »Das Boot hat einen Glasboden, womit wir alles vorzüglich auf dem Meeresgrund beobachten können.«

»Na, dann los«, rief der Comisario. »Sehen Sie, Exzellenz, nun bekommen Sie sogar Unterwasser-Sightseeing. Sagen Sie nicht, das sei kein Service.«

***

Mira und Fatma beobachteten voller Sorge, wie sich das Fischerboot immer mehr ihrem Zodiac näherte. Vorsichtig lugten beide über den Felsrand.

»So, wie der sich verhält, sucht er was. Aber es steht niemand an Deck.« Mira schraubte nervös an ihrem Fernglas herum. »Der Steuermann scheint nur auf einen seiner Bildschirme zu schauen, nicht dorthin, wohin er steuert. Es kann natürlich auch sein, dass er versucht, mit Hilfe des Echolots Fischschwärme auszumachen.«

Sie gab den Feldstecher weiter. Auch Fatma hatte keine Erklärung parat. »So dicht an der Küste? Das glaube ich kaum. Hat das Boot vielleicht einen Glasboden? Früher haben die Fischer mit solchen ›Fish-Watching-Touren‹ Geld verdient, bis das nur noch kommerzielle Touristenboote mit einer extra Lizenz machen durften. Da hätte es auch Sinn gemacht, dass sie so dicht an der Küste fahren.«

Mira hatte eine böse Ahnung. »Es kann natürlich auch sein, dass sie die Leichen schon entdeckt haben und die Fischer den Polizisten nur helfen herauszufinden, woher sie kamen und ob da eventuell noch mehr sind.«

»Die müssten bei der Strömung heute Morgen aber doch einige Meilen entfernt gefunden worden sein.«

»Die sind ja nicht blöd. Die Polizei weiß auch, dass da nicht so einfach drei Leichen vom Himmel fallen.«

»Aber woher wollen die wissen, woher die gekommen sind?«

Mira ließ sich das Fernglas wiedergeben. »Bei den Strömungsverhältnissen ist das ziemlich schnell auszurechnen. Du weißt doch selbst, gegen was für einen Sog wir da unten anschwimmen mussten. Die können eigentlich nur hier vom Süden Cabreras stammen.«

Nachdem das Fischerboot ihre Bucht anscheinend unverrichteter Dinge wieder verlassen hatte, legten sie sich beruhigt wieder hin, um auf die schützende Dunkelheit zu warten.

***

Sie standen um den Glasboden des Fischerbootes herum wie staunende Kinder, die zum ersten Mal in ihrem Leben in einen Fernseher sahen. Ein unendliches, anrührendes, geradezu vitalisierendes Blau erfüllte den gesamten Schiffsrumpf durch das dicke Glas hindurch. Wie erhaben musste es sein, dieses Paradies direkt, ohne den trennenden Schutz, genießen zu können.

»Lieber Himmel, ist das eine Pracht«, entfuhr es dem Bischof. »Da träumt man doch davon, einer von Gottes Fischen zu sein.«

»Wobei es in Ihrer Kirche eigentlich nur den Fischern richtig gut geht.« Berger grinste ihn frech an.

»Miguel«, fuhr der Comisario scharf dazwischen, »es wäre schön, wenn wir uns auf die Suche konzentrieren könnten.«

»Okay, aber was suchen wir denn nun genau? Hoffen Sie darauf, irgendwelche Mordspuren am ›Tatort Meeresgrund‹ zu finden?«

»So ungefähr«, erwiderte García Vidal, ohne seinen Blick zu heben. »Etwas Besseres ist Ihnen bisher auch nicht eingefallen.« Er stutzte. »Moment mal.«

Per Knopfdruck markierte er am Computer die augenblickliche Position des Schiffes. Sofort legte Bauzá den Rückwärtsgang ein, und langsam glitt das Boot wieder auf die angegebene Position zurück.

»Was ist das da unten?« García Vidal zeigte auf einen bemoosten Felsvorsprung. »Können wir uns das mal näher ansehen?«

Crasaghi zückte seine Kamera, richtete das Objektiv auf die angegebene Stelle und zoomte dicht heran.

»Geht das nicht näher?«

»Nein, Señor«, verteidigte sich der Bischof. »Das ist schon die größte Auflösung. Aber ich weiß, was das ist, eine kleine Druckgasflasche. Sie ist schätzungsweise zehn Zentimeter groß.«

»Wie bitte?« García Vidal war sichtlich enttäuscht. »Gab's hier etwa ein Zwergentauchen? Wozu braucht man so kleine Druckgasflaschen?«

»Die nennt man eigentlich nicht Druckgasflaschen, sondern Treibgaskartuschen«, kam es fachkundig vom Bischof. »Als meine Mutter vor Kurzem ihren fünfundachtzigsten Geburtstag feierte, war so ein Ding im Sahnesiphon.«

»Stimmt«, ergänzte Berger. Wenn man solche Siphons nicht richtig senkrecht hält, dann gibt es eine Art Knall, und alles ist voller Sahne, nur nicht der Kuchen.«

»Und was sagt uns das nun?«, fragte García Vidal in die Runde.

»Dass es hier verbotenerweise einen Kaffeeklatsch an Bord irgendeines Sportbootes gegeben haben muss.«

»Gut, dann fahren wir eben langsam in die nächste Bucht. Vielleicht finden wir da ja das dazugehörige Kaffeeservice.« García Vidal gab Bauzá das Zeichen zur Weiterfahrt.

Sie kamen sich durch die Panoramascheibe vor wie in einem Fesselballon, der annähernd lautlos über einem Paradies schwebte. Als sie um die nächste Landzunge bogen, hatte sie die Zivilisation aber wieder. Es schob sich eine Art roter Koffer mit weißen Buchstaben in ihr Blickfeld.

Der Comisario outete sich als eingefleischter Antiwassersportler. »Was ist denn das dahinten? Sieht aus wie der Flugschreiber von einem Airbus, nur mit runden Kanten.«

»Nee, Cristóbal«, berichtigte ihn Berger. »Das ist der Tank eines Außenbordmotors.«

Der Comisario schaute hoch. »Gehe ich recht in der Annahme, dass, wenn einem der Tank ins Wasser fällt, das Ding erstens schwimmt, weil ja zumindest etwas Luft drin ist, und dass zweitens ein Boot, dem das passiert, dann nicht mehr weiterfahren kann?«

»Man könnte zumindest zu dem schwimmenden Tank hinpaddeln. *Wenn* er schwimmt, denn so ein Ding wiegt nicht wenig, und wenn nur wenig Sprit fehlt, sinkt er ab.«

»Wenn jemand hier war, dann wohl verbotenerweise zum Tauchen, oder? Man darf rund um Cabrera doch nur in zwei dafür freigegebenen Buchten schnorcheln und tauchen.«

»*Sí*, Exzellenz«, bestätigte der Comisario. »Aber was wollen Sie damit sagen?«

»Wenn mir als Taucher bei den Spritpreisen ein voller Tank ins Wasser fiele, würde ich danach suchen und ihn wieder hochholen. So tief ist es hier doch nicht.«

»Etwas anderes wäre es«, wandte Berger ein, »wenn der Tank über Bord gegangen wäre, weil das Boot gesunken ist.« Er kratzte sich nachdenklich am Kinn. »Nach so einer Havarie würde allerdings mehr auf dem Grund herumliegen.«

García Vidal stieß Bauzá an. »Sehen Sie eine Möglichkeit, diesen Tank irgendwie zu bergen?«

»Klar doch«, erwiderte der. »Wozu habe ich diesen Glasboden? Mit dem passenden Werkzeug an einem langen Seil kann man so manches Schmuckstück in seine eigene Schatulle fallen lassen.«

Grinsend machte sich Bauzá ans Werk, und schon nach kurzer Zeit baumelte der Tank an einer Art Bergehaken.

»Wenn wir ihn oben haben, schicken wir ihn nach Palma«, ordnete García Vidal an. »Vielleicht können die noch Fingerabdrücke sichern. Dann wissen wir zumindest, ob er mit unseren drei Leichen in Verbindung gebracht werden kann.«

Sichtlich enttäuscht stellte der Fischer den Tank hinter den Ruderstand seines Bootes. So ein edles Teil hätte er auch gut gebrauchen können, das ließe sich bei den Sportbootschiffern locker versilbern.

***

Bei Carmen Lucas, García Vidals Assistentin, waren inzwischen die ersten Fotos der drei Wasserleichen aus der Gerichtsmedizin eingetroffen. Da die Gesichter durch die Zeit im Wasser derart aufgedunsen waren, hatte sie kaum Hoffnung, dass das neue Gesichtserkennungsprogramm fündig werden würde. Obwohl es angeblich möglich sein sollte, diesen Faktor einzurechnen, wenn man im sogenannten »Leichenmenü« Fundort, Funddatum und den geschätzten Aufenthalt am oder im Fundort eingab.

Carmens Kollegin Marga Santo betrat das Büro und sah ihr über die Schulter. »Machst du da mit dem neuen Programm einen Gesichtsabgleich?«

»*Sí*, Señora, aber ich habe keine Ahnung, ob ich alles richtig eingegeben habe. Das ist offenbar eine Wissenschaft für sich.«

Carmen hatte den Computer mit allem »gefüttert«, was sie über die tote Frau wusste. Bei ihr hatte sie zumindest etwas Hoffnung auf ein positives Suchergebnis, denn die Tote schien dem Aussehen und den Haaren nach zu urteilen eher aus dem arabisch-indianischen als aus dem europäischen Raum zu stammen. Und bei allen Nichteuropäern wurde bei der Einreise nach Europa der Reisepass gescannt. Also begann sie bei ihrer elektronischen Abfrage mit der sogenannten »Schengenabfrage«. Nach nicht einmal einer Minute meldete das System einen Treffer.

Auf dem Bildschirm erschienen zwei Bilder. Links die Tote und rechts eine gewisse Cheza Muntamei, Irakerin, sechsundzwanzig Jahre alt, Studentin aus Bagdad. Die Ähnlichkeit war unverkennbar. Das Programm hatte das erste Opfer eindeutig identifiziert.

»Da bin ich aber baff«, entfuhr es Marga Santo. »Gibt's noch mehr über diese junge Dame?«

Carmen scrollte weiter nach unten. »Ja, sie ist vor einer Woche, aus Damaskus kommend, in Madrid eingereist und hat bei IBERIA nach Palma eingecheckt. Im selben Flugzeug nach Mallorca saß Abus-Hassan Chamatai, achtundzwanzig Jahre alt, ebenfalls Student aus Bagdad. Er saß auch schon im selben Flieger aus Syrien. Das wird ja wohl kaum ein Zufall sein.«

Marga tippte die beiden Namen in einen anderen Computer ein. »Dann wollen wir doch mal sehen, was die Hotelabfrage ergibt. Na bitte, sie sind beide im Hotel Santanyí abgestiegen. Kennst du das?«

»Sí.« Carmen nickte. »Das ist ein kleines, aber feines Hotel an der Plaça Constitución. Aus finanzieller Sicht für ein Studentenpärchen mindestens zwei Nummern zu groß.«

»Wer weiß, vielleicht haben sie Ölscheichs als Eltern, oder Onkelchen ist Ayatollah.«

»Das kann natürlich sein. Aber wenn die beiden ein Pärchen waren, dann wird der gute Abu jetzt entweder verschüchtert in seinem Zimmer sitzen und auf seine Cheza warten, oder er schwimmt noch im Mittelmeer und wurde nur noch nicht gefunden.« Carmen tippte wieder auf dem Computer herum. »Dann wollen wir doch mal sehen, wer die anderen beiden Herren sind. Also, wenn du mich fragst, dann sehen die eher britisch oder deutsch aus.«

»Die Briten tauchen in Magaluf, deren Leichen werden demzufolge im Westen Mallorcas angespült.« Marga überlegte kurz. »Wenn sie allerdings so im Wasser treiben, wie sie fahren, dann schwimmen sie gegen den Strom.«

Carmen lachte. »Ich lasse das Programm zum Gesichtsabgleich in der Datenbank von Europol nach den beiden Männern suchen, vielleicht haben die was für uns.«

»Aber nur, wenn sie etwas auf dem Kerbholz haben.«

Diesmal dauerte die Abfrage etwas länger, da vom Europolsystem alle angeschlossenen nationalen Datenbanken durchforstet wurden, aber nach knappen fünf Minuten gab es doch eine Treffermeldung.

Carmen las vor: »Georg Gratenke heißt der eine der beiden. Er ist dreiundzwanzig Jahre alt und kommt aus«, sie brach sich fast die Zunge beim Versuch, den Namen auszusprechen, »Brieskow-Finkenheerd, das ist in Deutschland, in Brandenburg bei Frankfurt-Oder.«

»Aha«, Marga ließ sich nicht aus der Ruhe bringen, »und was hat er ausgefressen, wenn er in der Datei ist?«

Carmen musste sich erst einmal zurechtfinden, denn die Einträge waren auf Deutsch. »Er ist mehrfach vorbestraft wegen Volksverhetzung und Bildung einer kriminellen Vereinigung und erst vor zwei Monaten aus dem Gefängnis entlassen worden.«

»Was ist denn bitte schön Volksverhetzung?«

Carmen schlug das Wort in einem Online-Wörterbuch nach. »Ach, guck mal, der ist bei den *Camisas Negras*, bei den ›Schwarzhemden‹.«

»Gibt's die denn in Deutschland auch?«

»Ja, aber da heißen sie Neonazis.« Carmen schüttelte den Kopf. Die neue Software hatte auch in der ganz normalen Einreisedatei einen Treffer gemeldet. »Na, das ist ja eine ganz bunte Mischung, die der Residente da aus dem Meer gefischt hat. Der andere Kerl heißt Wojtek von Wezerski und kommt aus Polen. Da gibt es bei Europol keine Sondereinträge zu. Kannst du die beiden Namen mal bitte durch die Hotelabfrage jagen?«

Nachdem Carmen die beiden Namen buchstabiert hatte, wurde Marga Santo recht bald fündig.

»Die sind beide im Hotel Lemar in Colonia Sant Jordi abgestiegen.«

»Wer zusammen wohnt, kann auch zusammen ersaufen«, bemerkte Carmen trocken. »Da es in Polen ebenfalls eine nicht unerheblich große rechte Szene gibt, haben sie sich vermutlich nicht erst in Colonia Sant Jordi kennengelernt. Fragt sich nur, was die beiden auf Mallorca gemacht haben. Sollte sich hier bei uns etwa was Politisches zusammenbrauen, oder wollten die beiden Recken nur mal ungestört kuscheln?«

»Das werden wir herausbekommen. Sicherheitshalber sollten wir unsere beiden irakischen Freunde außerdem vom Heimatschutz durchleuchten lassen. Wir sollten es schon wissen, wenn die Taliban vor Cabrera Tauchunterricht nehmen.«

Carmen schrieb die Anfrage, während Marga die Nummer der Spurensicherung wählte. »Ich werde mir das Hotel Lemar vorknöpfen, für dich als zukünftige Kriminaldirektorin bleibt der Edelschuppen in Santanyí«, sagte sie.

»So edel ist der nun auch wieder nicht«, wehrte Carmen ab.

»Noch bist du ja auch keine Direktorin.«

***

Ángel Bauzá wartete nun schon fast zwei Stunden am Hafen von Cabrera auf die Küstenwache, aber nichts tat sich. Stinksauer ging er auf der lang gezogenen Kaimauer, die in einen rund dreißig Meter langen Steg aus Stein mündete, auf und ab. An dem lag das Boot der Ranger fest vertäut. »Während der Herr Comisario mit seinen Gästen in der Bar bei Cati einen auf feiner Pinkel macht, darf ich hier den Deppen geben und auf diesen verschissenen Blechkanister aufpassen. Wenn ich das Ding zu Geld hätte machen dürfen, wäre ich mit einem Hunderter in der Tasche schon längst wieder zu Hause«, maulte er verstimmt. »Wozu reiße ich mir denn hier den Arsch auf?«

Richtig sauer war Bauzá jedoch erst nach seinem letzten Telefonat geworden. So unverschämt war er in der Einsatzleitzentrale der Küstenwache noch nie abgefertigt worden. Ob er glaube, der Kaiser von China zu sein, hatte ihn dieser junge Schnösel doch glatt gefragt. Derselbe unverschämte Kerl, der ihm vorhin noch hoch und heilig versprochen hatte, dass das Schnellboot in spätestens einer Stunde da sein würde. In höchster Erregung tippte er auf seinem Handy herum.

»Na, der wird sich noch wundern«, schnaubte Bauzá wütend. »Ich bin schließlich nicht irgend so ein dahergelaufener Penner. Ich habe Verbindungen!«

Doch mit genau diesen Verbindungen schien es augenblicklich nicht so recht zu klappen, denn so lange er es auch klingeln ließ, am anderen Ende ging niemand ran. Als er sein Telefon wieder einsteckte, vernahm er dicht neben der Kaimauer ein seltsames Blubbern.

»Das gibt's doch wohl nicht.« Geplättet blieb er stehen. »Das Tauchen ist rund um Cabrera verboten, und hier im Hafen wird man dafür erschossen«, brüllte er dann.

Aufmerksam ließ Bauzá seine Augen hin und her wandern. Aber nichts tat sich. Dabei war er sich sicher, dass irgendjemand im Wasser war, dieses Blubbern kannte er nur zu genau. Er wurde immer wütender. »Erst dieser Spinner von der Leitstelle, und nun will mir hier jemand einen Taucher für einen furzenden Fisch verkaufen. Aber nicht mit mir! Tauchen Sie sofort auf!«

Fassungslos sah Bauzá, dass sich wirklich ein Taucher aus dem an dieser Stelle vielleicht hüfttiefen Wasser erhob. Nein, es war eine Taucherin, wie er an ihren deutlich sichtbaren Rundungen erkennen konnte. »Ich werde Sie den Behörden melden«, rief er triumphierend.

Derartig von sich und dem Erfolg seines forschen Auftretens begeistert, bemerkte der brave Mann nicht, dass sich auf der anderen Seite des Steges ebenfalls ein Taucher aus dem Wasser erhoben hatte. Er war mit einer Art Harpune bewaffnet und legte auf ihn an.

Bauzá hörte das Zischen vielleicht noch, aber für eine Reaktion war es schon zu spät. Das Geschoss stach ihm mit ungeheurer Gewalt in den Nacken, ganz oben im Genick. Doch nicht der Schmerz beeindruckte Bauzá, sondern ein so ungeheures Dröhnen und Zischen, wie er es noch nie gehört hatte. Sein Kopf schien in tausend Stücke zerspringen zu wollen. Gleichzeitig wurde ihm so leicht zumute, dass er nicht mehr spürte, wie er fiel und von zwei starken Händen gegriffen wurde. Im Gegenteil. Bauzá fühlte sich zum ersten Mal in seinem Leben leicht und frei, und eine schier atemberaubende Welle des Glücks überflutete ihn.

Die Taucherin zog Bauzá vorsichtig vom Steg und ließ ihn nahezu lautlos ins Wasser gleiten. Mit einer kurzen, aber bestimmten Umarmung presste sie den größten Teil der Luft aus seinen Lungen und tauchte mit ihm ab.

Ihr Komplize griff sich den Benzinkanister, öffnete den Verschluss und ließ den Tank mit Wasser volllaufen, bis sich keine Luft mehr darin befand. Er verschloss ihn gründlich, um keine verräterischen Benzinspuren im Wasser zu hinterlassen.

So lautlos, wie die beiden Fremden gekommen waren, so lautlos verließen sie den Hafen. Mit Ángel Bauzá und dem Tank.

***

Es war dunkel geworden. Zum großen Ärger von Comisario García Vidal war das Boot der Küstenwache, das den Benzintank und ihn nach Palma bringen sollte, noch immer nicht da. Wütend bestellte er für sich und seine beiden Begleiter bei Cati noch einen Cortado.

»Was klemmt denn?«, erkundigte sich Berger.

»In Es Trenc ist ein Badegast mit seiner Luftmatratze rausgetrieben und von einem Sportboot überfahren worden.« García Vidal rührte Zucker in seinen Milchespresso. »Entweder suchen sie ihn noch, oder sie sind schon dabei, die Sache aufzunehmen. Jedenfalls war bisher kein Boot für mich frei. Und ich habe weiß Gott Besseres zu tun, als hier rumzusitzen.«

»Bleiben Sie locker, Cristóbal. Carmen hat doch alles im Griff. Warten Sie einfach mit uns auf die Ergebnisse der Durchsuchungen, dann sehen wir weiter.« Berger lächelte ihn aufmunternd an. »Ich weiß, wie unschön es ist, wenn einem die Hände gebunden sind, aber es läuft auch ohne Sie weiter. Außerdem sollten Sie sich noch ein wenig schonen.«

García Vidal lachte. »Das müssen ausgerechnet Sie mir sagen. Wann schonen Sie sich denn? Außerdem erzählen Sie doch immer, Sie hätten es im Urin, wenn irgendetwas nicht stimmt oder wenn sich etwas zusammenbraut. Bei drei Wasserleichen hätten Sie einen Blasensprung bekommen müssen.«

»Was hat es denn für einen Sinn, die Pferde schon im Vorfeld scheu zu machen? Das können wir immer noch, wenn die Ergebnisse da sind. Und bei den beiden Europäern gibt es ja sogar schon welche, die Kollegin Santo hat eindeutige Hinweise auf eine homosexuelle Beziehung der beiden gefunden.«

»Dass Schwule sich im politisch rechten Lager zu Hause fühlen, ist allerdings schwer vorstellbar, finden Sie nicht?«

»Es passt in die Geschichte der Nazis. Von denen gab und gibt es einige Größen, die gern mal von einem anderen ›Helden‹ durchgevögelt wurden und auch noch werden. Dass die das nicht unbedingt bei sich zu Hause im Garten machen wollen, ist nachvollziehbar.«

García Vidals Handy klingelte. »Moment bitte.« Er lauschte, und sein Gesicht wurde immer ernster. Nach einem wenig hoffnungsvollen »Und es gibt keinen Zweifel, Doktor?« bedankte er sich und klappte sein Handy wieder zu. »Jetzt ist es wirklich an der Zeit, mich aufzuregen.«

»War das die Gerichtsmedizin?«

»*Sí*, Miguel. Bis auf die Tatsache, dass die drei Leichen tot waren, gibt es nun eine weitere Gemeinsamkeit.«

»Lassen Sie mich raten«, sagte der Bischof. »Sie wurden alle umgebracht?«

»*Sí*, Exzellenz. Und zwar auf vollkommen gleiche Art. Man hat ihnen einen Dorn ins Genick gejagt, wodurch Rückenmark und Atemzentrum total zerquetscht wurden.«

»Wie eine Garrotte?«, fragte Berger zweifelnd.

»Das kann ich Ihnen nicht sagen. Der Doc erzählte etwas davon, dass es regelrecht explodiert sein muss.«

»Das Rückenmark?«

»*Sí*, Señor.«

Berger schüttelte den Kopf. »Also, das soll er mir bitte persönlich erklären. So etwas habe ich ja noch nie gehört.«

García Vidal erhob sich von seinem Platz. »Señor Residente, Exzellenz, ich möchte Sie bitten, mich mit Ihrem Boot nach Palma zu bringen.«

Die beiden erhoben sich sogleich, und Crasaghi nickte zustimmend. »Selbstverständlich, Comisario. Señor Berger, wie lange werden wir benötigen?«

»Wenn wir uns beeilen, müssten wir in zwei Stunden da sein.«

Am Hafen angekommen, schauten sie sich vergeblich nach Señor Bauzá um.

»Wo ist denn unser eifriger Fischer? Der wollte doch hier am Hafen auf das Schnellboot der Küstenwache warten und auf den Bootstank aufpassen.«

Berger machte ein ernstes Gesicht. »Der war auf den Tank rattenscharf, um ihn zu Geld machen zu können, nachdem die Spurensicherung mit ihm fertig ist. Wenn der nicht wie verabredet hier ist, dann stimmt was nicht.«

***

Im Hotel Santanyí wartete Carmen auf dessen deutsche Besitzer, in der Hoffnung, von ihnen noch etwas über die beiden Iraker zu erfahren, während die Spurensicherung im Zimmer der Toten beschäftigt war. Sie nutzte die Zeit, um sich telefonisch mit Marga Santo abzustimmen.

»Und was kannst du nun schon mit Bestimmtheit sagen?«, fragte sie ungeduldig.

»Die beiden hatten eine homosexuelle Beziehung oder zumindest eine Affäre. Wir haben hier einige gebrauchte Präservative aus dem Abfall fischen können, die laut Schnelltest sowohl Sperma als auch Kolibakterien aufwiesen. Die DNA-Analyse wird uns genau sagen, wer sich an welchem Ende befunden hat. Interessanter als das Sexleben der beiden Männer sind aber wohl die Waffen und die Munition, die wir hier gefunden haben. Zwei SIG Sauer P226 mit jeder Menge Stahlmantelgeschossen. Ebenso eine MP5, und zwar die Bauart, die eigentlich nur von der deutschen Bundespolizei benutzt wird.«

»War denn einer von denen ein Kollege?«, fragte Carmen vorsichtig.

»Mensch, Carmen, wo denkst du hin? Wie kann denn so ein Schwuli bei der Polizei sein?«

»Marga, deine Voreingenommenheit Homosexuellen gegenüber ist furchtbar. Ich habe nichts gegen Schwule, also verschone mich mit derartigen Stammtischkommentaren.«

Die Kollegin klang beleidigt. »Nein, sonst deutet nichts darauf hin, ich habe aber eine entsprechende Anfrage ans BKA geschickt.«

»Na also«, sagte Carmen. »Geht doch. Wir müssen herausbekommen, wie die Waffen nach Mallorca gekommen sind, ich hoffe doch, nicht im Handgepäck.«

»Ich lasse die Durchleuchtungen der Gepäckstücke kontrollieren. Die sind ja samt und sonders gespeichert.«

»Wunderbar. Was meine Iraker betrifft, bin ich hier noch nicht richtig weitergekommen. Der Mann ist jedenfalls flüchtig. Als wir ankamen, sah es so aus, als hätte hier jemand eilig gepackt. Nach ihm läuft bereits eine Fahndung. Interessant ist, dass die beiden zwar zusammen in einem Zimmer wohnten, aber offensichtlich kein Paar waren. Allem Anschein nach hat einer von beiden, ich tippe auf ihn, mit Decken auf dem Fußboden genächtigt. Auf dem Bettlaken wurden nach oberflächlicher Ansicht auch keine Spuren sexueller Aktivität gefunden.«

»Okay«, kam es von Marga Santo, »wann treffen wir uns wieder auf der Dienststelle?«

»Ich werde erst noch nach Palma in die Gerichtsmedizin fahren, um dort alles abzugeben, was die Spusi hier eingesammelt hat. Außerdem hoffe ich auf Neuigkeiten über die drei Toten.« Carmen sah, dass eine Dame die Hotellobby betrat, die der Beschreibung nach die Besitzerin sein konnte. »Wir müssen Schluss machen, die Chefin des Hauses ist gerade aufgeschlagen. Tschüss, bis nachher.« Sie steckte das Handy ein und ging auf die Dame zu. »Señora Menzel, mein Name ist Carmen Lucas von der *Policía Nacional.*« Sie hob ihren Dienstausweis. »Sie sind doch die Eigentümerin dieses Hotels?«

Señora Menzel nickte erstaunt. »Stimmt irgendetwas nicht?«

»Ich muss Ihnen leider mitteilen, dass einer Ihrer Gäste tot aufgefunden wurde.«

»Sagen Sie bloß, der Irakerin ist etwas zugestoßen?«

»Ich fürchte, ja. Warum wussten Sie auf Anhieb, wen ich meine?«

»Weil ich sie schon seit drei Tagen nicht mehr gesehen habe. Ihr seltsamer Freund kam vorgestern hier reingestürmt und hat völlig aufgeregt ausgecheckt. Nur er, nicht sie.«

Carmen wurde hellhörig. »Und kam Ihnen das nicht seltsam vor?«

»Zuerst schon.« Sie schüttelte den Kopf. »Dann aber kam sofort eine durchaus schlüssige Erklärung für seinen Gemütszustand.«

»Und wie lautete die?«

»Er habe seine Freundin mit einem anderen Mann in flagranti erwischt.«

»Ich weiß nicht, ob man das so bezeichnen kann. Die beiden Herren, mit denen Señora Muntamei aufgefunden wurde, waren genauso tot wie sie.«

»Das ist ja furchtbar.« Das Entsetzen der Hotelbesitzerin schien echt. »Sie war so eine schöne junge Frau, die noch ihr ganzes Leben vor sich hatte.«

Carmen ließ nicht locker. »Kam Ihnen beim Verhältnis der beiden zueinander irgendetwas seltsam vor?«

Señora Menzel lachte auf. »Sie müssen nur ein paar Jahre im Hotelfach gearbeitet haben, dann finden Sie nichts mehr seltsam.« Sie dachte einen Moment nach. »Außergewöhnlich war, dass die junge Dame das Zimmer bar und für zehn Tage im Voraus bezahlte. Das begründete sie damit, dass sie keine international vertretene Hausbank habe, und bevor ich meinem Geld nachlaufe, nehme ich es lieber cash.«

Carmen nickte bestätigend. »Ich habe auch mal im Hotelfach gearbeitet, und bei Gästen aus dem Nahen Osten gab es in dieser Hinsicht fast immer Probleme.« Sie schaute auf ihre Notizen. »Hat Señor Chamatai irgendetwas darüber gesagt, wohin er wollte?«

»Natürlich habe ich ihn gefragt, aber er sagte nur, er wolle so schnell wie möglich wieder nach Hause. Das war für mich in diesem Augenblick völlig verständlich.«

»Wissen Sie, wie?«

Sie zuckte mit den Achseln. »Nein. Er erkundigte sich nach der nächsten Fahrgelegenheit nach Palma, und die habe ich ihm genannt.«

»Also mit dem Taxi?«

»Nein. Er ist mit dem Bus gefahren. Ich habe ihm noch die Abfahrtszeiten herausgesucht.«

***

Nach einem kurzen Abstieg saßen Mira und Fatma etwas außer Atem wieder in dem Schlauchboot, mit dem sie auf die Insel gekommen waren.

»Nee, Leute, für so eine Kletterpartie habe ich vielleicht doch ein paar Gramm zu viel auf den Rippen.«

»Blödsinn, wo bist du denn zu fett?«

»Als professionelle Klettersportlerin wäre allein schon die Haut auf den Knochen zu viel.« Mira begann, ihre Taucherausrüstung zu kontrollieren.

»Aber du bist keine Profiklettersportlerin, sondern ein ganz normaler Mensch.« Fatma kümmerte sich ebenfalls um ihre Sauerstoffflasche. »Ist der Geigerzähler überhaupt wasserdicht?«

»Klar doch, aber wir sollten erst einmal einen Unterwassereinstieg finden, bevor wir messen.«

»Das muss eine riesige Höhle sein, wenn sogar U-Boote da reinfahren konnten.«

Mira schüttelte den Kopf. »Nein. Man muss ja nicht unbedingt auftauchen, um ein U-Boot zu beladen. So, wie man Kampfschwimmer absetzen kann, kann man U-Boote rein theoretisch auch durch die Torpedorohre betreten.«

»Das ist dann aber ein sehr mühsames Geschäft. Außerdem geht in so ein U-Boot auch nicht viel rein, oder?«

»Das denkst du.« Mira schnallte sich ihre Tarierweste um. »Die Nazis hatten mit dem Typ IX D1 ein U-Boot, das über eine relativ große Unterwasserladeluke verfügte. Natürlich war es langwierig, diese Rampe bei jeder Ladung immer wieder fluten und belüften zu müssen, aber so ein U-Boot konnte rund zweihundertfünfzig Tonnen Fracht aufnehmen. Das wurde extra gebaut, um Seeblockaden durchbrechen zu können.«

Fatma war nun ebenfalls tauchfertig. »Okay, wonach suchen wir also genau?«

»Nach einem Loch im Schweizer Käse, das zumindest so groß ist, dass man mit Lastballons gewichtige Dinge aus dahinterliegenden Unterwasserhöhlen bergen kann.«

»Da gibt es mit Sicherheit viele. Woher wissen wir, dass es das Richtige ist?«

»Wenn wir hindurchschwimmen und plötzlich trockene Füße haben, sind wir richtig.«

Sie ließen sich rücklings ins Wasser gleiten.

Mira tauchte nicht gern in der Dunkelheit. Trotz der gleißend hellen Handscheinwerfer, mit denen man gut und gern zwanzig

Meter weit sehen konnte, hatte sie ein beklemmendes Gefühl. Wasser war eben nicht ihr Element. Das wurde ihr bei derartigen Exkursionen immer wieder klar, vor allem, wenn sie nachts tauchen musste.

In circa zehn Metern Tiefe leuchteten sie systematisch die Felswände nach Höhlen ab. Eine Nische erweckte ihr besonderes Interesse. Vorsichtig tauchten sie hinein.

Dieser Ort wäre ideal, um etwas zu verstecken, dachte Mira. Selbst mit einem Glasbodenboot hätte man von oben keinen Einblick. Als sie um eine Ecke bogen, blieb ihnen fast das Herz stehen. Schon wieder glotzte sie eine Leiche an. Diesmal war es kein Taucher, und sie schien etwas frischer zu sein als die drei anderen, denn aus der Kleidung stiegen noch Luftbläschen hervor. Mira zog einen ihrer Neoprenhandschuhe aus und berührte sie vorsichtig. Ihr optischer Eindruck bestätigte sich. Die Haut war deutlich wärmer als das Wasser. Lange konnte der Mann noch nicht tot sein.

Fatma tippte Mira an und deutete auf die Beine des Mannes. Es war einer der Fischer von Cabrera. Auf den Stulpen seiner Fischerstiefel stand deutlich der Name »Bauzá«.

Plötzlich hörte Mira ein seltsames Geräusch, ein leises »Plopp«. Es war fast so, als würde jemand mit einem Luftdruckgewehr auf sie schießen. Im Wasser? Irritiert schaute sie sich um, konnte in der Dunkelheit aber nichts entdecken. Für kurze Zeit hatte sie Fatma im Lichtkegel der Handlampe. Sie registrierte erst einen Augenblick später, dass ihre Kollegin eine irgendwie seltsame Haltung angenommen und ihre Handlampe, nutzlos nach unten leuchtend, an ihrem Handgelenk gebaumelt hatte. Erschrocken richtete sie den Lichtstrahl wieder auf Fatma. Die schwebte zwar vertikal im Wasser, hatte aber dennoch eine Körperhaltung wie ein Käfer, der auf dem Rücken liegend um sein Leben strampelte, fast schon zuckte. Mira schwamm etwas näher an sie heran, und ihr Eindruck bestätigte sich. Jetzt konnte sie durch die Taucherbrille hindurch Fatmas vor Entsetzen geweitete Augen sehen. Mit einem Handzeichen fragte sie, ob alles in Ordnung sei. Fatma reagierte gar nicht darauf. Ihrer Körperhaltung nach schien sie etwas am oder im Rücken zu haben. Mira schwamm um sie herum. Vielleicht war was mit ihrem Sauerstoffgerät nicht in Ordnung. Doch daran lag es nicht. Fatma hatte einen Pfeil im Genick sitzen, einen sogenannten

Haitöter. Bei so einem Geschoss bohrt sich die Spitze eines Hohlpfeils weit in den Fisch hinein. Hinter der Pfeilspitze befindet sich eine Pressluftkartusche. Durch den Aufpralldruck bohrt sich das andere Ende des Pfeils in die Plombe der Kartusche, und ein enormer Druck von mehreren hundert Bar schießt ins Fleisch und lässt den Fisch geradezu explodieren.

Während Mira noch geschockt auf den Haitöter in Fatmas Genick blickte, vernahm sie ein weiteres »Plopp« und spürte gleich darauf einen Schlag gegen ihre Sauerstoffflasche. Ihr war sofort klar, dass es ein zweiter Pfeil dieser Art war, der ihr gegolten hatte. Geistesgegenwärtig entriss sie Fatma die Handlampe, die diese immer noch umkrampft hielt, und löschte beide Lichter. Um sie herum war es nun absolut dunkel. Sie griff nach ihrer Kollegin und zog sie so schnell in die Tiefe, wie sie nur konnte, um den Angreifern zu entkommen. Dabei tastete sie sich blind an der Felswand entlang. Wie durch ein Wunder tat sich neben ihr plötzlich ein Höhleneingang auf. Den gefunden zu haben, war reines Glück bei dieser Dunkelheit. Eigentlich hatte sie sich nur an irgendeiner Koralle festhalten wollen, aber ins Leere gegriffen. Sie schob die völlig wehrlose Fatma in die Höhle und konnte trotz der schlechten Sicht erkennen, dass ihre Luftblasen senkrecht in die Höhe stiegen. Die Höhle war also so groß, dass sie sich durch ihre Atmung nicht nach außen hin verraten würden. Mira war erleichtert, dass Fatma eine intakte Atmung hatte, denn auch aus ihrem Lungenautomaten blubberten bei jedem Ausatmen Luftblasen in die Höhe. Wie durch ein kleines Wunder war der Pressluftmechanismus nicht ausgelöst worden. Das wäre Fatmas sicherer Tod gewesen. Augenscheinlich war es ihr jedoch nicht möglich, sich zu bewegen. Vielleicht hatte sich die Pfeilspitze ja neben dem Atemzentrum ins Rückenmark gebohrt. Eine plausiblere Erklärung für Fatmas Zustand fiel ihr derzeit nicht ein.

Die Taucher, die auf sie geschossen hatten, schienen die Felsspalte nach ihnen abzusuchen. Immer wieder huschten die Lichtkegel ihrer Taucherlampen an dem Höhleneinstieg vorbei, der von Algen und Seegras fast zugewachsen war. Hinter dem Vorhang aus Grünzeug konnten sie sie nicht entdecken. Hätte sie vorhin nicht ins Leere gegriffen, wäre sie ja selbst an der Öffnung vorbeigeschwommen. Mira drückte sich und Fatma so dicht an die Felswand, wie es ihr mit den Sauerstoffflaschen auf dem Rücken möglich war. Ihre Vermutung war richtig. Sosehr sich die fremden Taucher auch bemühten, sie zu finden, die beiden Frauen blieben für sie verborgen. Nach für Mira fast endlos wirkenden fünf Minuten schienen sie sich wieder zurückgezogen zu haben. Jedenfalls blieb es vor der Höhle dunkel.

Vorsichtig tauchte sie zum Höhleneinstieg hinab, um einen Blick nach draußen zu riskieren. Es blieb dunkel. Die Wasseroberfläche zeigte ihr, dass der Mond inzwischen herausgekommen war. Nirgends über ihr waren schwarze Silhouetten von Tauchern zu sehen. Die Gefahr schien gebannt.

Um wirklich sicherzugehen, wartete sie noch eine Viertelstunde ab.

Miras Erfahrung war es wohl, die den beiden Frauen das Leben rettete, denn die Angreifer warteten tatsächlich an der Wasseroberfläche auf ihre vermeintlichen Opfer. Nach ein paar Minuten wurden sie ungeduldig.

»Hast du auch wirklich getroffen?«

»Natürlich. Bei der einen war es ein Volltreffer, bei der anderen bin ich mir nicht ganz sicher. Getroffen habe ich aber beide, das steht fest.«

»Nun gut, würden sie noch leben, wären sie schon längst aufgetaucht. Lass uns morgen früh nach den Leichen suchen, dann können wir sie neben den Fischer hängen.«

Als sich oben an der Wasseroberfläche nichts tat, begannen die beiden Frauen langsam mit dem Aufstieg. Dabei schwankte der Pfeil in Fatmas Hals derart bedenklich hin und her, dass Mira befürchtete, durch die Bewegungen den Mechanismus doch noch auszulösen. Vorsichtig griff sie nach dem Metall und zog ihn mit einem kräftigen Ruck aus der kleinen Wunde. Kaum hatte sie ihn in der Hand, explodierte die Spitze geradezu. Für kurze Zeit verschwanden sie förmlich in einer riesigen Wolke kleinster Luftbläschen.

4

Mit kleiner Fahrt liefen sie bei tiefer Dunkelheit in den Hafen von Palma ein. Eine Barkasse der Küstenwache erwartete sie am letzten Leuchtfeuer, um sie zur Anlegestelle im Areal der Küstenwache zu geleiten.

Crasaghi pfiff anerkennend durch die Zähne. »Perfekt organisiert, das muss Ihnen der Neid lassen, Señor Comisario.«

Berger lachte. »Hätten Sie das gemacht, hätte uns bestimmt ein päpstlicher Flugzeugträger abgeholt.«

»Gibt's denn so etwas überhaupt?« García Vidal schaute sich erstaunt zu Crasaghi um.

Bevor der antworten konnte, ging Berger dazwischen. »Wenn Seine Exzellenz mit dem Finger schnippen, dann haben die eine halbe Stunde später sogar ein Spaceshuttle.«

»Oh nein, Señor Residente«, wehrte Crasaghi ab. »So ein Spaceshuttle ist ein auslaufendes Modell.«

»Sí«, kam es trocken von Berger. »Das ist Ihr Papst auch.«

Am Pier wurden sie bereits erwartet.

Gräfin Rosa nahm ihren Residente zur Begrüßung zärtlich in den Arm. »Kann man Sie nicht einmal mehr mit einem Priester Boot fahren lassen, ohne dass Sie gleich eine Leiche finden?«

»Nur eine ginge noch«, brummte Carmen missmutig. »Da wäre nur der Tag versaut gewesen. Aber der Herr macht es ja nicht mehr unter drei, sodass wir noch die Nacht dranhängen müssen.«

Berger zuckte mit den Achseln. »Was soll ich sagen? Wenn die sich uns in diesem Zustand vor den Kiel werfen …«

Während Berger Carmen mit dem Bischof bekannt machte, schaute der Comisario ein wenig geknickt auf das Begrüßungskomitee.

»Nun gucken Sie doch nicht so bedröppelt. Ihre Angela ist im Konsulat und versucht, mehr über unsere Neonazis und unsere vermeintlichen Taliban rauszubekommen.«

»Gibt's denn da etwa entsprechende Anhaltspunkte?«

Sie bestiegen Carmens Dienstwagen.

»Leider ja, aber nur vage. Es scheinen sich augenblicklich einige rechte Gruppierungen und seltsamerweise auch die Taliban für Cabrera zu interessieren.«

»Und woher wissen Sie das?«

»Durch die Spuren, die sie im Internet hinterlassen.«

Berger konnte es kaum glauben. »Taliban und Nazis. Was wollen die denn ausgerechnet auf Cabrera? Hat Rudolf Heß auf dem Weg nach Schottland vielleicht auch dort Station gemacht?« Er sah Crasaghi auffordernd an. »Wissen Sie mehr, Exzellenz? Die Kirche und die Rechten konnten doch schon immer ganz gut miteinander.«

»Aber nur, wenn es zum Wohle der Menschheit war.«

»Dann war Franco also nichts weiter als ein Erzengel, der ein kleines bisschen über die Stränge geschlagen hat?«

»Werden Sie bitte nicht unsachlich.« Crasaghi war ernstlich verschnupft. »Ich kann Ihnen nicht sagen, warum die Nazis oder die Taliban plötzlich Interesse an Cabrera haben. Ich habe weder mit der einen noch mit der anderen Szene zu tun. Natürlich hatten sowohl die Syndikalisten der Falange als auch die Franquistas faschistische Priester. Genauso hatten aber auch die Aufständischen ihre Geistlichen im Felde.«

»Es gab aber einen kleinen Unterschied. Wenn etwas davon in Rom bekannt wurde, war das für Francos Priester ein Karrieresprung. Die armen Teufel, die sich um das Seelenheil der Aufständischen kümmerten, wurden vom Klerus entfernt«, schäumte García Vidal wütend. »Für die gab es keinen Platz mehr in den Armen von Mutter Kirche.«

»Woher wollen Sie das denn wissen?«, erwiderte der Bischof schnippisch.

Berger hatte den Comisario noch nie so außer sich gesehen.

»Mein Onkel war einer dieser Priester, Señor, und er wurde von seinem eigenen Bischof an Francos Truppen ausgeliefert, um danach standrechtlich erschossen zu werden. Erzählen Sie mir also bitte nichts von der Güte der Kirche!«

Im Wagen breitete sich eisiges Schweigen aus.

»Meine Assistentin wird Sie jetzt bei Ihrem Kollegen im bischöflichen Palais absetzen«, sagte García Vidal nach einer Weile. »Und dann trennen sich unsere Wege, denke ich.«

Crasaghi versuchte einzulenken. »Ich werde für die Seele Ihres Onkels aufrichtig beten. Ich hoffe, wir werden uns bei der Messe treffen.«

»Wohl kaum, Señor. Als ich das letzte Mal bei einer Messe war, habe ich einen Priester wegen sexuellen Missbrauchs von Schutzbefohlenen verhaftet. Sonst noch irgendwelche Fragen?«

Der Wagen hielt, und Crasaghi stieg aus. »Señor Residente, ich werde mich morgen früh bei Ihnen melden. Und bei Ihnen, Comisario, kann ich mich nur in aller Demut für das, was Ihnen und Ihrer Familie durch die Kirche und meine Brüder widerfahren ist, entschuldigen.« Er verbeugte sich, drehte sich um und ging schnellen Schrittes auf das Portal des Palais zu.

Carmen fuhr wieder los.

»Mannomann«, die Gräfin räusperte sich, »dem haben Sie's aber gegeben. War das denn unbedingt nötig?«

»Wenn Sie mich so fragen, war es vielleicht nicht notwendig, aber mir war einfach danach.« García Vidal kratzte sich verlegen am Kopf. »Dieser Typ ging mir irgendwie auf den Keks mit seiner neugierigen Scheinheiligkeit. Er hat sich zwar aus allem rausgehalten, doch ich hatte das Gefühl, dass er alles genauestens beobachtet.«

»Das hätte ich nicht besser ausdrücken können«, pflichtete Berger ihm bei. »Mich hat er auch aufgeregt. Der muss nur einmal telefonieren, und er bekommt alles, wovon unsereins nicht einmal zu träumen wagt.«

»Neidisch?«, fragte Carmen.

»Nein, aber dann sollte er nicht von Demut faseln«, beendete der Comisario das Thema. »Nun zu wichtigeren Dingen. Carmen, wie sieht es aus an der Front? Hat sich etwas getan?«

»Nein. Wir haben zwei schwule Neonazis und eine bildhübsche Irakerin sowie diverse Internetanfragen der rechten Szene über alles, was mit Cabrera zusammenhängt, aber keinen blassen Schimmer, was Neonazis und Taliban für Gemeinsamkeiten haben könnten.«

»Moment mal«, widersprach Berger. »Ein gemeinsamer Schnittpunkt könnte Antisemitismus sein.«

»Was hat denn Antisemitismus mit Cabrera zu tun?«, ging Gräfin Rosa dazwischen. »Gibt oder gab es überhaupt einmal einen Juden auf dieser Insel?«

»Mag sein, aber dann nicht in der Eigenschaft als Jude, sondern höchstens als Mensch, der zufällig einer war, im Zweiten Weltkrieg bei den Alliierten oder vielleicht auch als Gefangener bei den Unabhängigkeitskriegen«, antwortete García Vidal. »Soweit ich weiß, wohnt oder wohnte auch kein Jude auf Cabrera, zumindest kein orthodoxer, das würde man ja sehen, wenn man ihm begegnen würde. Dieser Zusammenhang ist mir auch zu sehr konstruiert. Wir sollten versuchen, mal in eine andere Richtung zu denken.«

»Und in welche, wenn ich fragen darf?«

»Keine Ahnung.«

Berger schaute hoch. »Wohin fährst du eigentlich mit uns, Schönste aller Schönen?«

»Zur Gerichtsmedizin.«

»Sehe ich tot aus, oder stinke ich?«, fragte Berger.

»Nein, Señor Residente. Der Doc hat mich gebeten, mit Ihnen beiden heute noch mal vorbeizukommen. Er hat neue Details zur Todesart der drei Opfer.«

Berger nickte. »Vielleicht bringt uns das auf die richtige Spur. *Vamos.*«

***

Mira musste all ihre Kraft aktivieren, um die völlig verkrampfte Fatma ins Schlauchboot zu ziehen. Am ganzen Leib war sie bretthart und zuckte ständig mit Armen und Beinen.

Sie versuchte, ihr vorsichtig den Lungenautomaten aus dem Mund zu nehmen, obwohl sie sich fast panikartig dagegen wehrte. »Hör doch auf, ständig auf das Mundstück zu beißen, wir sind in Sicherheit, du kannst dich entspannen.«

In Fatmas Augen stand das nackte Grauen. Die letzten Minuten mussten für sie die Hölle gewesen sein. »Was ist mit mir?«, flüsterte sie unter größter Anstrengung. »Warum kann ich mich nicht bewegen? Mira, ich habe Angst.«

»Ich auch.« Mira strich ihr behutsam die Haare aus dem hübschen Gesicht. »Du musst jetzt ganz stark sein. Du hast einen Pfeil in den Hals bekommen, der dich anscheinend außer Gefecht setzt. Lange kann das aber nicht dauern, der Einstich ist recht klein.«

»Ich habe solche Schmerzen.«

»Wo denn?«

»Überall.« Fatma begann, vor Verzweiflung zu weinen. »Es tut mir so furchtbar leid, ich habe auch in die Hose gemacht.«

»Na und?« Mira lachte auf. »Das kann doch jedem passieren.« Sie nahm Fatma vorsichtig die Taucherbrille ab und löste den Kragen ihres Neoprenanzuges. Dabei ging sie so behutsam vor, dass sich der Kopf keinen Millimeter bewegte. Inzwischen hatten sich auch die Verkrampfungen gelöst. Mira sah sich im Schlauchboot um. Vielleicht gab es irgendetwas, woraus sie eine Nackenstütze für Fatma basteln konnte, damit sich die Verletzung bei Bewegungen nicht verschlimmerte. Ein Bodenbrett aus dem Heck des Bootes erschien ihr passend. »Warte bitte, ich hole mal etwas, was dir helfen wird.«

Vorsichtig, damit das Zodiac beim Laufen nicht zu sehr ins Schwanken geriet, ging sie ans Heck des Bootes. Mit ein paar Handgriffen löste sie das Brett aus der Halterung und betrachtete es genau. Sie nickte, das könnte klappen. Sie schlich zurück und schob das Brett Millimeter für Millimeter unter Fatmas Oberkörper. Danach fixierte sie deren Brustkorb, Nacken und Kopf mit Schiffstauen am Holz. Sie polsterte die Stellen mit einem ihrer T-Shirts, das sie vorher in Streifen geschnitten hatte, gründlich ab, damit die Haut von den groben Seilen nicht gereizt werden konnte. Als sie fertig war, öffnete sie Fatmas Taucheranzug und begann mit einer vorsichtigen Untersuchung.

»Ich denke, du bist Tierärztin?«

»Du bist genauso stur wie ein Esel, also wirst du auch ähnlich ticken wie einer. Spürst du das hier?« Sie kniff in Fatmas rechten Unterarm.

»Nein.«

»Sag mir bitte, wenn du etwas spürst.« Mira pikte mit einer Kulispitze der Reihe nach in die anderen Extremitäten und in den Oberkörper. Beim Schlüsselbein kam endlich die erlösende Rückmeldung.

»Jetzt spüre ich etwas. Der Rest meines Körpers ist wie tot, aber hier oben, da regt sich was. Ist das ein gutes Zeichen?«

Mira lächelte sie an. »Das ist sogar ein sehr gutes Zeichen. Genau wie die Tatsache, dass du etwas sagen und atmen kannst. Das zeigt, wo im Spinalkanal der Pfeil eingedrungen ist.«

»Aber ich kann mich nicht bewegen. Ich kann nichts fühlen, obwohl ich am ganzen Körper Schmerzen habe. Wie kommt das?«

»Bei so einer Verletzung ist das völlig normal. Es hat sich an der Einstichstelle ein Klumpen Blut gebildet, der auf dein Rückenmark drückt. Wenn der Körper dieses Blut wieder abgebaut hat, kannst du dich auch wieder bewegen.«

»Versprochen?«

»Versprochen. Wenn ich lügen sollte, wärst du der letzte Gaul, den ich behandelt habe.«

»Ich dank dir, Mira.«

»Okay, nun aber bitte keine Sentimentalitäten. Ich werde mal schnell nach oben klettern, um über Satellitentelefon Hilfe zu holen.«

»Und unser Auftrag?«

»Scheiß auf den Auftrag. Du bist wichtiger.«

Mira begann den Aufstieg an der Felswand. Das Einzige, was sie dabei störte, waren ihre Tränen. Tränen der Verzweiflung darüber, Fatma so einen Blödsinn erzählt zu haben.

***

García Vidal sah auf die Wanduhr im Sektionsraum und schüttelte den Kopf. Es war fast drei Uhr nachts. »*Madre mía*, um diese Zeit habe ich noch nie an einem Seziertisch gestanden. Also, Señor Médico, was haben Sie Spannendes für uns?«

»Zuerst habe ich für die Angehörigen eine tröstliche Mitteilung, so sich überhaupt welche melden. Die drei Opfer haben absolut nichts von ihrem Tod mitbekommen. In allen drei Fällen war der Adrenalinanteil im Blut annähernd normal.«

»Und wodurch motiviert haben sie ihre letzte Reise angetreten?«

»Es mag sich vielleicht dämlich anhören, aber durch Luft. Genauer gesagt: durch Pressluft. Sie wurde ihnen mittels einer stabilen Nadel durch den Wirbelknochen in die Medulla oblongata, das Atemzentrum, injiziert, und zwar mit einem derartigen Druck, dass das Gewebe blitzartig von innen her zerquetscht wurde.«

Der Comisario wurde blass. »Der Kaffeeklatsch.«

Alle schauten ihn verwundert an.

»Was denn für ein Kaffeeklatsch?« Carmen glaubte, sich verhört zu haben. »So ein richtiger, mit Kaffee und Kuchen?«

»Fast.« García Vidal konnte sich aus seiner Schreckstarre lösen. »Wir haben doch vom Glasbodenboot aus so eine Pressluftkartusche gesehen.«

»Stimmt«, entfuhr es Berger. »Dabei haben wir von Omas Kaffeeklatsch erzählt und dass so ein Siphon unter Umständen ein Eigenleben haben kann.«

Die Gräfin wurde ungeduldig. »Könnten die Herren vielleicht einmal Klartext reden?«

»Sie meinen einen Haitöter«, platzte Carmen heraus.

»Was ist das denn nun wieder?«

»Es gibt spezielle Harpunenpfeile gegen Haie, mit denen könnte man genau diese Verletzungen auch bei Menschen verursachen. Und da kommen solche Pressluftkartuschen hinein, wie man sie auch in Siphons verwendet, nur sind die so speziell verstärkt, dass die Luft nicht mit zweihundert Bar reingepresst wird, sondern mit fünf- bis sechshundert Bar.«

»Wenn die Luft mit einem derartigen Druck entweicht, entsteht eine ungeheure Kälte«, fuhr der Arzt fort, »und verursacht thermische Verletzungen im Gewebe. Durch die Erfrierungen in den Atemzentren der Toten bin ich überhaupt erst auf Pressluft gekommen. Andere Gase hätten wir nämlich nachweisen können.«

»Das Ganze erinnert mich an einen Flaschenöffner, den Anatol immer benutzt. Das ist so eine Nadel mit einem dicken Griff, in dem auch so eine Pressluftkartusche drin ist.« Gräfin Rosa gestikulierte beim Sprechen, als würde sie selbst eine Weinflasche öffnen. »Die Nadel wird in den Korken gesteckt und dann per Knopfdruck Pressluft zwischen Wein und Verschluss getrieben. Die presst von innen den Korken aus der Flasche.«

»Und was sagt uns das jetzt?« Carmen schaute fragend in die Runde.

Berger grinste sie an. »Dass man als Sommelier zukünftig einen Waffenschein braucht.«

Nachdem sie sich zur Lagebesprechung am nächsten Morgen verabredet und den Comisario am Polizeipräsidium in Palma abgesetzt hatten, ging es endlich nach Santanyí.

Berger gähnte herzhaft. »Kinder, was bin ich müde. Fahren wir zu Ihnen, oder lassen wir uns von Carmen bei mir absetzen?«

»Ich denke mal, dass es besser wäre, wenn wir bei Ihnen nächtigen würden«, kam es etwas verlegen von Gräfin Rosa. »Ich hätte da nämlich eine kleine Sache, von der ich noch nichts erzählt habe.«

»Ach du grüne Neune, ist Ihre Bude abgebrannt?«

Sie schüttelte den Kopf. »Schlimmer.«

»Hat mein Boot was abbekommen?«

»Nein, Tante Auguste hat sich auf der Finca eingemietet und würde gern so bald wie möglich mit ihrem zukünftigen Sohnemann sprechen.«

Berger wurde blass. »Na, wie das Gespräch aussieht, kann ich mir lebhaft vorstellen. Diese Verrückte will mich nicht adoptieren, die hat eine feindliche Übernahme geplant.« Er gab Rosa einen Handkuss. »Bei Ihnen, liebste Gräfin, war das zwar nicht anders, aber in Ihrem Fall genieße ich das. Ich wurde in Ihr Bett aufgenommen. Von Ihrer Tante hingegen sollen wir beide in ein goldenes Nest gesteckt werden, das danach von einem riesigen, großherzöglichen Gluckenarsch hermetisch abgeriegelt werden wird. Das haben Sie gar nicht und ich schon überhaupt nicht verdient.«

Rosa nickte verständnisvoll. »Aber sie hat auch ein ganz großes Herz, in dem Sie bereits Ihren festen Platz haben.«

»Das ist das Problem. Sie auch in meinem. Diese alte Dame ist im Grunde der einzig echte Punker, den ich kenne. Die kann man nur lieben.« Er schwieg und lächelte, als er sich Tante Auguste mit ihrem Anatol vorstellte. »Warum hat sie Ihnen eigentlich kein Adoptionsangebot gemacht?«

»Keine Ahnung. Vielleicht deswegen, weil wir schon verwandtschaftlich aneinander gebunden sind. Mich hat sie längst unter ihren Fittichen.«

»Jetzt mal im Ernst. Was wäre die Folge so einer Adoption?«

»Dass ich mich dann mit Wonne einer Königlichen Hoheit hingeben würde, einem echten Erbprinzen, der obendrein vor Geld nicht mehr laufen kann.«

»Und jetzt?«

Sie gab ihm einen Kuss. »Jetzt treibe ich es nur mit einem wunderbaren Mann, das aber mit absoluter Begeisterung.«

»Was wäre Ihnen denn lieber, der Mann oder der Erbprinz?«

»Am liebsten beides, wenn ich dabei nicht auf das ›wunderbar‹ verzichten muss.«

Er sah sie nachdenklich an. »Durchlaucht, Sie machen mich völlig wuschig. Was meinen Sie, halten wir es noch aus bis Santanyí, oder müssen wir Carmen bitten, vor dem nächsten Busch zu warten?«

»So ein Busch würde mich kolossal anmachen, doch der Gedanke an ein weiches Bett ist auch recht verlockend.«

»Ich hätte da einen Kompromiss anzubieten.« Er küsste sie auf die Nasenspitze. »Wir zügeln uns bis Santanyí und zerren dann mein Bett hinter den nächsten Busch.«

Sie schmiegte sich an ihn. »Perfekt.«

***

Mira benötigte nicht lange, um die Steilküste der Insel zu erklimmen. Hier oben hatte sie mit ihrem Satellitentelefon Empfang und nach kurzer Zeit auch eine Verbindung.

»Hallo, hier sind die Schwestern im Urlaub, ist Itzak da?« Sie wartete, bis der Telefonhörer weitergegeben wurde. »Hallo, Itzak, bitte schickt uns eine Zigarre, die wir sofort rauchen können. Meine bessere Hälfte hatte einen Unfall.«

»Einen Unfall, was ist denn passiert?«

»Ein eifersüchtiger Verwandter hat auf uns geschossen.«

»Weißt du, aus welchem Zweig der Familie er stammt?«

»Keine Ahnung. Wir brauchen Hilfe, ich fürchte um ihr Leben.«

»So schlimm?«

»Noch viel schlimmer.«

»Braucht ihr eine Ablösung?«

»Nein. Wir haben Tantes Haus gefunden und waren sogar in einem ihrer Vorzimmer. Aber es war deutlich zu sehen, dass sie gar nicht zu Hause war. Den Werten nach hat sie auch nie dort gewohnt.«

»Wenigstens eine gute Nachricht. Okay, ich schicke euch eine Zigarre, aber es dauert ein wenig. In Ordnung?«

»Wunderbar, ich bleibe auf Empfang und sende euch die genauen Koordinaten.«

»Gut, wir halten Verbindung.«

Mira beendete das Telefonat und verstaute das Handy sorgsam in ihrem Rucksack. Danach begann sie sogleich mit dem Abstieg. Nur Minuten später kniete sie im Zodiac.

»Na«, flüsterte Fatma, »hast du sie erreicht?

»Ja, sie schicken ein U-Boot, das uns auf offener See aufnehmen wird.«

Fatma lächelte. »Hast du ein wenig mit der Schwere meines Zustandes angeben müssen?«

Mira streichelte ihr beruhigend über ihre Wange. »Ich habe gelogen, dass sich die Balken biegen, sonst würden sie nicht kommen.«

»Wann holen sie uns ab?«

»Ich habe keine Ahnung, wie lange ein U-Boot von Israel bis hierher benötigt. Vielleicht ist ja auch eines in der Nähe verfügbar. Sie werden sich aber beeilen, haben sie gesagt.« Sie schaute Fatma durchdringend an. In ihren Augenwinkeln sammelten sich Tränen. »Was ist, kleine Schöne? Was geht in deinem Hirn vor?«

»Ich habe Angst, Mira. Angst, dass ich nie wieder laufen kann.«

Sie versuchte, entrüstet zu sein. »Mein Gott, wie kommst du nur auf dieses schmale Brett?«

»Hör auf mit dem Theater. Ich bin jung, aber nicht blöd. Wenn es wirklich nicht so schlimm wäre, hättest du von hier unten telefoniert. Das hat ja gestern auch geklappt.«

Mira sackte in sich zusammen. »Tut mir leid, Fatma, ich wollte dich nicht zusätzlich belasten.«

»Wenn du wirklich etwas für mich tun willst, dann gib mir eine Schmerzspritze aus dem Notfallpack.«

»Tut es denn so weh?«

Fatma nickte mit den Augenlidern.

Ohne weitere Fragen öffnete Mira die wasserdichte Klappe am Führerstand und riss ein eingeschweißtes Paket auf. Im Nu hatte sie die Notfallspritze gefunden und injizierte die klare Flüssigkeit in Fatmas Oberarm. »Dieses Zeug ist ein Morphin. Du wirst nicht nur keine Schmerzen mehr haben, du wirst auch auf einer rosa Wolke schweben.«

»Fein, dann kannst du mir ja vielleicht auch die Wahrheit sagen.«

»Du weißt, wie gern ich über Dinge rede, von denen ich keine Ahnung habe, oder?«

»Du bist Ärztin. Tiere haben doch auch ein Rückenmark, oder?«

»Schon, ich habe aber keine Röntgenaugen. Ich weiß nicht, was diese Pfeilspitze in deinem Rücken angerichtet hat. Ob du je wieder laufen kannst, hängt von so vielen Dingen ab, dass ich da unmöglich eine Prognose abgeben kann.«

Fatma lächelte. »Mira, würdest du mir mal bitte in die Augen sehen?«

Sie schaute sie fest an.

»Stell dir mal vor, ich wäre ein herrenloser Dackel. Würdest du mir die Spritze geben, ja oder nein?«

»Nein, ganz ehrlich, das wäre noch zu früh.« Sie deckte Fatma mit einer Jacke von ihr zu. »So, und nun versuche zu schlafen. Es wird schon bald wieder hell.«

***

Obwohl sie nur wenig Schlaf gehabt hatten, saßen Berger und Gräfin Rosa pünktlich um neun Uhr an ihrem Tisch in der Bar »Sa Plaça«. Der Residente war zwar noch in einem Zustand, in dem es unmöglich für ihn gewesen wäre, eine sinnvolle Bestellung aufzugeben, aber wozu hatte man einen Bernardo in seiner Stammkneipe. Wortlos stellte Lorenzo, Bernardos Schwiegersohn, zwei Cortados vor sie hin. Zum ersten Mal an diesem jungen Morgen huschte so etwas wie ein Lächeln über Bergers Gesicht. Vollends entspannten sich seine Züge aber erst, als er den starken Milchkaffee schließlich intus hatte. Als Carmen und der Comisario die Bar betraten, hob er seinen Arm und bestellte vier neue.

García Vidal hatte ein breites Grinsen auf dem Gesicht, als er sich zu ihnen setzte. »*Buenos días*, Condesa, *buenos días*, Señor Príncipe.«

Berger schüttelte bedient den Kopf. »Jetzt fängt der auch schon mit diesem Prinzenblödsinn an.«

»Warum denn nicht?« Carmen musste lachen. »Sie werden bestimmt der Star der Boulevardblätter.«

Berger winkte bedient ab. »Wenn überhaupt, werde ich den König Ludwig für Arme geben. Ich baue ein klitzekleines Neuschwanstein auf dem Puig Major, dann bin ich pleite und ersäufe mich. Genug Wasser haben wir hier ja.«

»Schon gut, mein Lieber.« Gräfin Rosa tätschelte ihm den Unterarm. »Verrückt genug wären Sie für diese Nummer. Es fragt sich nur, ob Sie eine Baugenehmigung bekommen.«

García Vidal genoss den Cortado sichtlich. »Ah, köstlich, dennoch sollten wir mit der Arbeit beginnen.«

»Haben Sie eine Leiche mitgebracht?«

»Vergessen Sie's. Die drei, die wir in der Schublade haben, reichen mir.«

Berger nickte. »Das denke ich auch. Gibt es inzwischen was Neues?«

Angela Bischoff betrat die Bar, bevor der Comisario antworten konnte. Er erhob sich von seinem Platz, um seine Freundin zu begrüßen. Angela arbeitete als Kriminalbeamtin beim deutschen Konsulat und half mit eiligen Recherchen oft auch bei seinen Fällen aus. Ihr war ebenso wie den anderen deutlich anzusehen, dass sie in der vergangenen Nacht nicht viel geschlafen hatte.

»Einen wunderschönen guten Morgen, die Herrschaften. Ich wünsche, wohl geruht zu haben.«

García Vidal gab ihr einen Kuss und bot ihr einen Stuhl an. Berger orderte inzwischen eine weitere Runde Cortados. »Haben Sie Neuigkeiten für uns?«

Angela Bischoff nickte. »Ich weiß nicht genau, auf welchem Stand Sie sind, Residente, aber ich fange mal an. Die beiden Neonazis hatten sich anscheinend nicht nur im Bett etwas zu erzählen. Beide waren in führender Position der jeweils rechten Szenen ihres Landes. Von Wezerski in Polen, Gratenke in Brandenburg. Beide haben schon wegen Volksverhetzung eingesessen. Gratenke, weil er den Holocaust geleugnet hat, und Wezerski, weil er jenseits der Oder behauptet hat, die Polen hätten den Nazis bei der Unterhaltung der Vernichtungslager perfekt zugearbeitet.«

»Waren die Herren denn nun hier, um in Ruhe Körperflüssigkeiten auszutauschen, oder hat ihre tiefbraune Gesinnung etwas damit zu tun?«, fragte die Gräfin.

»Wir befürchten leider Letzteres. Beängstigenderweise scheinen auch immer mehr islamistische Gruppierungen Interesse an dieser kleinen Insel gefunden zu haben. Wir wüssten gern, warum.«

Carmens Gesicht war angespannt. »Haben wir es jetzt neben den Touristen wirklich auch noch mit den Taliban zu tun?«

»So weit sind wir noch nicht«, sagte García Vidal in beruhigendem Tonfall. »Wir haben schließlich einen genauen Überblick darüber, wer Cabrera betritt.«

»Was nützt uns das, wenn wir gar nicht wissen, warum ein Naturschutzgebiet plötzlich für Islamisten und Nazis interessant ist? Wir müssen unbedingt herausbekommen, was ihr gemeinsamer Nenner ist.«

Der Comisario zeigte auf Berger. »Miguel kam gestern sofort mit Antisemitismus.«

Angela Bischoff nickte vehement. »Dem kann ich mich nur anschließen.«

»Okay, wenn man die Nazis nimmt und die Islamisten danebenstellt, haben sie als Schnittmenge ihren Hass gegen die Juden. Wenn man jetzt aber als dritten Faktor Cabrera nimmt, welche Schnittmenge gibt es da? Auf keinen Fall Antisemitismus, oder hat Moses das Meer zwischen Cabrera und Mallorca geteilt, als er noch geübt hat?« García Vidal redete sich geradezu in Rage. »Warum wittert ihr Deutschen nur immer und überall gleich Antisemitismus?«

»Weil man sechs Millionen tote Juden nicht unbedingt als Dummejungenstreich eines einzelnen Herrn bezeichnen kann.« Berger sprach betont ruhig, um die Stimmung nicht eskalieren zu lassen. »Auch wenn unsere Generation nichts damit zu tun hatte, Cristóbal, so wurde uns diese Hypothek von unseren Eltern mit in die Wiege gelegt.«

»Sie sagen es, nur eine Hypothek. Warum fühlen Sie sich also schuldig?«

»Ich fühle mich nicht schuldig, ich fühle mich verpflichtet.«

»Wozu denn?«

»Dafür einzutreten, dass so etwas nie wieder geschieht, schon gar nicht von deutschem Boden ausgehend.«

»Nun regt euch mal beide wieder ab«, ging Angela Bischoff dazwischen. »Das bringt uns keinen Schritt weiter. Cristóbal, gibt es eine genaue Auflistung der Touristen, die momentan auf Cabrera sind?«

»Ja, aber nur was die Belegung der Muringtonnen im Hafen von

Es Puerto betrifft. Was täglich an Touristen auf die Insel kommt, da haben wir nur genaue Stückzahlen.«

»Das bringt uns also nicht so richtig weiter«, überlegte Angela Bischoff laut.

»Ich kann mir aber auch kaum vorstellen, dass sich der oder die Killer mit einem Touristenticket auf der Insel aufhalten.« García Vidal sah in die Runde. »Gibt es sonst noch Ideen?«

Berger nickte. »Angela, könnten Sie vielleicht herausbekommen, was über unseren Herrn Nuntius in Polizeikreisen bekannt ist? Je mehr ich über Crasaghi nachdenke, desto weniger koscher ist er für mich. Er hat mir zwar die ganze Zeit über die Ohren vollgesülzt, aber nicht ein einziges Mal erzählt, was er hier wirklich will. Warum ist er im Hinblick auf den Fall so neugierig? Der will immer alles ganz genau wissen.«

»Er hat die Leichen schließlich mitgefunden. Das macht nun mal neugierig«, versuchte Gräfin Rosa den Bischof zu verteidigen. »Und vielleicht liebt er Krimis.«

»Es ehrt Sie, Condesa, wenn Sie den Geistlichen in Schutz nehmen, aber mir kommt er auch nicht so ganz sauber vor.« García Vidal legte die Hand auf Bergers Schulter und lachte. »Aber ich habe den Mann ja nicht an der Backe. Dieses Privileg hat unser Residente ganz für sich allein.«

Berger hatte gerade eine ganz andere Idee. »Lieblingsgräfin, was hielten Sie davon, wenn wir Ihrem Tantchen einen Pfarrer schenkten? Als Großherzogin von Welt hätte sie ihren eigenen Bischof in der Reisetasche. Wir hingegen könnten unseren billig abgeben. Das passt doch.«

»Exzellenz werden Ihnen etwas husten, Señor. Außerdem sollten Sie sich sputen, denn in einer Stunde sind Sie mit Ihrem Sorgenkind in Palma am Hafen verabredet.« Gräfin Rosa gab ihm einen aufmunternden Kuss. »Wenn es Ihnen recht ist, werde ich Sie hinfahren.«

Berger nickte, sich in sein Schicksal ergebend. »Gern, und Sie, lieber Comisario, halten mich bitte auf dem Laufenden.«

Kurze Zeit später waren sie bereits auf der Autobahn nach Palma.

»Na, mein Prinz, was macht Sie so nachdenklich? Befinden Sie sich gedanklich bereits auf Cabrera?«

»Wo sonst.«

»Schwimmt etwa schon wieder ein Haar in Ihrer Suppe?«

»Da schwimmt kein Haar, sondern drei Leichen, und ich befürchte, es werden noch mehr.«

»Wie kommen Sie darauf?«

»Gestern Abend ist der Fischer Bauzá verschüttgegangen und mit ihm ein wichtiges Beweismittel. Ich befürchte, wir werden ihn nicht mehr so ganz frisch wiederfinden.«

Gräfin Rosa versuchte, Berger auf andere Gedanken zu bringen. »Was werden Sie heute mit dem Bischof anstellen?«

»Ich denke mal, dass wir wieder nach Cabrera fahren werden, um zu tauchen. Das ist ja gestern ein wenig zu kurz gekommen.«

»Kann er denn wirklich tauchen?«

»Nach dem, was ich so gesehen habe, macht er seine Sache recht gewissenhaft. Der ist kein Anfänger, das sieht man. Für einen Hobbytaucher fast ein wenig zu perfekt.«

Rosa lachte auf. »Der Arme kann Ihnen aber rein gar nichts recht machen. Was eigentlich wichtig wäre, denn der Mann ist augenblicklich unser Arbeitgeber.«

»Na und?«

»Darf ich Sie daran erinnern, dass man die Hand, die einen füttert, nicht beißt?«

»Darf ich Sie daran erinnern, dass der Mann, den Sie füttern, auf so etwas scheißt?«

Sie lächelte ihn an. »Schön, dass wir das geklärt hätten.«

***

Auf der »Obadjah III«, seinem gut zwölf Meter langen Segelkreuzer, war Egon Schickebier, ein Trikotagenhersteller aus Darmstadt, wieder einmal dabei, für Ordnung zu sorgen. Die frühen Morgenstunden waren dafür wie geschaffen, fand er. Zwei Tage lang hatte er die Hallberg-Rassy 39 an Boje 36 in der Hafenbucht von Cabrera festmachen dürfen. Die Genehmigung lief nur noch bis zum Mittag.

Ordnung an Bord, das war Schickebiers Steckenpferd. Doch leider ignorierte das seine vierköpfige Restfamilie. Die drei halbwüchsigen Töchter, die alle schon ihre erste Schönheits-OP hinter sich hatten, fühlten sich bei diesem Thema schlichtweg nicht angesprochen, und seine Gattin Erna, bei der nichts mehr so war, wie der Herrgott es einmal geschaffen hatte, boykottierte den Ordnungsfimmel ihres Gatten, indem sie mit Hingabe jede Tampenschnecke, die er mühsam gewickelt hatte, im Vorbeigehen zerstörte. Da er die völlig berechtigte Wut über seinen verzogenen Clan nicht direkt an den Seinen auslassen konnte – die Frau des Hauses besaß als hauptberufliche Erbin nämlich das Geld der Familie –, suchte er sich kleine Kriegsschauplätze am Rande des Alltags. Jeder, der ihm missfiel, bekam seinen heiligen Zorn zu spüren. Gestern waren es zwei Nordafrikaner gewesen, die die Dreistigkeit besessen hatten, sich bei einer Führung ohne jegliche Genehmigung neben dem gut gekennzeichneten Fußweg aufzuhalten, um Fotos zu machen. Fast noch mehr hatte ihn in Rage gebracht, dass sich der Fremdenführer, ein Student aus Palma, einen Dreck darum geschert hatte, obwohl er es ihm selbst vorher verboten hatte. Gott sei Dank gab es noch aufrechte Menschen wie ihn, die eine derart ignorante afrikanische Brut mit einem gekonnten »Schuss« aus seiner Profikamera dingfest machen konnten. Nun musste nur noch der richtige Augenblick abgepasst werden, um als selbsternannter Hilfssheriff im Rangerbüro der *Guarda Forestal* aufzuschlagen und die Muselmänner, wie er die Nordafrikaner hingebungsvoll bezeichnete, anzuzeigen.

Immer, wenn Schickebier besonders erzürnt war, gelang es ihm ganz besonders gut, die Tampen aufzuschießen. Dann waren seine Seilschnecken wie aus dem Lehrbuch. »Die Behörden werden mir dankbar sein, wenn sie die Kerle dank meiner Ermittlungsarbeit aburteilen können«, giftete er, noch immer außer sich vor Wut.

Er hatte sich derartig in Rage geredet, dass er gar nicht bemerkte, wie sich ein mit einem Taucheranzug und Taucherbrille bekleideter Schwimmer vom Heck her Zutritt zu seinem Schiff verschaffte. Die Person vergewisserte sich kurz, dass niemand mehr an Deck war, um sich dann katzengleich in die Kabine zu schleichen. Sie brauchte nicht lange, um zu finden, wonach sie suchte. Mit geübtem Griff öffnete sie die Kamera und entwendete die Chipkarte. Danach schlich sie sich wieder an Deck und näherte sich dem Bootseigner vorsichtig von hinten. Ein kurzer Schlag mit der Handkante, und Egon Schickebier sackte bewusstlos in sich zusammen.

Der Angreifer fasste ihn unter die Achseln und zog ihn mit einem Ruck mit sich über die Reling. Im Wasser griff ein weiterer Taucher nach dem Bewusstlosen und zog ihn in die Tiefe. Sein Kollege hatte etwas Mühe, wieder an die Sauerstoffflasche zu kommen, die er am Grund des Meeres abgelegt hatte, aber er erreichte sie mit einem letzten kräftigen Schwimmzug. Gierig inhalierte er die Luft aus dem Lungenautomaten.

Schickebier hing unterdessen im sicheren Todesgriff. Es schien, als würde der streitbare Unternehmer noch einmal kurz aus seiner Ohnmacht erwachen, doch zu diesem Zeitpunkt waren seine Lungen schon mit Wasser gefüllt. Den sicher furchtbar schmerzhaften Einstich in seinen Nacken und die anschließende Explosion in seinem Atemzentrum spürte er nicht mehr. Egon Schickebier starb, ohne dass er etwas davon bemerkte.

Erna Schickebier hatte gerade die Dusche abgestellt, als sie hörte, wie draußen ein massiger Körper auf das Wasser platschte. Ihr war instinktiv klar, dass es sich dabei nur um ihren Mann handeln konnte. Blitzartig griff sie, nackt, wie sie war, nach einem Handtuch. Nur notdürftig bedeckt, stürmte sie auf das Bootsdeck und versuchte, im Wasser etwas zu entdecken. Das Letzte, was sie von ihrem Mann zu sehen glaubte, war ein ungeheuerlicher Schwall von Luftblasen. Sie griff nach dem Rettungsring, der am Heck des Schiffes untergebracht war, und schmiss ihn dorthin, wo sie ihren Gatten vermutete. Danach rannte sie unter Deck, um über Funk Hilfe zu rufen.

5

Carmen war es gar nicht recht, diesen Notruf aus Cabrera allein bearbeiten zu müssen. Auf ihrem Schreibtisch türmten sich schon so noch unbearbeitete Akten. García Vidal war erneut nach Palma gerufen worden, um mit den »Kriminalgöttern«, wie er seine Vorgesetzten nannte, über die drei gefundenen Leichen zu beraten.

Da nach dem Schiffseigner noch immer fieberhaft gesucht wurde, hatte sie sich mit einem Polizeihelikopter auf die Insel fliegen lassen. Ein Ranger holte sie mit einem Jeep vom Landeplatz neben dem alten Fort ab.

»Señora Comisaria, haben Sie etwas von Señor Bauzá gehört?«

»Nein, tut mir leid«, sagte Carmen.

»Unsere Leute suchen seit gestern die ganze Insel nach ihm ab. Meine Hoffnung war, dass er sich drüben auf dem Festland gemeldet hat. Als jetzt der aktuelle Notruf eingegangen ist, haben wir hier natürlich alles stehen und liegen gelassen.«

»Und was ist da jetzt aktuell vorgefallen?« Carmen zückte ihren Block, um sich Notizen zu machen.

»Eine Señora aus Alemania vermisst ihren Mann, der wohl über Bord seiner Segeljacht gegangen ist. Mehr kann ich Ihnen auch nicht sagen.«

»Könnte ein medizinischer Notfall vorgelegen haben, sodass er bewusstlos ins Wasser gestürzt ist?«

Der Mann schüttelte den Kopf. »Das hat die Señora vehement verneint. Ihr Mann sei kerngesund gewesen, behauptet sie.«

Im Hafen angekommen, stiegen sie in ein Schlauchboot der Ranger um und fuhren zur Jacht. Rund um deren Liegeplatz herrschte helle Aufregung. Alle Sportschiffer der Nachbarschaft, die über ein Beiboot verfügten, beteiligten sich an der Suche. Die Ranger suchten mit Hilfe von Tauchern nach dem Vermissten. Dass sie ihn nur noch tot auffinden würden, war eigentlich allen klar. Würde Schickebier hingegen noch leben, hätte er sich schon gemeldet oder zumindest bemerkbar gemacht.

Carmen wunderte sich, als sie sich den Namen notieren wollte. »Wie heißt der Mann?«

Der Ranger las den Namen von einem Zettel ab. »Egon Fürchtegott Schickebier, geboren am 5. September 1943 in Bromberg. Das gehört heute zu Polen und heißt irgendwie völlig anders. Er ist mit seiner Familie hier, einer aufgedonnerten, greisen Blondine und drei dusseligen Puten als Töchter. Also, wenn ich es mir recht überlege, wäre ein Selbstmord durchaus wahrscheinlich. Der Mann kommt übrigens aus Darmstadt, wo immer das liegen mag.«

»Irgendwo am Arsch der Welt, wie der Name schon sagt. Darmstadt ist irgendein Kaff in der Nähe von Frankfurt, so ist es mir jedenfalls in Erinnerung.«

Sie legten längsseits an der »Obadjah III« an. Wie eine Furie rannte Frau Schickebier über das Deck ihres Bootes und keifte jeden an, auf den sie traf. Nun schien sie Carmen als ihr nächstes Opfer ausgemacht zu haben.

»Was wollen Sie denn hier an Bord? Suchen Sie mit Ihrem Boot lieber nach meinem Mann! Woher kommen Sie eigentlich? Ich habe Sie hier noch nie gesehen.«

»Señora, mein Name ist Carmen Lucas, im Augenblick bin ich die leitende Kriminalkommissarin. Ich hätte einige Fragen an Sie. Können wir dazu bitte unter Deck gehen?«

Jugend und natürliche Schönheit, das waren zwei Dinge, die die verbrauchte Blondine in ihrer Nähe offenbar überhaupt nicht verkraften konnte. »Ja, glaube ich es denn?«, keifte sie los. »Hat die spanische Polizei jetzt eine Kindertruppe? Warum schickt man mir nicht gestandene Beamte, die wissen, wie man richtig ermittelt?«

»Bleiben Sie bitte sachlich, Señora«, gab Carmen freundlich, aber bestimmt zurück. Eine kleine Retourkutsche konnte sie sich jedoch nicht verkneifen. »Sie sind die Mutter des Vermissten?«

Erna Schickebier sah aus wie ein Karpfen, als sie, wortlos nach Luft schnappend, vor Carmen stand und sie mit weit aufgerissenen Augen anstarrte. Sie war sich augenscheinlich nicht sicher, ob sie explodieren oder sich umbringen sollte. Schließlich fand sie doch ihre Sprache wieder. »Würden Sie bitte zur Kenntnis nehmen, dass ich die Ehefrau des Opfers bin!«

Carmen musterte sie genau. »Wie kommen Sie darauf, dass Ihr Mann ein Opfer ist? Opfer von was?«

»Opfer eines heimtückischen Mordanschlages.«

Carmen fasste die Frau am Unterarm und geleitete sie unter

Deck. »Nun setzen wir uns erst einmal hin, und dann erzählen Sie mir bitte alles der Reihe nach.«

Der Ranger war ihnen gefolgt, hielt sich aber dezent im Hintergrund.

»Was soll ich Ihnen schon groß erzählen«, ging die Keiferei weiter. »Ich war gerade unter der Dusche, da platschte etwas genau neben der Bordwand ins Wasser.«

»Was haben Sie gemacht?«

»Ich? Natürlich bin ich sofort hoch, notdürftig mit einem Handtuch bekleidet. Ich dachte doch schließlich, dass ich noch etwas für meinen Mann tun könnte.«

»Und was haben Sie gesehen, als sie oben an Deck waren?«

»An der Wasseroberfläche blubberte es. Die Luftblasen wurden weniger, und dann war es, als ob etwas unter Wasser explodieren würde.«

»Haben Sie es knallen hören?«

»Nein, da kamen nur plötzlich wieder ganz viele Luftblasen.« Erna Schickebier begann, hysterisch zu lachen. »Wenn ich ehrlich bin, sah es aus wie ein Whirlpool.«

»Sie glauben also, dass es Mord war. Haben Sie auch einen Verdacht, wer Ihren Mann umgebracht haben könnte?«

»Natürlich habe ich das. Die beiden Orientalen haben meinen Mann auf dem Gewissen.«

»Orientalen?«

»Ja doch, diese Teppichbeter oder Muselmänner, wie mein Mann immer sagte. Die wollten durch den Mord verhindern, dass er beim Prozess gegen sie aussagt.«

»Was für ein Prozess?«

»Na den, den es nach der Anzeige bei den Rangern gegeben hätte.« Erna Schickebier bekam hektische Flecken im Gesicht.

»Was haben sie denn verbrochen?«

»Sie sind vom Weg abgewichen, und das ist doch verboten. Mein Mann hat sie gestern dabei fotografiert.«

Carmen wurde hellhörig. »Haben Sie die Bilder noch?«

»Natürlich, auf dem Chip in der Kamera dort.« Erna Schickebier zeigte auf eine sehr teure digitale Spiegelreflexkamera, die auf dem Navigationsplatz lag.

»Darf ich?«, fragte Carmen.

»Kennen Sie sich denn damit aus?«

»Ja, so eine haben wir für die Polizeiarbeit auch.« Sie griff nach der Kamera, öffnete das Seitenfach für die Speicherkarte und schaute hinein. Es war leer. »Kann es sein, dass Ihr Mann die Karte an sich genommen hat?«

Erna Schickebier schien ratlos. »Das kann ich mir nicht vorstellen. Ohne die Kamera wäre er bestimmt nicht zu den Rangern gegangen, da hätte er die Fotos doch gar nicht zeigen können.«

»Hm.« Carmen überlegte. »Die beiden Männer waren mit Sicherheit Moslems?«

»Natürlich«, antwortete sie beleidigt. »Ich werde doch wohl noch wissen, wie ein Moslem aussieht. So wie ein Türke! Aber wenn ich es recht bedenke, können es auch weibliche Moslems gewesen sein.«

»Ja, was denn nun?«

»Es waren entweder Frauen oder Männer. Ich weiß es nicht so genau. Auf jeden Fall waren es Moslems.«

»Aber wenn Sie so genau gesehen haben wollen, dass es Moslems waren, dann müssen Sie doch auch erkannt haben, ob es Männer oder Frauen waren.«

Die Unternehmergattin richtete sich auf. »Es waren weibliche Moslems, die ihre Kopftücher mit Absicht weggelassen haben, um wie Männer auszusehen. Das haben sie auch. Darin waren die gut!« Dass sie sich mit dieser Äußerung selbst um ihre Glaubwürdigkeit brachte, war Erna Schickebier in diesem Augenblick gar nicht klar.

Carmen schloss ihr Notizbuch. »Dann wollen wir mal recherchieren, wo es hier zwei Orientalen gibt, die in der Türkei leben und vielleicht gar keine Männer sind. Der Wachtmeister hat Ihre Personalien bereits aufgenommen?«

»Ja, Frau Kommissarin.«

»Gut, dann werde ich mich mal auf die Insel begeben.«

»Was passiert denn nun mit meinem Mann?«

Carmen zuckte mit den Achseln. »Wenn er noch lebt, bringen wir ihn wieder zu Ihnen zurück.«

»Und wenn er nicht mehr lebt?«

»Dann kommt er nach Palma in die Gerichtsmedizin, Señora.«

Erna Schickebier begann, wie ein bockiges Kind zu weinen. »Ich will ihn hier auf unserem Schiff haben.«

»Señora, Ihr Kühlschrank ist dafür nicht groß genug.« Carmen ließ die völlig entgeisterte Frau einfach stehen und ging wieder an Deck. Der Ranger schloss zu ihr auf und zollte ihr durch ein Kopfnicken seine Anerkennung.

»Meine Herren, dieser Schnepfe haben Sie es aber gegeben. Sie scheinen im Umgang mit bessergestellten Persönlichkeiten geübt zu sein.«

»Das bringt der Job so mit sich.« Carmen überlegte kurz. »Ich möchte alle Bootsbesatzungen, alle Tagesgäste und überhaupt alles, was auf dieser Insel menschlich ist, pünktlich um elfhundert an der Anlegestelle sehen. Bis dahin müssten auch die Touristen-Schnellboote festgemacht haben. Dann wird sich zeigen, wer hier ein türkischer Moslem ist, der seine Östrogene durch fehlende Kopftücher versteckt.«

***

Fatma hatte die Nacht relativ gut überstanden. Das Morphin ermöglichte einen schmerz- und angstfreien Schlaf. Die Wirkung schien noch immer anzuhalten, denn sie hatte einen fast seligen Ausdruck im Gesicht. »Mira, bist du wach?«, fragte sie laut.

Mira schreckte hoch. Sie hatte erst in den frühen Morgenstunden ein wenig einnicken können. Bis dahin war sie damit beschäftigt gewesen, ihre gesamte Kampfausrüstung an einem sicheren Ort auf der Insel zu verstecken. »Was ist los?«

»Ich fragte, ob du wach bist.«

Mira rieb sich die Augen und reckte sich. »Ja, jetzt bin ich wach. Wie geht es dir, meine Kleine?«

»Ich glaube dir nun, dass ich wieder in Ordnung komme; weißt du, warum?«

»Nein.«

»Weil ich ein Kitzeln in meinen Fingern spüre. Kannst du mal nachsehen, ob ich sie bewegen kann?«

Gespannt richtete sich Mira auf und schaute auf Fatmas Hände. »Na, dann fang mal an.« Sie runzelte die Strin. »Ich sehe nichts, tut mir leid.«

»Sieh auf meinen rechten Zeigefinger.«

Es war für Mira nicht auszumachen, ob das, was sie sah, ein Zucken des Fingers war oder an der leichten Dünung lag. »Du hast mir verboten zu lügen.«

»Zu lügen habe ich dir verboten, das stimmt, aber du könntest doch vielleicht wohlwollend in Erwägung ziehen, eine klitzekleine Bewegung gesehen zu haben.«

»Hm.« Mira versuchte, sich zu konzentrieren. »Dann mach noch mal.«

Fatma strengte sich derartig an, ihren Finger zu bewegen, dass sich Schweißperlen auf ihrer Stirn zeigten.

»Machst du schon?«

»Ja doch, Menschenskind! Guck genauer hin!«

»Wenn ich ehrlich bin, muss ich meine ganze Phantasie anstrengen, um das als motorische Großtat einzustufen. Aber ein kleines bisschen hat sich was bewegt.«

»Jetzt lügst du«, kam es ängstlich von Fatma.

»Nein, es war wirklich der Hauch einer Bewegung zu sehen. Aber Schätzelein, wenn wir schon dabei sind, ehrlich zu sein: Wir müssen uns etwas einfallen lassen, um deinen Stoffwechsel unter Kontrolle zu bekommen. Irgendwie muss ich dir deinen Taucheranzug ausziehen, und dann sollten wir am nächsten Pampers-Automaten vorbeipaddeln.«

Fatma schämte sich bis auf die Knochen. »Ist es so schlimm?«

Mira streichelte ihr tröstend über die Wange. »Es ist, wie es ist, wir werden es irgendwie in den Griff kriegen. Mach dir bitte keine Sorgen.«

Sie zückte ihr Tauchermesser und begann vorsichtig, Fatmas Neoprenanzug aufzuschneiden.

Dann wollen wir mal mit dem Ausmisten beginnen. So ein Mensch ist ja auch nur ein Tier, tröstete sie sich insgeheim.

***

Nachdem Gräfin Rosa den Residente in Palma abgesetzt hatte, fuhr sie auf die Finca. Da die Autobahn zwischen Palma und Campos um diese Zeit noch frei war, dauerte die Fahrt nicht lang. Dennoch wartete die Großherzogin schon ungeduldig mit dem Frühstück auf sie.

»Kind, wo bleibst du nur? Ich habe bereits ein Riesenloch im Bauch.«

»Aber Tantchen, du hättest doch schon mal anfangen können.«

»Ohne dich macht mir das Frühstücken keinen Spaß. Was ist mit deinem Residente, ist er einverstanden?«

»Du meinst mit der Adoption?«

»Womit sonst?«

»Meinst du nicht, dass du das mit ihm persönlich besprechen solltest?«

»Wann denn? Er ist ja nie da.«

»Vielleicht war es ja nicht so geschickt, dass er über den Bischof von deinem Kinderwunsch erfahren hat.«

»Papperlapapp! Der soll nicht so rumzicken. Ich will ihn ja nicht als Kindsvater, sondern als Sohn.«

»Aber Tantchen, es gibt auch Mutter-Sohn-Beziehungen, die traumatisch belastet sind.«

»Natürlich gibt es die, dein Residente wäre dann aber der erste Adlige, der schon vor der Zeugung ein Muttertrauma gehabt hätte, und das wollen wir ihm doch nicht unterstellen, oder?«

Gräfin Rosa lachte herzlich. »Königliche Hoheit, Sie sind unmöglich, wissen Sie das?«

Die Großherzogin grinste zufrieden. »Anatol geruht, dies hin und wieder zu erwähnen.«

Rosa setzte sich neben sie. »Wie klappt es denn zwischen euch beiden?«

Sie machte ein schwärmerisches Gesicht. »Ach Kind, weißt du, er ist einfach ein wunderbarer Mann. Als Butler ist er perfekt, als Freund ist er unersetzlich, und von einem besseren Liebhaber habe ich noch nicht einmal geträumt. Selbst als Schloss- und Gutsverwalter ist er nicht zu schlagen. Wir haben jetzt aus steuerlichen Gründen den ganzen Westflügel des alten Gesindeblocks zu einer Behindertenwerkstatt umfunktioniert. Firmentechnisch ist das jetzt eine Stiftung.«

»Und was wird da hergestellt?«

»Es gibt eine Schreinerei und eine Kunstglaserei. Wir haben inzwischen schon richtig große Aufträge, alte Kirchenfenster zu restaurieren zum Beispiel.«

»Können Behinderte so etwas?«

»Wir haben da einen Autisten, den Wölferl. Der ist einzigartig. Dem kannst du das Kölner Richter-Fenster in Einzelteilen auf den

Tisch legen, der lötet es wieder perfekt zusammen, wie ein Automat.«

»Dein Sohn zu sein wird, fürchte ich, ein Fulltime-Job. Bist du dir sicher, dass Michael dafür der Richtige ist?«

»Er ist geradezu perfekt dafür. Er kann sich ja einfach einen fähigen Verwalter nehmen, so wie du es mit Tomeu getan hast.«

»Tantchen, ich halte mich da raus, das musst du mit ihm ganz allein ausfechten.«

»So einfach kannst du es dir nicht machen, meine Liebe, denn wenn ich ihn nicht breitschlagen kann, hast du am Ende den ganzen Quatsch an der Backe. Du bist nämlich meine einzige Erbin, aber ich hätte gern euch beide. Ihr seid ein gutes Team, und genau das braucht mein Herzogtum.«

Rosa schaute sie ernst an. »Dann werden wir wohl beide versuchen müssen, ihn umzustimmen. Aber das muss noch etwas warten, er hat schließlich gerade einen Auftrag, der ihn rund um die Uhr in Beschlag nimmt.«

»Tja, wenn der Prophet nicht zum Berg kommt, muss eben der Berg zum Propheten gehen.«

»Wie meinst du das?«

»Seine Hoheit Johann-Karl hat mir eine seiner Jachten zur freien Nutzung angeboten. Mit der werde ich nach Cabrera fahren. Irgendwo werde ich meinen Erbprinzen schon erwischen. Und der Bischof wird gegen eine Tasse Tee sicher auch nichts einzuwenden haben.«

»Wann willst du fahren?«

»Morgen.«

»Okay, ich werde es ihm sagen, wir sehen uns nachher. Ich lege heute Nachmittag mit seinem Boot ab. Dann kommt Filou auch mal wieder an die Seeluft.«

***

Noch vor Mittag befanden sich der Residente und Bischof Crasaghi wieder südlich von Cabrera. Trotz gewisser Bedenken hatte sich Berger entschlossen, der Bitte des Bischofs, ihn bei den Tauchgängen zu begleiten, nachzukommen. Da sie sonst niemanden hätten, der während dieser Zeit das Boot steuerte, hatte der

Bischof einen jungen Geistlichen mit an Bord gebracht. In einer Bucht zu ankern und damit den Meeresboden zu beschädigen, war selbst für den Bischof mit seinen Sondervollmachten streng verboten.

Je dichter sie an das Felsufer heranfuhren, desto imposanter waren diese riesigen Massive. Es gab wohl keine Gesteinsnische, in der sich nicht Nester von seltenen Seevögeln befanden. Dementsprechend weiß vom Vogelkot erschienen die Klippen. In dieser Zeit des Jahres bebrüteten die Tiere bereits ihr zweites Gelege.

Der Bischof war schweigsam damit beschäftigt, sich auf ihren Tauchgang vorzubereiten. Als er seine Tarierweste überprüft hatte, sah er zum Residente hinüber, der sich mit seinem Equipment nicht so geschickt anstellte. »Haben Sie überhaupt einen Tauchschein?«, fragte er.

Berger nickte verlegen. Er fühlte sich ertappt. »Ja, den habe ich, aber Tauchen war nie so richtig mein Ding. Meine Frau war damals ganz wild darauf, und so habe ich einfach mitgemacht. Zu der Zeit gab es allerdings noch keine Tarierwesten, jedenfalls nicht als Standard für Sporttaucher.«

»Sie meinen Ihre verstorbene Frau?«

Berger schaute ihn groß an. »Ach, das wissen Sie auch schon?«

»Natürlich. Wenn ich jemanden für eine Woche einkaufe, dann recherchiere ich vorher, mit wem ich es zu tun habe. Stellen Sie sich einmal vor, ich hätte in meiner exponierten Stellung mit Ihnen einen Menschen erwischt, der als pädophiler Straftäter bekannt ist.«

Berger lächelte bedient. »Andersherum wäre die Wahrscheinlichkeit sehr viel höher, denke ich.« Er beobachtete Crasaghi aus den Augenwinkeln. Kurz schien es, als würde der sich dieser Gemeinheit erwehren wollen, dann sackte er aber wieder in sich zusammen.

»Sie haben wohl recht, das war ein schlechtes Beispiel.«

Während Berger ein weiteres Bleigewicht in die Weste schob, schaute er zum Himmel hoch und übers Meer. »Wir sollten stündlich den Seewetterbericht hören. Ich denke, es braut sich da was zusammen.«

»Ein Sturm?«, fragte Crasaghi besorgt.

»Kein richtiges Unwetter, aber die See könnte zumindest so kabbelig werden, dass wir dicht am Felsenufer nichts zu suchen haben. Ein Wetter wie das kommt meist von Süden, und wir sind hier auf der Luvseite der Insel.« Berger stutzte, kniff die Augen zusammen und erhob sich ungläubig, um den Horizont besser sehen zu können. »Haben Sie das da eben auch gesehen?«

Crasaghi stand ebenfalls von seiner Bank auf. »Wo denn?«

Berger zeigte auf einen Punkt in der Ferne. »Dort.«

Crasaghi sah in die Richtung, die ihm der ausgestreckte Zeigefinger wies, und suchte mit den Augen die angegebene Stelle ab. »Nein, ich sehe nur Wasser. Was soll da gewesen sein?«

»Es guckte plötzlich ein graues Rohr aus dem Wasser.«

»Was denn für ein Rohr?«

»Sah aus wie die Spitze eines Periskops, wie im Kino bei ›Das Boot‹.«

»Wollen Sie damit sagen, dass hier gleich ein U-Boot aus dem Zweiten Weltkrieg auftaucht, frei nach dem Motto: ›Moin, meine Herren. Kurze Frage: Ist der Krieg schon zu Ende?‹?«

Berger wurde unleidlich. »Dass ich in Ihren Augen ein Spinner bin, weiß ich. Das heißt aber noch lange nicht, dass ich tatsächlich spinne. Da war ein graues Rohr, und basta.«

Crasaghi schaute noch einmal in die angegebene Richtung. »Es tut mir leid. Da ist nur Wasser.«

»Das sehe ich auch, dass da nur Wasser ist. Eben war da aber noch ein Seerohr.«

»Und wo ist es nun hin?«

»Die werden es eingezogen haben, als sie merkten, dass ich sie entdeckt habe.«

»Ach, kennt man Sie auch schon in U-Boot-Kreisen?«

Berger drehte sich zum Bischof um. »Es macht Ihnen Freude, mich zu ärgern, oder?«

»Carpe opportunitatem.«

»Was heißt das?«

»Nutze die Gelegenheit.«

Berger hatte sich vom Ruderstand ein Fernglas gegriffen und suchte erneut das Meer ab. »Nur zu, Exzellenz, geben Sie's mir, ich kann's vertragen.«

»Spaß beiseite. Was machen wir?«

»Sie gehen ans Heck und halten eine Hupe ins Wasser. Wenn was

Graues aus Fleisch und Blut auftaucht, dann haben wir Flipper gefunden.«

»Und wenn es, wie Sie vermuten, aus Blech ist?«

»Dann haben wir es mit einem U-Boot zu tun. Aber was sollte so ein Ding ausgerechnet hier suchen?«

***

Carmen und die auf Cabrera stationierten Ranger hatten alle Hände voll damit zu tun, in diesem Durcheinander von aufgebrachten Menschen den Überblick zu behalten. Sie hob das Megafon, das man ihr gegeben hatte, und rief: »Meine Damen und Herren, es tut mir leid, dass wir Ihnen Unannehmlichkeiten bereiten müssen, aber unsere Aufgabe ist es, das plötzliche Verschwinden eines Mannes aufzuklären. Wir bitten Sie sehr um Ihre Mithilfe. Wir haben dort hinten Tische aufgestellt, an denen bitte jeder kurz seine Personalien zu Protokoll gibt und einige Fragen beantwortet.«

»Ist das hier ein Massenverhör?«, brüllte ein aufgebrachter Segler. »Ich will einen Anwalt.«

Mit so viel Aggression hatte Carmen nicht gerechnet. »Beruhigen Sie sich bitte. Das ist kein Verhör. Wir bitten Sie nur darum, uns bei der Suche nach Herrn Schickebier behilflich zu sein. Denken Sie bitte daran, dass auch Sie einmal in eine Situation kommen könnten, in der wir Hilfe von Ihren Mitmenschen benötigen, um Ihnen helfen zu können.«

Dieses Argument hatte dann doch durchschlagenden Erfolg. Die Leute stellten sich brav an die Tische, und es herrschte Ruhe. Natürlich hatten sie keinerlei rechtliche Handhabe, die Menschen zu einer Zusammenarbeit zu zwingen. Deshalb waren zwei Ranger abgestellt worden, die nur darauf zu achten hatten, wer sich vor einer Mitarbeit drückte und zu welchen Booten diese Personen gehörten.

»Señora, wie lange dauert das hier noch? Wir müssen bis zwölf Uhr die Muringtonne geräumt haben.«

»Machen Sie sich bitte keine Gedanken, heute werden den Umständen angemessene Ausnahmen gemacht.«

Das Ergebnis der Befragung war relativ eindeutig. Niemand

konnte sich annähernd erklären, wo Herr Schickebier abgeblieben war, aber an fast allen Tischen wurde die Anwesenheit von Menschen, die durchaus Muslime sein konnten, auf der Insel bestätigt. Was nicht dazu passte, war die Tatsache, dass keine Sportschiffer aus der entsprechenden Region gemeldet waren oder der Beschreibung entsprachen. Den beiden Kapitänen der Touristenboote war auch niemand aufgefallen, auf den sie hätte zutreffen können.

Was Carmen schließlich völlig davon überzeugte, dass sich zwei muslimisch aussehende, nirgends namentlich registrierte Personen auf Cabrera aufgehalten hatten, war die übereinstimmende Aussage der Fremdenführer, diese mysteriösen Nordafrikaner gesehen zu haben. Auch ein Ranger glaubte, sich an die beiden zu erinnern, ging aber von mindestens einer Frau aus.

Nachdenklich schaute Carmen in die Runde ihrer Mitstreiter. »Tja, Herrschaften, was die Pariser in ihrer Oper haben, das haben wir auf Cabrera, nämlich Phantome.«

»Señora Comisaria, wenn wir die Morde Phantomen nachweisen, können wir uns vor Touristen nicht mehr retten.«

»Für unsere Aufklärungsstatistik wäre das gut. Für das Naturschutzgebiet Cabrera hingegen wäre es eine Katastrophe.«

***

Es kostete Berger jedes Mal ein kleines bisschen Überwindung, sich mit der ganzen Tauchermontur rückwärts ins Wasser fallen zu lassen, aber das war nun mal die sinnvollste Art und Weise, die Elemente zu wechseln. Da er in dem Sport ungeübt war, war der erste Atemzug aus dem Lungenautomaten ebenfalls etwas schwierig. Seine Anspannung wich erst, als das problemlos klappte.

Langsam tauchten sie in die Tiefe, und sogleich stand er vor der nächsten Hürde, dem Druckausgleich. Versierte Taucher schnäuzten sich einfach, ohne sich mit Daumen und Zeigefinger die Nase zuhalten zu müssen, Berger hingegen legte mit großer Kraftanstrengung ein wahres Posaunensolo ins Wasser, um den Luftdruck hinter den Trommelfellen wieder zu erhöhen. Diese Übung wiederholte er alle zwei bis drei Tiefenmeter. Schließlich waren sie in siebzehn Metern Tiefe angekommen und schwammen circa einen

Meter über einem schier endlosen Teppich aus Seegras. Hin und wieder stiegen, wie Rauchwolken aus einer Dschungellandschaft, Algen aus diesem Teppich hervor. Im Seegras tummelten sich pro Quadratmeter Hunderte kleine und kleinste Fischchen und Krebse. Einen halben Meter darüber gab es Schwärme von größeren Fischen, die langsam durch das Wasser glitten. Die beiden Taucher brachten sie nicht einmal ansatzweise aus der Fassung. Dort, wo Berger und Crasaghi schwammen, teilte sich der Schwarm in geradezu majestätischer Ruhe einfach auf, um sich hinter ihnen wieder zu vereinen. Bis auf das Zischen der Lungenautomaten und das Blubbern der Luftblasen war es hier unten wohltuend still. Endlich hatte Berger auch wieder etwas mehr das Gefühl von Sicherheit, und seine Atemzüge und Schwimmbewegungen wurden gleichmäßiger.

Sie tauchten auf eine Felsformation zu, die wie ein einzelner Obelisk aus dem Meeresboden herausragte. An dessen Wänden hatte sich im Laufe der letzten Jahrhunderte ein in allen Farben schillernder Korallenbelag gebildet, der vor Leben nur so waberte. Berger hatte nicht annähernd damit gerechnet, noch so viele Fische im Mittelmeer anzutreffen, wenn sie teilweise auch nur winzig waren. Ihn überfiel eine Welle der Demut vor der überwältigenden Schöpfung der Natur. Davon sollte Crasaghi erzählen, wenn er versucht, die Gemeinde von der Kanzel aus für Gott zu begeistern, dachte er. Das hier sind die wahren Heiligtümer unserer Erde.

Langsam schwammen sie um den einzelnen Steinspargel herum und hielten auf das Hauptmassiv von Cabrera zu. Am Meeresboden dazwischen hatte das Seegras eine völlig andere Farbe. Die durch die Meerenge entstehende Strömung ließ die Milliarden von einzelnen Gräsern wie ein riesiges, faszinierendes Ballett wirken. Auch hier genossen unzählige kleine Fische, Seeigel und vor allem auch Seesterne ihr mediterranes Leben. Obwohl Bergers sämtliche Sinne damit beschäftigt waren, diese wunderbaren Eindrücke zu verarbeiten, blieb ihm nicht verborgen, dass der Bischof kaum ein Auge für diese Wunder der Natur hatte. Zielstrebig schwamm er auf eine ganz bestimmte Stelle der Steilküste zu. Dort angekommen, bot sich ihnen ein gespenstisches Bild, denn aus mehreren kleinen Höhleneingängen wurden sie von stattlichen Muränen beobachtet, die ihre Oberkörper fast im gleichen Takt hin und her wiegten. Berger stoppte fasziniert, beobachtete das Schauspiel eine kleine Weile und fragte sich, ob es sich dabei um eine Art von tierischem Hospitalismus handelte, oder ob die Bewegungen der herrschenden Strömung geschuldet waren.

Crasaghi interessierte sich auch für die Muränen keine Sekunde. Er suchte systematisch die Felswand ab. Nach einer Viertelstunde, während der Berger ihm mürrisch gefolgt war, schien er gefunden zu haben, wonach er so sehr suchte. Er schob zielstrebig einen dichten Farnvorhang zur Seite und tauchte in eine Höhle. Berger folgte ihm auch dahinein, schaltete seine starke Unterwasserlampe an und leuchtete die Umgebung ab. Sie befanden sich in einer etwa zehn mal zehn Meter großen, nach der Wasseroberfläche hin offenen Höhle. Langsam tauchten sie circa zwölf Höhenmeter auf, bis sie in einer Art Grotte an die Wasseroberfläche kamen. Es dauerte eine kleine Weile, bis sich Bergers Atem etwas beruhigt hatte.

»Sie wollen mir jetzt aber nicht erzählen, dass Sie diese Höhle zufällig gefunden haben, oder?«

»Ich bekenne mich schuldig.«

»Woher wussten Sie, dass sie hier ist?«

»Ich hatte das Glück, alte Pläne einsehen zu können, die ich durch Zufall in der Bibliothek des Bischofs von Palma gefunden habe.«

»Aus welchem Jahr waren die?«

»Sie wurden kurz vor dem Zweiten Weltkrieg angefertigt.«

Berger leuchtete die Wände der Grotte ab. »Sehen Sie mal, dahinten ist eine Treppe aus Beton.«

Darüber waren alte Baulampen montiert, wie es sie auch in Bunkern aus der Kriegszeit gab. Sie schwammen zur Treppe und stiegen ein paar Stufen hoch ins Trockene.

»Würden Sie mich jetzt mal bitte aufklären?«, forderte Berger.

»Gern.« Crasaghi grinste ihn frech an. »Wenn im Mai die Bienchen –«

»Okay«, unterbrach ihn Berger. »Das mag für Ihren Novizen da oben neu sein, aber ich weiß bestens Bescheid.«

»Was wollen Sie hören?«

»Was wir hier machen!«

»Sie selbst haben mir gestern erzählt, dass es die Deutschen irgendwie geschafft haben, ihre U-Boote auf Cabrera mit Penizillin zu beladen. Ich habe mich darüber mit meinem Amtsbruder unterhalten, und er machte mich auf die Pläne in seiner Bibliothek aufmerksam. Da wurde ich neugierig.«

Berger fühlte sich überrumpelt. »Und nun wollen Sie hier einen auf Höhlenforscher machen?«

»Ja, natürlich.«

»Vergessen Sie es, Exzellenz. Dafür sind wir gar nicht ausgerüstet. Außerdem gehe ich ohne ein Gasspürgerät nicht tiefer in so eine Höhle rein.«

»Nun seien Sie doch kein Hasenfuß.«

»Machen Sie sich nicht lächerlich. Ich bin nur vernünftig. Das wissen Sie auch. Lassen Sie uns aus Santanyí die entsprechenden Gerätschaften holen und morgen etwas besser vorbereitet loslegen. Dann müssen wir auch nicht mehr nach dem Einstieg suchen.«

Crasaghi schien etwas eingeschnappt, aber er folgte Berger, der sich wieder auf den Weg zum Höhlenausgang machte.

***

Mira schaute immer ungeduldiger auf die Uhr. Die Zentrale hatte ihr einen Rückruf bis spätestens Mittag versprochen. Jetzt war es schon sehr viel später, und es tat sich noch immer nichts. Im Gegenteil, wenn sie dort anrufen wollte, kam seltsamerweise keine Verbindung mehr zustande. Sie setzte über Internet eine E-Mail mit der Bitte ab, dass man sich doch umgehend bei ihr melden möge.

Besorgt sah sie zum Himmel. Sturm war für heute zwar nicht angesagt, aber der Südwind sollte bis auf acht Windstärken auffrischen. Mira betrachtete die schlafende Fatma. Unter dem schützenden Felsvorsprung ging es ihnen so weit gut. Die See war bisher auch spiegelglatt gewesen, aber das würde sich schlagartig ändern, wenn der Wind erst einmal richtig loslegte. Sie mussten ihren Platz räumen, um dann nicht unter den Felsen gedrückt und eventuell sogar zerdrückt zu werden. Sie selbst könnte sich in diesem Fall vielleicht retten, für Fatma wäre es der sichere Tod. Außerdem bereiteten Mira die beiden Angreifer Bauchschmerzen. Wir haben ihre Leichen gefunden, erst die drei beim Riff und dann auch noch, in dem neuen Versteck, den Fischer, dachte sie. Uns wollen sie, aus welchem Grund auch immer, danebenhängen. Fatma haben sie bereits zum Krüppel geschossen, so gehandicapt sind wir eine leichte Beute.

Sie suchte mit ihrem Feldstecher das Meer ab. Schon seit einiger Zeit beobachtete sie eine große, moderne Llaut 38. So ein Mist, wenn die doch nur verschwinden würde, dann könnten wir in See stechen. Draußen auf See wären wir beide erheblich sicherer.

In diesem Augenblick beobachtete sie, wie die beiden Taucher wieder an Bord stiegen. »Sehr gut«, murmelte sie. »Vielleicht fahrt ihr ja bald wieder nach Hause, wo ihr hingehört.«

Nachdem der Entschluss gefasst war, die Bucht zu verlassen, überlegte sie, wie sie Fatma sichern konnte. Kurz entschlossen griff sie sich eine der Schwimmwesten und zog sie der Schlafenden vorsichtig an. Sie band noch einen Rettungsring an die Weste, damit sie etwas zum Festhalten hatte, wenn sie schwimmen müssten.

Mira war so auf ihre Arbeit konzentriert, dass sie es versäumte, das Wasser um ihr Boot zu kontrollieren. So bemerkte sie die verräterischen Luftblasen nicht, die sich von See her ihrem Schlauchboot näherten. Erst als es plötzlich an einer Stelle, dann nach und nach überall um sie herum zischte, ahnte sie, dass das wohl der finale Angriff der beiden feindlichen Taucher werden sollte. Sie griff nach ihrer Pistole, drückte sich dicht an den Steuerstand und wartete ab.

»Da könnt ihr lange warten«, murmelte sie verbissen, ihre Waffe im Anschlag. »Fahren kann ich mit dem Ding nicht mehr, doch es dauert, bis so ein Zodiac untergeht. Ihr müsst schon an Bord kommen.« Sie erhob sich kurz und drehte den Rückspiegel am Steuerstand so, dass sie von ihrem Platz aus den Bug des Bootes beobachten konnte. Es dauerte nicht lange, da waren die Gummiwülste rund um das Boot nur noch schlaffe Säcke. Jetzt wäre es für die Taucher ein Leichtes, sich hochzuziehen, um zu sehen, was an Bord los war. Und tatsächlich erhob sich plötzlich einer von ihnen aus dem Wasser. Bevor er jedoch mit seiner Harpune auf sie anlegen konnte, ertönte ein tödliches »Plopp« aus ihrer Schalldämpferwaffe. Die Kugel schlug ein hässliches Loch in die Taucherbrille des Angreifers. Blut spritzte von innen gegen das Glas, und der Taucher sank wortlos in die Fluten zurück. Geistesgegenwärtig ergriff Mira die Harpune, die ins Wasser zu rutschen drohte, und zog sie zu sich heran.

»Na, was haben wir denn da?« Sie grinste bitter, als sie auf den Pressluftpfeil sah. »Nun muss nur noch Bastard Nummer zwei auftauchen, und schon wird er Bekanntschaft mit seiner eigenen Schweinerei machen.«

Sie hatte die Worte kaum ausgesprochen, da zog sich ein zweiter Taucher am Bug des Bootes hoch. Sein Blick fiel auf die schlafende Fatma, und ohne zu zögern, legte er mit seiner Harpune auf sie an. Mira erhob sich hinter ihrem Versteck und feuerte einen Pfeil auf den Mann ab. Er traf ihn etwas oberhalb der Hüfte. Der Taucher öffnete den Mund und ließ den Lungenautomaten herausfallen. So einen grellen Schmerzensschrei hatte Mira noch nie gehört, zumindest nicht von einem Mann. In Sekundenschnelle blies sich der Taucher zu einer Art Ballon auf. Wild zappelnd fiel er ins Wasser zurück und trieb sofort ab. Mira erhob sich und schoss ohne jegliche Regung fast das ganze Magazin ihrer Pistole leer. Erst eine kleine Explosion ließ sie innehalten. Der letzte Schuss hatte die Sauerstoffflasche des Tauchers getroffen.

Blitzschnell wechselte sie das Magazin. Doch um sie herum herrschte nun Stille. Das Boot bestand nur noch aus dem ausgeschäumten Plastikboden, auf dem Fatma diese Schlacht um Leben und Tod selig verschlafen hatte.

Mira sah auf das von Blut verfärbte Wasser, und Ekel stieg in ihr hoch. Sie beschloss, erst dann hineinzugehen, wenn es sich etwas verflüchtigt hatte. Erst dann wollte sie sich mit Fatma auf den Weg machen.

»Sterben wir eben auf offener See«, brüllte sie, »das aber ohne Angst, wie es sich für zwei Kämpferinnen gehört.«

Mit Tränen in den Augen schrieb sie eine SMS an die Zentrale, wo ungefähr man sie beide aus dem Wasser fischen sollte – in welchem Zustand auch immer.

***

Gleichzeitig mit dem Helikopter, der García Vidal nach Cabrera brachte, kamen vier weitere Armeehubschrauber mit Kräften einer Spezialeinheit an Bord auf die Insel. Carmen hatte diese Spezialisten angefordert, weil es für die paar verbliebenen Ranger und die zwei Mann Stammbesatzung der *Guardia Civil* unmöglich war, die Insel allein nach Schickebier abzusuchen. Einer der Hubschrauber war mit einer Wärmebildkamera ausgerüstet, das würde ihr Vorhaben erleichtern.

García Vidal war froh, wieder an einem Einsatz teilnehmen zu können. Er würde wohl nie ein fähiger Verwaltungsbeamter werden, das wusste er genau. Das Problem war nur, dass, je höher er auf der Karriereleiter stand, der Anteil der von ihm verhassten Schreibtischarbeit umso umfangreicher war.

Carmen erwartete ihn auf dem Landeplatz neben der alten Festung. »Gut, dass Sie die Kavallerie direkt mitgebracht haben, Comisario. Wenn sich die beiden Figuren noch auf der Insel befinden, werden die Spezialkräfte sie sicher finden. Obwohl wir bisher genau genommen nicht mal genug Material gegen sie in der Hand haben, um ihnen einen guten Tag wünschen zu dürfen.«

»Dann sollten wir, nach einem Cortado, nach Indizien suchen. Deswegen bin ich hier. Vier Augen sehen mehr als zwei.« Sie bestiegen den alten Jeep der Ranger und fuhren zum Hafen hinunter. Dort machte gerade die Llaut des Bischofs am Steg fest.

Kurze Zeit später saßen sie in Catis Bar schweigend vor ihren Tassen. Jeder hing seinen Gedanken nach. Berger schien vor lauter Nachdenken gar nicht zu bemerken, dass er seinen Milchespresso fast schon kalt gerührt hatte.

»Wo ist das Problem, Miguel?«

»Ich habe vorhin ein U-Boot gesehen.« Berger sah García Vidal in die Augen, als wolle er kontrollieren, ob dieser ihn ernst nahm.

»Das wird die ›Nemo‹ aus Magaluf gewesen sein.«

»Was für eine ›Nemo‹?«, fragte Crasaghi.

»Ein U-Boot für Touristen. Da rund um Cabrera die Unterwasserwelt noch in Ordnung ist, kreuzen die meist hier in der Gegend herum.«

»Aber die ›Nemo‹ hat kein Periskop«, sagte Berger bockig.

»Haben Sie nun ein U-Boot gesehen oder ein Seerohr?«

»Ein Seerohr.«

»Und wo?«

»Auf der Südseite der Insel. Da haben wir auch, der Kirche sei Dank, eine Höhle gefunden.«

García Vidal nippte an seinem Kaffee. »Höhlen haben wir hier nun wirklich genug.«

»Das weiß ich, aber keine mit elektrischer Beleuchtung.«

Der Comisario sah erstaunt auf. »Da muss ich Ihnen recht geben.«

»Ich muss allerdings gestehen, dass die Lampen aussahen, als ob sie schon lange nicht mehr in Betrieb waren.«

»Vielleicht habt ihr ja den ollen Penizillinbunker der Nazis gefunden.« García Vidal wirkte direkt ein bisschen aufgeregt.

»Das glaube ich kaum, dafür schien er nicht groß genug. Aber wir haben ihn nicht genauer untersucht. Das haben wir uns für morgen aufgehoben.«

»Nehmen wir einmal an, dass Sie da wirklich einen alten Bunker oder eine Schmuggelhöhle gefunden haben, die den Rangern gar nicht bekannt ist. Dadurch würde zumindest nachvollziehbar, wie sich irgendwelche muslimischen Phantome irregulär auf Cabrera aufhalten konnten.« Der Comisario überlegte weiter. »Wenn die plötzlich ungebetenen Besuch von unseren drei Tauchern bekommen hätten, läge ein Mordmotiv vor. Wir sollten uns die Höhle genauer ansehen.«

Carmen zog die Stirn kraus. »Sollten wir nicht lieber Spezialisten dafür anfordern?«

García Vidal nickte. »Im Prinzip schon, aber weswegen? Wir sind keine Höhlenforscher, und der bloße Anfangsverdacht würde eine derartige Anforderung nicht rechtfertigen.«

Carmen ließ nicht locker. »Stellen wir doch die Muselmänner unter Mordverdacht. Leichen dazu haben wir ja nun wirklich genug. Wir müssten natürlich einen begründeten Verdacht über den Zusammenhang der Leichenfunde mit diesen Höhlen formulieren und hätten dann vierundzwanzig Stunden Narrenfreiheit, bevor uns der Untersuchungsrichter zurückpfeift.«

»Okay, dann machen wir das.«

»Moment«, protestierte Crasaghi. »Das ist meine Höhle. Da will ich morgen rein.«

»Das können Sie auch«, beschied ihn Carmen knapp. »Aber erst dann, wenn unsere Leute Licht gemacht und mal ordentlich durchgelüftet haben. Wir können eine Menge gebrauchen, ein toter Bischof gehört jedoch nicht dazu.«

»Was kann an einer derartigen Höhle schon gefährlich sein?«

»Es weiß kein Mensch, wie viele Algen und Mengen von Seegras bei den Winterstürmen der vergangenen Jahre in die Höhle hineingeschwemmt wurden. Wenn die verrotten, senkt sich der Partialdruck des Sauerstoffs in den Höhlen. Das kann für Menschen tödlich sein.«

Crasaghi sah sie etwas ungläubig an. »Aber man riecht doch, wenn's faulig stinkt.«

»Eben nicht. Und wenn doch, kann es leider schon zu spät sein.«

Berger bestellte eine neue Runde Cortados. »Irgendwie haben wir den Faden verloren. Lasst uns bitte beim Thema bleiben. Wir haben inzwischen neben unseren drei Leichen einen verlorenen Fischer und eine weitere vermisste Person. Wenn ich Carmen richtig verstanden habe, gibt es wenig Hoffnung, die beiden noch lebend zu finden.«

Carmen nickte zustimmend. »Okay, aber was haben zwei Schwule, eine Irakerin, ein Fischer und ein Trikotagenfabrikant gemeinsam? Irgendeinen gemeinsamen Nenner müssen die haben.«

Crasaghi machte es offenbar Spaß, die Ermittlungsarbeit nicht nur aus der ersten Reihe beobachten zu können, sondern sich auch daran zu beteiligen. »Sie scheinen alle fünf Stress mit Islamisten zu haben«, ließ er verlauten. »Zumindest wenn Sie davon ausgehen, dass die beiden gesuchten Personen für das Verschwinden dieser Leute verantwortlich sind.«

»Wir suchen nicht nur Islamisten«, berichtigte ihn García Vidal, »sondern Moslems. Eventuell sogar weibliche Moslems. In dem Fall steht nicht nur ganz Nordafrika, sondern auch halb Asien auf unserer Fahndungsliste.«

Cati brachte die Cortados und verteilte sie.

García Vidal schüttelte nachdenklich ein Zuckertütchen. »Es ist ein Jammer, dass wir mit der Internetrecherche noch nicht weiter fortgeschritten sind. Angela hat sich die halbe Nacht am PC um die Ohren geschlagen. Auch ihre Kollegen in Wiesbaden kommen nicht so richtig voran.«

»Es ist immerhin erwiesen, dass es von rechter Seite her ein verstärktes Interesse an Cabrera gibt«, sagte Berger.

»Das ist auch das Einzige.« Nun rührte auch der Comisario seinen Kaffee kalt.

Alle schwiegen nachdenklich.

»Auch wenn Sie mich für verrückt halten«, sagte Carmen zögerlich: »Was ist, wenn das U-Boot des Señor Residente etwas mit dem Verschwinden der Gesuchten zu tun hat?«

Berger hob interessiert den Blick. »Du meinst, dass es sich um Kampftaucher einer islamischen Nation handeln könnte, die sich gar nicht auf der Insel selbst aufhalten, sondern vom U-Boot aus operieren?«

Carmen nickte verlegen.

García Vidal schaute die beiden besorgt an. »Also, wenn wir dem Untersuchungsrichter mit dieser durchgeknallten Nummer kommen, steckt der uns, ohne mit der Wimper zu zucken, in die Klapse. Das ist euch doch wohl klar, oder?«

Sie nickten.

»Da gehören wir aber nicht hin«, wehrte Berger ab. »Da haben sie keinen Cortado.«

»Apropos.« García Vidal wandte sich an Berger. »Was gedenken Sie heute noch zu tun?«

»Da wir uns von Mutter Kirche einen Steuermann ausgeliehen haben, werden wir noch ein wenig schnorcheln gehen. Vielleicht finden wir das verlorene Schlauchboot oder andere Dinge, die uns auf die Sprünge helfen könnten. Wenn Sie etwas Wichtigeres für uns zu tun haben, dann raus mit der Sprache.«

Der Comisario schüttelte den Kopf. »Nein, im Augenblick nicht. Aber es ist beruhigend zu wissen, ein Dream-Team wie das Ihre in Reserve zu haben.«

6

In Colonia Sant Jordis Calle de Goya war der Teufel los. Nachdem Rettungswagen und Notarzt unverrichteter Dinge wieder abgerückt waren, bevölkerten nach und nach immer mehr Leute der *Policía Nacional* das kleine Haus des alten Pepe Álvarez alias Großvater Pepe, wie halb Colonia Sant Jordi den alten Mann liebevoll genannt hatte.

Andrea Bastos übernahm die Befragung der Großnichte des Toten, die diesen in seinem Bett liegend vorgefunden hatte. Die junge Frau weinte sich fast die Augen aus dem Kopf.

»Ich verstehe das nicht. Der Doktor hat gesagt, es gehe ihm wieder gut, er brauche aber viel Ruhe. Er hat ihm eine Spritze gegeben, damit er mindestens sechs Stunden schlafen würde. So lange sollte Opa absolute Ruhe haben.«

»Wer hat den Arzt gerufen?«

»Keine Ahnung. Ich nehme an, dass mein Großonkel selbst angerufen hat. Ich kam her, um ihn zu fragen, ob wir ihm etwas vom ›Eroski‹ mitbringen sollen, dem Supermarkt hier am Platz. Da war der Arzt schon da.«

»Haben Sie noch mit Señor Álvarez sprechen können?«

»Nein.«

»Was geschah dann?«

»Ich bin einkaufen gegangen und später, nachdem fünf von den sechs Stunden um waren, wieder hergefahren und habe gewartet. Als er nach sieben Stunden noch immer nicht wach war, bin ich rein, und da lag er tot in seinem Bett.«

»Kam Ihnen irgendetwas an dem Arzt komisch vor?«

Sie überlegte kurz. »Nein. Das war ein ganz normaler Arzt.«

»Kannten Sie ihn denn?«

»Nein. Was mich aber schon ein wenig gewundert hat, war die Tatsache, dass Opa Pepe überhaupt einen Arzt gerufen hatte. Er hat doch immer geprahlt, er sei noch nie in seinem Leben bei einem Arzt gewesen. Das sei der Grund für seine gute Gesundheit.«

Bastos wurde hellhörig. »War der Arzt mit einem Notarztwagen hier?«

Sie schüttelte den Kopf. »Nein, das wäre mir mit Sicherheit aufgefallen. Das sind doch diese gelben Autos, oder?«

Bastos nickte. Er überflog kurz seine Notizen. »Sie sind also ganz normal zur Eingangstür reingekommen?«

»Ja.«

»Ist Ihnen da irgendetwas aufgefallen? Einbruchsspuren vielleicht?«

»Nein, tut mir leid. Aber haben Sie hinten schon mal nachgesehen? Es gibt noch eine Tür zum Hof.«

Gemeinsam gingen sie nach hinten. Bastos sah auf den ersten Blick, dass es für einen Profi ein Kinderspiel wäre, so eine Tür ohne jegliche Einbruchsspuren zu öffnen.

Sie sah ihn forschend an. »Aber sagen Sie mal, wenn Sie mich das alles fragen: Ist Opa Pepe denn keines natürlichen Todes gestorben?«

»Das kann ich Ihnen nicht sagen, ich bin ja kein Arzt. Können wir bitte noch mal zurück ins Schlafzimmer gehen? Vielleicht fällt Ihnen dort etwas auf, was anders als sonst ist. Vorhin, als Sie die Leiche fanden, hatten Sie mit Sicherheit keinen Blick dafür.«

Sie willigte ein und führte ihn ins Schlafzimmer. Man merkte ihr deutlich an, dass sie sich sehr überwinden musste, ihrem toten Großonkel erneut gegenüberzutreten. Als sie jedoch sah, wie friedlich er in seinem Bett lag, erschien ein Lächeln auf ihrem Gesicht. »Er hatte, glaube ich, ein sehr schönes Leben.« Sie stutzte plötzlich. »Sein Schlafanzug.« Sie zeigte auf die offene Jacke. »Er hat seinen Schlafanzug sonst nie so getragen.«

»Wie dann?«, fragte Bastos.

»Komplett zugeknöpft bis zum Kragen, egal, was für tropische Temperaturen nachts auch herrschten. So wäre er niemals ins Bett gegangen.«

»Der kann auch von der Besatzung des Rettungswagens aufgeknöpft worden sein, als man versuchte, ihn wiederzubeleben.«

»Also einen Eid kann ich darauf nicht schwören, aber ich denke, dass er schon offen war, als ich ihn gefunden habe.«

Ein Gerichtsmediziner in einem orangefarbenen Overall mit dem Schriftzug *»Instituto Anatómico Forense«* betrat den Raum.

»Nanu«, meinte Bastos verwundert, »woher kommt ihr denn so schnell?«

»*Buenos días,* Señora, *hola*, Andrea. Ich war gerade bei einer Leichenschau in Campos. Da hat es einen jungen Motorradfahrer erwischt.«

»Um Gottes willen«, entfuhr es der jungen Frau. »Das ist ja furchtbar.«

»Ich weiß nicht, ob Mitleid angebracht ist, Señora. Der Mann war vor der Polizei auf der Flucht.«

»Seid ihr neu eingekleidet worden?«, fragte Bastos und wies auf den Overall.

»Das sind unsere neuen Blaumänner. Schick, was?« Er sah die junge Frau an. »Sind Sie eine Angehörige, Señora?«

Sie nickte.

»Dann möchte ich Sie herzlich bitten, den Raum zu verlassen. Ich werde jetzt mit der Leichenschau beginnen.«

Sie nickte betreten und ging.

»Nun, Andrea, hast du was auf der Pfanne?«

»Ich bin mir nicht sicher, aber mir scheint, hier stinkt etwas.« Bastos berichtete haarklein, was er inzwischen recherchiert hatte.

»Das hört sich wirklich nicht astrein an. Eine Beruhigungsspritze führt ja normalerweise nicht zum Herzstillstand.« Der Arzt besah sich den Brustkorb des alten Mannes. »Das ist ja seltsam.«

»Das sind Abdrücke der Elektroden vom Defi, oder?«

»Richtig, aber das sind richtige Verbrennungen.«

»Und was sagt uns das?«

»Dass der Mann geschockt wurde, als sein Kreislauf noch funktionierte. Eine Dokumentation des Vorgangs liegt auch nicht vor. Normalerweise werden bei einer Reanimation kreislaufunterstützende Medikamente gegeben, die jeder Arzt auch entsprechend dokumentieren müsste.«

»Moment.« Bastos war sich über die Tragweite dieser Äußerung nicht im Klaren. »Was bedeutet das?«

»Dass der Herzschlag aller Wahrscheinlichkeit nach durch Elektroschocks gestoppt wurde. Wir stehen hier entweder vor dem Opfer eines absolut dilettantischen, unverantwortlichen Kollegen, oder es war schlichtweg Mord.«

***

Gräfin Rosa kreuzte seit einer guten Stunde mit halber Fahrt vor der Südküste Cabreras, aber von der Llaut des Bischofs war weit und breit nichts zu sehen. Auch ihre Versuche, den Residente per Handy zu erreichen, schlugen fehl. Auf Cabrera gab es keinen Sender, und auf See sorgte die Insel für Funkschatten.

Filou, der die ganze Zeit über ruhig neben ihr im Führerstand geschlafen hatte, wurde plötzlich unruhig. Erst hielt er den Kopf in den Wind, dann erhob er sich und trabte zum Bug. Dort stand er mit erhobenem Schweinerüssel und sog die Luft tief ein.

Rosa beobachtete ihn aufmerksam und steuerte immer genau dorthin, wo sie den Ursprung seiner Witterung vermutete. Mit jedem Atemzug wurde das Schwein aufgeregter. Sie stellte auf Autopilot, griff sich ein Fernglas und ging ebenfalls zum Bug des Schiffes. Aufmerksam beobachtete sie die See. Mit einem Mal war ihr, als sähe sie ziemlich weit vorn einen Kopf im Wasser. Sie stürmte ins Führerhaus zurück und nahm Fahrt in diese Richtung auf. Mit jedem Meter, den sie sich der Stelle näherten, wurde deutlicher, dass da wirklich ein Mensch schwamm. Vor sich her schob er ein Bündel, das mit Schwimmwesten stabilisiert war.

Kurz bevor sie die schwimmende Person erreicht hatte, stellte Rosa die Maschine auf Rücklauf, sodass das Boot in unmittelbarer Nähe zum Stillstand kam. Sie schnappte sich den längsseits am Aufbau griffbereit platzierten Enterhaken und machte ihn an einer der Schwimmwesten fest. Als sie sich damit über die Reling beugte, erkannte sie, dass das Bündel, das auf dem Wasser trieb, ebenfalls eine Person war. Genauer gesagt hatte Gräfin Rosa sich zwei Damen geangelt.

»Señora, verstehen Sie mich?«, rief sie ihr auf Spanisch zu.

Die Frau antwortete auf Englisch. »Es tut mir leid, Ma'am, sprechen Sie Englisch?«

Gräfin Rosa nickte. Sie hatte etwas Mühe, die Frau zu verstehen.

»Können Sie uns bitte helfen? Meine Kameradin ist schwer verletzt.«

»Natürlich«, rief Rosa. »Soll ich versuchen, sie an Bord zu ziehen?«

»Ja, aber seien Sie bitte sehr vorsichtig. Sie hat eine Rückenverletzung.«

Gräfin Rosa überlegte, was zu tun war. Der Flaschenzug fiel ihr ein. »Warten Sie bitte kurz, ich habe da eine Idee.«

Der Residente hatte eine Vorrichtung an seinem Boot, um schwere Netze mit einem Flaschenzug bergen zu können. Dazu wurde eine Art Galgen an der Reling aufgesteckt. Rosa rannte unter Deck, um diesen Galgen zu holen und zu installieren. Anschließend kurbelte sie den Haken so weit herunter, dass die Frau die seltsame Konstruktion, auf der ihre verletzte Kollegin lag, daran festmachen konnte. Als das erledigt war, schwamm die Frau ans Heck der kleinen Llaut und zog sich mit letzter Kraft selbst an Bord.

Filou hatte das Treiben der Frau aufmerksam beobachtet. Als sie an Bord war, flüchtete das Schwein unter Deck. Verwundert registrierte Gräfin Rosa dieses für ihn ungewöhnliche Benehmen, doch sie hatte keine Zeit, über das Verhalten ihres Lieblings nachzudenken.

Kraftlos, auf allen vieren, schleppte sich die Schiffbrüchige übers Deck zur Gräfin, um ihr beim Hochkurbeln der Last zu helfen. Vorsichtig hoben sie zu zweit die andere Frau über die Reling und in Sicherheit.

»Junge Frau, wer sind Sie bitte?«

»Mein Name ist Mira Katzev, und das ist Fatma Haifaz. Wie sind beide Staatsbürgerinnen Israels.«

Gräfin Rosa nickte ihr leicht zu. »Angenehm, mein Name ist Gräfin Rosa von Zastrow, ich wohne hier auf Mallorca. Was ist Ihnen passiert?«

Mira rang noch immer nach Atem, und so kam die Antwort in einem gepressten Stakkato. »Erst einmal vielen Dank für die Rettung, Gräfin von Zastrow. Wir sind in Seenot geraten. Unser Motorboot ist gesunken.«

»Und wie hat sich Ihre Kollegin so schwer verletzt?«

»Sie wurde über Bord geschleudert.«

Gräfin Rosa schaute sie irritiert an, widersprach jedoch nicht. »Dann werde ich jetzt über Seefunk Hilfe holen. Man wird uns vermutlich einen Bergungshubschrauber schicken, damit Ihre Kollegin in die Klinik kommt.« Sie ging unter Deck zum Navigationstisch, neben dem das Funkgerät installiert war. Bevor sie nach dem Hörer greifen konnte, stand plötzlich Mira neben ihr.

»Ich bitte Sie, das nicht zu tun.«

Rosa sah sie verständnislos an. »Wollen Sie Ihre Kollegin umbringen? Wenn sie keine Hilfe bekommt, wird sie vielleicht bleibende Schäden behalten. Sie sagten doch, es sei eine Rückenverletzung.«

»Das stimmt auch. Dennoch dürfen Sie niemanden anfunken.« Sie griff nach Rosas Arm.

Die riss sich los und griff nach dem Hörer. »Es tut mir leid, aber auf Ihre persönliche Meinung kann ich keine Rücksicht nehmen. Ich bin dazu verpflichtet, Hilfe zu holen, und das werde ich auch tun, verstanden?«

»So leid es mir tut, Ma'am, das werden Sie nicht tun.«

Rosa sah fassungslos in die Mündung einer Pistole. »Sagen Sie mal, sind Sie wahnsinnig?«

»Bitte legen Sie den Hörer wieder auf«, flehte Mira fast. »Es ist für alles gesorgt. Hilfe wird kommen.«

»Wann?«

»Werfen Sie die Maschinen wieder an und fahren Sie in Richtung zweihundertzehn Grad. Dort werden wir in Kürze ein Schiff treffen, das uns aufnimmt.«

»Was soll das für ein Schiff sein?«, fragte Rosa ungehalten. Die Waffe brachte sie seltsamerweise nicht so aus der Fassung, wie sie erwartet hätte.

»Ein U-Boot.«

»Wie bitte? Und was für eines, wenn ich fragen darf?«

»Das hat Sie gar nicht zu kümmern. Je weniger Sie wissen, desto besser ist es für Sie.«

»Hören Sie mal, wir sind doch hier nicht in einem Groschenroman. Wenn Sie in der Scheiße sitzen, dann offenbaren Sie sich, aber reiten Sie sich nicht noch weiter rein.«

Mira hatte Tränen in den Augen. »Ich weiß selbst, dass es Wahnsinn ist, was ich Ihnen zumute, aber es geht hier um viel mehr als nur um uns.«

Gräfin Rosa lachte gequält auf. »Sicher, es geht um den Weltfrieden!«

»Gräfin von Zastrow, Sie haben ja keine Ahnung, wie wahr das ist, was Sie da sagen.«

***

Nachdem Andrea Bastos García Vidal alarmiert hatte, machte er sich daran, alles, was er gefunden hatte, zusammen mit den Kollegen der Spurensicherung zu markieren. Innerhalb kürzester Zeit war Pepes Schreibtisch mit Hinweisen und Indizien nur so übersät. »Vielleicht schaffen wir es noch, bevor er kommt, alles zu archivieren.«

Dazu blieb jedoch keine Zeit, denn Bastos wusste nichts von dem Helikopter, der seinem Chef derzeit zur Verfügung stand.

»Hoppla«, entfuhr es ihm, als er den Comisario in der Tür stehen sah. »Sind Sie geflogen?«

»Volltreffer, Andrea.«

Bastos griff sich seine Notizen. »Sie kennen das Opfer?«

García Vidal nickte. »Wer kannte Opa Pepe nicht? Der Mann war unter diesem Namen eine Legende. Sind Sie sicher, dass er ermordet wurde?«

»Der Gerichtsmediziner ist es.« Bastos unterrichtete seinen Boss in allen Einzelheiten.

»Okay, Andrea, gute Arbeit. Aber was macht die Geschichte zur Chefsache?«

Bastos zeigte auf den Schreibtisch. »Meine Großmutter hatte ein ganz ähnliches Ding. Anscheinend hat es derselbe Tischler hergestellt. Daher wusste ich von den Geheimfächern auf der Rückseite. Unter der Schreibtischauflage ist ein kleiner Hebel, der sich nur dann öffnet, wenn alle sechs Schubladen in einer ganz bestimmten Position aufgezogen sind.« Er öffnete die Schübe und betätigte den Hebel. Es klickte, und auf der Rückseite öffnete sich eine Tür. »Sehen Sie?«

García Vidal nickte beeindruckt. »Was ist da drin?«

»Jede Menge Bankunterlagen, vor allem Kontoauszüge.«

Der Comisario sah auf einige der Papiere und pfiff durch die Zähne. »Ganz schön viel für so einen kleinen Rentner.«

Bastos lachte auf. »Kleiner Rentner? Dass ich nicht lache. Pepe hatte mehr Geld auf der Bank als wir beide zusammen Haare auf unseren Köpfen.«

»Was bedeutet das in Zahlen?«

»Einen genauen Überblick habe ich noch nicht, aber es handelt sich auf jeden Fall um einen recht üppigen Millionenbetrag.«

García Vidal glaubte, sich verhört zu haben. »Millionen? In Euro?«

»*Sí*, Señor. Alles in dicken, fetten Euros. Dabei ist allerdings noch nichts von dem berücksichtigt, was der Mann eventuell investiert hat.«

»Woher hat Pepe diesen Haufen Geld? Da stimmt doch was nicht! Ist seine Familie schon befragt worden?«

Bastos verneinte. »Die Großnichte wartet draußen, aber über die Unterlagen habe ich noch nicht mit ihr geredet. Ich bin hier gerade erst fertig geworden.«

»Dann werde ich das machen. Ich schicke dir Verstärkung, damit du alles in diesem Arbeitszimmer auf links drehen kannst, während ich mir die junge Dame vorknöpfe.«

García Vidal ging in die Küche, wo sie, von einer Polizistin beaufsichtigt, wartete. Sie weinte.

»Señora Álvarez?«

»Sí.«

»Mein Name ist García Vidal. Ich bin der leitende Comisario. Mein Kollege hat mir berichtet, was Sie ausgesagt haben. Haben Sie dem noch etwas hinzuzufügen?«

Die junge Frau schüttelte eingeschüchtert den Kopf.

»Sie wollten ihm etwas zu essen bringen?«

»*Sí*, Señor, vom ›Eroski‹. Das haben wir jeden Tag so gemacht.«

»Was heißt ›wir‹?«

»Meine Mutter, meine Schwester und ich.«

»Jeden Tag?«

»*Sí*, Señor. Sonntags haben wir für ihn mitgekocht und ihm das dann vorbeigebracht. Wir haben uns abgewechselt.«

»Hat Señor Álvarez Sie dafür bezahlt?«

Sie lachte auf. »Opa Pepe und bezahlen?«

»*Sí*, Señora.«

»Machen Sie Scherze? Seine Rente hat gerade mal ausgereicht, um das Haus im Winter zu unterhalten und zu beheizen. Wären wir nicht gewesen, wäre Großvater glatt verhungert.«

»In welchem Familienverhältnis standen Sie zu ihm?«

»Opa Pepe war mein Großonkel. Mein Vater Jordi Barosa war der Ehemann seiner Nichte Rosalia, meiner Mutter. Opa Pepe hatte selbst keine Kinder.«

»Hatte Ihre Mutter noch weitere Geschwister?«

»Sie waren zu dritt. Es gab zwei Schwestern, Antonia und Rosalia, und Julián, den Sohn des Hauses.«

García Vidal machte sich Notizen. »Und Jordi ist Ihr Vater.«

»Er war es. Er starb, als ich noch gar nicht auf der Welt war. Onkel Julián kümmerte sich danach viel um uns. Er war für mich wie ein Vater.«

García Vidal zog die Stirn kraus. »Damit ich nicht den Überblick verliere: Julián ist der Hafenmeister von Sa Ràpita, oder?«

Sie nickte. *»Sí.«*

»Haben er und Antonia Opa Pepe auch unterstützt?«

»Tante Antonia lebt mit ihrem Mann in Valencia, sie kann sich also nicht so kümmern wie wir. Und Onkel Julián war nicht bereit dazu. Er hat mit Opa Pepe seit Jahren kein Wort mehr gesprochen.«

»Und warum nicht?«

»Mein Onkel nannte Pepe einen alten Piraten, der keinen Respekt vor dem Gesetz habe.«

»Und, war das so?«

»Woher soll ich das wissen? Wenn ja, dann kann er nicht sehr erfolgreich gewesen sein.«

***

Carmens Geduld wurde auf eine harte Probe gestellt. Die Spezialeinheiten der Armee und der Polizei durchkämmten die Insel nun schon seit Stunden, aber ohne jeglichen Erfolg. An einem Ort in der Nähe des Südufers hatten sie eine Stelle entdeckt, an der kürzlich Menschen gelagert haben könnten. Von denen war aber weit und breit nichts mehr zu sehen. Trotzdem wurden alle Details von der Spurensicherung aufgenommen.

Ein blonder Junge kam auf sie zugelaufen. »Señora, Señora, Sie sprechen doch Deutsch, nicht wahr?«

Carmen nickte. »Jawohl, mein Junge. Woher weißt du denn das?«

»Ich habe Sie vorhin mit ein paar Touristen Deutsch sprechen hören.«

»Was hast du auf dem Herzen?«

Er sah sich vorsichtig um. »Wenn Sie meinen Eltern davon nichts erzählen, habe ich eine Meldung zu machen.«

»Und warum darf ich deinen Eltern nichts davon erzählen?«

»Ich bekäme nur wieder Ohrfeigen, weil sie meinen, dass ich lüge.«

Sie lächelte. »Was hältst du davon, wenn wir beide ein Diensteis essen gehen? Dann sind wir unter uns.«

Der Junge strahlte sie an. »Ich sage nur schnell meinen Eltern Bescheid.« Er trollte sich, um kurz darauf mit seiner Mutter wiederzukommen.

»Entschuldigen Sie bitte, Señora, ist es wahr, dass Sie mit meinem Jungen ein Eis essen gehen wollen?«

Carmen nickte freundlich. »So ist das.«

»Warum, wenn ich fragen darf?«

»Ihr Sohn ist ein netter kleiner Kerl, und weil ich keinen zum Tanzen gefunden habe, schnappe ich mir eben einen hübschen jungen Mann zum Eisessen.«

Die Mutter lachte verlegen.

»Jetzt mal im Ernst. Ihr Sohn hat mir vorhin geholfen, als mir meine Unterlagen auf die Erde gerutscht sind, und nun bekommt er seinen gerechten Lohn.«

Die Mutter des Jungen war sichtlich erleichtert. »Dann ist es ja gut.« An ihren Sohn gewandt fügte sie hinzu: »Und du fängst nicht wieder an, von diesem Blödsinn zu phantasieren, haben wir uns verstanden?«

Der Junge nickte betreten. »Okay.«

Betont lässig schlenderten Carmen und er zum Restaurant. Als sie weit genug weg waren, sagte er grinsend: »Na hören Sie mal. Für eine Polizistin lügen sie aber ganz schön doll.«

Sie klopfte ihm aufmunternd auf die Schulter. »Sag es niemandem weiter, aber bei uns nennt man das ›Zeugenschutzprogramm‹.«

Kurze Zeit später saßen sie bei Cati, jeder ein Eis in der Hand. Er hatte sich das größte auf der Tafel ausgewählt und sie das kleinste.

»Komisch«, sagte er nachdenklich. »Je schöner eine Frau ist, desto weniger isst sie. Meine Mama hätte sich auch ein ganz kleines Eis bestellt. Und dann hätte sie mir von meinem mindestens die Hälfte weggegessen.«

Carmen verzichtete auf jeglichen Kommentar. Für sie war mit dieser Beobachtung bewiesen, dass der Junge eine gewisse Kombinationsgabe hatte. »Mein Junge, wie heißt du eigentlich?«

»Thorsten.« Er sah sie verlegen an. »Scheißname, was?«

»Ich heiße Carmen, das ist auch nicht viel besser.«

»Carmen! Boah ey, ist doch cool. Meine Schwester heißt Frida. Die würde sich für so einen geilen Namen wie Carmen ein Bein ausreißen.«

»Und wie alt bist du?«

»Zehn.«

»Also, Thorsten.« Sie hatte Mühe, ernst zu bleiben. »Nun erzähl doch mal. Was hast du beobachtet?«

»Und Sie sagen es niemandem aus meiner Familie weiter, großes Ehrenwort?«

Sie hob die Hand zum Eid. »Indianerehrenwort.«

»Indianerehrenwort? Davon habe ich ja noch nie etwas gehört.«

»Tja, wir Indianer können eben dichthalten.«

»Okay.« Thorsten sah sich um, ob ihnen auch niemand zuhören konnte. »Ich schleiche mich manchmal von unserem Boot und mache einen Streifzug über die Insel. Ich finde Eidechsen so toll.«

Carmen lächelte. »Das sind auch ganz tolle Tiere.«

»Gestern bin ich bis zur Südseite gelaufen, ein ganz schönes Stück, aber es hat sich für mich gelohnt. Da waren wirklich tolle Eidechsen zu sehen. Da, wo nicht so viele Touristen herumtrampeln, gibt es richtig große Geckos.«

»Du weißt, dass das verboten ist?«

»Ja, ich weiß auch, warum, aber die großen Geckos sind nun mal nur da zu finden, wo keine Touristen sind.«

»Aber Geckos sind vermutlich nicht alles, was du gesehen hast, oder?«

»Natürlich nicht. So eine Eidechse ist doch kein Eis wert.«

»Das meine ich auch«, bestätigte Carmen.

»Also, als ich an der Südküste ankam, habe ich auf der Höhe der s'Estel d'en Terra über die Klippe nach unten geschaut. Dicht neben den beiden Felsen tauchte plötzlich ein U-Boot auf. Ein Schlauchboot, in dem zwei Leute saßen, bewegte sich von der Südküste aus darauf zu. Vorn am Turm ging eine Klappe auf, und vier Menschen, einer davon ein kleines Kind, stiegen in das Schlauchboot und wurden zur Insel gefahren. Die Klappe ging wieder zu, und das U-Boot tauchte ab.« Thorsten verstummte und schaute sie gespannt an.

»Meine Herren«, sagte Carmen beeindruckt. »Das ist ja wirklich interessant. Hast du sonst noch was gesehen?«

Er schaute sich wieder um. »Gestern nicht, aber heute Mittag, nachdem Sie und Ihre Kollegen die vielen Leute befragt hatten, waren meine Eltern auf unserem Boot wieder mal beschäftigt, und ich bin wieder zur Südküste. Aber diesmal etwas weiter westlich. Da schwamm so ein Taucher, aber der bewegte sich gar nicht. Und um ihn herum war alles rot.«

»Richtig rot, und er machte keinen Mucks?«

Thorsten nickte heftig. »Also, wenn Sie mich fragen, war der mausetot.«

»Wann war das?«

»Mit dem Toten?«

»Ja.«

»Vorhin erst, der kann nicht weit gekommen sein, wenn sie ihn nicht eingesammelt haben.«

»Wer?«

»Na, die mit dem U-Boot.«

Carmen nickte. »Ich verstehe.« Sie überlegte, was sie dem Jungen nun sagen sollte.

»Sind Sie jetzt doch böse?«, fragte er.

»Warum sollte ich böse sein? Ich glaube dir, dass du das alles wirklich gesehen hast.«

Der Junge war erleichtert, endlich einen Erwachsenen gefunden zu haben, der ihn ernst nahm. »Und nun?«

»Nun werde ich meinem Chef von deinen Beobachtungen berichten.«

»Moment«, protestierte der Junge. »Sie haben mir versprochen, dass Sie das nicht weitererzählen.«

Sie lächelte ihn an. »Es muss sein. Aber du kannst ganz sicher sein, dass dein Name nirgendwo erwähnt wird.«

***

Mira und die Gräfin warteten nun schon seit Stunden darauf, dass irgendwo neben ihnen ein U-Boot auftauchen würde. Fast viertelstündlich verschickte Mira eine SMS mit ihrem aktuellen Standort, aber nichts tat sich. Nur die See wurde immer kabbeliger.

Fatma ging es deutlich schlechter. Zwar hatte sie gerade die letzte Morphinladung aus dem Notfallpack bekommen, das Mira dabeigehabt hatte, doch sie schien Fieber zu haben. Ihr Körper wurde von Schüttelfrost geplagt.

»Ich fürchte, sie hat sich in der See einen Infekt geholt«, meinte Mira besorgt.

»Oder sie friert einfach nur.« Gräfin Rosa tastete Fatmas spärliche Kleidung ab. »Sie ist ja immer noch pitschnass. Wenn wir sie nicht schleunigst aufwärmen, wird sie sich wirklich einen Infekt holen.«

»Etwas anziehen geht nicht, dann müssten wir sie von dem Brett losschnallen. Aber wir wissen nicht, wie schwerwiegend ihre Rückenmarksverletzungen sind. Das könnte ihr Tod sein.« Mira war mit ihrem Latein und auch mit ihren Nerven am Ende. Ihr schossen Tränen in die Augen.

»Also müssen wir uns zwischen Teufel und Beelzebub entscheiden.«

»Sieht so aus.« Mira legte wie in Trance die Pistole zwischen sich und die Gräfin. Sie griff nach einem Paket Tempotücher, die Rosa neben sich gelegt hatte. Noch während des Schnaubens begriff sie, dass sie einen Fehler gemacht hatte, aber da war es schon zu spät. Rosa hatte die Pistole bereits an sich genommen und zielte auf sie.

»Was nun? Wollen Sie mich erschießen?«

»Nein«, erwiderte Rosa. Die Waffe flog im hohen Bogen in die See. »Das Ding taugt in unserer Situation sowieso nichts. Ich weiß zwar nicht, warum, aber ich mag Sie viel zu sehr, als dass ich auf Sie schießen wollte.«

Jetzt flossen bei Mira Tränen. »Eben habe ich Sie noch entführt, und nun heule ich Ihnen Rotz und Wasser vor.« Sie wischte sich über ihre nassen Wangen. »Ich fürchte, ich bin eine lausige Kidnapperin.«

Rosa rückte an sie heran und drückte ihren zitternden Körper ganz fest an sich. »*Nobody's perfect.* Dafür sind sie eine umso bessere Freundin.«

Mira genoss diese menschliche Geste aus vollem Herzen. Erstaunt beobachteten die beiden, wie Filou sich eng an Fatma kuschelte, ganz so, als wolle er ihr von seiner Wärme etwas abgeben. Schon nach kurzer Zeit hörte sie auf zu zittern.

»Etwas Nähe und Wärme scheinen auch Ihrer Kollegin gefehlt zu haben«, sagte die Gräfin.

»Aber das darf nicht sein.« Mira schniefte. »Fatma ist Muslima, und Ihr Schwein ist ein Schwein.«

»Wo ist das Problem?« Rosa zuckte mit den Achseln. »Ich sehe kein Schwein und keine Muslima, ich sehe nur, wie ein Geschöpf Allahs einem anderen Geschöpf Allahs, das in Not ist, lebenswichtige Wärme spendet.«

Mira flüsterte fast. »Aber die Mullahs würden sich darüber entsetzen.«

»Wo kein Kläger, da kein Richter«, erwiderte Rosa. Sie zeigte auf den blauen Himmel. »Was interessieren uns die Mullahs? Gott scheint es völlig in Ordnung zu finden, und das ist das Wesentliche.« Sie nickte Filou zu. »Du kannst ruhig weiterkuscheln.«

Mira horchte auf. »Sie reden Deutsch mit dem Schwein?«, fragte sie in fast akzentfreiem Hochdeutsch.

»Ja doch. Ich bin Deutsche. Woher können Sie denn so gut meine Sprache?«

»Ich habe in Hannover studiert.«

»Wie wunderbar!« Rosa entspannte sich. »Da muss ich mir ja keinen mehr auf Englisch abbrechen, wenn ich mit Ihnen schimpfe.«

***

García Vidal hörte sich Carmens Bericht in Ruhe an. »Tja«, murmelte er, als sie damit fertig war, »das deckt sich ja ziemlich mit Miguels Beobachtung. Deinen Worten nach scheint der Junge für dich glaubwürdig zu sein?«

»Absolut.«

»Dann halte du mal weiter die Stellung auf Cabrera, ich werde noch mit einem anderen Angehörigen des Opfers sprechen. Das scheint hochinteressant zu werden. Ich komme nachher zu euch rüber und werde in der Zwischenzeit die Küstenwache über das U-Boot informieren. Mal sehen, was die dazu zu sagen haben. Vielleicht ist ja gerade irgendein Seemanöver in Gang, von dem wir natürlich keine Ahnung haben.«

»Das glaube ich kaum«, erwiderte Carmen. »Wenn, wäre das von höchster Stelle genehmigt worden, und man hätte die hiesige Admiralität von einem Todesopfer in Kenntnis gesetzt.«

»Da magst du recht haben. Wenn es ein fremdes U-Boot ist, können die mal so richtig zeigen, was sie alles draufhaben.« Er beendete das Gespräch und bat dabei den Neffen des Mordopfers mit einem Handzeichen, Platz zu nehmen. »Señor Álvarez, zuerst möchte ich Ihnen mein herzliches Beileid zum Tode Ihres Onkels ausdrücken.«

Julián Álvarez winkte ab. »Ich danke Ihnen, aber lassen Sie Ihr Mitgefühl lieber stecken. Der alte Herr und ich hatten alles andere als ein gutes Verhältnis.«

»Und woran lag das?«

»Sagen wir es mal so.« Álvarez überlegte sich jedes Wort, das er sagte, vorher ganz genau. »Als Hafenmeister bin ich im Staatsdienst, und wenn ich meinen Job nur einigermaßen ernst nehme, liegt unsere Feindschaft in der Natur der Sache.«

García Vidal wurde ungeduldig. »Wir kennen uns lange genug, Señor, Sie können aufhören, wie die Katze um den heißen Brei zu schleichen. Ihr Onkel war ein Schmuggler, und der gute Neffe weigerte sich, hin und wieder mal ein Auge zuzudrücken.«

Álvarez lächelte ihn an. »Ein Schmuggler? Jetzt bin ich aber geschockt. Hätte ich davon nur eine Ahnung gehabt, dann hätte ich natürlich sofort Anzeige erstattet.«

»Ja, ist klar.« García Vidal sah ihn ernst an. »Señor Álvarez, wie es aussieht, werden wir in den nächsten Tagen ein wenig mehr miteinander zu tun haben. Ihr Onkel wurde, davon ist unser Doc ziemlich überzeugt, umgebracht. Packen Sie das, was Sie wissen, auf den Tisch, dann nehme ich auch auf Ihre familiäre Situation Rücksicht.«

Álvarez nickte erleichtert. »Ihr Angebot zeigt mir, dass Ihnen klar ist, in welcher Zwickmühle ich mich befinde.«

»Oh ja. Ich weiß, dass Sie mit Ihrem Onkel gebrochen hatten. Mit dem Familienpatriarchen über Kreuz zu liegen, ist nicht einfach. Es ehrt Sie, dass Sie das Gesetz über Ihre Verwandtschaftsbeziehungen gestellt haben. Lassen Sie uns also offen reden. Was wissen Sie über die finanzielle Situation Ihres Onkels?«

»Dazu kann ich Ihnen leider nur wenig sagen. Wenn ich meiner Familie glauben darf, dann war Onkel Pepe der ärmste aller Hunde und folglich der lausigste aller Schmuggler. Wenn ich mich hier in der Wohnung umsehe, muss ich ihr recht geben. Kaum ein Möbelstück oder Gegenstand ist jünger als dreißig Jahre. Andererseits würde es mich nicht wundern, wenn Pepe der größte Geizkragen des Jahrhunderts gewesen wäre und Sie hier unter irgendeinem Wäschestapel noch hunderttausend Euro finden.«

García Vidal überlegte, ob es klug wäre, Álvarez über die finanzielle Situation des Toten aufzuklären. Er entschied sich dagegen. Es würde sich mit Sicherheit ganz schnell im Ort herumsprechen, und das wäre für die Ermittlungen nachteilig. »Señor Álvarez, was wissen Sie über die Geschäfte Ihres Onkels?«

»Früher hat Onkel Pepe alles geschmuggelt, was Geld brachte. Als es beim Schmuggeln irgendwann nur noch um Drogen ging, war er aus Altersgründen eigentlich raus aus dem Geschäft. Doch so hoch angesehen, wie er bei den finstersten Typen der Szene war, hätte er eigentlich selbst da noch den Anteil eines Seniorpatrons bekommen müssen. Wenn ich mich hier so umsehe, kann das allerdings nicht so gewesen sein.«

»Wissen Sie Näheres über die Schmuggelwege?«

Álvarez wand sich sichtlich. »Jetzt bringen Sie mich ganz schön in Schwierigkeiten, das ist Ihnen doch klar, oder?«

»Sie sind Staatsdiener, Señor, und Sie müssten eigentlich mit dieser Frage gerechnet haben.«

»Schon.« Er überlegte kurz. »Was soll's«, sagte er und kratzte sich am Kopf. »Ich bin früher immer mal wieder von, wie sich herausstellte, bestimmten Interessengruppen groß zum Essen eingeladen worden. Das endete eigentlich immer in einer unglaublichen Sauferei mit absolutem Filmriss. Nach einer Weile kam mir das seltsam vor. Ich hatte das Gefühl, als würde ich von den Initiatoren dieser Saufereien für eine Zeit kaltgestellt werden. Einmal gelang es mir, die Gläser zu vertauschen – mit dem Ergebnis, dass mein Saufpartner urplötzlich vom Stuhl fiel. Als ich mich daraufhin früher als sonst auf den Heimweg machte, sah ich, dass sie im Hafen am Bootskran damit beschäftigt waren, ein längliches Gefährt von einem Lkw ins Wasser zu heben. Als ich mich näher heranschlich, sah ich, dass die da ein kleines U-Boot zu Wasser ließen, eines von der Sorte, die man schon mal öfter in Forschungsfilmen sieht.«

García Vidal hörte gebannt zu. »Hatte das auch ein Seerohr, das man ausfahren kann, um die Wasseroberfläche zu beobachten?«

»Meinen Sie ein Periskop?«

»*Sí*, Señor.«

»Nein, Comisario«, sagte Álvarez. »Dafür war das U-Boot viel zu klein. Es hatte eine Glaskuppel, die aus dem Wasser herausragt, wenn man oben etwas sehen will.«

»Wo liegt das U-Boot normalerweise?«

»Darüber, Señor, kann ich nur mutmaßen. Ich tippe auf eines der vielen kleinen Bootshäuser in der Umgebung. Oder man hat ein großes Schiff so präpariert, dass ein U-Boot innerhalb des Schiffskörpers auftauchen kann.«

»Dazu müsste es natürlich eine gewisse Größe haben. Ist denn ein derartiger Dampfer hier in Colonia Sant Jordi beheimatet?«

Álvarez schüttelte den Kopf. »Eigentlich nicht.«

»Dann wird uns nichts anderes übrig bleiben, als den ganzen alten Hafen zu filzen.«

»Da werden Sie nichts finden, Comisario. Dort ist es einfach nicht tief genug, und das Wasser ist viel zu klar, als dass man ständig mit einem U-Boot ein- und ausfahren könnte. Ich glaube eher, dass das Boot irgendwo auf Cabrera stationiert ist. Wenn es überhaupt noch benutzt wird. Das ist ja nun schon einige Jahre her.«

»Denken Sie, dass es dabei um Drogen ging?«

»Um was sonst? Zigaretten lohnen sich bei den Gewinnspannen, mit denen die Bosse heutzutage rechnen, schon lange nicht mehr. Selbst Cannabis wirft nicht mehr genug ab, als dass man sich darauf spezialisieren könnte.«

»Dann bleiben ja nur noch Koks, Heroin und irgendwelche Modedrogen.«

»Reicht Ihnen das nicht, Señor Comisario?«

***

»Señora Lucas!«

Carmen fuhr erschrocken herum. »*Sí*, Señor?«

Ein junger Polizist kam diensteifrig herbeigelaufen. »Ich soll Sie holen. Wir haben etwas Interessantes gefunden.«

»Wo?«

»An der Südseite.«

Carmen folgte dem jungen Polizisten zu seinem Jeep, und sie fuhren zum südöstlichen Teil der Insel.

»Was haben Sie denn gefunden?«

»Eine Höhle, Señora.«

»Was ist daran so außergewöhnlich?«

»Darin gibt es einige Verschläge, die verschlossen sind. Wir haben keine Ahnung, was hinter den Türen ist.«

»Fragen sie doch die Ranger. Die sind die Verwalter hier.«

»Die haben wir gefragt, aber sie wissen nicht, was sich dahinter befinden könnte. Die hatten noch nicht einmal Kenntnis von den Verschlägen.«

»Señor Bauzá hätte uns da bestimmt weiterhelfen können. Der ist hier aufgewachsen.«

»Stimmt, wo ist der eigentlich?« Der junge Polizeibeamte schien keine Ahnung davon zu haben, dass der Fischer inzwischen für tot gehalten wurde.

»Tja, Señor, wir wüssten alle gern, wo Señor Bauzá ist. Seit gestern Abend ist er nicht mehr aufzufinden.«

»Aber wie kann man denn auf dieser kleinen Insel spurlos verschwinden?«

»Das gilt es herauszufinden. Zumal er ja nicht der Einzige ist, der vermisst wird. Deswegen sind Sie und Ihre Kollegen schließlich hier.«

»Tut mir leid«, erwiderte der junge Mann. »Ich bin noch in der Ausbildung und überhaupt erst seit einem Monat dabei.«

Sie hielten mitten auf der staubigen Straße. »Der Einstieg befindet sich rund dreihundert Meter in Richtung Küste«, sagte der Polizist auf Carmens fragenden Blick.

Sie verließen den Jeep und machten sich auf den Weg. Erst jetzt, da sie zu Fuß mitten durch die Natur lief, begriff Carmen, um was für ein Juwel es sich bei dieser Insel für den Naturschutz handelte. Überall, wo sie auch hinsah, kreuchte und fleuchte es. Selbst auf dem ökologisch bewirtschafteten Gut der Gräfin waren nicht annähernd so viele Kleintiere, Insekten und Vögel zu sehen wie hier.

Am Einstiegsstollen zur Höhle warteten zwei Ranger. Carmen

bekam ein Klettergeschirr umgelegt und wurde an einem speziellen Seil rund zehn Meter frei schwebend in die Tiefe gelassen. Auf dem Grund des Schachtes nahm sie ein weiterer Ranger in Empfang. Riesige Ventilatoren, die die Höhle belüfteten, machten einen Höllenlärm. Mit Lampen bewaffnet machten sie sich auf den Weg zu den Kollegen der *Guardia Civil*.

Je weiter sie gingen, desto seltsamer hallte jeder ihrer Schritte. Es hörte sich fast so an, als würden sie sich selbst überholen. Immer wieder stoppte Carmen, um sich nach sich selbst umzusehen. »Finden Sie das nicht auch seltsam?«

Der Ranger lachte. »Das ging mir anfangs ganz genauso, Señora, aber man gewöhnt sich daran. Ich kenne das schon von den anderen Höhlen dieser Insel.«

»Gibt es denn so viele?«

»Allerdings. Selbst der gute Bauzá hat es nicht geschafft, sie alle zu zählen und zu kartografieren, und das ist sein persönliches Steckenpferd. Schauen Sie sich nur um. Das ist eine von den großen Höhlen, die wir hier haben, und kaum einer von uns war je hier unten.«

Sie betraten eine Art Kammer von enormen Ausmaßen. Die Höhle war so hoch und breit, dass locker ein Doppelhaus mit zwei Etagen hineingepasst hätte. In einer Ecke standen ein paar Polizisten vor einer von zehn beleuchteten Stahltüren und warteten.

»Was ist los, meine Herren, haben Sie mit dem Öffnen der Schatzkammer extra auf mich gewartet?«

»Wenn Sie einen Durchsuchungsbefehl mitbringen«, kam es von einem der Beamten, »dann ja.«

»Den brauchen wir hier unten nicht«, erwiderte Carmen, »ich habe den Hausherrn mitgebracht.«

»Moment«, unterbrach sie der Ranger, »mein Boss hat hier das Sagen.«

»Ist er da?«

»Nein, Señora.«

»Dann sind Sie im Moment sein Stellvertreter. Also, was ist, dürfen wir die Tür öffnen?«

»Sí!«

»Na also, geht doch«, murmelte Carmen.

Zwei Polizisten nahmen mit einer Art Zwei-Mann-Rammbock aus Metall Maß, und dann krachte es auch schon wie ein Donnerhall durch die Höhle. Das Schloss und die Metalltür hielten, obwohl sie einen recht maroden Eindruck machten. Stattdessen fiel die Tür mitsamt der Stahlzarge in die dahinterliegende Nebenhöhle hinein. Dabei wurde derart viel Staub aufgewirbelt, dass sich alles hustend die Hände vors Gesicht hielt.

Als wieder einigermaßen klare Luft herrschte, leuchteten sie in den Raum hinein. Er war vielleicht zwanzig Quadratmeter groß. Genau war das nicht abzuschätzen, weil darin einige Paletten gelagert waren, die den Blick versperrten. Es waren aber keine Europaletten, sondern extra gezimmerte. Sie waren angefertigt worden, um quer gestapelte Rollen mit irgendwelchen Metallspulen aufzunehmen.

»Was ist denn das?«, fragte der Ranger entgeistert. »Solche Dinger habe ich hier auf der Insel noch nie gesehen.«

Auf jeder der überdimensionierten »Garnrollen« prangte der deutsche Reichsadler über einer Aufschrift, deren Sinn sich Carmen nicht erschloss. »L-ö-t-z-i-n-n«, buchstabierte sie unbeholfen. »Weiß jemand, was das ist?«

Alle schüttelten betreten den Kopf. »Keine Ahnung, aber so, wie das gestaubt hat, liegt das Zeug hier schon seit dem Krieg«, sagte der Ranger.

»Egal.« Das Jagdfieber hatte Carmen gepackt. »Wir wollen doch mal sehen, was hinter den anderen Türen verborgen ist.«

Das Öffnen der nächsten fünf Verschläge war etwas weniger spektakulär, da die Türen schief in ihren Angeln hängen blieben und es nicht annähernd so staubte wie beim ersten Mal. Auch in diesen Höhlen befanden sich Paletten, aber sie waren weitaus jüngeren Datums, was an der Normung deutlich zu erkennen war. Jede einzelne war mit jeweils sechs großen, mit grobem Nesselstoff umwickelten Ballen beladen, wie man sie aus dem Fernsehen von Baumwollplantagen her kannte.

Die restlichen vier Kammern waren leer. An den Spuren am Boden war aber deutlich zu sehen, dass sie vor Kurzem noch in Gebrauch gewesen waren.

Carmen überlegte. »Perfekt wäre so ein Versteck erst, wenn es noch einen Eingang von Seeseite her gäbe.«

»Den gibt es«, kam es von einem der Polizisten. »Wenn Sie mir bitte folgen würden.«

Sie liefen einen ungefähr hundertfünfzig Meter langen Gang entlang. Im Abstand von jeweils fünf Metern waren uralte Baulampen an der Decke angebracht.«

»Woher kommt wohl der Strom dafür?«

»Hinten im Hafen steht ein Notstromaggregat.«

»Im Hafen?« Carmen glaubte, sich verhört zu haben.

»*Sí*, Señora, im Hafen.«

Sie betraten eine weitere Höhle. In deren Mitte befand sich eine Art Swimmingpool, rund zehn Meter im Quadrat groß. Carmen leuchtete auf den Boden. »Es sieht aus, als wäre eben gerade noch jemand hier gewesen. Wo sind wir bloß hineingeraten?«

Der Polizist war sich auch nicht sicher. »Die Höhle hat etwas von einer Lagerhalle. Hier an der Rampe würden die Lkw halten, wenn sie schwimmen könnten. Vielleicht ist es ein Hafen für U-Boote.«

Carmen war sich nicht sicher. »Meinen Sie denn, dass das Bassin für ein U-Boot groß genug wäre?«

»Vermutlich nicht«, sagte der Polizist. »Es sei denn … Es gibt doch so kleine Forschungsboote. Mit den Dingern kann man auch unter Wasser sehen, wohin man fährt. Für die würde so ein kleiner Schacht bestimmt ausreichen.«

»Egal, was es ist, trommeln Sie alles an Spezialisten zusammen, was Sie haben. Diese Höhle muss genauestens untersucht werden.«

Der Polizist schaute sie unsicher an. »Was genau verstehen sie unter ›alles‹?«

»Holen Sie meinetwegen die NATO. Wenn mich nicht alles täuscht, ist das hier eine ganz große Nummer. Ich bin gespannt, was wir hier noch alles entdecken werden.«

7

Die kleine Llaut schwankte heftig. Die Wellen waren auf zwei bis drei Meter Höhe angewachsen, wenn der Sturm auch weiterhin ausblieb.

»Sollten wir Ihre Kollegin nicht richtig festzurren?« Gräfin Rosa zeigte auf den hin und her schlenkernden Arm der erschöpft vor sich hin dösenden Fatma.

Mira war besorgt. »Im Prinzip hätten Sie recht, nur fürchte ich, dass wir sie nicht schnell genug losbekommen, wenn wir über Bord gehen.«

»Na hören Sie mal«, protestierte Rosa. »Wir haben vielleicht acht bis neun Windstärken. Davon geht die Llaut noch lange nicht unter, auch wenn sie nicht die größte ist. Wollen Sie mir nicht endlich erzählen, warum Sie so auf dem Sprung sind?«

»Mag sein, dass es für Sie interessant wäre, vielleicht sogar wichtig, alles über uns zu erfahren, aber glauben Sie mir bitte, dass zu viel Wissen tödlich sein könnte, wenn wir in die falschen Hände geraten.«

»Gut, fangen wir eben mit dem unwichtigen Quatsch an. Ihr Name ist Bond, Jane Bond. Sie töten im Namen der Gerechtigkeit und gehören, obwohl es nicht so aussieht, zu den Guten.«

Mira lächelte sie an. »Bingo. Besser hätten Sie es nicht formulieren können.«

»Und wer ist das da?« Rosa zeigte auf Fatma. »›M‹ oder ›006‹, die arme Socke, die immer erst erschossen wird, um dann später im Film als Bösewicht wiederaufzutauchen?«

»Sie können noch so nett fragen, aus mir bekommen Sie nichts raus«, erwiderte Mira freundlich, aber bestimmt.

Fatma begann, sich zu regen. »Sei nicht so stur, Mira«, flüsterte sie mit rauer Stimme, »wenn sie schon mit uns draufgeht, sollte sie wenigstens erfahren, warum.«

Rosa nickte. »Genau. Außerdem können Sie sich an Ihrer Kollegin ein Beispiel nehmen. Die versteht es wenigstens, einem Mut zu machen.«

»Ist ja schon gut«, Mira wirkte genervt, »Sie haben gewonnen. Also: Mein Name ist wirklich Mira Katzev, und das angeschossene

Hühnchen dahinten hört auf den Namen Fatma Haifaz. Sie ist Palästinenserin, ich habe einen israelischen Pass. Wir arbeiten beide für den israelischen Geheimdienst.«

Mit jedem ihrer Worte sah die Gräfin sie ungläubiger an. »Aha, beim Mossad sind Sie also. Habe ich übrigens schon erwähnt, dass ich die Kaiserin von China bin?«

»Nein.« Mira schüttelte müde den Kopf. »Nett, Sie kennenzulernen, Hoheit.«

Zwischen ihnen herrschte eine Weile angespannte Funkstille. Rosa war die Erste, die sich wieder regte. »Überraschung, das mit der Kaiserin war gelogen.«

»Noch viel größere Überraschung«, konterte Mira. »Der Quatsch mit dem Mossad ist wahr.«

Rosa schaute unsicher. »Sie wollen mich doch wohl nicht etwa verulken?«

Mira sah sie nur an.

»Dann sind Sie beide wirklich israelische Agentinnen?«

Jetzt nickte sie. »Und zwar die beiden lausigsten, die man sich nur vorstellen kann. Wir haben nichts weiter zustande gebracht, als ein Boot zu überfallen und den wohl anständigsten Menschen der Welt zu kidnappen.«

Rosa winkte ab. »Machen Sie sich nichts draus. Jeder hat mal einen schlechten Tag. Ihre Kollegin ist demnach aber nicht auf einer Bananenschale ausgerutscht, oder?«

»Nein, das waren sie.«

»Ich?«

»Nein, die anderen.«

»Die anderen? Geht es etwas genauer?«

»Wir sind getaucht, als wir plötzlich hinterrücks überfallen wurden. Fatma hat einen Harpunenpfeil in den Hals bekommen. Einen von der Sorte, mit der man Haie tötet. Dieser war glücklicherweise defekt, sonst wäre sie jetzt tot.«

»Wer hat Sie überfallen?«

»Keine Ahnung.«

»Nun überlegen Sie doch mal. Wer kann etwas gegen Sie haben?«

»Die halbe Welt hat was gegen uns, und die andere Hälfte will das, was die Deutschen von uns übrig gelassen haben, auch noch umbringen.«

»Nun bleiben sie hübsch gelassen, Frau Katzev. Sie sind hier an Bord des Schiffes einer Deutschen, die Sie eben noch als den anständigsten Menschen der Welt bezeichnet haben.«

»Entschuldigung.«

»Okay. Was passierte, nachdem die arme Fatma angeschossen worden war?«

»Wir konnten uns in unser Zodiac retten. Dort haben wir es bis heute Morgen aushalten können, aber wegen des Seegangs mussten wir unser Versteck verlassen.«

Die Gräfin hatte Mühe zu folgen. »Aber wo ist dann das Boot hin?«

Mira erzählte ihr die ganze Geschichte. Fassungslos hörte die Gräfin zu.

»Und nun sitzen wir hier und gucken dumm aus der Wäsche.«

»Ja, haben Sie denn überhaupt keine Ahnung, wer Sie da angegriffen hat?«

»Nein. Als dem einen Angreifer die Taucherbrille wegrutschte, glaubte ich, eine Frau vor mir zu haben.«

Rosa hatte genug von der Warterei. »Sie haben doch ein Satellitentelefon. Kann ich das einmal haben?«

Mira zögerte, nickte aber schließlich und gab es ihr.

»Der Comisario ist absolut vertrauenswürdig. Er sollte wissen, in welcher Situation wir uns befinden.«

Nun zahlte sich das buchhalterische Zahlengedächtnis der Gräfin aus. Selbst längere Telefonnummern konnte sie sich auf Anhieb merken, auch die des Comisario.

***

Berger war inzwischen auf Bitten des Comisario mit einem Schnellboot der Küstenwache in Colonia Sant Jordi eingetroffen. In Pepes Arbeitszimmer instruierte García Vidal ihn kurz über alles, was sich bei ihm ereignet hatte.

»Und wissen Sie, was Ihre Gräfin in diesem Augenblick macht?«

»Die schippert irgendwo mit Filou an Bord vor Cabrera herum und will sich mit mir treffen. Ich habe ihr aber eine SMS geschickt, dass das heute nichts mehr wird mit uns beiden.«

»Diese SMS ging ins Leere, Miguel. Ihre Lieblingsgräfin hält sich mit zwei weiblichen Passagieren an Bord weit außerhalb der Drei-Meilen-Zone auf und wartet dort auf irgendein Boot, das sie aufnehmen soll.«

Berger staunte. »Die Gräfin?«

»Nein, ihre Passagiere.«

»Wo hat sie die her?«

»Ich gebe das am besten so weiter, wie sie es mir gesagt hat: Sie wartet mit zwei Ausländerinnen, von denen eine verletzt ist, an Bord Ihrer Llaut darauf, dass Hilfe aus dem Land der beiden Passagiere kommt.«

Berger versuchte, daraus etwas inhaltlich Sinnvolles zu formen. Vergebens.

»Wenn eine der beiden verletzt ist, warum ist sie dann so weit rausgefahren?«

»Um von diesem ominösen Boot aufgenommen zu werden.«

»Aha.« Berger versuchte, sich mit diesen spärlichen Informationen abzufinden, was aber nicht unbedingt zur inneren Ruhe beitrug, die er benötigte, um mit dem Comisario zusammen knifflige Fälle zu lösen. Zumal ihm dessen Blick verriet, dass das noch nicht alles war. »Was kommt jetzt noch?«

»Die Verletzte wurde von Kampftauchern angeschossen, die nun aber tot irgendwo um Cabrera herumschwimmen.«

Bergers Gesichtszüge erhellten sich. »Wo Kampftaucher sind, da sind meist auch U-Boote. Dann bin ich ja vielleicht doch nicht durchgeknallt.«

»*Sí*, Señor, aber das ist noch immer nicht alles.«

Der Gesichtsausdruck des Residente wurde ängstlich. »Ist etwas mit Rosa?«

»Nein, absolut nicht. Nur habe ich nach dem Gespräch mit der Gräfin bei der Küstenwache angerufen, damit man sie bei diesem kabbeligen Wetter auf dem Rückweg lieber eskortiert. Auch über das U-Boot habe ich sie in Kenntnis gesetzt. Die haben mich aber kommentarlos ans Militär weitergereicht, und von dort kam klar und deutlich, dass mich das alles nichts angeht. U-Boote seien nicht mein Ressort. Ich hätte mich da nicht einzumischen.«

Berger wurde neugierig. »Worein?«

»Was zu klären wäre. Ich habe sofort Angela angerufen und sie darauf angesetzt.«

»Okay.« Berger kratzte sich verlegen am Kinn. »Nun hätte ich auch noch eine Kröte für Sie zu schlucken.«

»Und welche?«

»Um die Ecke in der Bar sitzt der Herr Bischof und ist ganz heiß darauf, Pepe die Sterbesakramente zu erteilen.«

»Menschenskinder! Den hätten Sie doch noch schnell über Bord schmeißen können, bevor die Küstenwache Sie abgeholt hat.«

»So was mache ich nie, bevor die Kundschaft gezahlt hat.«

García Vidal winkte ab. »Dann holen Sie ihn in Gottes Namen, aber er soll hier nur seinen geistlichen Job machen und uns nicht auf denselbigen gehen.«

»Ich danke Ihnen, Cristóbal.« Berger deutete eine Verbeugung an. »Sie haben mir meinen äußerst lukrativen Job gerettet.«

»Ich denke, der wollte mit Ihnen tauchen gehen?«

»Was gibt es für einen Kirchenmann Spannenderes, als in Mordgeschichten abzutauchen? Aber was machen wir nun mit Rosa?«

»Sowie mir Angela Bescheid gibt, wem ich da auf die Füße trete, werde ich sie holen lassen, egal, von wo und von wem.«

»Gut. Und weswegen sollte ich herkommen?«

»Es muss hier im Haus irgendwo weitere Geheimfächer oder Hinweise geben, wo sich Unterlagen befinden, die uns über die Struktur der Schmugglerbande Aufschluss geben könnten.«

»Sie meinen doch wohl nicht Namenslisten oder Ähnliches?«

García Vidal sah Berger entrüstet an. »Für wie naiv halten sie mich eigentlich?«

***

Carmen und die Polizisten waren dabei, weitere Stahltüren aufzubrechen, die sie in einer anderen Höhle gefunden hatten. Diese Türen waren neuer und erheblich stabiler, und es dauerte eine kleine Weile, bis sie endlich nachgaben. Ihnen schlug eine schier unerträgliche Wolke von Schweiß- und Uringestank entgegen. Als sie hineinleuchteten, blieb ihnen vor Schreck fast das Herz stehen. In den Lichtkegeln ihrer Lampen sahen sie Menschen, die mit ängstlichen Gesichtern auf doppelstöckigen Feldbetten hockten und dort augenscheinlich auf ihr Schicksal warteten.

»Mein Gott«, kam es von einem der Polizisten hinter ihr. »Da sind ja lebendige Menschen drin.«

»Wenn sie tot wären, würde es anders riechen«, bemerkte Carmen trocken. »Das scheinen Nordafrikaner zu sein.« Sie versuchte, ihr Schulfranzösisch zu aktivieren. »Entschuldigen Sie bitte, meine Herren, aber was machen Sie hier?«

Ein alter Mann erhob sich, trat vor und knautschte verlegen eine Wollmütze in seinen Händen. »Madame, bitte holen Sie keine Polizei. Wir tun nichts Unrechtes. Wir warten nur darauf, dass man uns nach Spanien bringt. Erst nach Mallorca, danach weiter aufs Festland. Aber hätten Sie vielleicht etwas frisches Wasser für uns?«

Carmen leuchtete durch den Raum. Überall starrten ihr verzweifelte Gesichter entgegen. »Wie viele sind Sie denn?«

»Seit vorgestern zwölf, mit den beiden Säuglingen.«

Erst jetzt wurde Carmen gewahr, dass sich hinter einigen Männern Frauen und Kinder versteckten. »Natürlich werden wir Ihnen sofort Trinkwasser und Nahrung besorgen.«

Ein spindeldürres kleines Mädchen, ungefähr zwei Jahre alt, wackelte unbeholfen auf sie zu und streckte die Ärmchen nach ihr aus. Carmen gab einem Kollegen ihre Lampe und nahm das Kind auf den Arm.

»Das ist Esmeralda, Madame. Ihr Vater war Anwalt und wurde auf dem Weg hierher von tunesischen Polizisten erschossen. Ihre Mutter starb ebenfalls. Ich denke, wohl an Entkräftung.«

»Hat sie Geschwister?«

»Ja, Madame, vier, aber sie sind alle tot.« Der alte Mann zuckte entschuldigend mit den Achseln.

Carmen drehte sich zu ihrem Kollegen um. »Wir brauchen hier sofort Nahrung und einen Arzt. Sehen Sie zu, dass auch ein Kinderarzt dabei ist. Und rufen Sie den Comisario an, er muss umgehend herkommen, die Sache wächst mir langsam über den Kopf.«

»Entschuldigen Sie bitte, Madame«, sagte der alte Mann schüchtern wie ein Schulkind, als er im Lichtkegel ihrer Lampe die Uniform des Mannes erkannte. »Sind Sie von der Polizei?«

»*Oui*, Monsieur, so leid es mir tut. Ich muss Ihnen leider mitteilen, dass Sie alle vorläufig festgenommen sind.«

***

Dieses ständige Hantieren mit dem Satellitentelefon machte Gräfin Rosa zunehmend nervös. »Mira, ich wäre Ihnen dankbar, wenn Sie sich irgendetwas anderes zum Spielen nehmen könnten. Ich bekomme hier langsam eine Krise.«

»Selbst schuld. Meine Pistole haben Sie ja über Bord geworfen. Sonst schieße ich in so einer Situation immer auf wehrlose Skipper.«

»Was ist los mit Ihnen, Mira, fangen Sie immer gleich an zu beißen, wenn Sie Angst haben?«

»Sie scheinen mich in der kurzen Zeit gut kennengelernt zu haben. Haben Sie beruflich irgendwas mit Psychologie zu tun?«

»Nein, ich bin selbst so ein Stressbeißer.« Sie musterte Mira. »Was haben Sie denn da gerade eben über Ihr Telefon erfahren, was Ihnen einen derartigen Stress bereitet?«

»Dass wir gesucht werden. Ihr Schiffskennzeichen ist doch 4M-PM-53-MB-83?«

Gräfin Rosa nickte irritiert. »Unser Kennzeichen und unser Funkname, warum?«

»Unsere Leute haben einen Funkspruch abgehört. Darin hieß es, wir seien an Bord einer Llaut mit dieser Kennung. Jemand wurde aufgefordert, uns zu versenken.«

»Man sagt viel so einfach in den Äther hinein.«

»Schon, aber der Auftrag wurde bestätigt.«

Die Gräfin wurde blass. »Na, dann wollen wir mal für Sie hoffen, dass man uns nicht findet.« Sie versuchte, die Stimmung durch ein normales Gespräch zu entspannen. »Haben Sie eigentlich Agentin gelernt, oder wird man das durch Zufall?«

»Ich bin Veterinärin und habe im Gazastreifen praktiziert. Irgendwann war die Not dort so groß, dass die Menschen meine Patienten weggefressen haben. Da habe ich meine Praxis wieder geschlossen. Als jemand, der bei den Palästinensern akzeptiert ist, war ich für den Mossad natürlich interessant. Irgendwie musste ich meine Kredite abbezahlen, also habe ich dort angefangen. Da ist mir dann auch Fatma über den Weg gelaufen.«

»Sind Sie ein Paar?«

»Der Allmächtige steh mir bei, nein. Ich bin zu meinem Leidwesen so was von hetero. Schauen Sie sich doch um, was an Männern frei herumläuft. Für eine praktizierende Muslima wie Fatma wäre eine Beziehung zu einer Frau außerdem undenkbar.«

Mit einem Mal wurde die ganze Llaut wie von einer Riesenhand emporgehoben. Fatma auf ihrem Holzbrett und Filou wurden im hohen Bogen aus dem Boot geschleudert, die Gräfin knallte mit dem Kopf unter das Dach des Ruderhäuschens, und Mira fand sich zwischen Deckaufbau und Reling wieder. Wie in Trance rappelte sie sich hoch und löste die Tonne der Rettungsinsel, die über eine Stellage rollte und ins Wasser kippte. Sie war durch eine Leine aber noch mit dem Schiff verbunden. Die Gräfin griff danach und zog sie ruckartig zu sich heran. Fauchend klappte die obere Hälfte der Tonne zur Seite, und das Rettungsfloß blies sich von selbst auf. In diesem Augenblick erhob sich die Llaut zum zweiten Mal, nur gab es diesmal ein splitterndes Geräusch, als ob eine riesige Keule den Kiel des Bootes mit nur einem Schlag zermalmen würde. Gräfin Rosa knallte erneut mit dem Kopf gegen die Wand des Ruderhauses und sank wie leblos auf den Boden. Mira schulterte die völlig benommene Gräfin und hechtete mit ihrer Last in die Fluten. Schlagartig wurde Rosa wach und begann, prustend zu paddeln.

»Was war denn das?«

»Keine Ahnung«, rief Mira, »irgendetwas hat uns gerammt.«

Sie schauten sich um und konnten gerade noch sehen, wie das vom Residente innig geliebte Boot sprudelnd in den Wellen versank.

Mira blickte entsetzt um sich. »Wo ist Fatma?«

Suchend drehten sich beide Frauen im Kreis, doch die See war zu unruhig, um sie zu überblicken.

»Gehen Sie an Bord der Rettungsinsel, Gräfin. Von dort haben Sie einen besseren Überblick.«

Mit ein paar Schwimmzügen war Rosa an dem leuchtend orange gefärbten Floß. Sie griff nach der Halteleine und zog sich zum Eingang hoch. Eine kleine Leiter erleichterte ihr den Einstieg. Sofort richtete sie sich auf und hielt nach Fatma Ausschau. Zuerst sah sie nur Wellen, dann aber glaubte sie, eine Holzplanke erkennen zu können, auf der ein Bündel festgeschnallt war. Mira war bereits zur Stelle und zerrte daran. Ohne zu zögern, sprang die Gräfin wieder ins Wasser und schwamm zu den beiden hin, um bei der Bergung zu helfen. Prustend erreichte sie sie.

»Haben Sie Filou irgendwo gesehen?«

»Ihr Schwein paddelt vermutlich dahinten irgendwo um sein Leben.« Mira zeigte auf die Stelle, an der die Llaut gesunken war. So schnell sie konnte, kraulte Rosa los. Dann besann sie sich eines Besseren. »So leid es mir tut, mein kleiner Filou, das Leben von Fatma ist wichtiger«, murmelte sie und schwamm wieder zurück. Als sie neben dem Brett mit der kostbaren Fracht angekommen war, erkannte sie ihr Schwein, das aufgeregt quiekend neben Fatma schwamm. Mit einer Hand hatte sie das Tierchen am Halsband zu fassen bekommen und hielt es so an der Wasseroberfläche. »Ich werde doch nicht meine kleine Heizung absaufen lassen«, rief sie.

Mira weinte fast vor Glück, als sie das sah. Immerhin war es ein sicheres Zeichen dafür, dass Fatmas Rückenmark doch nicht irreparabel geschädigt war. Doch sie riss sich zusammen. Das größte Stück Arbeit lag noch vor ihnen. Irgendwie mussten sie es schaffen, Fatma inklusive ihres ganzen Stützapparates und mitsamt dem zappelnden Schwein in das Rettungsfloß zu bekommen.

Die Gräfin und Mira bildeten ein so gutes Team, dass es keiner großen Absprache bedurfte. Sie verstanden sich wortlos. Mira griff sich das Halteseil, schwamm mit Fatma im Schlepptau zum Eingang des Floßes und erklomm die kleine Leiter. Dann zog sie das Brett langsam in das Floß hinein. Gräfin Rosa hielt sich währenddessen mit einer Hand am Halteseil des Rettungsfloßes fest und schob mit der anderen das Brett so kräftig, wie sie konnte, hinein. Die Fracht wog mindestens eine gefühlte Tonne, und zwischen kurzen Verschnaufpausen ging es immer nur zentimeterweise voran. Irgendwann hatten sie ihre verletzte Gefährtin aber in einigermaßen trockener Sicherheit und kletterten selbst an Bord des Rettungsfloßes. Filou versteckte sich nach diesem Abenteuer, kaum dass er wieder festen Boden unter den kurzen Beinchen hatte, am entferntesten Punkt des Gummirondells und war tödlich beleidigt.

Die beiden Damen benötigten eine Weile, um wieder zu Atem zu kommen. »Kann mir mal jemand sagen, was uns da gerammt hat?«, japste die Gräfin. »Ich habe kein Boot und kein gar nichts gesehen. Was in Gottes Namen war das?«

Mira wischte sich das Wasser aus dem Gesicht. »Wenn ich es nicht besser wüsste, würde ich sagen, dass meine eigenen Leute uns mit dem U-Boot, das uns abholen sollte, gerammt haben. Es kann natürlich auch ein anderes U-Boot gewesen sein, das da ungesehen unseren Kiel aufgerissen hat. Das hieße aber, dass die Leute, die es dem Funkspruch zufolge auf Fatma und mich abgesehen haben, ebenfalls mit einem unterwegs sein müssen. Dann haben sie uns gefunden und wissen nun vermutlich auch, dass wir hier auf der Rettungsinsel sind.«

Die Gräfin sah besorgt um sich. »Ich habe gehört, dass die modernen U-Boote so empfindliche Fühler haben, dass ihnen nicht das kleinste Fitzelchen um sie herum entgeht.«

Mira nickte. »Das stimmt. Demnach war es kein Problem für die, unser Gummifloß zu rammen.«

Rosa schnaubte beleidigt. »Und warum, wenn ich fragen darf? Wir haben doch keiner Fliege etwas zuleide getan.«

»Ganz so ist es nicht«, stoppte Mira den heiligen Zorn der Gräfin. »Ich habe Ihnen doch erzählt, dass wir zwei Kampfschwimmer unschädlich machen mussten. Vielleicht waren das ihre Brüder oder Schwestern.«

Bevor Rosa etwas entgegnen konnte, blubberte etwas in unmittelbarer Nähe der Rettungsinsel. Zischend und schnaubend erhob sich keine fünfzig Meter entfernt ein U-Boot aus den Wellen. Am Turm trug es die israelischen Hoheitsabzeichen. Als es ganz aufgetaucht war, ging eine große Luke auf, und zwei Seeleute mit langen Enterhaken stellten sich bereit. Das Boot nahm langsame Fahrt auf und kam ganz behutsam längsseits. Einer der Männer, den Ärmelabzeichen nach war es ein junger Arzt, sprang zu ihnen ins Rettungsfloß. Ihm folgten zwei Marinesoldaten. Die drei Herren kümmerten sich um Fatma, ohne Mira oder der Gräfin weitere Beachtung zu schenken. Ein weiterer Mann, den Schulterstücken nach zu urteilen ein Offizier, kam an Bord und sprach sie an. »Mira Katzev?«

Mira nickte und begann, in schnellem Hebräisch auf den Mann einzureden. Er antwortete ebenso wortreich. So ging es eine ganze Weile zwischen den beiden hin und her, bis Mira aufsprang und an Deck des U-Bootes kletterte, um, offensichtlich stinksauer, im Innern zu verschwinden. Fatma wurde von den Sanitätern vorsichtig an Bord gehoben und unter Deck transportiert. Wenig später war auch der Offizier wieder verschwunden. Minutenlang geschah nichts, dann schloss sich die Luke. Rosa war etwas irritiert, dass sich niemand um sie kümmerte. Sie schien für die israelische Marine Luft zu sein.

An Bug und Achtern schossen plötzlich Fontänen von Pressluft und Wasser in die Höhe, und das U-Boot begann, ganz langsam abzutauchen.

»Na, was halten wir denn davon?«, murmelte die frierende Gräfin brüskiert. »Wenigstens bedanken hätten die sich können und einen warmen Tee dalassen. Sich so einfach verpissen geht gar nicht.«

Leise Alarmhupen ertönten, und das Schiff erhob sich wieder aus dem Wasser. Die Seitenluke öffnete sich erneut, eine wild gestikulierende Mira kam heraus und sprang mit einem eleganten Hechtsprung ins Wasser. Mit ein paar Schwimmzügen war sie an dem Rettungsfloß.

Rosa zog sie zu sich an Bord. »Was war denn das?«

»Es tut mir unendlich leid, Durchlaucht, ich kann mich für meine Landsleute nur tausendmal entschuldigen.«

Die Gräfin schaute ungläubig dem nun endgültig abtauchenden U-Boot nach. »Lassen die uns jetzt einfach hier? Das verstößt gegen sämtliche Gepflogenheiten und alle Paragrafen des internationalen Seerechts.«

Mira nickte. »Da kann ich Ihnen nur recht geben. Die sagten, dass auf dem Radar bereits ein sich nähernder Rettungskreuzer der spanischen Küstenwache zu sehen sei.«

»Das ist doch noch lange kein Grund, uns über den Haufen zu fahren.«

»Die waren das nicht. Im Gegenteil, die Ankunft meiner Landsleute hat Schlimmeres verhindert. Der Kapitän sagte, dass sie ein unbekanntes U-Boot nur dadurch daran hindern konnten, uns völlig fertigzumachen, indem sie auf Konfrontationskurs gingen. Dem Typ nach handelte es sich um ein uraltes russisches U-Boot, eines von der Projektklasse 641. Weder die noch wir hätten jedoch hier sein dürfen.«

»Und jetzt werden wir einfach unserem Schicksal überlassen, damit es nicht zu irgendwelchen diplomatischen Verwicklungen kommt?«

»Genauso ist das leider mit der hohen Politik.«

Rosa schaute Mira ungläubig an. »Was wollen Sie überhaupt

wieder hier? Sie könnten jetzt in eine schöne Wolldecke gemummelt an einer leckeren Falafel knabbern.«

»Wenn knabbern, dann nur zu zweit. Ich werde doch nicht die Person in der Scheiße sitzen lassen, die uns aus selbiger herausgezogen hat. Außerdem habe ich gerade eben gekündigt.«

»Gekündigt? Beim Mossad? Kann man das einfach so?«

»Keine Ahnung«, kam es kleinlaut von Mira, »aber versuchen kann man es ja mal.«

***

Obwohl ihn die Sorge um die Gräfin etwas ablenkte, begann Berger mit seiner Arbeit. García Vidal war wieder nach Cabrera gefahren, weil Carmen angerufen und um seine Hilfe gebeten hatte. Der Bischof ging ebenfalls seinem Job nach und erteilte Großvater Pepe die Sterbesakramente, während Berger sich aufmerksam im Haus umsah. Alles hier fühlte sich alt an und roch auch irgendwie so. Es duftete nach altem Mann. Nicht dass alte Menschen stinken würden, aber sie strömen einen für sie typischen Geruch aus, der sich mit der Zeit in all ihren Habseligkeiten und ihren Möbeln festsetzt. Und der gute Pepe war, dem Geruch seiner Wohnung nach zu urteilen, sehr alt gewesen.

Im Geheimfach des Schreibtisches hatte Pepe nichts weiter gelagert als die Kontoauszüge, um die sich der Kollege Bastos kümmerte. Was sonst war im Arbeitszimmer zu finden? An der Wand hingen Bilder. Pepe als Jüngling mit zwei ebenfalls sehr jungen Damen, Pepe als junger Falangist und Pepe als stolzer U-Boot-Fahrer. *»Lobo de Mar«*, Seewolf, stand sauber mit weißer Tinte geschrieben als Untertitel auf dem Bild.

»Das passt ja schon mal zu dem alten Herrn«, murmelte Berger, während er die Wände der Wohnung nach weiteren Fotos absuchte. Im Wohnzimmer schien sich die Ahnengalerie des alten Mannes zu befinden. Da waren Uraltfotos aus dem 19. Jahrhundert. Die Herren, die da in den unterschiedlichsten Kleidungen und Epochen abgelichtet worden waren, hatten alle irgendwie Ähnlichkeit mit Pepe. Es konnte sich aber bei keinem der Jünglinge um Pepe selbst handeln, denn dann hätte er mindestens hundertfünfzig Jahre auf dem Tacho gehabt, und das war unwahrscheinlich. Bergers

Blick blieb an einem Foto hängen, das zwei Säuglinge zeigte. Offensichtlich Zwillinge. Er nahm es von der Wand und suchte auf der Rückseite nach dem Entstehungsdatum des Fotos. »1924« stand da. »Das kann schon eher hinkommen«, murmelte er. »Wenn er das ist, scheint Pepe einen Zwillingsbruder oder eine Zwillingsschwester gehabt zu haben.«

Es hingen noch weitere Fotos von dem Geschwisterpaar an der Wand, nur waren die beiden darauf älter und konnten einwandfrei als männlich identifiziert werden. Auf einem weiteren Foto war nur einer der beiden Brüder abgebildet. Berger ging näher heran und nahm es ungläubig vom Haken. Der junge Mann war offensichtlich tot. Man hatte seinen Körper, von Blumen umkränzt, auf einer Art Platte aufgebahrt. Berger wunderte sich über das seltsame Format, bis ihm klar wurde, dass das nur die rechte Hälfte eines Bildes war. Er hastete in Pepes Arbeitszimmer, nahm sich eine Lupe vom Schreibtisch, hielt das Foto ins Licht und betrachtete die Kanten. Tatsächlich. Das Foto war in der Mitte hochkant geteilt worden. Als Berger genauer hinsah, entdeckte er an der Schnittstelle, dass der tote Junge eine Hand in der seinen gehalten hatte. Der Fingerhaltung nach musste diese Person neben ihm gelegen haben. »Verdammte Hacke«, schimpfte er. »Wer legt sich denn auf ein Brett oder einen Tisch und hält mit einer Leiche Händchen?«

»Eine andere Leiche«, sagte eine Stimme hinter ihm. Der Bischof war mit seiner Arbeit fertig. »Haben wir etwa noch zwei Leichen?«

»Haben tun wir nur eine, die andere fehlt leider. Wenn es sie überhaupt gab.« Berger zeigte Crasaghi das Bild. »Dieser junge Mann könnte Pepes Zwillingsbruder gewesen sein.«

Der Bischof nickte wissend. »Es gab sie. Das haben sie damals eben so gemacht. Manche Leichen wurden sogar aufrecht am Holz festgetackert, damit sie für den Fotografen einen lebendigen Eindruck machten. Andere wurden in ihren Särgen gegen die Wand gestellt, damit sie der Fotograf frontal ablichten konnte.«

»Aber hier hat man gleich zwei Verstorbene nebeneinander aufgebahrt. Händchenhaltend.«

»Vielleicht handelte es sich um Liebende, die gemeinsam aus dem Leben geschieden sind.«

Berger leuchtete das nicht ein. »Warum trennt man sie dann später wieder gewaltsam, indem man das Foto zerschneidet?«

»Vielleicht waren es zwei Liebende aus miteinander verfeindeten Familien.«

»Sie meinen, wie Romeo und Julia?«

»*Sí*, Señor.«

»Hier in Colonia Sant Jordi?«

»*Sí*, Señor. Warum nicht? Gestehen Sie den Mallorquinern ruhig auch ganz große Gefühle zu.«

»Eigentlich haben die historisch gesehen immer eher als Piraten, Schmuggler und erfolgreiche Geschäftsleute geglänzt.«

»Umso mehr bin ich davon überzeugt, dass im versteckten Kämmerlein der Mallorquiner Unmengen von Schmachtfetzen und Liebesromanen verschlungen werden.« Crasaghi zückte sein Handy. »Ich würde mich freuen, wenn Sie mir erlauben, mich nützlich zu machen.«

»Inwiefern?«

»Indem ich den hiesigen Pfarrer anrufe, damit der mal seine Kirchenbücher nach dem Toten auf dem Foto durchstöbert. Wenn es sich um Pepes Zwillingsbruder handelt, haben wir ja sein Geburtsdatum, und wenn der Grund für sein Ableben wirklich eine Liebestragödie war, dann wird auch darüber etwas in den Büchern stehen, davon bin ich überzeugt.«

»Gut, machen Sie das. Ich werde mich hier inzwischen nach einer Familienbibel umsehen. Was Chroniken betrifft, handelt es sich dabei ja oftmals um wahre Fundgruben.«

***

Als García Vidal am Eingang der Höhle eintraf, war eine komplette Katastrophenschutzeinheit gerade dabei, die illegalen Einwanderer mit Seilwinden ans Tageslicht zu ziehen. Oben wurden die geschwächten Menschen von Ärzten und Sanitätern in Empfang genommen und in ein extra dafür aufgestelltes Zelt gebracht, in dem sie vor der Sonne geschützt waren. Der Comisario war beeindruckt. Man hatte sogar daran gedacht, für die Geretteten, die einige Tage in den dunklen Höhlen verbracht hatten, Sonnenbrillen zu besorgen.

Mitten in dem ganzen Gewusel stand Carmen und gab Anweisungen. Dabei hatte sie, als ob da nie etwas anderes gewesen wäre, die kleine Esmeralda, mit einem Arm umklammert, auf ihrer Hüfte sitzen.

»Nanu«, scherzte García Vidal, »nebenbei noch schnell entbunden?«

Carmen nickte lachend. »Sie kam ganz plötzlich.«

»Bei der Zeugung hat Tomeu aber einen ganz schwarzen Tag gehabt.«

»Sieht so aus.« Carmen lächelte die Kleine an. »Dafür war die Geburt leicht. Nur habe ich jetzt das Problem, dass ich Esmeralda nicht mehr loswerde. Wenn ich nur den Gedanken hege, sie eventuell für ganz kurze Zeit absetzen zu wollen, krallt sie sich geradezu unlösbar an mich.«

»Mach dir darüber keine Gedanken«, sagte der Comisario grinsend. »Wenn die Bälger erst achtzehn sind, fallen sie von allein ab.« Er schaute sich um. »Kannst du mir mal einen kurzen Lagebericht geben?«

Carmen nickte, flüsterte der kleinen Esmeralda auf Französisch etwas ins Ohr und setzte sie schnell auf den Arm einer Sanitäterin. »Sie halten bitte meine Freundin so lange auf dem Arm, bis ich wieder da bin.«

Das Gebrüll war geradezu infernalisch, doch nachdem Carmen Esmeralda scharf, aber dennoch liebevoll ansah, verstummte sie. »Na also, geht doch.«

Carmen und García Vidal ließen sich in die Höhlen abseilen. Währenddessen unterrichtete sie den Comisario über alles, was sie vorgefunden und angeordnet hatte.

»Carmen, meine Liebe, du hast das wie immer perfekt organisiert. Hut ab. Die Kollegen von der Spurensicherung sind also schon bei der Arbeit?«

»Teilweise. Erst wenn wir alle Asylsuchenden draußen haben, können sie richtig loslegen.«

»Wie viele sind es?«

»Zwölf.«

»Hast du einen blassen Schimmer, wie diese Menschen unbeobachtet hergebracht werden konnten?«

Carmen zuckte mit den Achseln. »Wie sind vor allem die, die sie hergebracht haben, wieder verschwunden und wohin?«

Unten leuchteten matt die Baulampen. Den Kollegen der *Guar-*

dia Civil war es gelungen, das Notstromaggregat zu finden und anzuwerfen, das die Höhlen mit Strom versorgte. Zwar waren sie durch das Licht etwas übersichtlicher geworden, es reichte aber noch lange nicht, um sich hier heimisch zu fühlen. García Vidal erschauderte bei dem Gedanken, hier unten tagelang in einem der Verliese zusammengepfercht aushalten zu müssen. Als er in den Raum geführt wurde, in dem die Menschen sich aufgehalten hatten, überkam ihn eine regelrechte Wut. »Für dieses Loch haben die armen Teufel bestimmt mehr bezahlt als so manche Touristen für zwei Wochen im Fünf-Sterne-Hotel all inclusive«.

Ein junger Polizist salutierte neben ihnen. »Comisario, würden Sie bitte einmal kommen, wir haben dahinten etwas gefunden.«

García Vidal nickte und folgte dem Kollegen mit Carmen in die große Höhle mit dem breiten Wasserbecken. Auf grob gehauenen Steinstufen, die ins Wasser führten, waren weitere Polizisten dabei, zwei Tauchern die schweren Sauerstoffflaschen abzunehmen.

»Meine Herren, was haben Sie für Neuigkeiten?«

Einer der Taucher wischte sich mit beiden Händen das Wasser aus den Haaren. »Keine drei Meter unter der Wasseroberfläche führt ein breiter, circa zwanzig Meter langer Tunnel ins Freie. Mit einem kleinen U-Boot kann man da problemlos durchfahren. Irgendjemand muss hier manchmal so ein Ding parken, denn dort hinten in der Ecke lagern Ersatzteile dafür. Auch eine Kuppel aus Plexiglas liegt da rum.«

»Aha, dann hatte Julián Álvarez also recht. Der Heimathafen dieses Bootes ist vermutlich Colonia Sant Jordi oder zumindest die nähere Umgebung«, komplettierte der Comisario den Bericht. »Es wurde dort früher schon gesehen.«

Der Taucher schaute enttäuscht drein. »Schade, ich hatte gehofft, Ihnen eine dicke Überraschung zu servieren.«

»Das macht gar nichts. Ich bin Ihnen trotzdem dankbar. Das war ein weiteres wichtiges Teil in meinem Puzzle.« Er klärte Carmen über die Aussage des Hafenmeisters auf.

Der junge Polizist neben García Vidal wurde unruhig. »Würden Sie mir bitte folgen? Dort hinten haben wir noch etwas Wichtiges entdeckt.«

Sie folgten dem jungen Mann, der vor einem schlaff aufgeblasenen Schlauchboot stehen blieb, das achtlos in der Ecke dieser Hafenhöhle lag.

»Wird so ein Schlauchboot nicht von der Tauchschule in der Cala Santanyí vermisst?«

Der Comisario zückte sein Handy und begann, ein paar Fotos von dem Boot zu machen, vor allem vom Kennzeichen. »Bitte sorgen Sie dafür, dass das Boot so schnell wie möglich von der Spurensicherung gecheckt wird. Vielleicht gibt es ein paar brauchbare Fingerabdrücke, die die Mörder der drei Taucher hinterlassen haben.«

»*Sí*, Señor Comisario. Kommen Sie bitte. Dahinten geht es weiter.«

Gespannt folgten Carmen und García Vidal ihm in einen schmalen Gang, der offensichtlich in dieselbe Richtung ging, in die auch der Unterwassertunnel führte.

»Ich könnte wetten, das ist der Weg zur Haustür dieses Anwesens«, scherzte Carmen. »Der Besuch kann sich ja nicht ständig nasse Füße holen, oder?«

Der Gang machte einen scharfen Rechtsknick, dann ging es nach links und erneut nach rechts. Kurz darauf standen sie in einer etwa fünf mal fünf Meter großen und circa drei Meter hohen Höhle, die von grün schimmerndem Licht durchflutet wurde. Sie zwängten sich durch einen Felsspalt und befanden sich plötzlich auf einem Felsplateau, das durch eine herabhängende Pinie verdeckt wurde. Carmen griff nach einem Ast und befühlte die Nadeln.

»Hat man denn so etwas schon gesehen?«, rief sie erstaunt. »Die haben hier doch glatt eine falsche Pinie hingestellt. Kein Wunder, dass die so schön grün ist.«

García Vidal trat ins Freie und schaute sich um. »Ein eigenes Grundstück, sogar mit Wasserzugang. Nun ist mir klar, wie die Leute hergekommen sind und wie sie wieder fortgebracht wurden.«

»*No*, Señor«, wehrte der Polizist ab. »Es gibt kaum eine Wasserstraße in Europa, die so genau durch das modernste SIVE-Radarsystem überwacht wird, wie die Meerenge zwischen Cabrera und Mallorca. Auch im Süden der Insel entgeht uns absolut nichts. Selbst nachts wird jedes Schlauchboot elektronisch geortet und der Küstenwache gemeldet. Allein in diesem Monat wurden drei

Flüchtlingsboote auf hoher See abgefangen. Die Zeiten, in denen nachts ein reger Schmuggelverkehr abgewickelt werden konnte, sind schon lange vorbei. Jedes unangemeldete Boot wird genauestens beobachtet und beim kleinsten Zweifel sofort aufgebracht. Dass also auf dem See- oder Luftweg Menschen eingeschleust werden, ist absolut undenkbar.«

»Das ist mir klar, Kollege.« García Vidal versuchte, den Polizisten wieder zu beruhigen. »Aber es werden Menschen eingeschleust, das ist Fakt, und unser Job ist es herauszufinden, auf welchem Wege das geschieht.«

»Natürlich, Comisario. Wir sollten zurückgehen. Die Paletten in den Lagerräumen wurden inzwischen näher begutachtet. Man hat dort etwas ziemlich Eigenartiges mit Nesseltüchern eingewickelt und in Ballen abgepackt.«

García Vidal schaute Carmen an. »Jetzt kommen wir zu deiner Baumwolle.«

»Richtig«, sagte der Polizist, »genau so sehen die Ballen aus. Aber kommen Sie doch bitte mit und sehen Sie selbst.« Er führte sie wieder in den Fels hinein und durch die »Hafenhöhle« hindurch bis in die Lagerhalle mit den Verschlägen. Sie betraten das Verlies hinter der zuerst geöffneten Stahltür. García Vidals Gesicht hellte sich auf.

»Die sehen ja wirklich aus wie Baumwollballen!«

»*Sí*, Señor, aber sie enthalten etwas völlig anderes.«

»Rauschgift?«, fragte Carmen vorsichtig.

»Nein. Kommen Sie.« Er führte sie um zwei Paletten herum zu drei geöffneten Ballen. Aus dem ersten quollen Schnorchelsets verschiedener Größe heraus, aus den anderen beiden alles, was sich in Souvenirläden an Kleidung, Luftmatratzen, Hüten und sonstigen Accessoires verkaufen ließ.

»Sollen wir die anderen Ballen auch noch öffnen?«

Der Comisario nickte desillusioniert. »Machen Sie das. Sollten Sie dabei auf eine komplette Strandbar stoßen, hätte ich gern einen Cortado.«

8

Mira und die Gräfin versuchten, ein wenig zu dösen. Die letzten Stunden waren aufregend und anstrengend für sie gewesen. Filou grollte noch immer mit Gott und der Welt und war weder durch Streicheln noch durch gute Worte dazu zu bewegen, seinen »Schmollwinkel« zu verlassen. Mira hätte gern ein wenig geschlafen, aber ihre Gedanken schlugen mentale Salti. War es richtig gewesen, den Kram einfach so hinzuschmeißen? War es richtig, einfach bei einer wildfremden Frau zu bleiben, noch dazu bei einer Deutschen? Schließlich war sie Jüdin, sie praktizierte ihren Glauben nur schon lange nicht mehr. Selbst ihre relativ liberale Familie war ihr in vielen Dingen des täglichen Lebens einfach zu bigott.

Sie versuchte, sich auszumalen, was sie antworten könnte, wenn sie zu ihrer Mission befragt werden würde. Sie hatte zu schweigen, selbst wenn sie dem Mossad den Rücken gekehrt hatte. Erst der Tod würde sie von ihrem Schwur entbinden, nur Gott dürfe sie Auskunft geben, hatte ihr der Rabbi bei der religiösen Grundausbildung eingeschärft. Nur ihm dürfe sie wirklich alles sagen, denn er sei einer von ihnen.

Die Gräfin hüstelte.

»Was ist los, Durchlaucht? Ich denke, Sie wollten schlafen.«

»Schlafen Sie vor, ich schlafe nach«, gab Rosa zurück.

»Das würde ich gern, aber mir geht zu viel durch den Kopf. Werde ich jemals erfahren, was mit Fatma wird? Werde ich jemals wieder in meinem Beruf arbeiten können?«

»Warum nicht? Tierärzte werden überall gebraucht.«

»Das ist mir klar, aber werden meine Examina überhaupt international anerkannt?«

»Sie werden doch wohl an einer Uni studiert haben, oder?«

»Ja, in Hannover. Darauf folgte dann allerdings eine Fachausbildung als Armeetierärztin in Israel.«

»Was mussten Sie in der Armee denn so machen? Haben Sie aufgepasst, dass die Panzer das richtige Futter bekommen?«

Mira lachte. »So ähnlich. Nein, ich habe die Aufgaben eines staatlichen Veterinärs übernommen. Ich musste meinen Stempel auf alles Fleisch machen, das für den menschlichen Verzehr geeignet war, und der Rabbi musste es als koscheres Essen freigeben. Natürlich hatte er im Zweifelsfall das letzte Wort. Egal, was man macht, die Herren Rabbiner funken einem überall hinein, und besonders, wenn man eine Frau ist. Wenn einer von denen in der Nähe ist, haben sogar weibliche Generäle die Schnauze zu halten, und ich habe es nur bis zum Major gebrach. Gräfin, ich kann Ihnen gar nicht sagen, wie mir das stinkt.«

»Das kann ich gut verstehen.« Rosa gab ihr einen freundschaftlichen Knuff mit dem Ellenbogen. »Ich an Ihrer Stelle wäre schon längst Amok gelaufen.«

»Andererseits hatte ich bei der Armee auch viel mit Pferden zu tun, meinem eigentlichen Spezialgebiet. Viele Offiziere waren Sportreiter und haben meine Fähigkeiten, mit Pferden umzugehen, schnell erkannt.«

Sie schwiegen eine Weile.

»Und was geistert Ihnen so im Kopf herum?«, fragte Mira, um das Thema zu wechseln.

Rosa richtete sich auf. »Ich liebe den Mann, dessen Boot wir gerade in Klump gefahren haben. Sein Ein und Alles war das. Im Moment versuche ich, mir Redewendungen zurechtzulegen, mit denen ich es ihm schonend beibringen kann.«

Mira zuckte mit den Achseln. »Sagen Sie ihm einfach die Wahrheit.«

»Das wäre eine Option.« Rosa dachte nach und begann zu üben. »Wissen Sie, *ma chérie*, ich bin einfach so herumgefahren und habe eine Anhalterin mitgenommen, die gerade Stress mit einem uralten russischen U-Boot hatte. Da hört man im Mittelmeer ja immer wieder was davon. Und weil die stinkig auf die junge Dame waren, haben sie mal eben Schrott aus Ihrer Llaut gemacht. Gibt es deswegen irgendein Problem?« Sie schaute Mira triumphierend an. »Na, war ich überzeugend?«

Mira musste herzlich lachen. »Sie haben recht. Das hört sich mehr als schräg an.«

Rosa betrachtete sie verzückt. »Sie sollten viel öfter lachen, dann zeigt sich nämlich, wie schön Sie eigentlich sind, wissen Sie das?«

Mira wurde rot bis über die Ohren. »So ein Kompliment hat mir noch nie jemand gemacht, und schon gar keine Frau.«

»Da ich mit Ihnen nicht in die Kiste will, können Sie mir ruhig glauben.« Rosa richtete sich etwas auf, um aus der Einstiegsluke des Rettungsfloßes schauen zu können. »Ich hoffe, dieser Rettungskreuzer, von dem Ihr Kapitän gesprochen hat, findet uns. Dieses Ding ist aus Gummi und wird kaum über Radar zu orten sein.«

Mira schüttelte den Kopf. »Nein, Durchlaucht. So ein Floß hat einen Notsender, der aktiviert wird, wenn es sich aufbläst oder mit Wasser in Berührung kommt. Außerdem ist die Dachhaut mit einer Metallfolie bespannt, die nicht nur die Radarwellen, sondern auch das Sonnenlicht wunderbar reflektiert. Die müssten bald hier sein.«

In diesem Augenblick ertönte hinter ihnen eine Schiffssirene. Mit wackeligen Beinen standen die beiden auf, stellten sich in die Eingangsluke und winkten. Es schien sich bei dem Schiff, das da auf sie zukam, um eine Fregatte zu handeln, die extra zur Bergung von Schiffbrüchigen ausgerüstet war. Aus dem Heck kamen zwei Zodiacs herausgeprescht, direkt auf sie zu. Innerhalb von Minuten waren sie bei ihnen. Mira warf dem einen ein Schleppseil zu, das griffbereit in einer Seitentasche der Rettungsinsel angebracht war, und sie wurden vorsichtig in Schlepptau genommen.

Als man sie ins offene Heck des Kriegsschiffes hineingezogen hatte, wurde das ganze Rettungsfloß mitsamt den beiden Zodiacs plötzlich von einem absenkbaren Gitterrost aus dem Wasser gehoben. Trockenen Fußes kletterten die beiden Frauen aus der Rettungsinsel. Zum grenzenlosen Erstaunen der Besatzung hielt eine von ihnen ein Schwein auf dem Arm.

***

Der kirchliche Flurfunk des Bischofs funktionierte hervorragend. Schon nach einer knappen Stunde war die Bestätigung des Pfarrers da. Pepe hatte einen Zwillingsbruder namens Ruiz, der am 23. September 1942 durch einen Unfall verstorben war. Im Sterberegister stand allerdings nichts von einem christlichen Begräbnis, weshalb Crasaghi vermutete, dass dem Sterbenden die Erteilung der Sterbesakramente und die kirchliche Beisetzung verweigert worden waren.

Berger runzelte die Stirn. »Und was heißt das im Klartext?«

»Dass es sich bei dem ›Unfall‹ um Selbstmord gehandelt haben muss. Nur dann blieb den Sterbenden zur damaligen Zeit der christliche Beistand versagt. Wenn Sie mich fragen, sind wir mit der Romeo-und-Julia-Theorie auf der richtigen Fährte.«

»Nur bringt uns das in unserer Frage, warum der alte Pepe Millionen auf dem Konto hatte, nicht weiter.«

»Vielleicht hat er Grund und Boden verkauft, wie es viele Mallorquiner in letzter Zeit getan haben, und kam so zu Reichtum.«

»Aber dann hätte doch wie bei allen Mallorquinern seine Familie etwas davon gewusst. Vor allem hätten sie ihm dann nicht tagtäglich etwas zu essen bringen müssen.«

»Vielleicht war er nur geizig«, sagte Crasaghi mit einem Achselzucken.

»Mallorquiner sind geizig, aber nicht, wenn es um ihre Kinder oder Enkel geht. Dann ist das Beste gerade gut genug.«

Berger grübelte vor sich hin. »Ist in den Kirchenbüchern eigentlich auch verzeichnet, wer den Tod festgestellt hat?«

Crasaghi schüttelte den Kopf. »Nein, nur wenn ein Arzt ein Kind auf die Welt brachte, wurde er namentlich erwähnt. Vergessen Sie diesen Weg. Selbst wenn der Arzt jung war, der den Tod von Ruiz Álvarez festgestellt hat, muss er zu der Zeit Mitte dreißig gewesen sein. Würde er noch leben, wäre er heute hundertfünf und würde seine Tage auf einem Dauerbecken verdösen.«

Bergers Handy klingelte. Er klappte es auf, sah aufs Display und meldete sich. »*Hola*, Comisario. Ich hoffe, Sie stören mit guten Nachrichten.«

»Das müssen Sie entscheiden, Miguel. Ich kann Ihnen nur sagen, dass die Gräfin, das Schwein und eine israelische Tierärztin wohlbehalten an Bord einer spanischen Fregatte sind. Mehr wurde mir nicht mitgeteilt.«

»Das ist immerhin das Wichtigste. Aber wo hat sie mein Boot gelassen?«

»Dazu gab es keinen Kommentar.«

»Und was ist mit dem U-Boot und dem ganzen wirren Zeug, das Sie mir erzählt haben?«

»Dazu gab es auch keinen Kommentar.«

Berger zog die Stirn kraus. »Das ist ein bisschen wenig, oder?«

»Dazu gibt es von meiner Seite ebenfalls keinen Kommentar, jedenfalls nicht am Diensthandy. Wir sehen uns nachher in der Bar, da können wir alles besprechen. Man bringt die Gräfin jetzt erst mal zu mir nach Cabrera, und dann werden wir alle aufs Festland geflogen.«

»Gut. Also bis nachher.« Berger klappte sein Handy wieder zu. »Seltsam. Haben Sie mitgehört?«

Crasaghi machte eine bedauernde Geste. »Es war so laut, dass es sich nicht vermeiden ließ.«

»Und was sagen Sie dazu?«

»Der Comisario klang, als würde er glauben, dass da etwas vertuscht werden soll.«

»Aber was? Sagen Sie es mir. Sie wissen doch sonst immer alles früher als wir.«

Der Bischof grinste verschmitzt. »War das eine inoffizielle Kritik oder ein offizielles Hilfeersuchen?«

»Gehören Sie zum Team oder nicht?«

»Ich hoffe doch ja.« Er grinste erneut.

»Dann war es eine offizielle Anweisung.«

***

Mit dem nächsten Helikopter kam auch Marga Santo nach Cabrera. Die eigentlich erfahrene Beamtin wirkte völlig verstört. Schnurstracks ging sie, den Tränen nahe, auf García Vidal zu und zog ihn beiseite. »Cristóbal, ich muss Sie dringend sprechen, Carmen auch.«

García Vidal gab Carmen ein Zeichen. Die erkannte an dem Ausdruck in seinem Gesicht, dass es eine ernste Unterredung werden würde, und drückte Esmeralda wieder der Sanitäterin in den Arm. Da das Mädchen die Frau schon kannte, war das Gebrüll diesmal nicht ganz so groß.

Die drei gingen ein Stück zur Seite.

»Was ist denn los, Marga?«, fragte García Vidal leicht besorgt. »So seltsam waren Sie ja noch nie drauf. Haben Sie Gespenster gesehen?«

»Sie werden es nicht glauben, Chef, aber genau die sind mir begegnet.«

»Und in welcher Form, wenn ich fragen darf?«

»Ich wollte die Freigabe für die drei Wasserleichen ausfertigen.«

»In Ordnung. Wo ist das Problem?«

»Sie sind weg.« Marga Santo begann, am ganzen Leibe zu zittern. Nervös steckte sie sich eine Zigarette an.

»Wie, weg?«

»Einfach weg. Das heißt, sie sind nicht nur weg, es gab sie auch nie.«

Der Comisario nahm Marga die Zigarette aus der Hand. »Hören Sie mal, was für ein mieses Zeug rauchen Sie da eigentlich?«

»Gar keines. Ich bin clean«, beteuerte Marga Santo. »Es gibt keine Leichen, und es gab sie auch nie. Alle Dateien sind gelöscht, alle Gewebeproben vernichtet, es ist, als wären diese Menschen nie auf der Welt gewesen. Sämtliche Suchanfragen, auch die nach Deutschland und Polen, sind plötzlich ohne Ergebnis. Anscheinend war jemand vom Auswärtigen Amt im Santanyíer Büro und hat bei der Kollegin Burguera alle Akten und handschriftlichen Notizen eingesammelt und sämtliche Dateien in den Dienstcomputern gelöscht. Um wenigstens ein paar Zeugenaussagen zu sichern, habe ich noch mal bei den Hotels angerufen, in denen sie abgestiegen waren. Menschen, die mir gestern noch Zugang zu den Sachen der Toten verschafft haben, bestreiten heute die Existenz dieser Leute. Ich komme mir vor wie in einem ganz bösen Film.«

»Das können die doch nicht mit uns machen«, protestierte Carmen zornig.

»Du siehst, dass sie es können«, hielt García Vidal dagegen. »Uns bleibt absolut nichts anderes übrig, als es zu akzeptieren.«

»Aber Chef«, flehte Marga Santo. »Das werden Sie doch nicht respektieren.«

»Das, meine Liebe, ist wiederum eine ganz andere Sache. Carmen, trommle die ganze Truppe zusammen.«

»Wann?«

»Um zwanzighundert.«

»Wo?«

»Auf der Finca der Gräfin. Dort sind wir vor Lauschern sicher.«

»Und was soll ich als Grund angeben?«

»Nennen wir das Ganze ›Treffen der Geisterjäger‹.«

***

Mira, die von dem langen Verhör an Bord der Fregatte sichtlich erschöpft war, beobachtete irritiert, wie die Gräfin von einem leitenden Polizeibeamten mit einer Umarmung begrüßt wurde, als das Marinezodiac sie in der Hafenbucht von Cabrera absetzte. Selbst das Schwein schien ihn zu kennen und zu mögen.

Der Polizist wies auf Mira. »Und das ist die angekündigte Dame aus Israel?«

Die Gräfin strahlte erst ihn, dann sie an. »Ja, Comisario, das ist Frau Katzev.«

»Aufs Meer gefahren sind Sie mit der Llaut vom Residente, zurück kommen Sie mit ihr.«

»Sí.«

»War das denn mit Miguel so abgesprochen?«

»Nicht ganz. Ich bin froh, dass Sie mir bei der Beichte helfen können.«

»Und ich, liebste Condesa, bin froh, dass ich ihm das nicht beichten muss.«

»Feigling.« Sie lachte.

»Und was für einer«, bestätigte der Comisario.

Der Flug nach Mallorca dauerte nur Minuten. Um zehn vor acht setzte der Hubschrauber sie auf der gräflichen Finca direkt neben Rosas Herrenhaus ab. Bis auf die Kollegen Andrea Bastos und Marga Santo, die es übernommen hatten, sich um die Unterbringung und weitere Betreuung der Flüchtlinge zu kümmern, waren alle da.

Carmen ging sofort in die gräfliche Küche, um der kleinen Esmeralda, die sich durch nichts und niemanden von ihr trennen ließ, etwas zu essen zuzubereiten.

Auch Berger wartete schon sehnsüchtig auf seine Gräfin. Er umarmte und küsste sie leidenschaftlich und war vor Freude, sie gesund und munter wieder bei sich zu haben, ganz aus dem Häuschen. Trotzdem hatte er Fragen, vor deren Beantwortung Rosa ein wenig Angst hatte. Und sie kamen prompt.

»Was ist eigentlich genau passiert, und wo ist mein Boot?«

Sie schluckte verlegen. »Tja, wie soll ich Ihnen das so einfach erklären?«

Mira mischte sich ein. »Entschuldigen Sie bitte, mein Name ist

Mira Katzev, und ob Sie es glauben oder nicht: Ich bin schuld, dass es Ihr Boot nicht mehr gibt. Ich habe Ihre Frau nämlich gekidnappt.«

Berger lächelte sie freundlich an. »Angenehm. Michael Berger. Sie behaupten, Gräfin Rosa gekidnappt zu haben?«

»Es tut mir leid, aber mir blieb keine andere Wahl.«

Berger schaute noch ein wenig freundlicher. »Sie haben mein aufrichtiges Mitgefühl. Zwar ist die Gräfin nicht meine Frau, aber ich liebe sie trotzdem, und der Letzte, der sie entführt hatte, war von der russischen Mafia und ist an dieser Aufgabe schier verzweifelt. Wie schlimm war es für Sie?«

Mira lachte erleichtert. »Gräfin Rosa sagte mir, dass Sie einer der wenigen sind, denen ich die Geschichte trotz meiner Schweigepflicht in allen Einzelheiten erzählen kann. Ich möchte Sie bitten, die Details, die ich Ihnen verrate, wirklich vertraulich zu behandeln, weil ich sonst in des Teufels Küche komme.«

»Aber Sie werden verstehen«, hob Berger an, »dass ich den Comisario mit in unser Bündnis holen werde. Ohne ihn geht in dieser Beziehung gar nichts. Ich hoffe, Sie verstehen das.« Auf einen Wink des Residente gesellte sich der Comisario zu ihnen.

***

Als sie alle versammelt waren, ergriff Berger kurz das Wort. »Ich möchte Ihnen ein neues Teammitglied vorstellen. Das ist Mira Katzev, eine Freundin der Gräfin. Sie ist Majorin der israelischen Armee und hat vor und teilweise in den spanischen Hoheitsgewässern zusammen mit der NATO eine Marineübung abgehalten.«

Mira beugte sich zur Gräfin und flüsterte: »Der lügt ja, dass sich die Balken biegen.«

Rosa nickte freundlich. »Ja, das kann er.«

Beide grinsten.

Mira wurde, als Berger mit seiner Ansprache geendet hatte, mit freundlichem Nicken in der Runde begrüßt.

»So, ihr Lieben«, übernahm nun der Comisario die Moderation, »was ich jetzt zu sagen habe, ist absolut vertraulich. Hundertprozentig weiß eigentlich keiner, was uns widerfahren ist, aber irgendwie sind wir gewaltig in die Scheiße getreten. Wir haben bei Cabrera drei Leichen gefunden, die inzwischen aber verschwunden sind – und mit ihnen alle Beweise, dass es sie je gegeben hat. Wir haben zwei Vermisste, bei denen wir davon ausgehen müssen, dass sie tot sind, und ich fürchte ehrlich, dass sie, sollten wir sie finden, dann auch einfach so verschwinden.«

»Vielleicht können wir, also der Bischof und ich, da weiterhelfen«, sagte Berger.

Crasaghi zuckte hoch. »Ja, können wir das? Da bin ich aber gespannt.«

Berger ließ sich davon nicht beirren. »Ein alter Kämpfer aus dem Zweiten Weltkrieg hat in seinem argentinischen Altenheim etwas von einem Material erzählt, das für die Deutschen ungemein kriegswichtig war, weshalb sie es auf Cabrera versteckten. Der Mann betonte, das Material sei im Laufe der Jahrzehnte immer wertvoller geworden. Selbst die Wände eines Altenheims können sehr dünn sein. Jedenfalls sprach sich das ganz schnell herum. Sogar die Geheimdienste dieser Welt horchten auf, denn es ist allen bekannt, dass die Deutschen die Atombombe damals auf dem Reißbrett so gut wie fertig hatten. Es fehlte ihnen nur noch ausreichend spaltbares Material. Natürlich hatten die britischen und amerikanischen Geheimdienste die Geschichte bereits nach Kriegsende von gefangenen deutschen Soldaten gehört, mehrfach sogar, und daraufhin die gesamte Insel auf links gedreht. Mit negativem Ergebnis. Die Angelegenheit wurde zu den Akten gelegt. Aber irgendwelche Idioten, die den Quatsch neu aufwärmen, gibt es natürlich immer, und ebenso gibt es Blödmänner, die darauf reinfallen. Ein Geheimdienst oder eine andere Gruppierung, die sich nichts mehr wünscht, als irgendwo auf der Welt mit einer schmutzigen Bombe zu werfen, setzt in so einem Fall schnell alles daran, an ein derartiges Material heranzukommen. Ob Taliban oder Nazis, in dieser Hinsicht sind sie alle gleich: Erzählt ein seniler Kriegsveteran etwas von einem Versteck auf Cabrera, dann schaut man schon mal nach. Dabei scheint es zu Revierkämpfen gekommen zu sein, bei denen es definitiv schon Verlierer gab. Denn so sind wohl unsere drei Leichen zu erklären.«

»Das klingt tatsächlich plausibel«, murmelte Carmen. »Ich warte aber noch darauf, dass bei dieser Version der Geschehnisse das U-Boot auftaucht.«

»Dafür, dass ich so ein Ding wirklich gesehen habe, spricht das heftige Dementi von militärischer Seite. Die Jungs haben die Aufgabe, die Südflanke der NATO vor eventuellen U-Boot-Angriffen zu schützen. Wenn bekannt werden sollte, dass irgendein Uraltpott russischer Bauart es geschafft hat, die ultramodernen elektronischen Sperren und Horchposten auszutricksen, lacht die ganze militärische Welt. Diese Schmach kann sich die NATO natürlich nicht leisten.«

Das reichte Carmen noch nicht an Informationen. »Wenn es aber eine NATO-Sache ist, was haben dann die Israelis hier zu kamellen?«

Mira ergriff das Wort. »Sie schmeißen da zwei Dinge zusammen, die nicht zusammengehören. Zum einen die Suche nach spaltbarem Material und dann das Seemanöver. Derartige gemeinsame Übungen zwischen der NATO und Israel gibt es schon seit Jahrzehnten.«

»Das Gerücht um das strahlende Material lässt die Israelis aber doch nicht kalt.«

»Absolut nicht«, nahm Berger den Faden auf. »Wenn auch nur das kleinste Gerücht aufkommt, dass es irgendwo spaltbares Material zu stehlen oder zu kaufen gibt, sind die Iraner garantiert sofort mit von der Partie, weil sie jede Menge von diesem Zeug für ihre Bombe benötigen. Und weil die Israelis fürchten müssen, dass sie die Ersten sind, die damit beschmissen werden, sind sie natürlich daran interessiert, dass nichts daraus wird.«

García Vidal schüttelte zweifelnd den Kopf. »Aber wenn unsere Abwehrdienste davon wussten, warum haben die Behörden dann nicht ganz offiziell eingegriffen? Davon ist doch die Souveränität Spaniens berührt.«

»Weil sich all die Nationen, die sich in Afghanistan engagieren, an irgendwelchen Islamisten nur die Finger verbrennen können. Da überlässt man die Drecksarbeit gern irgendwelchen obskuren Dunkelmännern.«

»Erst recht, wenn die Suche nach dem begehrten Material plötzlich fünf Leichen zur Folge hat.«

»Da gebe ich Ihnen recht, meine Liebe.« Berger war froh darüber, wie gekonnt die Gräfin die Ahnungslose spielte.

»Wie passt dieser Schickebier überhaupt da rein?«, fragte sie nun.

»Den Fall habe ich untersucht«, sagte Carmen. »Schickebier hat diese Taucher oder Kampfschwimmer fotografiert und musste wahrscheinlich sterben, weil er das Foto wegen einer albernen Anzeige der Polizei übergeben wollte.«

»Okay, und was ist mit Bauzá?«

»Der ist mitsamt dem Benzinkanister verschwunden, der untersucht werden sollte«, antwortete Berger. »Über den Grund kann auch nur gemutmaßt werden. Ich denke mal, dass wir mit dem Kanister tatsächlich zufällig ein Beweisstück gefunden hatten, er das Ding mit Klauen und Zähnen verteidigte und dabei den Kürzeren zog. Das werden wir noch genauer untersuchen, wenn wir je die Chance dazu haben.«

»Das werden wir nicht«, widersprach García Vidal, »da wir alles, was mit diesem Fall zu tun hat, schlagartig zu vergessen haben. Das kommt von ganz weit oben, mehr kann und darf ich dazu nicht sagen. Ich möchte betonen, dass diese Anweisung für alle Anwesenden, die im Staatsdienst sind, bindend ist.«

Berger horchte auf. »Bin ich im Staatsdienst?«

»Ich denke wohl nicht.« García Vidal lächelte ihn vielsagend an. »Aber darüber hinaus stellt sich uns die Frage, ob diese Anweisung auch für den Fall des alten Pepe gilt oder ob der eine andere Baustelle ist. Mein Bauch sagt mir, dass Pepes Tod mit den Ereignissen auf Cabrera zusammenhängt, aber nicht mit dem radioaktiven Blödsinn.«

»Vergessen wir dann auch die Höhle und die illegal eingeschleusten Flüchtlinge?«, fragte Carmen. »Es kann mir keiner erzählen, dass die kleine Esmeralda in Wahrheit eine Kampfschwimmerin ist.«

»Eben, also stimmen wir ab. Was spricht für Pepe und die Urangeschichte?«, fragte Berger in die Runde.

»Also wenn Sie mich fragen«, meinte der Comisario lakonisch, »gar nichts.«

»Wer ist für Pepe und die Flüchtlinge?«

Fast alle Arme gingen hoch.

»Eine richtige Verbindung erkenne ich da aber auch nicht«, sagte García Vidal. »Pepe wurde von Julián Álvarez als Schmuggler und Pirat bezeichnet. Aber Menschenschmuggel? Nein, das wäre neu auf der Liste der herkömmlichen Missetaten eines mallorquinischen Durchschnittsschmugglers.«

»Moment mal«, protestierte Crasaghi, »Sie stellen die einheimische Bevölkerung ja geradezu als gesetzlose Meute dar.«

»Absolut nicht. Ich bin schließlich einer von Ihnen. Auf Mallorca herrschten schon immer strenge Gesetze, die auch von jedermann geachtet und befolgt wurden, aber es waren unsere eigenen Gesetze. Piraterie und Schmuggel war jahrhundertelang eine durchaus akzeptierte Einkommensquelle und nur bei den Spaniern verpönt. Zigaretten und Plagiatsware werden noch immer als legitimer Nebenerwerb geduldet, Rauschgift hingegen nicht, weil es die eigene Jugend vergiftet. Wer also als Schmuggler in den letzten Jahrzehnten den Rückhalt in der Bevölkerung nicht verlieren wollte, der ließ die Finger davon, und vom Menschenschmuggel sowieso.«

»Wäre es möglich«, warf Berger nachdenklich ein, »dass Pepe mit dem, was er schmuggelte, diesen Rückhalt verloren hatte?«

»Das kann durchaus sein, zumindest bei der Bevölkerung. Pepe war ein Pate auf dem Altenteil. Er hat jede Woche hohe Summen in bar auf sein Konto eingezahlt. Wir müssen irgendwie an die Organisation herankommen, die dahintersteht. Wobei die Tatsache, dass er ermordet wurde, zeigt, dass es noch eine rivalisierende Gruppe geben muss.«

»Seit wann bringen die sich gegenseitig um?«

»Möglicherweise fühlten sich die einen von den anderen verraten.«

»Dass Cabrera gestern und heute von Polizei und Armee gefilzt wurde, war in ihren Augen vielleicht der Beweis für einen Verrat. Schließlich sind wir fündig geworden, wenn auch anders als erwartet. Es ist nur die Frage, wessen Bunker wir geknackt haben, den von Pepes Leuten oder den von seinen Mördern.«

Tomeu, der Verwalter der gräflichen Finca und Freund von Carmen, wurde unruhig. Berger kannte das schon, der Mann wollte etwas sagen, aber weil er so stotterte, traute er sich nicht.

»Was ist, Tomeu? Raus damit.«

»K-k-kann e-e-es s-s-sein, d-d-dass P-p-pepe sp-p-paltb-b-b-bares M-m-mater-r-rial gesch-schm-m-mug-gelt h-hat?«

Alles schwieg nachdenklich. Das war eine völlig neue Variante. Der Reichtum dieses Mannes könnte ein Beleg dafür sein, die ständigen Einzahlungen hingegen deuteten mehr auf ein gewisses Tagesgeschäft hin, und das machte man nicht mit Uran oder Plutonium.

»Das, mein lieber Tomeu, ist eine Idee, die wir auf keinen Fall unbeachtet lassen sollten«, sagte García Vidal schließlich. Er wurde durch das Klingeln eines Handys unterbrochen. Crasaghi sprang auf und klappte es auf. *»Perdón«,* brabbelte er in die Runde und wandte sich ab, um in Ruhe telefonieren zu können.

Nach kurzer Zeit kam er wieder an den Tisch. »Señor Residente, ich habe Neuigkeiten.«

»Raus damit.«

»Ich weiß, wer das tote Mädchen auf der fehlenden Bilderhälfte ist.«

»Wer?«

»Ihr Name war Antonia Bauzá. Und unsere Vermutung, dass es sich bei den beiden um einen Freitod aus Liebe handelte, war richtig. Sie war von einem Feind der Familie schwanger und sollte, wie es vor Hunderten von Jahren einmal Brauch war, dafür mit dem Tode bestraft werden.«

»Sie scherzen! Was hatte man dafür vorgesehen?«, fragte die Gräfin erschrocken.

»Sie sollte mit wilden Katzen zusammen in einen Sack gesteckt werden, auf den dann eingeschlagen wird. Was dabei mit dem Mädchen geschehen würde, ist wohl allen klar, denke ich.«

Alles nickte betreten.

»Wann war das?«

»1942. Um ihr diesen Tod zu ersparen, beschlossen sie und der Kindsvater, Pepes Zwillingsbruder, gemeinsam zu fliehen und aus dem Leben zu scheiden.«

»Weswegen waren die Familien denn verfeindet?«

»Das könnten politische Gründe gewesen sein«, sagte der Comisario. »1942 gingen die Falangisten in den Faschisten auf, und die Kommunisten galten als besiegt. Nach außen hin stand Spanien komplett hinter Franco, doch unterschwellig war das Land, waren ganze Familien noch über Jahrzehnte zerrissen. Diese Fehden reichen teilweise bis in die heutige Zeit, obwohl Franco schon Jahrzehnte tot ist. Viele Grausamkeiten konnten nie aufgeklärt werden, und solange das so ist, wird dieses Problem unterschwellig immer weiterbrodeln. Vor allem wird sich nichts daran ändern, wenn weiterhin sogar Juristen angeklagt und verurteilt werden, die trotz dieser unsäglichen Generalamnestie gegen die Schuldigen ermitteln.«

Berger hob die Hand. »Kann es sein, dass Bauzá, der Fischer, gar nicht von den geisterhaften Kampftauchern umgebracht wurde, sondern von verfeindeten Schmugglern? So viele unterschiedliche Bauzá-Clans wird es ja nicht geben, oder?«

García Vidal kramte sein Gedächtnis durch. »Soweit ich mich erinnere, gab es mal einen Emilio Bauzá, der kurz nach Francos Tod hier auf Mallorca für die kommunistische Partei Wahlkampf gemacht hat. Vom Alter her könnte er ein Bruder des toten Mädchens sein.«

»Pepe hingegen rannte in der Nacht, als der Oberst der *Guardia Civil* das spanische Parlament stürmte und darin herumschoss, mit einem schwarzen Hemd durch die Straßen. In seinem Arbeitszimmer hängt ein Bild, auf dem er mit seinen Gesinnungsgenossen ein Foto des Obristen in die Höhe hält.«

»Aber das würde ja bedeuten, dass die Politik nicht nur Familien, sondern auch Schmugglerbanden getrennt hat.«

»*Sí*, Condesa. Es sieht so aus.« Berger schaute nachdenklich. »Wie gehen wir nun vor?«

»Es wäre wichtig zu wissen, wer Bauzá umgebracht hat«, sagte García Vidal. »Waren es die Kampftaucher, wird er den entsprechenden Einstich im Genick haben.«

Mira flüsterte Berger etwas ins Ohr. Der wollte den Comisario aber nicht gleich unterbrechen.

»Außerdem sollten wir morgen gleich als Erstes die Schmugglerhöhlen von Cabrera mit einem Geigerzähler durchsuchen. Wenn dort spaltbares Material auch nur in kleinen Mengen gelagert wurde, müsste er ausschlagen Die Flüchtlinge müssen verhört werden, sobald der Arzt grünes Licht gibt. Carmen, ich wäre dir dankbar, wenn du das übernehmen könntest. Deine kleine ›Tochter‹ wird sich sicher darüber freuen, die Onkel und Tanten wiederzusehen.«

Nun hielt es Berger für günstig, die neue Information weiterzugeben. »Comisario, der Bischof hat übrigens Informationen über den Verbleib des Fischers und des deutschen Sportschiffers.«

Crasaghi zuckte zusammen. »Habe ich das?«

»*Sí*, Señor.«

»Kinder, was bin ich doch für ein schlaues Kerlchen«, sagte der Bischof erstaunt und schaute irritiert.

»Sie sind auf dem Meeresgrund vertäut, auf der Südseite Cabreras. Zwischen dem Cap d'es Falcó und der Estell de s'Eclata Sang befindet sich eine Meerenge. Dort sind sie in einer kaum einsehbaren Nische versteckt.«

García Vidal war ausgesprochen beeindruckt angesichts dieser detaillierten Informationen. »Sie oder Ihre Kollegen scheinen während der Beichte ein Notebook unterm Priesterrock zu haben, auf dem kräftig mitgeschrieben wird. Sei's drum, ich werde die Polizeitaucher gleich morgen an der genannten Stelle nach den Toten suchen lassen. Sollten wir sie wirklich dort finden, spricht das für unsere offiziell nicht existenten Kampftauchgeister.«

Esmeralda war von Carmens auf Tomeus Schoss gekrabbelt, wo sie sich ebenfalls sichtlich wohlfühlte. Carmen reckte sich und genoss, dass sie auch mal ein wenig Pause hatte. In diesem Augenblick fuhr ein schwerer Wagen vor dem Haus vor. Die Gräfin sprang auf. »Tante Auguste kommt nach Hause.«

»Ich denke, sie hat wieder die königliche Jacht bekommen und kann darauf wohnen?«, meinte Berger enttäuscht. »Hätte ich gewusst, dass sie noch herkommt, wäre ich heute gar nicht hier.«

Crasaghi konnte sich ein Grinsen nicht verkneifen. »Sehe ich in der noch zarten Mutter-Sohn-Beziehung etwa schon kleine Risse?«

»Wenn sie heute Abend von diesem ganzen Adoptionsirrsinn anfangen sollte, werden Sie sogar einen großen Knall hören.«

Die Großherzogin rauschte in einem Tempo ins Haus, das man ihr in ihrem Alter nicht mehr zugetraut hätte. Selbst ihr Butler Anatol kam kaum hinterher. Sie schien aus irgendeinem Grund aufgebracht zu sein.

»Kinder«, trompetete sie gleich los, »ich bin absolut genervt und *absolutely not amused*. Ich hätte nie gedacht, dass Spanier derartig stur sein können.«

»Hallo, Tante Auguste.« Rosa begrüßte sie mit einem Kuss auf beide Wangen. »Was hat dir denn die Petersilie verhagelt?«

»Stell dir nur vor, Kind, man hat mich heute nicht aus dem Jachthafen auslaufen lassen. Nicht einmal Johann-Karl konnte etwas dagegen machen, und der ist immerhin König.«

»Was hat man dir als Grund genannt?«

»Dass da irgendwelche Idioten mit U-Booten herumfahren. So einen hanebüchenen Unsinn habe ich ja noch nie gehört. Ein Schiff sollen sie sogar versenkt haben. Dass ich nicht lauthals lache.« Sie setzte sich, ohne die anderen Anwesenden zu begrüßen, zu ihnen an den Tisch. Anatol stellte ihr unaufgefordert ein Tonicwasser hin.

»Tantchen, es ist leider wahr, was sie dir erzählt haben.«

Die Großherzogin schaute Rosa zweifelnd an. »Ach. Und wen haben die bitte schön versenkt?«

»Mich, Tantchen, mich mit der Llaut von Michael.«

Die Großherzogin beugte sich vor, um den Residente genau beobachten zu können. »Sein schönes Boot ist futsch?«

Er räusperte sich. »Hallo, Königliche Hoheit, ich denke wohl.«

Sie nickte ihm zu. »Hallo, mein Sohn. Macht nichts, dann bekommst du eben ein neues.« Sie schaute sich weiter in der Runde um. »Nanu, was macht denn mein Freund, der Bischof, hier? Noch dazu neben dem Kommissar? Sind Seine Exzellenz verhaftet worden?«

Crasaghi sprang auf, ging auf die Tante zu und begrüßte sie mit einem Handkuss, nachdem er den ihren abgewehrt hatte. »Nein, Königliche Hoheit, ich bin privat hier. Ich schaue nur ein wenig der Polizei bei der Arbeit zu.«

»Ja, Exzellenz, hier können Sie lernen, wie man die armen Seelen ins Gefängnis bringt, die Ihre Knastgeistlichen dort für die Kirche einzufangen versuchen.« Tantchens Blick blieb an Esmeralda hängen. »Mein Gott, was ist das für ein wunderbares Geschöpfchen?« Die Kleine saß noch immer auf Tomeus Schoss und war die Einzige im Raum, die die alte Dame aus vollem Herzen anstrahlte. »Tomeu, du alter Schwerenöter, ist das deine?«

Er sah Carmen an, und als die nickte, kam von ihm ein freundliches: »J-j-ja, ich d-d-d-enk-k-ke sch-sch-schon.«

Esmeralda ließ sich von Tomeus Schoss gleiten und wackelte mit ausgestreckten Ärmchen auf Tante Auguste zu. Sie ließ sich von ihr hochheben, schlang ihre Arme um den Hals der alten Dame und gab ihr einen dicken Kuss.

»Womit die Planstelle als Oma auch vergeben wäre«, bemerkte García Vidal trocken. »Da sage noch mal jemand, der europäische Hochadel sei schwierig zu handhaben.«

Kurz bevor sich die Runde auflöste, zog Crasaghi den Residente beiseite. »Señor, was haben Sie denn da vorhin für einen Blödsinn über mein spezielles Wissen verbreitet?«

Berger wurde verlegen. »Hat man das gemerkt?«

»Also Señor, allein die Frage beleidigt mich. Woher haben Sie die Informationen, von dieser Frau Katzev?«

»Sagen wir mal so.« Berger wand sich wie ein Wurm am Angelhaken. »Das fällt unter das Beichtgeheimnis.«

***

Als alles entweder in seine Wohnung gegangen oder in einem der Gästezimmer verschwunden war, hatten die Gräfin und Berger zum ersten Mal seit zwei Tagen wieder etwas Zeit füreinander. Er saß mit einem Glas Wein auf dem Steinrand des Swimmingpools und betrachtete das Meer, das immer mehr in der Dunkelheit verschwand.

Sie goss sich auch ein Glas Wein ein und setzte sich neben ihn.

»Michael, das mit Ihrem Boot tut mir wirklich unendlich leid.«

Er legte seinen Arm um sie. »Rosa, hätte ich nur annähernd gewusst, in was für einer Gefahr Sie sich befanden, ich wäre vor Angst wahnsinnig geworden, das ist Ihnen doch wohl klar, oder?«

»Bis wir gerammt wurden, hatte ich es selbst nicht als so gefährlich eingeschätzt. Aber ich bin ja mit einem blauen Auge davongekommen, nur Ihr Boot hat etwas gelitten.«

»Wo schwimmt es denn herum? Das mit dem Versenken war doch nur ein Scherz, hoffe ich, ehrlich gesagt, noch immer ein bisschen.«

Ihr wurde heiß und kalt. »Das kann ich Ihnen erst sagen, wenn ich die genauen Koordinaten der Stelle kenne, wo man uns aus dem Meer gefischt hat. Und was das Schwimmen betrifft … also ich würde sagen, es treibt mehr. Im Englischen hat man dafür die Bezeichnung ›*rest in pieces*‹.«

Er trommelte mit den Fingern auf seinem Glas herum. »Könnten Sie sich bitte etwas genauer ausdrücken?«

»Ihr Boot, lieber Michael, haben fertig.«

»Es ist wirklich gesunken?«

»Es ist, nachdem wir gerammt worden waren, wie ein Stein abgesoffen. Tantchen hat vorhin leider keinen Spaß gemacht.«

Er sackte in sich zusammen und zuckte mit den Achseln. »Dann soll es eben so sein. Hauptsache, Sie haben nichts abbekommen.«

Sie war erleichtert über seine Reaktion. »Na ja, es war wenigstens versichert. Die letzte Rate für die Police ist pünktlich abgebucht worden.«

»Schon, aber für den alten Pott wird es nicht mehr viel geben. Für ein Boot, das es nicht mehr gibt und das von einem U-Boot versenkt wurde, das es gar nicht geben darf, wird, fürchte ich, überhaupt nichts gezahlt.«

»Dann kaufe ich Ihnen eben ein Neues, eins, das genauso ist wie das alte.«

Er lächelte verträumt. »Das will ich gar nicht haben.«

Sie schaute ihn verwundert an. »Und warum nicht?«

»Wenn ich wirklich ein neues Boot bekommen soll, dann soll es so sein, wie Sie es für mich haben wollen.«

Sie strahlte ihn an. »Ja, das wird ein wunderbares Boot. Sie werden es lieben.«

»Apropos lieben, die kleine Esmeralda hat unser junges Paar wohl voll am Wickel, oder?«

»Sowohl Carmen als auch Tomeu werden sie nicht mehr rausrücken. Und Tante Auguste schon gar nicht.«

»Aber werden die Behörden da mitspielen? Die beiden sind schließlich nicht verheiratet.«

Rosa schüttelte den Kopf. »Ich denke mal, dass das Jugendamt froh sein wird, die Kleine von der Backe zu haben. Und wo ist sie besser aufgehoben als hier?«

»Da gebe ich Ihnen recht.« Berger überlegte. »Was, wenn die sich doch querstellen?«

»Daran habe ich auch schon gedacht. Aber wir können sie auch nicht nehmen. Wir sind auch nicht verheiratet.«

»Das ließe sich ändern«, erwiderte er leise.

Rosa war völlig verblüfft. Dann lächelte sie. »War das etwa ein Heiratsantrag?«

»Na, ich denke doch, äh …« Er rührte mit einem Zeh im Poolwasser. »Ich dachte ja nur.«

Eine Falte bildete sich auf Rosas Stirn. »Sie würden mich also nur wegen der kleinen Esmeralda heiraten?«

»Nööö«, machte er wieder sehr leise. »Das würde gerade nur passen. Mit der Heiraterei wäre es schon so, dass ich Gefühle Ihnen gegenüber – also nur, wenn Sie mich danach fragen – durchaus nicht in Abrede stellen möchte.« Er nahm seinen ganzen Mut zusammen und sah sie an.

Rosa konnte sich ein Lachen kaum verkneifen. »Also ich verstehe kein Wort. Wären Sie vielleicht in der Lage, das Ganze im Klartext zu rekapitulieren?«

»Menschenskind, nun stellen Sie sich doch nicht so dämlich an. Ich liebe Sie und würde Sie gern heiraten, wenn Sie nichts anderes vorhaben. Ist denn das so schwer zu begreifen?«

»Meinen Sie nicht, dass wir uns, wenn Sie schon um meine Hand anhalten, langsam zu einem Du durchringen sollten?«

Berger schaute sie irritiert an. »Alle Menschen, denen ich für ein Du, das von Herzen kam, nahe genug war, sind tot. Bei Ihnen würde ich das nicht verkraften. Außerdem habe ich Angst vor dem Du-Alltag, denn der Alltag hat bisher jede Liebe geschafft und ist der Todfeind einer jeden Zärtlichkeit.«

Sie nahm seinen Kopf in ihre Hände und küsste erst seine beiden Augen, dann seine Nase und dann seinen Mund. »Also gut. Ich werde mir meine Liebe zu Ihnen schon nicht durch so ein kleines dummes Sie vermiesen lassen.« Sie legte ihre Stirn an die seine. »Aber was ist mit der Heiraterei, wenn die kleine Esmeralda bei Tomeu und Carmen bleibt?«

»Dann erst recht. Wir hätten noch mehr Zeit füreinander. Dann würde es sich erst richtig lohnen.«

Sie gab ihm noch einen Kuss. »Auch wenn ich Ihre gefühlsduselige Wehrlosigkeit jetzt vielleicht schamlos ausnutze, ich nehme Ihren Antrag an, Señor Residente. Hiermit sind Sie verhaftet.«

Jetzt küsste er sie zärtlich.

»Michael, wenn wir schon beim Heiraten sind, würde ich jetzt gern mit Ihnen in diesem Pool die Ehe vollziehen.«

»Jetzt, hier, in diesem Pool?«

»Jetzt, hier, in diesem Pool, und zwar splitterfasernackt.«

»Aber Lieblingsgräfin. Was soll Filou dazu sagen? Der sitzt dahinten und guckt uns zu.«

»Das Ferkel ist Schweinereien gewohnt.« Sie umarmte ihn und ließ sich mit ihm zusammen in den Pool kippen.

»Gräfin«, rief er prustend, als er wieder auftauchte. »Dürfte ich mich vielleicht vorher ausziehen?«

»Keine Zeit«, erwiderte sie bestimmt. »Ich bin heute einfach zu gierig.«

***

Da es mit knapp dreißig Grad auch jetzt am Abend noch immer sehr heiß war, hatten es sich die Großherzogin und der Bischof im klimatisierten Wohnbereich bei einem Rotwein gemütlich gemacht. Als es draußen platschte, sprang Crasaghi auf. »Da scheint jemand in den Pool gefallen zu sein.«

Die Großherzogin, die ihre Nichte und den Residente aus dem Augenwinkel schon eine Weile durchs Fenster beobachtet hatte, konnte sich lebhaft vorstellen, welches familiäre Ereignis dem kleinen Filou gerade geboten wurde.

»Königliche Hoheit«, rief der Bischof aufgeregt, »ich glaube, da braucht jemand Hilfe.«

»Das kann durchaus sein, Exzellenz. Aber meine Kleine ist schon bei ihm. Und sollte jemand die beiden beim gegenseitigen ›Helfen‹ stören, bekommt er es mit mir zu tun.«

9

Gräfin Rosa und der Residente hatten beschlossen, ihre Heiratspläne vorerst für sich zu behalten. Dementsprechend unspektakulär verlief das Frühstück. Mira war schon früh aufgestanden und versuchte, über Internet mit ihrer Heimat Kontakt aufzunehmen. Es gelang ihr nur teilweise, was sie mit Sorge erfüllte, denn viele ihrer Freunde in Gaza standen abwechselnd bei der Hamas oder auch bei den Israelis auf der roten Liste, sodass sie immer mal wieder von der einen oder der anderen Seite vom Internet abgeschnitten wurden. Woher diese Repressalien letztlich wirklich kamen, stellte sich immer erst im Verhör heraus, zu dem die betreffenden Personen an einem der Folgetage »gebeten« wurden. Dabei ging es meist alles andere als glimpflich ab, sodass man immer wieder Angst um seine Freunde oder Angehörigen haben musste.

Vor allem aber wollte Mira recherchieren, welche größeren veterinärmedizinischen Einrichtungen mit dem Fachgebiet Großvieh in Israel noch Tierärzte suchten. Ihre Befürchtungen, dass sie in ihrer Heimat auch weiterhin keine Zukunft in ihrem Job haben würde, bewahrheiteten sich leider recht schnell. Als Amtstierärztin hätte sie vielleicht noch eine Chance gehabt, aber dass sie ihren Militärdienst vorzeitig von sich aus gekündigt hatte, was einer unehrenhaften Entlassung gleichkam, machte die Hoffnung, in den Staatsdienst übernommen zu werden, zunichte. Mit deprimiertem Gesichtsausdruck schlich sie ins Speisezimmer und setzte sich still und leise zu den anderen.

Die Großherzogin brachte es ungerührt in kürzester Zeit auf den Punkt. »Na, mein Kind, was hat Ihnen denn die Laune verdorben?«

Mira erklärte ihr, wie ihre Berufsaussichten in Israel aussahen.

»Aha, junge Frau, Sie sind also Doktorin für Großvieh. Fallen unter diese Kategorie auch Pferde?«

»Hauptsächlich, Königliche Hoheit. Ich war bei den Olympischen Spielen in Athen Tierärztin der israelischen Springreiter, der Military-Mannschaft und der Equipe der modernen Fünfkämpfer.«

»Würden Sie auch in Deutschland arbeiten wollen?«

»Mit Freuden, Königliche Hoheit. Ich habe in Hannover studiert, und das waren die schönsten Jahre meines Lebens. Dann habe ich aber meine Facharztausbildung und den Doktor in Israel gemacht, was sich jetzt anscheinend als Fehler herausstellt. Ich weiß nämlich nicht, ob dieser Abschluss in Deutschland überhaupt als Facharzt anerkannt wird.«

»Die beiden Staatsexamina haben Sie aber in Deutschland gemacht?«

»*Sí*, Señora.«

»Die werden ihren eigenen Quatsch doch wohl anerkennen.« Sie wandte sich um. »Anatol«, rief sie, »mach mir doch mal eine Verbindung mit unserem Viecherprofessor in Hannover.«

Als ob Anatol es geahnt hätte, stand er bereits hinter ihr und suchte eine Nummer aus seinem Notizbuch.

Mira beugte sich zur Gräfin. »Was macht sie denn jetzt?«

»Tante Auguste löst Ihr Problem.«

»Darum habe ich sie aber nicht gebeten.«

»Um so etwas kann man sie auch nicht bitten. Entweder sie macht es, dann macht sie es ungefragt, oder sie macht es nicht. Wenn sie allerdings nichts für einen tut, ist das ein sicheres Zeichen, dass sie einen nicht mag.«

»Wollen Sie damit sagen, dass sie mich mag?«

»Liebste Mira, auch wenn Sie ab und zu mal mit einer Pistole vor einem stehen, sind Sie doch ein liebenswerter Mensch. Und da Sie inzwischen keine Knarre mehr haben, geht ja auch nur wenig Gefahr von Ihnen aus.«

Beide lachten herzlich.

»Sie muss eine mächtige Frau sein. Nur Frauen mit Macht benehmen sich so«, sagte Mira mit einem Seitenblick auf die Großherzogin.

»Da haben Sie recht. Tantchen ist eine von Schleswig-Holstein-Gottorf. Sie stammt in direkter Blutlinie von Zarin Katharina von Russland ab. Was ihr Benehmen betrifft, so ist sie manchmal etwas rustikal, aber sie hat ein riesengroßes Herz. Sie setzt gern alle Hebel in Bewegung, aber nur dann, wenn sie etwas für einen Menschen tun kann, nie gegen ihn.«

Tomeu hatte kurz den Raum verlassen, um Angela Bischoff einzulassen. Nun kehrte er mit ihr zurück und stellte, während sie die Großherzogin und Bischof Crasaghi begrüßte, einen Stuhl für sie neben Carmen an den Frühstückstisch. Nachdem sie auch den anderen Anwesenden einen guten Morgen gewünscht hatte, nahm Angela Bischoff Platz und holte einige Notizen aus ihrer Tasche, die sie vor sich auf den Tisch legte.

»Sie ist eine deutsche Polizistin und die Freundin des Comisario. Als Verbindungsbeamtin des deutschen Konsulats auf Mallorca hat sie hervorragende Verbindungen zum LKA und den deutschen Regierungsstellen«, flüsterte Gräfin Rosa Mira zu.

»Also, liebe Leute, um es kurz zu machen«, Angela Bischoff bedankte sich durch ein Nicken für den Cortado, den ihr Tomeu servierte, »Cristóbal bat mich, Sie in aller Verschwiegenheit in eine Reihe von Erkenntnissen einzuweihen. Zuerst die Mär mit dem vergessenen Uran. Sie machte in der ganzen Welt die Runde, natürlich nur in den einschlägigen Kreisen, war aber eigentlich längst abgehakt. Neu hingegen ist, dass sich Extremistengruppen dafür interessieren. Meinen Recherchen zufolge hatte der Mossad ein internationales Mandat, sich darum zu kümmern. Bis auf einige Paletten Industrielötzinn und ein paar Leichen hat man auf Cabrera aber nichts gefunden, also nichts von wirklichem Wert.«

»Haben Sie eine Ahnung«, ging die Großherzogin dazwischen. »Ich betreibe eine Behindertenwerkstatt, die sich auf die Restauration von Kirchenfenstern spezialisiert hat. Was meinen Sie, was wir jeden Monat für Lötzinn zahlen müssen?«

»Dann werde ich mit Cristóbal reden«, erwiderte Angela lächelnd, »um zu erwirken, dass Sie das Lötzinn für diesen guten Zweck abholen lassen und in Ihrer Werkstatt verarbeiten dürfen. Ich nehme an, Lötzinn hat kein Haltbarkeitsdatum.«

»Im Gegenteil. Je älter es ist, desto besser ist das Material.«

»Okay«, resümierte Berger, »der Atomkrieg um Cabrera ist mangels Masse abgeblasen, und die internationalen Wogen haben sich geglättet. Was ist aber mit dem Schmugglerkrieg, den wir ja dann wohl allein auszubaden hätten?«

»Einfach dingfest machen, verhaften und Schluss«, warf Crasaghi ein.

»Genau das geht leider nicht so einfach. Ein jedes Gesellschaftssystem funktioniert nur durch ein hohes Maß an Toleranz. Das trifft auf eine Lebensgemeinschaft, wie die Mallorquiner sie darstellen, ganz besonders zu. Da gibt es auf allen Seiten viele alte Wunden, die nur mit einer ganz dünnen Haut bedeckt sind. Solange keiner drin herumrührt, ist alles in Ordnung, aber wehe dem, der eine davon öffnet und vielleicht sogar Salz hineinreibt.«

Nun wurde es der Großherzogin zu viel. »Aber das Wissen darum kann kein Grund sein, das moderne Rechtssystem, von dem alle wissen, dass es ein gerechteres noch nie gegeben hat, außen vor zu lassen. Wenn der Enkel eines Sozialisten in eine Bank des Herrn March geht, um dort Geld zu stehlen, dann ist das trotz allem ein schnöder Bankraub. Man kann keine mildernden Umstände geltend machen, nur weil der Opa von Bomben getötet wurde, die der Bankier General Franco spendiert haben soll. Wo soll man bitte schön die Grenze ziehen?«

»Da haben Sie völlig recht, liebe Auguste. Ich möchte ja auch nur aufzeigen, in welchem Dilemma Cristóbal momentan steckt.«

Crasaghi nahm einen großen Schluck frischer Limonade, die Anatol zubereitet und serviert hatte. »Kümmert sich der Inselrat nicht um solch delikate Probleme?«

»Nicht genug. Weil die Damen und Herren wiedergewählt werden wollen. Cristóbal steht damit ziemlich allein da.«

Es entstand eine Pause. Jeder dachte über das eben Gesagte nach.

»Tomeu und Carmen«, hob die Gräfin an, »ihr seid Mallorquiner. Fällt euch eine Lösung ein?«

Carmen zuckte mit den Achseln. »Ich bin die Falsche, um diese Frage zu beantworten. Ich bin zu sehr Polizistin, als dass mir ein anderer Weg als der formal vorgeschriebene einfallen würde. Ich vertraue da voll auf den Chef, der ist viel mehr Mensch als ich.«

»Kinder«, rief die Großherzogin. »Was würde ich noch heute darum geben, schon als junge Frau derartig kluge Antworten gegeben zu haben.«

»Außerdem muss ich jetzt los, weil ich ja noch die Flüchtlinge verhören muss.«

»Okay«, entgegnete Berger. »Was ist mit dir, Tomeu? Wie würdest du an Cristóbals Stelle vorgehen?«

Er wusste, es gab nichts Schlimmeres für den Stotterer, als vor vielen Menschen nach etwas gefragt zu werden, was nicht durch eine Geste oder einen Kurzsatz erschöpfend beantwortet werden konnte. Umso mehr überraschte es Berger, dass die Antwort prompt und für Tomeus Verhältnisse sehr umfassend kam.

»D-d-die D-d-dorfä-ä-ältesten s-s-sind m-m-eist auch d-d-die F-f-fam-m-milienchefs. U-u-unt-t-ternehmt n-n-ichts o-o-ohne d-d-deren R-r-rat.«

Berger strahlte ihn an. »Da sage noch einmal jemand, ich hätte keinen klugen Freund.« Er schaute sich nach Angela Bischoff um. »Wo ist denn unser lieber Comisario gerade?«

»Der durchwühlt mit einer Kollegin weiter Pepes Nachlass in Colonia Sant Jordi.«

»Wir sollten den Herrn vom Ergebnis unserer Konferenz unterrichten und zudem schleunigst aufbrechen, Exellenz. Carmen, kommst du nach, wenn du mit deiner Befragung fertig bist?«

»*Sí*, Señora.« Sie setzte Esmeralda auf Tomeus Schoß. »Da, meine Kleine, geh zu Papa. Mama muss zur Arbeit.«

Alles schaute wie vom Blitz getroffen auf den Mann mit dem braunen Engelchen im Arm. Er lächelte verlegen. »P-p-Pappa, d-d-das W-w-wort v-v-verst-steht s-sie.« Er gab ihr ein Küsschen, und die Kleine quietschte vor Vergnügen.

»Was ist mit Ihnen, Angela?«

»Ich muss ins Konsulat nach Palma. Dienst ist eben Dienst. Ich werde aber von unterwegs mit Cristóbal reden. Da kann ich ihn ja schon mal vorwarnen.«

Die Großherzogin, die für die Dauer ihres Telefonats den Raum verlassen hatte, kehrte zurück, während sich alle vom Tisch erhoben und nach ihren Sachen griffen.

»Entschuldigt bitte, dass ich euch habe hängen lassen«, sagte sie. »Mira, mein Kind, wie ich höre, sind Sie in Hannover als eine Art ›orientalische Pferdeflüsterin‹ bekannt. Was halten Sie davon, wenn Sie für mich auf meinem Gestüt arbeiten? Ich habe eine weltweit anerkannte Holsteiner- und Trakehnerzucht, und die rund zweihundertfünfzig lieben Tierchen warten nur darauf, dass ihnen mal jemand etwas vorflüstert.«

Mira war erst sprachlos, dann aber konnte sie sich doch wieder fassen. »Sie meinen, als Pferdepflegerin?«

»Blödsinn, als Tierärztin. Prof. Dr. Schröder kennt Sie noch. Er war damals Oberarzt an der Uniklinik und meinte, dass er die Bescheinigungen, die Ihnen fehlen würden, um in Deutschland praktizieren zu dürfen, nachreichen könne. Den Doktortitel dürfen Sie nicht führen, bis alles aus Haifa bestätigt wurde, aber das macht ja nichts, oder?«

Mira war überwältigt. »Und das alles nur, weil ich das Boot eines lieben Menschen auf hoher See gekapert habe.« Sie wischte sich die Freudentränen aus den Augenwinkeln. Dann konnte sie einfach nicht anders, als Tante Auguste herzlich zu umarmen. »Ich danke Ihnen, Königliche Hoheit.«

»Na, guck mal einer an«, scherzte Auguste. »Wie man mit alten Schlachtrössern umgeht, weiß sie auch.«

***

García Vidals Respekt vor dem alten Pepe wuchs mit jeder Stunde, die er in seinen Unterlagen herumstöberte. Allein der Schriftverkehr mit dem zuständigen Kreisamt nötigte ihm Bewunderung ab. Wie raffiniert der alte Mann sich weigerte, die Anschlusskosten für die Kanalisation mitzutragen, war schon interessant. Genau wie die Tatsache, dass er damit durchkam. »Hätten die von deinen Millionen gewusst, alter Gauner, hättest du ordentlich blechen müssen«, sagte er zu einem Bild des Alten, einem riesigen Ölschinken, der von einem gewissen Burguera aus Santanyí signiert war.

Doch solange der Comisario auch suchte, er fand nicht den kleinsten Hinweis darauf, warum der gute Pepe ein derart pralles Konto hatte. Zehn Jahre lang hatte er Woche für Woche fünftausend Euro auf ein Konto bei der Banca March eingezahlt, hin und wieder waren auch weitaus höhere Beträge verzeichnet. Außerdem hatte er ein Konto bei der Caixa Balear für seine spärliche Rente, von der er kaum etwas ausgab, weil seine Familie für sein Essen und alles andere sorgte. Auch auf diesem Konto war darum innerhalb der letzten Jahre ein stattliches Sümmchen zusammengekommen.

García Vidal hörte, wie die Haustür aufgeschlossen wurde. Kurz darauf stand ein ihm fremder Mann, der vermutlich kurz vor dem Rentenalter war, in der Tür.

»Mit wem habe ich die Ehre, Señor?«, fragte der Mann schnaufend. Er schien Asthma zu haben, denn nach jedem zweiten Wort presste er unter großer Anstrengung die Luft aus der Lunge.

»Mein Name ist Comisario García Vidal von der *Policía Nacional.*« Er zückte seinen Dienstausweis.

Der Mann nickte freundlich. »Mein Name ist Enrique Narratx. Ich bin Notar und Rechtsanwalt des Pepe Álvarez. Vom Kreisamt habe ich die Nachricht erhalten, das Señor Álvarez verstorben ist.«

»Das ist korrekt, Señor Narratx.«

»Ich habe hier eine Vollmacht des Verstorbenen, etwas aus seinem Schreibtisch an mich zu nehmen und damit nach seinem letzten Willen zu verfahren.«

García Vidal überprüfte die Gültigkeit des Dokuments und ließ Narratx gewähren.

»Dürfte ich Sie bitten, den Arbeitsraum des Verstorbenen kurz zu verlassen?«

García Vidal tat, worum der Notar ihn gebeten hatte, und wartete draußen im Entree. Kurze Zeit später öffnete sich die Tür, und ein gar nicht mehr so freundlicher Narratx sagte schnaufend: »Señor, ich muss einen Diebstahl melden.«

»Was fehlt denn?«, fragte der Comisario neugierig. Gemeinsam mit dem Notar ging er zurück in Pepes Arbeitszimmer.

»Ich sollte Bankunterlagen aus einem Geheimfach an mich nehmen und der Vernichtung zuführen. Sie sind aber nicht mehr da, wovon Sie sich selbst überzeugen können.«

García Vidal nickte. »Wenn Sie die Unterlagen über das Konto bei der Banca March meinen, die sind nicht verschwunden, sondern zur Auswertung bei uns. Ich nehme an, dass Sie die Unterlagen nicht nur vernichten, sondern auch das Guthaben auf dem Konto einer Bestimmung zuführen sollten. Nur interessehalber: Was sollte damit passieren?«

»Es ist für den Rentenfonds der im Dienste tödlich verunglückten spanischen U-Boot-Fahrer bestimmt.«

»Da werden die spanischen U-Boot-Witwen aber ganz schön dumm gucken, denn das Geld werden sie kaum zu sehen bekommen.«

»Und warum nicht?«

»Weil es mit ziemlicher Sicherheit aus strafbaren Handlungen stammt und somit der Staatskasse zufällt, wenn kein Geschädigter zu ermitteln ist. Sie können natürlich bei der Staatsanwaltschaft Einspruch dagegen einlegen. In diesem Falle stünden Ihnen sogar nicht unerhebliche Anwaltskosten zu.«

Narratx verbeugte sich vor García Vidal. »Ich freue mich, einen derartig korrekten Polizeibeamten zu treffen. Ich werde Sie bei geeigneter Stelle lobend erwähnen.«

»Ich danke Ihnen, Señor, und wenn wir schon dabei sind: Hat Señor Álvarez ein Testament hinterlassen?«

»*Sí*, Señor.«

»Dürfte ich bitte wissen, wer darin berücksichtigt ist?«

»Ich darf das Siegel erst brechen, wenn alle Erbberechtigten heute Mittag um zwölf Uhr dreißig in meinem Büro versammelt sind.«

»Dürfte ich denn wenigstens die Liste der Erbberechtigten einmal einsehen?«

»Gern.« Narratx öffnete eine große Lederkladde und entnahm ihr eine Liste mit vier Namen. »Erbberechtigt sind alle noch lebenden Verwandten. Verwandte ersten Grades sind keine vorhanden. Von den Verwandten zweiten Grades waren vier zu benachrichtigen, und zwar Julián Álvarez, der Neffe des Verstorbenen, Rosalia Álvarez Barosa, seine Nichte, und deren Kinder Maria Antonia Álvarez und Maria Estrella Álvarez.«

García Vidal schien etwas enttäuscht auszusehen.

»Señor, gefällt Ihnen etwas an meiner Auflistung nicht?«

»Nein, es ist alles gut, aber was ist mit Pepes Nichte Antonia?«

Narratx blätterte in seinen Unterlagen. »Die hat vor über zehn Jahren nach Erhalt einer nicht unerheblichen Summe auf jedes weitere Erbe verzichtet.«

García Vidal machte sofort einen Vermerk in seinen Notizen. »Ich hoffte nur, unter den Erben jemanden zu finden, der mit dem gewaltsamen Tod des alten Mannes in Verbindung gebracht werden könnte. Das wäre so schön einfach für uns gewesen.«

»Der alte Gauner wurde ermordet?« Narratx war sichtlich erschüttert.

»*Sí*, Señor, wussten Sie das nicht?«

»Woher sollte ich? In den Radionachrichten war nichts davon zu hören, und in den Zeitungen stand auch nichts darüber.«

García Vidal nickte. »Weil wir die Presse darum baten.« Er schaute Narratx forschend an. »Señor, wussten sie, dass Ihr Mandant etwas mit einer kriminellen Vereinigung zu tun gehabt haben könnte?«

»Natürlich nicht, dann hätte ich das Mandat doch sofort niedergelegt«, erwiderte Narratx schroff. »Wir sehen uns, nehme ich an, nachher bei der Testamentseröffnung in meinem Büro?«

García Vidal nickte.

»Na dann, *bon dia*, Señor«.

***

Carmen hatte bis auf den alten Mann, der als ihr Sprecher aufgetreten war, bereits alle illegalen Einwanderer verhört. Von ihm erhoffte sie sich eine umfassende Aussage, damit die Verhöre dieser armen Teufel, die allesamt angegeben hatten, in ihrer Heimat aus politischen Gründen ihres Lebens nicht mehr sicher zu sein, abgeschlossen und die Asylverfahren eröffnet werden konnten. Die Kollegen brachten ihn in den Verhörraum.

Der Mann knautschte auch heute nervös auf seiner Wollmütze herum. Carmen wies freundlich auf einen Stuhl, der ihr gegenüberstand, und sprach ihn auf Französisch an. »Nehmen Sie doch bitte Platz, Monsieur. Wie lautet Ihr Name?«

»Ahmed Ibn Hussein Salech. Geboren am 1. März 1942 in Fez.«

»Beruf?«

»Architekt, Madame.«

»Warum sind Sie aus Marokko geflohen?«

»Aus politischen Gründen, Madame, ich bin von der Polizei gefoltert worden.«

»Können Sie das beweisen?«

»Darf ich Ihnen meine Fußsohlen zeigen, Madame?«

Er schlüpfte aus einem seiner ledernen Pantoffeln und hielt ihn hoch. Die Fußsohle war mit entstellenden Narben regelrecht übersät.«

»Um Gottes willen«, entfuhr es Carmen entsetzt. »Wie lange haben Sie gebraucht, um damit wieder laufen zu können?«

»Zwei Jahre, Madame, und noch heute nehme ich Schmerzmittel.«

»Ziehen Sie den Schuh bitte wieder an, Monsieur. Was haben Sie für die Einschleusung nach Spanien bezahlt?«

»Achtzigtausend Euro, Madame. Aber nicht hier, in Marokko. Man brachte uns über Tunesien nach Cabrera.«

»Mit was für Fahrzeugen oder Schiffen wurden Sie transportiert?«

»Madame, bitte verzeihen Sie, aber darüber darf ich Ihnen nichts sagen. Ich habe noch einen Teil meiner Familie in Fez.«

Carmen nickte. »Ich verstehe, Monsieur. Genau das kann jedoch ein guter Grund sein, mit uns zusammenzuarbeiten. Sind es Verwandte ersten Grades?«

»Ja, Madame, einer meiner Söhne.«

»Wäre es für Ihre Mitarbeit förderlich, wenn ich Ihnen verspreche, mich für ein Visum einzusetzen, damit Ihr Sohn hierherkommen kann?«

»Das würde alles ändern.«

»Ich kann Ihnen aber nur versprechen, dass ich mich dafür einsetze.«

»Ich vertraue Ihnen«, sagte der alte Mann.

»Also, wie sind Sie hergekommen?«

»Wir waren vierzehn Leute, die Eltern der kleinen Esmeralda lebten noch. Man hat uns in einem Lastwagen von Fez nach Casablanca gebracht. Dort ging es in einem alten Armeeflugzeug weiter nach Matmata in Tunesien. Das stand jedenfalls auf dem Flughafengebäude. Ich konnte kurz unter einer Lkw-Plane hindurchspähen.«

»Wohin ging es von da aus?«

»Keine Ahnung, wir wurden irgendwo in der tunesischen Wüste rausgelassen. Man gab uns einen Kompass und etwas Wasser. Dann mussten wir uns immer in Richtung achtzig Grad halten, bis wir über die libysche Grenze kamen. Unterwegs wurden wir dreimal von tunesischen Polizisten ausgeraubt, von denen einige die beiden jüngeren Frauen auch noch vergewaltigten. Als er dagegen einschreiten wollte, wurde Esmeraldas Vater kaltblütig über den Haufen geschossen.«

»Von Polizisten?«

»Ja, Madame, sie hatten jedenfalls Polizeiuniformen an.«

»Und die haben auch vergewaltigt?«

»Gesehen haben wir es nicht. Wir haben Madame Sewajui, die Mutter von Esmeralda, aber die ganze Nacht vor Schmerzen wimmern hören. Am nächsten Morgen berichtete sie meiner Frau von mindestens zehn Mann, die abwechselnd mehrfach über sie hergefallen seien. Sie war am Ende ihrer Kräfte.« Salech trank dankbar einen Schluck von dem Wasser, das ein Polizist vor ihn hingestellt hatte. »Morgens wurden wir dann wieder in Richtung Libyen gejagt. Zehn Kilometer konnte Madame Sewajui noch mithalten, dann starb sie einfach. Ich nehme an, sie hatte zu viel Blut verloren. Wir konnten absolut nichts dagegen machen.« Er sah Carmen traurig an, dann erzählte er weiter. »Irgendwann stand plötzlich ein Lastwagen der libyschen Armee vor uns, oder waren es Rebellen? Ich weiß es nicht. Sie fuhren uns zu einem Hafen. Nach schätzungsweise zwei Stunden Fahrt waren wir da. Neben einigen Kriegsschiffen lagen vier U-Boote vertäut, das habe ich noch sehen können. Dann wurden uns die Augen verbunden. Es ging aber auf eines der U-Boote, da bin ich mir sicher. Ständig mussten wir uns bücken, und die Gänge waren sehr eng. Während der Fahrt waren wir in einer kleinen Kabine eingesperrt, es hat sich auch so angehört, als seien wir in einem U-Boot. An den Wänden gab es übrigens viele Schrifttafeln mit kyrillischen Schriftzeichen, die ich nicht lesen konnte.«

»Was für Geräusche waren das, die Sie gehört haben?«

»Es zischt doch immer so seltsam, wenn Luft aus den Tanks gepresst wird, damit U-Boote tauchen können. Das habe ich gehört. Irgendwann kamen dann Leute, die uns erneut die Augen verbanden. Mit einem kleinen Schlauchboot brachten sie uns nach und nach in eine Felsenhöhle und versperrten die Tür. Dort haben Sie uns gefunden.«

»Wissen Sie, wie lange die Überfahrt mit dem U-Boot gedauert hat?«

»Nein, Madame. Uns wurden alle Uhren und Handys gestohlen. Wir haben sechsmal etwas zu trinken und zu essen bekommen. Drei oder vier Tage wird es schon gedauert haben, denke ich.«

Carmen hatte genug erfahren. »Vielen Dank, Monsieur Salech, für Ihr Vertrauen. Ich werde mich an mein Versprechen halten.« Sie nickte ihm aufmunternd zu. »Ich schließe jetzt die Ermittlungen wegen illegaler Einwanderung und eröffne gleichzeitig das Asylverfahren. Haben Sie noch Fragen?«

»Ja, Madame. Wie geht es Esmeralda?«

Carmen lächelte. »Machen Sie sich bitte keine Sorgen, sie ist augenblicklich bei mir und meinem Mann. Wir werden für sie sorgen.«

Ein Lächeln huschte über das Gesicht des alten Mannes. »Allah möge Sie segnen und beschützen, Madame.«

***

Berger und der Bischof waren auf dem Weg nach Ses Salines. Die Stimmung in der Dyane war nicht die beste, denn Berger war nicht so recht damit einverstanden, dass Crasaghi unbedingt in seiner Dienstkleidung auf Ermittlungstour gehen wollte.

»Señor Residente, was haben Sie gegen das Gewand eines Bischofs?«

»Im Prinzip nichts, Exzellenz, doch wenn man so gut aussieht wie Sie, sollte man auch seine Kleidung danach ausrichten, zumindest in der Freizeit. So wird es überall heißen: ›George Clooney ist hier und feiert Karneval.‹«

»Na und, wenn es unserer Sache dient? Damit man Sie nicht völlig übersieht, kann ich Sie ja als Chef des Festkomitees vorstellen.«

Als sie gerade durch Llombards kurvten, erfasste ein Windstoß das Käppi des Bischofs und schleuderte es im hohen Bogen aus dem aufgerollten Dach des alten Citroën. Das geschah ausgerechnet mitten auf der Plaça Major. Crasaghi ließ es sich natürlich nicht nehmen auszusteigen, um seine »Dienstmütze« selbst wieder aufzusammeln. Natürlich passierte genau das, was Berger vorausgesagt hatte. Völlig entnervt stellte er den Motor aus, denn es dauerte eine ganze Weile, bis »der Mann von Nespresso« wirklich alle Kinder gesegnet hatte, die Llombards aufbieten konnte, inklusive all der Alten, die mit ihrem Rollator schnell genug da waren.

Rund zwanzig Minuten später stieg ein etwas derangiert wirkender Kurienbischof in Bergers Edelente. »Señor, ich hatte gehofft, dass Sie mich befreien würden.«

»Warum? Sie wollten den Karneval, Sie haben ihn bekommen. Außerdem konnten Sie sich doch selbst loseisen, wo ist das Problem?«

»Es gelang mir nur durch eine dumme Ausrede. Ich habe behauptet, man erwarte mich dringend in Colonia Sant Jordi.«

Berger stöhnte auf. »Na super. Da wartet jetzt die ganze Stadtverwaltung mit einer Blaskapelle auf uns.«

»Meinen Sie?«

»Sie werden noch Ihr blaues Wunder erleben.«

»Das sehe ich anders. Selbst wenn jemand die Stadtverwaltung oder sonst jemanden vorwarnen würde, hätten die maximal zwanzig Minuten, um den von Ihnen befürchteten Empfang vorzubereiten.«

»Ich schwöre Ihnen, dass alles auf der Plaça sein wird, was krauchen kann. Selbst die Pflegefälle werden sie in größter Eile, auf ihrem Toilettenstuhl festgeschnallt, für einen Segen vor die Kirche schleifen.«

»Das beweist, dass Mutter Kirche in den Herzen dieser Menschen einen festen Platz hat.«

»Sie sollten ins päpstliche Propagandaministerium wechseln, Exzellenz. Dort würden die den Quatsch sogar glauben.«

Crasaghi wurde zornig. »Sie können doch nun wirklich nicht alles darauf schieben, dass dieser Filmheini Ähnlichkeit mit mir hat.«

»Die Soutane gibt der Sache noch zusätzlich einen Megakick.«

»Und was sollen wir Ihrer Meinung nach dagegen machen? Ich könnte mich rasch umziehen. Ich habe ja alles dabei.«

»Lassen Sie mal, das Kind ist bereits in den Brunnen gefallen, da müssen wir jetzt durch.«

Sie fuhren für eine kurze Weile schweigend, um die Schönheit der Landschaft auf sich einwirken zu lassen. Berger fand es immer wieder faszinierend, wie sich Mallorcas Landstraßen ihren Weg durch das Gewimmel dieser für diese Gegend so typischen Steinmauern bahnten. Auf der einen Seite wirkten sie etwas bedrohlich, auf der anderen Seite ging von ihnen aber auch etwas Bezauberndes aus.

»Es mutet hier alles an wie ein verwunschenes Paradies«, sagte Crasaghi verträumt.

»*Sí*, Señor«, erwiderte Berger, »aber wie in jedem Paradies lauern hier auch Tücken. Was glauben Sie, wie viele Touristen in ihren Mietwagen, auf Mietrollern und sogar Rennrädern an diesen Steinwällen schon ihr Leben lassen mussten, weil sie die Gefahr einfach unterschätzten? Wenn die Bauern mit ihren Treckern von den Campos kommen, bringen sie von dort Sand auf die Straße. Meist sind die Einfahrten in den Kurven. Der Dreck verhält sich wie Rollsplitt, und die Biker machen einen Abflug. Wenn im Herbst der *gota fría* herunterprasselt, werden die Steinkanäle gar zu reißenden Strömen.«

»So ist das Leben«, resümierte der Bischof. »In jedem Garten Eden lauert eben auch eine Schlange.«

»Das verwechseln Sie mit der Loreley am Rhein, Exzellenz. Nackte Damen sitzen hier aber eigentlich nicht auf den Mauern.«

***

Testamentseröffnungen kennt man ja aus englischen Krimis. Dort geht meist der Mörder leer aus und verlässt Gift und Galle spuckend das stilvoll mit Möbeln aus wertvollen Hölzern eingerichtete Büro des mit dem Toten eng befreundeten Anwalts, um neue Rachemorde zu planen. Das Büro des Señor Narratx hatte nichts von diesem gediegenen Ambiente. Es wirkte eher wie eine Zockerhöhle im Hinterzimmer irgendeiner sizilianischen Milieukneipe.

Um einen langen Marmortisch herum saßen all die Menschen, die vom Notar geladen worden waren und somit aus dem Testament etwas zu erwarten hatten. Einem Vertreter der Staatsanwaltschaft und dem Comisario waren Plätze in der zweiten Reihe zugewiesen worden. Von dort aus würden sie die Erbmasse für strittig erklären, falls sich zwischen dem Erwerb des Erbgutes und einer kriminellen Handlung eine Verbindung herstellen ließe.

Jeder der Geladenen hatte einen Anwalt und einen Vertreter seiner Hausbank dabei. Die Banker hatten die Aufgabe, die jeweiligen Güter entweder für schuldenfrei zu erklären oder für den Erben sofort die Hypothek zu leisten, um damit etwaige Schulden abzudecken.

Sowohl der von Pepe eigentlich ungeliebte Neffe Julián als auch dessen Schwester und die beiden Großnichten erbten je zwei Güter oder Häuser in Colonia Sant Jordi, in dessen Umgebung oder in Ses Salines.

Man war sich schnell darüber einig, wie viel man für die Beisetzung des Verstorbenen ausgeben und wie viel jedem nach Abzug aller Anwalts- und Bankkosten bleiben würde. Auch über diese Summen wurden sofort Schecks ausgestellt.

Keiner der Erben zuckte auch nur mit der Wimper, als der Notar auf Pepes Konto für Geldanlagen zu sprechen kam. Der Wert des gesamten Guthabens auf den diversen Unterkonten zuzüglich der Festanlagen und Aktien wurde vom zuständigen Bankier mit knapp über sechs Millionen Euro angegeben. Allen schien klar gewesen zu sein, dass an diesem Punkt der Staatsanwalt sein Vetorecht ausüben würde, was er denn auch tat. Verloren war das Geld damit aber noch nicht für sie. Der Staat würde nun innerhalb eines halben Jahres nachweisen müssen, dass es sich dabei um Geld aus kriminellen Machenschaften handelte. Sollte das nicht gelingen, fiele die Summe an den von Pepe bestimmten Erben. Das war allerdings, wie Narratx nun verlauten ließ, der Rentenfonds der U-Boot-Fahrer, und dagegen erhoben die vier Anwälte der Familie Álvarez umgehend Einspruch. Ein lohnendes Geschäft für alle Beteiligten, denn auch in Spanien richtete sich das Honorar des Anwaltes nach dem jeweiligen Streitwert.

García Vidal war sich sicher, es bei der Familie Álvarez mit Mallorquinern vom alten Schlag zu tun zu haben, einem Schlag, mit dem in puncto Finanzen nicht gut Kirschen essen war. Man besaß zwar Geld, sprach aber grundsätzlich nicht darüber, schon gar nicht mit Fremden, und ganz und gar nicht, wenn der Fremde auch noch ein Gesetzesvertreter war. Ihm wurde nun klar, dass alle Verwandten, selbst die Großnichten, volle Kenntnis darüber gehabt haben mussten, dass Pepe reich war und woher der Reichtum des Alten kam, obwohl die jüngere das bei der ersten Vernehmung ja mit großen, unschuldigen Augen glaubhaft bestritten hatte. Er war selbst Mallorquiner und wusste, was er davon zu halten hatte. García Vidal seufzte bei dem Gedanken daran, wie schwer es für ihn werden würde, diese Mauer des Schweigens zu durchbrechen.

***

Bis auf die Tatsache, dass die Blaskapelle fehlte, hatte Berger mit seiner Vorhersage recht gehabt. Die Nachricht über die Ankunft dieses besonderen Bischofs hatte sich wie ein Lauffeuer verbreitet. Dem zuständigen Pfarrer war es sogar gelungen, die Hälfte des

Kirchenchors zu rekrutieren. Diejenigen, die sich zum Gesang auf der Plaça eingefunden hatten, versuchten, fehlendes Volumen durch Lautstärke wettzumachen, und schmetterten dem Bischof ein etwas verzerrtes »Jubilate« entgegen. Und weil man ihnen einen so hohen Gast aus Rom geschickt hatte, sollte es dann auch noch ein Stück aus Händels noch nicht ganz fertig geübtem »Messias« sein. Bei jedem TV-Casting hätte das wackere Dutzend für seine schrägen »Hallelujas« von Dieter Bohlen eine fette Zehn für den komödiantischen Wert bekommen. Den Stadtoberen hingegen trieb die groteske Darbietung wahre Tränen der Rührung in die Augen.

Bis Crasaghi und Berger endlich mit ihrer Befragung des örtlichen Geistlichen beginnen konnten, war wieder eine halbe Stunde verloren. So lange dauerte es, bis Hochwürden seinen Besuch in die Sakristei der Kirche geschleust hatte.

»Mein Bruder«, ergriff der Bischof das Wort, »haben Sie die Informationen, um die ich Sie gebeten hatte?«

»Ich habe sogar noch mehr, Exzellenz. Es ist mir gelungen, ein Mitglied der Familie Bauzá zu einem Gespräch hierherzubitten. Wenn Sie die Güte hätten, mir zu folgen?«

In einem Raum, der früher der Verköstigung der immer hungrigen Ministranten gedient hatte, saß eine sehr dicke und noch viel skeptischer dreinschauende Dame in den Achtzigern, die noch nicht einmal ein angedeutetes Lächeln für den Bischof übrig hatte. Offenbar zu ihrer Seelenverteidigung hatte sie ihren Pfarrer aus Ses Salines mitgebracht. Als der aufsprang, zu Crasaghi eilte und gerade zum Handkuss niederknien wollte, peitsche ein »Padre!« durch den Raum, das allen Anwesenden das Blut in den Adern gefrieren ließ. Der Pfarrer schreckte sofort zurück und beließ es bei ein paar lateinischen Redewendungen, die er sich, sich immer wieder verbeugend, abrang. Er setzte sich wieder neben die Frau, die hier ganz offensichtlich die Hosen anhatte.

»Ich bin Catalina Bauzá Cantratx«, sagte sie mit einer unangenehm schnarrenden Stimme. »Mit wem habe ich die Ehre?«

»Ich bin Bischof Daniele Crasaghi, Kurienbischof im Range eines päpstlichen Nuntius. Das ist Señor Michael Berger. Wir hätten Sie gern in einer Angelegenheit gesprochen, die für Sie noch immer schmerzlich sein wird.«

»Ich höre«, sagte die alte Dame schroff.

»Es geht um den Tod von Antonia Bauzá im Jahre 1942.«

»Sie meinen meine Schwester.«

»*Sí*, Señora.«

»Sie starb durch einen tragischen Unfall.«

»Nein, Señora, das war kein Unfall, es war Selbstmord. Bitte belügen Sie mich nicht, ich weiß alles über die Sache.«

»Und warum fragen Sie mich dann?«

Berger hatte noch nie einem derart frostigen Dialog beiwohnen dürfen und verteilte innerlich Punkte für gelandete Volltreffer. Im Moment stand es 1:0 für Señora Bauzá. Ein breites Lächeln erschien auf seinem Gesicht. Er war gespannt, wie sich der Bischof aus dieser Sackgasse hinausmanövrieren wollte.

»Sie tötete sich, um ihre Familie nicht mit einem Mord zu belasten. Gott möge mir verzeihen, aber das finde ich schon bemerkenswert.«

Trotz der unterkühlten Stimmung wurde es immer stickiger. Die Señora griff in ihre Handtasche, um ihr einen Fächer zu entnehmen, klappte ihn auf und fächelte sich Luft zu. Berger hatte den Eindruck, dass alle an dem Gespräch Beteiligten aufatmeten. Schlagartig wurde die Stimmung friedlicher. Er wusste zwar nicht, warum, aber Berger stellte den Spielstand auf 1:1.

»Señora, waren Sie 1942 älter als zwölf?«

»*Sí*, Señor.«

»In der Kirchenchronik stand etwas von einer Abstimmung. Über was wurde da abgestimmt?«

»Darüber, ob die Familienehre durch das Verhalten meiner Schwester besudelt worden war.«

»Dann haben Sie damals mit abstimmen müssen?«

»Sí.«

»Sie waren noch ein halbes Kind und mussten über das Leben Ihrer Schwester mitbestimmen?«

»Das waren die Sitten damals. Dem konnte, wollte und durfte ich mich nicht entziehen.«

»Wie ging so eine Abstimmung vor sich?«

»Es wurden in einem Nebenraum zwei Eimer mit exakt derselben Menge Wasser auf eine Art Apothekerwaage gestellt. Beide Eimer wogen genau gleich viel. Nachdem das von allen überprüft worden war, wurde die Waage mit einem Stift arretiert. Jedes Familienmitglied goss nach der Anhörung des Familienanklägers und der daran anschließenden Diskussion ein Glas Wasser in einen der beiden Eimer. Dabei war jeder mit sich und seiner Entscheidung allein. Der Eimer gegen meine Schwester war mit einem feuchten roten Tuch bedeckt, der Eimer für sie mit einem feuchten weißen. Man konnte also nicht sehen, in welchem Eimer mehr Wasser war. Als alle ihre Entscheidung getroffen hatten, wurde der Arretierungsstift herausgezogen. Die Seite, in der mehr Wasser war, wog schwerer.«

»Das war in Antonias Fall der rote Eimer.«

»*Sí*, Señor.«

»Wurde jemals von irgendjemandem Rechenschaft darüber abverlangt, in welchen Eimer man sein Wasser gegossen hatte?«

»Auf keinen Fall, Señor, das wäre gegen die Sitte gewesen.«

»Wann hätte das Todesurteil vollstreckt werden sollen?«

»Nach drei Tagen des Abschieds.«

»Warum drei Tage?«

»Weil man drei wilde Katzen dafür fangen musste. Die kamen in drei kleine Käfige und wurden in der letzten Nacht zu dem eingesperrten Delinquenten gestellt.«

»Wozu?«

»Gelingt es dem Verurteilten, die Katzen in dieser kurzen Zeit so zu zähmen, dass sie sich bei der Vollstreckung des Urteils in dem Sack nicht gegenseitig zerfleischen und ihn quasi mit, gilt das als Gottesurteil, und der Verurteilte ist frei.«

»Ist das schon jemals vorgekommen?«

»Soweit ich weiß niemals.«

Der Bischof überlegte kurz. »Gab es derartige Verurteilungen schon vorher in Ihrer Familie?«

»Ich nehme es an, Señor, aber darüber wurde nicht gesprochen.«

Nun mischte sich Berger ein. »Das ist ja eine uralte Methode, jemanden zu exekutieren. War so ein Urteil nicht den Granden vorbehalten, den adligen Großgrundbesitzern?«

»*Sí*, Señor, aber wenn es um die Familienehre ging und innerhalb der Familie blieb, dann durften das auch die Sippenältesten.«

»Man durfte als Angehöriger des gemeinen Volkes aber nicht töten«, wandte der Bischof ein.

»Getötet haben die Katzen, nicht die Familien.«

»Ein feiner, aber entscheidender Unterschied.« Crasaghi lächelte. »Können Sie mir sagen, wie Antonia fliehen konnte?«

»Mein jüngerer Bruder sollte ihre Kammer bewachen. Damit er keinen Durst bekäme, hat er von meinem Vater Wein bekommen. Den hat er auch ausgetrunken. Als er wieder wach wurde, war Antonia weg.«

»Wann haben Sie von ihrem Freitod erfahren?«

»Am selben Nachmittag.« Sie zog ein Bild aus ihrer Handtasche. »Ich habe das letzte Bild von ihr mitgebracht.«

Crasaghi erhob sich leicht, um es entgegenzunehmen. »Ich nehme an, es ist die andere Hälfte der Fotografie, die wir bei Señor Álvarez gefunden haben.«

Sie nickte.

»Warum wurden die beiden gemeinsam aufgebahrt?«

»Das gehörte zum Ritual, Señor. Zwölf Mitglieder aus beiden Familien bringen eine Kerze mit. Brennen am Ende achtzehn oder mehr Kerzen am Katafalk, gelten die beiden Familien als versöhnt, und die Toten werden gemeinsam beerdigt.«

»Wie war es bei Antonia und Ruiz?«

Señora Bauzá wischte sich eine Träne aus dem Augenwinkel. »Am Ende brannte eine Kerze auf Antonias Seite und zwei bei Ruiz. Ses Salines hatte nur einen Kirchhof mit geweihter Erde, in der es untersagt war, Selbstmörder beizusetzen, Colonia Sant Jordi besaß zu der Zeit aber schon einen städtischen. So wurden wenigstens beide auf demselben Friedhof, aber in getrennten Gräbern beigesetzt.«

»Wie ging es mit den beiden Familien weiter?«

»Sie leben in unterschiedlichen Dörfern.«

Das reichte Crasaghi nicht. »Könnte ich auf diese Frage eine genauere Antwort bekommen?«

»Sie haben sie bekommen, Exzellenz.« Sie schaute sich zu ihrem Begleiter um. »Kommen Sie, Padre?«

Der Pfarrer und Señora Bauzá erhoben sich von ihren Plätzen und verließen mit einem kurzen *»Adéu«* den Raum.

»2:1 für Bauzá, würde ich sagen.« Berger erhob sich ebenfalls. »Was haben wir daraus gelernt?«

Crasaghi schluckte seine Enttäuschung herunter. »Sie sollten die Gräfin lieber heiraten, bevor Sie mit ihr noch einmal in den Pool springen. Nicht dass mich die Großherzogin eines Tages losschickt, um Wildkatzen einzufangen.«

»Okay«, murmelte Berger. »Sagen wir 2:2.«

Sie trafen sich mit dem Comisario auf der bischöflichen Charter-Llaut, die im Hafen von Colonia Sant Jordi festgemacht war.

»Exzellenz, Señor Residente, es gibt Neuigkeiten. Die Leichen von Bauzá und dem Deutschen sind genau an der von Ihnen angegebenen Stelle aufgefunden worden.«

»Was sagt der Gerichtsmediziner?«, fragte Berger sogleich.

»Bauzá ist aller Wahrscheinlichkeit am Abend seines Verschwindens getötet worden, Schickebier circa zwölf Stunden später. Beide eindeutig durch Pressluft ins Rückenmark.«

»Lassen Sie uns das Ganze doch einmal rekapitulieren«, hob Crasaghi an. »Wir haben fünf Leichen, die, durch die Tötungsart belegt, dem ganzen Atomirrsinn zuzuschreiben sind.« Er überlegte. »Außerdem haben wir einen Toten auf dem Kriegskonto der Schmuggler.«

Berger winkte ab. »Wenn das so einfach wäre, würde es mir gefallen. Bauzá ist schließlich eindeutig auch dem Clan der Bauzás zuzuordnen. Er könnte unseren Phantomkampftauchern allein durch seine Anwesenheit auf der Insel zum Opfer gefallen sein – weil er sie einfach nur entdeckt hat, wie der arme Schickebier. Oder er könnte von einer rivalisierenden Schmugglerbande getötet worden sein.«

»Wie das?«, fragte García Vidal. »Die Tötungsart ist doch, wie uns eben mitgeteilt wurde, eindeutig dieser Stich ins Genick. So töten nur die Phantomtaucher.«

Berger rollte mit den Augen. »Jetzt fängt der auch schon mit diesem Blödsinn an. Wer sagt uns eigentlich, dass die nicht auch zu einer Schmugglerbande gehören?«

»Aber warum sollten die dann unsere Uransucher töten?«

»Weil sie ihnen unvorsichtigerweise in die Quere gekommen sind. Die haben ja schließlich mit richtigem Equipment nach Lagerhöhlen gesucht. Dabei tritt man Schmugglern ganz schnell auf die Zehen.«

García Vidal überlegte. »Das wäre ein völlig neuer Denkansatz.«

»Den ich aber nicht favorisieren würde«, wandte Crasaghi ein.

»Für drei Schmugglerbanden ist diese Insel einfach zu klein. Dass mit Bauzás Verschwinden der Schmugglerkrieg erst ausgebrochen ist, macht für mich am meisten Sinn.«

»Richtig«, fuhr García Vidal fort. »Zusätzlich kamen auch noch die Bullen und haben den Süden der Insel gefilzt. Ein Grund mehr für eine Fehde.«

»Zumal dabei das Lager der Bauzás gefunden wurde«, überlegte der Bischof weiter. »Das konnten die natürlich nicht auf sich sitzen lassen und haben den guten Pepe kaltgemacht.«

Alle drei dachten über die Plausibilität dieser Theorie nach.

»Das könnte so gewesen sein«, kam es irgendwann von Berger. »Muss ich zugeben.«

»Auch wenn es bei dieser Version noch zu viele Konjunktive gibt«, schob der Comisario nach. »Aber jetzt gibt es kein Zurück mehr. Ich habe drei Hundertschaften auf Cabrera, ich muss jetzt einfach den Startschuss geben, dass die den Rest der Insel auch noch durchsuchen.«

»Um was zu finden?«, fragte Crasaghi.

»Das Lager der Álvarez vielleicht.«

»Dann lassen Sie uns ablegen und rüberfahren. Bis wir da sind, haben die Einsatzkräfte vielleicht schon etwas vorzuweisen.«

García Vidal gab über Handy das Startzeichen. Währenddessen wurde Berger immer nachdenklicher.

»Was ist mit Ihnen, Miguel?« Der Comisario kannte Berger nicht so grüblerisch, wenn erst mal eine Entscheidung getroffen war.

»Mir gefällt die Idee nicht, dass wir mit unserer Suche eventuell noch einen Mord an einem der Bauzás heraufbeschwören. Die Álvarez-Schmuggler werden denken, dass ihr Lager von den Bauzás verraten wurde, wir haben heute schließlich mit einer von ihnen gesprochen.«

»Diese Gefahr besteht«, bestätigte García Vidal. »Aber fällt Ihnen etwas anderes ein, um diese Herrschaften zu beeindrucken?«

»Vielleicht sollte ich zu diesem Thema eine Predigt halten.« Crasaghi war ganz angetan von seiner Idee.

Berger musste lachen. »Also wenn das helfen sollte, vergessen Sie bitte nicht, mich daran zu erinnern, dass ich wieder in die Kirche eintrete.«

»Das mit der Kirche und der Predigt ist gar keine so schlechte Idee«, sagte García Vidal nachdenklich.

»Gern, und wovon soll ich predigen?«

»Nicht Sie, Exzellenz, werden predigen, sondern ich.« Er zückte sein Handy. »Ich will die beiden betroffenen Sippen oder Clans oder weiß der Himmel, wie wir sie nennen sollen, heute Abend in der Kirche haben, und zwar komplett mit Kind und Kegel.«

Berger sah ihn zweifelnd an. »Und wer soll dieses Kunststück bis heute Abend vollbringen?«

»Ich kenne niemanden, der dafür geeigneter wäre als unsere Carmen.«

»Ich werde sie dabei unterstützen und die Seelsorger der Familien anweisen, den Unwilligen so lange die Hölle heißzumachen, bis sie auch kommen. Gibt es sonst noch etwas, womit ich helfen kann?«

Berger grinste. »*Sí*, Señor, Sie könnten unserem Comisario für heute Abend Ihre Soutane pumpen.«

10

Während der Überfahrt war García Vidal nur mit seinem Telefon beschäftigt. Der Bischof und Berger schwiegen eine Weile miteinander, dann kamen sie aber doch ins Gespräch.

»Señor Berger, was haben Sie eigentlich gegen mich?«

Der Residente lächelte. »Bis auf die Tatsache, dass in Ihrer Gegenwart meine alte Kirchenallergie wieder ausbricht und dass Sie für einen Bischof viel zu jung, viel zu reich, viel zu gut aussehend und viel zu neugierig sind, und abgesehen davon, dass Sie irgendetwas im Schilde führen, womit Sie aber nicht rausrücken, sind Sie eigentlich ein ganz netter Kerl.«

»Wie hat denn Ihrer Meinung nach ein Bischof auszusehen?«

»Tattrig, scheinheilig und notgeil.«

Crasaghi schüttelte lachend den Kopf. »Da habe ich wohl richtig Glück, dass Sie keine Vorurteile haben.«

»Die habe ich zweifelsohne, oder ist das ein Privileg Ihrer Kollegen?«

»Absolut nicht.« Crasaghi überlegte kurz. »Ihr Freund Tomeu war im Knast?«

»*Sí*, Señor.«

»Schuldig?«

»*Sí*, Señor.«

»Und Sie haben ihm eine Chance gegeben?«

»*Sí*, Señor, weil er es verdient hat. Er ist nämlich im Grunde ein guter Kerl, und vor allem ein Mensch mit allen Vor- und Nachteilen.«

»Was unterscheidet mich von Tomeu? Wenn ihr mich stecht, blute ich nicht? Wenn ihr mich kitzelt, lache ich nicht? Wenn ihr mich vergiftet, sterbe ich nicht?«

Berger lachte auf. »Dass ausgerechnet ein Kirchenfürst Zitate für sich beansprucht, die William Shakespeare einem jüdischen Kaufmann in den Mund gelegt hat, ist schon erstaunlich. Sie haben übrigens vergessen: ›Und wenn ihr uns beleidigt, sollen wir uns nicht rächen?‹«

»Und, sollen wir?«

Berger winkte ab. »Wenn ihr es nur einmal tätet. Aber nein, vor den Mächtigen kuscht ihr, und den Kleinen droht ihr. Das war während der Inquisition so, und daran hat sich bis heute nichts geändert.«

»Glauben Sie an Gott, Señor Residente?«

»Sie werden lachen, manchmal ja. Das kommt allerdings ganz auf die Tagesform an. Wenn ich super drauf bin, manchmal, aber auch, wenn ich völlig durch den Wind bin. Beides.«

»Also immer dann, wenn Sie etwas vor Kummer oder vor Glück nicht ganz so schnell wie gewohnt verarbeiten können.«

Berger wurde stutzig. »Das könnte hinhauen.«

»Sie haben einen hohen Intellekt, Señor. Doch selbst Sie brauchen manchmal einen Gott, um alles, was auf Sie einströmt, bewältigen zu können.«

Berger hatte Schwierigkeiten zu schweigen, aber ihm blieb nichts anderes übrig, Crasaghi hatte recht. »Ich brauche für mein Verhältnis zu meinem Gott jedenfalls keine fremde Kirche.«

»Dann gratuliere ich Ihnen. Es gibt aber viele Menschen, die uns benötigen, weil sie nicht über ein so großes geistiges Potenzial verfügen wie Sie. Sie brauchen uns, damit wir sie durch ihr beschissenes Leben führen. Die Religionen, Señor Berger, haben etwas erfunden, was es im Grunde gar nicht gibt, den ›guten Menschen‹. Unsere Schäfchen versuchen wenigstens, ein guter Mensch zu sein. Wer redet denn sonst noch von Ethik und Moral? Andererseits sind selbst wir ganz normale Menschen und haben unsere Probleme damit, die eigenen Vorgaben zu erfüllen. Unter tausend von uns Kirchenleuten finden Sie mindestens hundert, entschuldigen Sie bitte den Ausdruck, Arschlöcher. Mit denen will selbst ich nichts zu tun haben. Doch die Kirche lebt und ist, Gott sei Dank, voller Menschen, Señor, und darunter sind eben diese Arschlöcher. Zum Licht gehört nun mal der Schatten.«

»Wenn die Kirchenleute selbst zu den Blinden gehören, warum faselt ihr dann ständig vom Sehen?«

»Weil es das Ziel unserer Botschaft ist. Sie verlangen von einem Lottolosverkäufer ja auch nicht, dass er selbst schon mal sechs Richtige gehabt hat, bevor er Lose verkaufen darf. Und wenn Sie meinen, dass Sie zu den Sehenden gehören, dann kommen Sie und nehmen uns an die Hand.«

»Menschenskinder«, Berger lachte auf, »ich habe meine beiden Hände voll damit zu tun, nicht selbst so ein von Ihnen zitiertes Arschloch zu werden.«

»Das ist ein durchaus ehrenwertes Ziel, Señor. Aber dann bitte ich Sie herzlich, sich nicht wie eines zu benehmen.«

Als sie eine gute Stunde später mit dem Boot des Bischofs in der Hafenbucht von Cabrera anlegten, wurden sie schon von dem aufgeregten Andrea Bastos erwartet.

»Wir sind fündig geworden, Chef. Wir haben ein weiteres Schmugglernest ausgehoben.«

»Wo?«

»In der Codolar de Estells.«

»Wo ist das?«, fragte García Vidal nach.

»Die Codolar de Estells ist eine kleine Felsenbucht an der Westseite der Südküste«, beantwortete Berger seine Frage.

»Kommen wir da von der Seeseite aus ran?«

»*Sí*, Comisario.«

»Dann kommen sie an Bord Bastos, wir fahren sofort hin.«

Da sie kein Schnellboot besaßen, dauerte die Fahrt fast eine Stunde, aber durch das Funkgerät, das Andrea Bastos bei sich hatte, konnten sie die Geschehnisse auf der Insel wie ein Hörspiel verfolgen. García Vidal und Berger setzten die einzelnen Funkmeldungen wie ein Puzzle zusammen und hatten dadurch bei ihrer Ankunft in der Bucht bereits einen relativ exakten Lagebericht.

Ein Schlauchboot der *Guardia Civil* brachte sie von der Llaut zu einem kleinen Felsplateau, von wo aus man, wieder durch eine künstliche Pinie versteckt, in ein weiteres Höhlenlabyrinth gelangte.

Auch hier war es möglich, eine Art Hafenhöhle mit einem kleinen U-Boot zu befahren. Nur war das kleine U-Boot, von dem der Hafenmeister berichtet hatte, wieder nirgends zu finden. An den Wänden hingen die gleichen uralten Bunkerlampen, die anscheinend schon den Nazis beim Laden ihrer Penizillinfracht geleuchtet hatten, wie in der anderen Höhle. Und man erreichte ebenfalls durch einen Verbindungsgang eine Art Felsenlager, in dem diverse Stahltüren zu finden waren. In den Lagerräumen dahinter fanden die Beamten streng voneinander getrennt das, wonach sie eigentlich die ganze Zeit gesucht hatten, nämlich kistenweise künstliche Drogen wie Crack und Ecstasy sowie fast zwei Zentner halluzinogene Pilze in kleinen Tütchen. Der weitaus größere und wertvollere Fund aber bestand aus zusammengerechnet fast einer halben Tonne Heroin und Kokain und zwei mit Haschischplatten befüllten Europaletten.

»Meine Herren«, entfuhr es García Vidal. »Stellen Sie sich das einmal versilbert vor. Dafür muss eine alte Frau sehr lange stricken.«

»Damit hat allerdings weder ein Álvarez noch ein Bauzá zu tun. Schauen Sie sich doch mal um. Was hier lagert, sind keine Peanuts. Und dann auch noch Menschenhandel? *No*, Señor. Hier und da ein paar Touristen verarschen, den Zoll linken, das Finanzamt betrügen, dafür sind unsere alten mallorquinischen Schmuggler jederzeit gut, aber Drogen, Menschenhandel und Mord? Niemals.«

»Ich bin ja Ihrer Meinung, Miguel, aber ich muss nach Faktenlage ermitteln.«

»Wenn es nur danach ginge, müssten sie beide Familien sofort komplett verhaften, verhören und damit auch diskreditieren.«

»Dann drücken Sie mir heute Abend bitte die Daumen, Señor. Vielleicht gelingt mir ja ein kleines Wunder.«

»Ein Wunder?«, hakte Crasaghi erstaunt nach. »Darf es nicht auch eine Nummer kleiner sein?«

»Nein, Exzellenz. In diesem Falle nicht.«

***

In dem luxuriösen Rolls-Royce hatten Mira, die Großherzogin und Gräfin Rosa ihre Fahrt nach Marratxí, circa sieben Kilometer nordöstlich von Palma gelegen, ausgiebig genossen. Mira musste sich ständig kneifen, um zu begreifen, dass das, was sie da erlebte, wirklich Realität war. Der schwere Wagen bog langsam bei Construcciones Náuticas VS S. L. in Marratxi ein. Gräfin Rosa hatte beschlossen, ihr Vorhaben, dem Residente ein neues Boot zu kaufen, gleich heute in die Tat umzusetzen.

Die Tatsache allein, dass da ein »Rolls« vorfuhr, reichte nicht, um die Herren Geschäftsführer hinter ihren Schreibtischen hervorzulocken. Aber dass eine echte Großherzogin angemeldet war, noch dazu eine Freundin, vielleicht sogar eine Verwandte des Königs, das ließ sie sofort strammstehen. Die Erste, die aus der schweren Karosse herauskletterte, war jedoch eine kleine Tierärztin aus Israel. Man wollte sich schon enttäuscht abwenden, da stieg die große alte Dame aus Deutschland aus dem Wagen, gefolgt von ihrer Nichte, der Gräfin.

»Kind, wir sollten uns nicht mit irgendwelchen Grußadressen aufhalten. Wir wollen einfach ein Boot kaufen und wieder fahren.«

»Fein, Tantchen, hast du eine Tasche dabei? Dann müssen die Herren es nicht groß einpacken.«

Die Großherzogin sah Rosa indigniert an. »Kind, mach bitte kein Theater. Wir kaufen schließlich keine Pumps. Sag den Herren, was du haben möchtest, und Schluss.«

»Aber Königliche Hoheit«, warf schüchtern einer der Manager ein, der hervorragend Deutsch sprach. »Wir bauen Llauts der Luxusklasse. So ein Boot hat eine Seele. Sie haben wohl noch nie einen ganzen Tag auf See verbracht?«

»Papperlapapp«, fuhr ihm Tante Auguste über den Mund. »Sie sollten mal eine Stunde auf High Heels laufen, dann wüssten Sie, wovon ich rede.«

Rot bis über die Ohren führte der Mann seine Kundschaft in die »heiligen Hallen« der Konstrukteure. Sie wurden vor einen riesigen Bildschirm gesetzt und während einer kurzen Ansprache des Chefs mit Champagner und Gebäck bedient. Mira kam sich dabei wie eine Kaiserin vor. Dann ging es zur Sache. Der Chefkonstrukteur erkundigte sich nach den gewünschten technischen Ausstattungsmerkmalen. Rosa hatte keine Ahnung davon. Sie zog verlegen ein Bild aus der Tasche.

»So habe ich mir das Boot vorgestellt, Señor. Um die dreizehn Meter lang, mit zwei Kabinen und einem großen Wohnraum. Bad, Küche und Navigationsraum bitte extra.«

»Das wird dann aber von den Maßen her etwas knapp.« Der Mann tippte wie wild auf der Tastatur seines Notebooks herum. »Ich könnte Ihnen was mit einer Länge von 13,82 Metern anbieten.«

»Ist recht.«

»Welche Farbe?«

»Bug blau, Deckaufbau weiß und Deckbelag bitte Holz.«

»Flying Bridge?«

»Nein, danke, Señor, das ist nur etwas für Touristen. Wir fahren auch im Winter raus. Ich hätte aber gern einen Mast, sodass man das Boot zur Not auch segeln kann.«

»Darf ich mir erlauben zu bemerken, dass Ihr Wunsch doch sehr individuell ist?«

»Wenn Sie den Herrn kennen würden, für den das Boot ist, wären Sie froh, dass die Kiste nicht fliegen muss«, bemerkte die Großherzogin trocken.

»An was für Leistungsmerkmale hatten Sie gedacht, Condesa?«

»An das, was man für die Zulassung so braucht.« Die Gräfin wurde immer kleinlauter. Sie hatte ihr Budget auf zweihundertdreißigtausend Euro beschränkt und wusste nicht, was und ob die Versicherung für das alte Boot zahlen würde.

»Ach was«, mischte sich Tante Auguste ein. »Zeigen Sie mal, was Ihre Rechenmaschine so hergibt.«

Dem Manager leuchteten die Augen. »Sehr gern. Rechnen wir mit allen Schikanen? Auch mit Klimaanlage?«

Die Großherzogin schaute ihre Nichte an. »Darf ich euch auf eurem Boot auch mal besuchen?«

»Aber Tantchen, du kannst immer kommen, das weißt du.«

»Dann natürlich mit Klimaanlage.«

Gräfin Rosa hob die Hand. »Entschuldigen Sie bitte, ich habe mit der Großherzogin etwas zu bereden.« Sie beugte sich zu ihrer Tante vor und flüsterte: »Ich habe ein Limit, Tantchen, und will mich nicht finanziell verrenken, weil du unbedingt noch einen Trüffel auf der Sahne haben willst.«

»Es ist aber nun mal so, dass der, der die Kapelle bezahlt, auch die Musik bestimmt.«

»Wieso du?«

»Hör mal, Kindchen, du wirst einer alten Frau wohl nicht verwehren, ihrem Söhnchen etwas zur Hochzeit zu schenken, oder?«

»Was für eine Hochzeit?«

»Du wirst ihn doch wohl heiraten, nachdem du den armen Jungen im Swimmingpool geradezu vergewaltigt hast?«

Nun war es Gräfin Rosa, die über beide Ohren rot wurde. »Ähm, das hast du mitbekommen?«

»Noch bin ich weder blind noch taub.«

»Ich … äh«, stammelte Rosa. »Ich dachte, ihr habt schon geschlafen.«

»Und ich dachte, ich hätte einen neuen Sohn. Dabei ist er schon gebraucht. Was ist, darf ich nun bezahlen?«

Rosa nickte betreten.

»Meine Herren, es kann weitergehen. Wir hätten das Boot gern mit allen Schikanen. Sie brauchen es auch nicht einzupacken, wir nehmen es gleich mit.«

»Aber Königliche Hoheit«, sagte der Manager lächelnd. »So geht das nicht. Wir müssen das Boot erst bauen.«

»Hier stehen überall welche. Es wird sicher eines für uns dabei sein.«

Der Konstrukteur klickte auf seinem Notebook herum. »Wir haben erst gestern eins vom Stapel laufen lassen, das exakt Ihren Wünschen entspricht, nur der Mast fehlt.«

»Na also, meine Herren, dann schrauben Sie den noch schnell fest, und ab geht's nach Cala Figuera.«

»Aber dieses Boot hat jemand bestellt. Außerdem muss ein Mast in den Kiel integriert werden. Den kann man nicht einfach festschrauben.«

Die Falten auf der großherzoglichen Stirn wurden immer steiler. »Nun gut. Wie lange dauert es, bis Sie das Boot fertig haben?«

»Ungefähr vier Monate.«

»Gut.« Tante Auguste nickte. »Wenn das Ding in vierzehn Tagen so, wie wir es eben bestellt haben, im Hafen von Cala Figuera schwimmt, bin ich bereit, zehn Prozent mehr zu zahlen, als Überstundenpauschale. Sie schaute dem Manager tief in die Augen. »Señor, habe ich da eben ein *›Sí‹* gehört?«

»*Sí*, Señora«, sagte er kleinlaut.

»Gut, Señor. Wenn nicht, bestellen wir bei jemand anderem.«

Der völlig verschüchterte Manager gab ein weiteres simples *»Sí«* von sich.

Als die Kundschaft aus dem Haus war, lebte er sichtlich auf. »Juan«, brüllte er seinen Vorarbeiter quer durch die Halle an. »Sag deiner Frau Bescheid, wir brauchen jetzt jeden Tag Abendessen hier in der Halle, und zwar für alle Mann.«

»Feiern wir ein Fest, Señor?«

»Blödsinn, wir bauen ein Boot!«

***

Carmen hatte ganze Arbeit geleistet. Die Plaça vor der Kirche von Colonia Sant Jordi füllte sich. Als García Vidal mit eigenen Augen sah, was er da mit der Vorladung aller Álvarez und Bauzás angerichtet hatte, wurde ihm doch etwas flau. Aber nun gab es kein Zurück mehr. In diesem Augenblick war er froh, Crasaghi an seiner Seite zu wissen, der in vollem Ornat mit den Pfarren von Ses Salines und Colonia Sant Jordi vor dem geschlossenen Kirchentor stand, wie ein Zerberus bereit, den anzufallen, der sich in seinem Reich nicht benahm oder zu Unrecht Einlass begehrte. Pünktlich um achtzehn Uhr setzte Glockengeläut ein, und die schweren Kirchentüren öffneten sich wie von selbst.

Mit dem Bischof an der Spitze, gefolgt von den beiden Pfarrern und dem Comisario, zogen die beiden Großfamilien in die Kirche. Da die Álvarez und Bauzás nicht ahnten, was sie darin erwartete, blieb jeder von ihnen erst einmal wie vom Donner gerührt in der Tür stehen. Sie brauchten eine ganze Weile, um zu begreifen, was sie da sahen. Die Kirche wieder zu verlassen, war wegen der nachströmenden Menschen nicht möglich. Jeder von ihnen wurde weiter durch den Gang und in die Bänke geschoben. Am Ende der Reihe gab es auch kein Entrinnen, denn dort standen mit finsteren Gesichtern zu allem entschlossene Ministranten.

García Vidal musste lächeln. Der Teufel wusste, wie Carmen es geschafft hatte, die halbe *Guardia Civil* in die Messgewänder zu stecken.

Das, wovor die Kirchgänger so verwundert zurückschreckten, war ein Katafalk vor dem Altar, auf dem nebeneinander zwei Särge standen, die misstrauisch von ihnen beäugt wurden.

Zuerst war es eine ganz normale Totenmesse, die in der Kirche von Colonia Sant Jordi zelebriert wurde. Grinsend beugte sich Berger, der in der ersten Reihe auf den Einzug gewartet hatte, zum Comisario rüber. »Macht einen schlanken Fuß, unser Bischof, nicht wahr? Sieht richtig gut aus in seinen Klamotten. Jetzt fehlt nur noch, dass George Clooney zum Abendmahl ein Tässchen Nespresso serviert, dann ist selbst der Himmel glücklich. Wann kommt Ihr Einsatz?«

»Warten Sie's ab. Es kann nicht mehr lange dauern.«

Crasaghi hatte sich inzwischen auf die Kanzel begeben. »Señoras y Señores, ich bin sehr dankbar, diesen ungewöhnlichen Trauergottesdienst für Sie zelebrieren zu dürfen. Seien Sie versichert, dass er trotz seiner Außergewöhnlichkeit in vollem Rahmen der vorgeschriebenen Liturgie entspricht. Wenn wir heute von dem Üblichen etwas abweichen, dann deshalb, weil die beiden Menschen, die wir heute zu Grabe tragen, im Mittelpunkt unserer Messe stehen sollen. Wir möchten ihr Andenken ehren und vielleicht ein paar Worte über sie und ihr Wirken hören. Dort drüben steht ein Mikrofon, wer möchte, kann jetzt aufstehen und etwas sagen.«

Alles löste sich mühsam aus der Schockstarre und schaute sich nervös um. Ein betretenes Schweigen entstand. Man konnte förmlich die aufgeregten Herzschläge seines Nachbarn hören.

»Ich werde etwas sagen«, rief der Comisario. Er stand von seinem Sitz auf und stellte sich vor das Mikrofon neben den Särgen. »Liebe Anwesende, hier sitzen heute zwei Familien, die durch die Irrungen und Wirrungen eines Bürgerkrieges und dessen Folgen über fast sechzig Jahre hinweg jeglichen Kontakt zueinander vermieden haben. Sie sitzen hier im Grunde stellvertretend für alle Mallorquiner, denn dieser Riss spaltete damals die Nation, und so ist es leider noch heute. Dass unsere Großväter und Großmütter nicht mehr zueinanderfanden, ist erklärlich, aber ist dieses Verhalten auch für die Söhne und Töchter, ja sogar für die Enkel und Urenkel angemessen? Wir alle wissen, zu welchen Grausamkeiten sich ein Mensch hinreißen lassen kann, wenn er einer Massenhysterie erliegt. Selbst dann, wenn er nur einen kleinen Vorteil für sich erhaschen will. Und um wie viel schlimmer können die Taten eines Menschen sein, der im Krieg um sein Leben kämpft, wenn es heißt: er oder ich. Wir, die wir hier sitzen, haben das Gott sei Dank nicht erleben müssen. Die Menschen, die sich damals für die eine oder andere Seite entschieden haben, sind fast alle tot. Wir Nachkommen haben kein Recht, unsere Altvorderen wegen ihrer Entscheidungen zu verurteilen. Wir nicht und erst recht nicht die Mitglieder anderer Familien oder politischer Gruppierungen. Wir, die wir heute das Sagen haben, sind jedoch dazu verpflichtet, es nie wieder so weit kommen zu lassen. Es darf auf Mallorca nie wieder dazu kommen, dass zwischen den Menschen nur noch Waffen sprechen, dass Hass, Mord und Totschlag herrschen.«

García Vidal machte eine dramatische Pause. Dann ließ er die Bombe platzen. »Vor uns liegen Ángel Bauzá und Pepe Álvarez. Sie wurden kaltblütig umgebracht. Wir wissen nicht, von wem, wir wissen nicht, warum. Vielleicht ist jemand unter uns, der diese Fragen beantworten könnte, jedoch aus falschen Gründen glaubt, schweigen zu müssen. Darum lasst uns Frieden schließen und uns über ihren Gräbern die Hände reichen.« Er sah sich aufmerksam um. Seine kurze Ansprache schien ihre Wirkung nicht zu verfehlen. Er sah betroffene Gesichter und registrierte zufrieden, dass er vielen Anwesenden aus dem Herzen gesprochen haben musste. »Die Alten unter uns werden die Anordnung der Särge kennen. Gleich wird der Katafalk von einem Sichtschutz umschlossen sein. Ich bitte die beiden Familien, jeweils zwölf ihrer ältesten Mitglieder auszuwählen, die dann einzeln vortreten, um neben einem der Särge eine Kerze aufzustellen. Brennt sie, so ist derjenige für eine Versöhnung. Bleibt sie unangezündet, ist er oder sie dagegen. Da jeder der vierundzwanzig Stimmberechtigten mit seinem Gewissen allein hinter dem Vorhang ist, wird es für ewig ein Geheimnis bleiben, wer mit Ja und wer mit Nein gestimmt hat. Damit niemand Kerzen löschen oder weitere anzünden kann, wird nach jedem Kandidaten ein Kontrolleur von hinten an der Vorhang treten, der alles überprüft. Da er nicht sieht, wer vorher abgestimmt hat, bleibt die Anonymität gewahrt. Brennen nach der Abstimmung achtzehn Kerzen oder mehr, ist damit die Versöhnung der beiden Familien beschlossen. Dieses Abstimmungsverfahren entspricht der Tradition, und das Ergebnis ist bindend.«

Das Raunen, das durch die Reihen ging, hielt sich in angenehmen Grenzen. Die Stimmung war sogar fast gelöst. Jede Familie hatte innerhalb kürzester Zeit ihre Kandidaten bestimmt, sodass der Vorhang heruntergelassen werden konnte. Bevor die erste Person zu den Särgen vorgelassen wurde, setzte feierliche Orgelmusik ein. Nach einer knappen Viertelstunde war die Abstimmung beendet, und als der Kontrolleur das Zeichen gab, wurde der Sichtschutz langsam wieder angehoben. Die Spannung stieg proportional mit jedem Zentimeter. Doch lange bevor der Vorhang sich vollends gehoben hatte, war das Ergebnis schon zu erahnen, denn um die Särge herum war es sehr hell. Die Ersten hielt es nicht mehr auf ihren Sitzen. Als man schließlich deutlich sehen konnte, dass dreiundzwanzig Kerzen brannten, herrschte verhaltener Jubel in der Kirche. Die beiden Familienältesten erhoben sich, gingen aufeinander zu und umarmten sich. Nun brach Beifall aus, in den die vielen Ministranten, die Pfarrer und sogar der Bischof begeistert einfielen. Aus einer Totenmesse war ein Versöhnungsfest geworden.

Carmen, die der ebenfalls anwesenden Angela Bischoff die Rede simultan vom Mallorquinischen ins Deutsche übersetzt hatte, war von ihrem Chef schwer angetan. »Auf so eine Idee muss man erst einmal kommen. Wissen Sie was, Angela? Sie haben sich da einen wirklichen Supertypen angelacht.«

Die Beisetzungen von Pepe Álvarez und Ángel Bauzá fanden ebenfalls im Geiste der neu gefundenen Brüderlichkeit ihrer beiden Clans statt. Zwar wurden sie auf verschiedenen Friedhöfen beerdigt, jede Familie schickte jedoch eine kleine Abordnung, die danach auch zum Leichenschmaus geladen wurde.

Die beiden Familienoberhäupter und der Comisario hingegen nahmen an keiner der beiden Beisetzungen teil. Sie trafen sich im Hinterzimmer des Rechtsanwalts und Notars Enrique Narratx.

Catalina Bauzá Cantratx war die Erste, die das Wort ergriff. »Señor Comisario, ich möchte Ihnen im Namen meiner ganzen Familie für Ihre Worte und Ihr Fingerspitzengefühl von Herzen danken.« Rosalia Álvarez Barosa nickte zustimmend. »Wir möchten Ihnen darüber hinaus versichern, dass wir schon seit Jahren keinerlei …« Sie dachte kurz über ihre Wortwahl nach. »… keinerlei ›Geschäfte‹ mehr auf Cabrera machen. Der für uns heilige Kodex verbietet uns, Ihnen zu sagen, wer dort sein Unwesen treibt, aber wir versichern Ihnen hiermit an Eides statt, dass die beiden Clans unserer Generation weder mit den Morden auf Cabrera noch mit dem Mord an Pepe Álvarez etwas zu tun haben und auch nicht in Aktivitäten verwickelt sind, die damit zu tun haben könnten.«

»Wie, war das jetzt alles?« García Vidal stand seine Enttäuschung ins Gesicht geschrieben.

»*Sí*, Señor. Wie schon von mir bemerkt, sind wir an unseren Kodex gebunden.«

»Wissen Sie was?«, brauste der Comisario auf. »Es scheint jemanden zu geben, der auf Ihren Kodex pfeift, sonst hätten wir heute niemanden beerdigen müssen. Da draußen läuft jemand herum, der Ihre Leute umbringt, und Sie schauen einfach nur dabei zu und faseln etwas von Ehrenkodex. Señoras, wie oft wollen wir uns eigentlich noch in der Kirche treffen?«

Die beiden Damen tauschten einen schnellen Blick. »Geben Sie uns bitte ein paar Minuten zur Beratung, Señor Comisario.«

García Vidal erhob sich von seinem Sitz und verließ mit dem Notar zusammen das Verhandlungszimmer.

»Nun, Señor Narratx, was halten Sie von dieser Situation?«

»Erst einmal möchte auch ich Ihnen meine Hochachtung aussprechen. Dass diese beiden Damen heute Abend nach sechzig Jahren wieder miteinander sprechen, ist allein Ihr Verdienst.«

»Danke für die Blumen«, gab García Vidal genervt zurück. »Aber dafür kann ich mir nichts kaufen.«

»Tja, der eine bekommt Rosen für seine Erfolge, der andere steht mit einem Sträußchen Petersilie da.«

García Vidal schaute den schnaufenden Notar fragend an. »Petersilie?«

»*Sí*, Señor. Einfach nur Petersilie.«

Eine Anwaltsgehilfin bat sie, wieder in den Raum zu kommen, aber García Vidals Hoffnung wurde nicht erfüllt.

»Bedaure, Señor«, beschied ihn Rosalia Álvarez Barosa erneut. »Wir sind leider nicht in der Lage, Ihnen weiterzuhelfen. Bitte seien Sie jedoch versichert, dass es nicht der Mensch García Vidal ist, dem wir misstrauen, sondern der Polizist.«

Die beiden wollten sich erheben, doch der Comisario machte ein unmissverständliches Zeichen, dass sie sich wieder setzen sollten. »Meine Damen«, sagte er ziemlich bestimmt. »Ich gebe Ihnen Zeit bis morgen Mittag um Punkt zwölf Uhr, sich mir, dem Polizisten García Vidal, gegenüber erheblich kooperativer zu zeigen. Hier geht es nicht um irgendwelchen familiären Krimskrams, sondern um ein Kapitalverbrechen. Mehrere sogar. Bei deren Aufklärung darf und werde ich keinerlei Rücksicht auf traditionell gewachsene Strukturen nehmen. Ich will es auch gar nicht. Es gibt nun zwei Möglichkeiten. Ich kann mich mit meiner ganzen Kraft und der gesamten Härte des Gesetzes entweder um Ihre Geschäfte kümmern, oder ich verwende beides darauf, einem mörderischen Geschäft mit Rauschgift- und Menschenhandel ein Ende zu bereiten. Sie, meine Damen, haben das zu entscheiden.« Er erhob sich.

»Guten Abend, Señoras. Ich werde morgen Mittag pünktlich an diesem Tisch sitzen und auf Ihre Entscheidung warten.«

Der Notar begleitete ihn zur Tür.

»Haben Sie mit diesem Ausgang gerechnet, Señor Narratx?«

»Dass Sie von den Damen keine Hilfe bekommen würden, wusste ich. Ihre Reaktion war für mich überraschend. Ich hätte mit weniger Geduld gerechnet.«

García Vidal bedankte sich mit einem freundlichen Nicken und ging.

»Denken Sie über die Petersilie nach«, rief ihm der Notar noch hinterher.

***

In Santanyí eingetroffen, wusste der Comisario natürlich genau, wo er seine Freunde finden konnte. Als er die Bar Sa Plaça betrat, brandete Applaus auf. Sogar Bernardo kam hinter seinem Tresen hervor. »Meinen Respekt, Señor Comisario. Was Sie da heute vollbracht haben, grenzt an ein kleines Wunder. Wie wenig braucht man dazu, zwei Familien zu verfeinden, doch wie viel benötigt man, um sie wieder zu versöhnen!«

»Vielen Dank«, erwiderte García Vidal müde und setzte sich niedergeschlagen zu seinen feiernden Freunden.

Berger spürte sofort, dass mit ihm etwas nicht stimmte. »Nanu, was hat denn dem Helden des Tages die Petersilie verhagelt?«

»Kinder, jetzt fangen Sie auch noch damit an. Sind denn heute alle auf dem Petersilientrip?«

Die gute Stimmung, die am Tisch geherrscht hatte, sank schlagartig auf null.

»Nun gut«, sagte Berger mit Bedacht. »Da der Herr auf Petersilie allergisch zu reagieren scheint, frage ich hiermit, ob ihm jemand auf seinen Schlips getreten ist.«

»Ja, ist mir jemand. Um es genau zu sagen: Die Bauzás und die Álvarez haben mich eiskalt ausgebremst. Sie sagen rein gar nichts und berufen sich dabei auf einen Ehrenkodex.« García Vidal berichtete in allen Einzelheiten von der Unterredung beim Notar. »Und dann kam der mit seiner dämlichen Petersilie.«

»Der Notar?«, fragte die Gräfin nach.

»Ebender. Er hat es mir sogar noch mal nachgerufen, als ich sein Haus verließ.« García Vidal schüttelte den Kopf. »Als ob er mir durch die Blume etwas damit sagen wollte.«

Berger horchte auf. »Was genau waren seine Worte?«

García Vidal versuchte, sich zu konzentrieren. »Er sagte: ›Tja, der eine bekommt Rosen für seine Erfolge, der andere steht mit einem Sträußchen Petersilie da.‹«

»Das ist tatsächlich eine Mitteilung«, murmelte Berger. »Der Mann will irgendetwas damit sagen.«

»Aber was?«, fragte Angela Bischoff und legte tröstend eine Hand auf den Arm ihres Liebsten. Der Comisario konnte einem auch wirklich leidtun. Er hatte heute so viel erreicht, dass er diese Schlappe einfach nicht verdiente. »Was ist denn Petersilie für eine Metapher?«

»Spanferkel haben immer Petersilie im Ohr, wenn sie serviert werden«, bemerkte die Gräfin, was unter dem Tisch umgehend mit einem beleidigten Quieken quittiert wurde. »Sei nicht gleich so zickig, Filou, das war doch nur ein Beispiel.«

»Was ist mit Ihnen?«, fragte Berger und sah Crasaghi auffordernd an. »Gibt es in der Liturgie etwas, was man mit Petersilie andeutet?«

»Es gibt ein Bild, das zeigt, wie dem toten Jesus die Wunden mit irgendwelchen Kräutern verbunden werden. Aber ob es Petersilie ist, was da gezeichnet wurde, das vermag ich nicht einzuschätzen. Ansonsten sind die heiligen Sakramente petersilienfrei.«

Berger überlegte laut. »Wozu braucht man Petersilie? Zum Kochen.«

»Nein«, widersprach Angela Bischoff. »Petersilie braucht man als Garnitur, nicht zum Kochen.«

García Vidal winkte ab. »Bei Petersilie, meine Liebe, kommt es sehr wohl auch auf den Geschmack an. Das soll nicht nur nach etwas aussehen.«

»Petersilie schließt meines Erachtens auch irgendwelche Enzyme auf«, meinte Gräfin Rosa. »Ich glaube, darüber etwas gelesen zu haben.«

Bernardo servierte eine weitere Runde Cortados. »Es gab einmal fast einen Krieg um Petersilie«, sagte er, während er die Tässchen verteilte.

»Wann soll das denn gewesen sein?«

»2002. Die Isla del Perejil wurde damals von der marokkanischen Polizei besetzt. Um von dort aus illegale Einwanderer zu beobachten, so hieß es offiziell. Dabei wurde ganz nebenbei auch die marokkanische Flagge gehisst. Die Spanier beanspruchen die Insel aber auch und schickten deswegen ganz schnell zwei Fregatten, die dort wieder für den fahnenlosen Status quo sorgten.«

»Der da wäre?«

»Keine Einwohner und keine Hoheitszeichen.«

»Aber Petersilie«, fügte Berger hinzu.

Gräfin Rosa schreckte hoch. »Wie war das? Wer prügelt sich um diese Insel?«

»Spanien und Marokko.«

»Aha, und kann es eventuell sein, dass der Notar mit seiner Petersilie sagen wollte, dass es marokkanische Schmugglerbanden sind, die auf Cabrera ihr Unwesen treiben?«

Alles sah sich erst sprachlos an, dann nahm García Vidal diesen Gedanken auf. »Die Marokkaner …« Er sah zu Carmen hinüber. »Hatten wir gegen die in letzter Zeit Ermittlungen laufen?«

Sie zuckte mit den Achseln. »Nicht dass ich wüsste, aber ich halte es durchaus für möglich, dass sich da etwas aufgetan hat. Vor allem Menschenhandel würde in das Raster passen.«

»Dann sollten wir morgen rechtzeitig aufstehen und Marokkanisch lernen.« García Vidal wirkte jetzt wieder etwas zuversichtlicher. Er nickte Angela Bischoff aufmunternd zu. »Das würde aber bedeuten, dass wir jetzt ins Bett gehen müssen.«

»Gut, dann machen Sie das. Ich wäre Ihnen aber dankbar, wenn Sie mir morgen erklären würden, was Sie da mit der Petersilie genau anstellen. Man will ja schließlich auf dem Laufenden bleiben.«

***

In Colonia Sant Jordi begannen die Putzfrauen im »Centro de Interpretación del Parque Nacional de Cabrera« morgens schon recht früh, die Räumlichkeiten für den zu erwartenden Besucheransturm wieder herzurichten.

Die Böden mussten täglich mehrfach gefegt und zweimal in der Woche feucht gewischt werden. Unten, bei den farbenprächtigen

Aquarien mit den unzähligen Meeresbewohnern des Naturschutzgebietes, in dem die Besucher mit dem Informationsrundgang begannen, lag natürlich am meisten Dreck. Antonia Nadal war immer die Erste, die unten die mit kunstvollen Ornamenten versehene Eingangstür aufschloss. Sie hatte auch die Schlüssel für die Stromkästen, um im Zuschauerbereich für Licht zu sorgen. Als sie heute aber die Tür aufschließen wollte, bemerkte sie, dass sie schon offen war. Beide Türflügel waren lediglich angelehnt. So etwas war noch nie vorgekommen, da sie der Direktor des Museums jeden Abend auf der letzten Gassirunde mit seinem Hund kontrollierte.

Beklommen betrat sie den Raum. Vor dem Empfangstresen blieb sie stehen. Von den Aquarien wurde der gesamte Eingangsbereich in ein bläuliches Licht getaucht, sodass sich jeder Besucher sofort als Gast einer faszinierenden Unterwasserwelt fühlte. Sosehr sie sich auch bemühte, etwas Ungewöhnliches zu entdecken, es wollte ihr nicht gelingen, alles schien normal zu sein. Dennoch beschloss sie, lieber auf eine ihrer Kolleginnen zu warten, damit sie diese Ebene des Museums zu zweit erkunden konnten, und stellte sich lieber wieder vor die Eingangstür. Kurze Zeit später tippte ihr Ines vergnügt auf die Schulter.

»Na, altes Mädchen? Was stehst du hier herum und träumst? Ich habe gehofft, dass du die Arbeit schon erledigt hast.«

»Guten Morgen. Du wirst es nicht glauben, aber ich habe mich nicht allein reingetraut. Die Tür war nicht verschlossen.«

Ines zog die Stirn kraus. »Sie war offen?«

»Ja.«

»Ist Toma denn krank? Der geht doch abends immer mit seinem Pinscher auf Patrouille.«

»Ich schwöre dir, sie war offen.«

»Ich glaube dir ja.«

Ines fasste sich ein Herz und ging voraus. Antonia folgte ihr ängstlich. Sie gingen vorsichtig um den Empfangstresen herum. Ines nahm den Schlüssel ihrer Kollegin, schloss den Stromkasten auf und klappte den Zentralschalter für die Gangbeleuchtung herunter. Nun konnten sie den Bereich hinter dem Tresen einsehen.

»Siehst du?«, meinte sie erleichtert. »Hier ist nichts. Es wäre ja auch hirnrissig, in einem Museum die Kasse aufzubrechen, das keinen Eintritt nimmt.«

Raum für Raum, Gang für Gang erkundeten sie zusammen die gesamte untere Etage, fanden aber nichts.

»Vielleicht ist der Hund eingegangen, und Toma ist aus lauter Verzweiflung vorm Fernseher eingeschlafen. Hier, meine liebe Antonia, ist jedenfalls niemand, schon gar kein Einbrecher.«

Beruhigt machten sie sich an die Arbeit.

Antonia war insgeheim ein wenig entsetzt darüber, wie ängstlich sie auf die unverschlossene Tür reagiert hatte. Sie kam sich vor wie ein hysterischer Teenager. Verlegen ging sie zu Ines, die am anderen Ende des Ganges den Boden fegte.

»Du, Ines, es tut mir leid, dass ich vorhin so seltsam war. Ich …« Sie verstummte, als sie im Gesicht ihrer Kollegin plötzlich alles andere als die gewohnte Unbekümmertheit entdeckte. In Ines' Augen spiegelte sich das nackte Grauen. Das riesige Aquarium in Antonias Rücken ließ ihr Gesicht durch sein blaues Licht noch grotesker aussehen. »Hör mal, Liebchen, hast du was?«

Ines hob stumm ihre Hand und zeigte auf etwas, was sich hinter Antonia befand. Langsam drehte diese sich um. Das Erste, was sie sah, war ein kleiner Riffhai, der gemütlich seine Runden zog. Ihr Blick wanderte weiter.

»D-da, die Muräne«, stammelte Ines.

Antonia ließ ihren Blick über die Felswand gleiten, in der dieses Vieh irgendwo seinen Bau haben musste. Nun gefror auch ihr das Blut in den Adern.

Die Muräne war gerade dabei, genüsslich eines der weit aufgerissenen Augen eines jungen Polizisten der *Guardia Civil* zu verspeisen, der in seiner Dienstkleidung und mit einem Bein an einen großen Stein gebunden wie ein lebensgroßer Hampelmann in der seichten Strömung des Beckens schwebte und einen grotesken Totentanz vollzog. Ihm gegenüber hing wie ein aufgedunsenes Michelin-Männchen der Notar Enrique Narratx.

»Madre mia!«, rief sie entsetzt. »Der junge Mann, das ist doch Antonio Nuñez, Marias Toni! Wie kommen die denn hier ins Becken? Die können sich doch nicht selbst umgebracht haben.«

Vor dem riesigen Schaufenster des Aquariums stand eine kleine Vase. Wie zum Hohn hatte irgendein freundlicher Zeitgenosse das nasse Grab der beiden mit einem Sträußchen Petersilie geschmückt.

11

Berger war dem Notruf des Comisario umgehend gefolgt. So schnell hatte er die Strecke von Santanyí nach Colonia Sant Jordi mit seiner Dyane noch nie zurückgelegt. Er hatte auch noch nie so etwas wie Panik in der Stimme des Comisario vernommen. Vielleicht war es das, was ihn das Gaspedal hatte durchdrücken lassen.

Er erreichte das Museum, ein modernes Gebäude, das die Insel Cabrera symbolisieren sollte wie ein einsamer Felsen, dem Meer trotzend. Um dieses Meer darzustellen, hatte man sich rund um das Gebäude flache Pools angelegt, deren Böden mit zahlreichen Mosaiken ausgelegt waren. Vor dem Gebäude stand zwischen diesen Wasserbecken ein völlig aufgelöster Comisario.

»Danke, Miguel, dass Sie so schnell gekommen sind.«

»Was ist denn passiert?«

»Die Putzfrauen haben in einem der Aquarien einen Polizisten der *Guardia Civil* und Enrique Narratx, den Notar, gefunden. Beide tot.«

»Wie sind sie umgebracht worden?«

»Es sieht wieder nach diesen verschissenen Kampfschwimmern aus. Die Kollegen sind gerade dabei, die Leichen zu bergen.«

»Was ist mit Ihnen, Cristóbal? Sie machen den Eindruck, als sein Ihnen der Leibhaftige begegnet.«

»Er ist mir nicht begegnet, Miguel, ich habe ihn heraufbeschworen.« Der Comisario war kreidebleich im Gesicht. »Ich bin schuld am Tode dieses jungen Kollegen und des Notars.«

»Nun bleiben Sie mal geschmeidig.« Berger legte schützend einen Arm um seinen Freund. »Vielleicht war alles nur ein dummer Zufall.«

»Nein, Señor. Ich habe Carmen mit einem Spurensicherungstrupp in die Kanzlei des Notars geschickt, und die haben festgestellt, dass das Verhandlungszimmer und das Büro komplett verwanzt waren.«

Berger wurde hellhörig. »Durch irgendeine staatliche Organisation?«

García Vidal schüttelte den Kopf. »Mit Sicherheit nicht. Die hätten keine Profis geschickt. Carmen sagte mir am Handy, sie habe derartige Hightech-Wanzen noch nie gesehen. Und mit dem Kram, den wir verwenden, hätten sie schon Kolumbus abgehört.«

Berger zuckte mit den Achseln. »Je mehr Sie mir berichten, Cristóbal, desto weniger kann ich nachvollziehen, dass das Ganze Ihre Schuld sein soll.«

»Ich hätte es ahnen müssen. Ich war mir so sicher, dass nach der Aktion in der Kirche das Eis zwischen mir und den beiden Señoras gebrochen war. Dass die beiden so völlig dichtgemacht haben, hätte mir eine Warnung sein sollen. Ich hätte mehr auf der Hut sein müssen.«

»Hätte, könnte, müsste! Würden Sie bitte damit aufhören, sich ständig irgendwelche Konjunktive um die Ohren zu hauen? Was hätte es denn an der jetzigen Situation geändert, wenn Sie das alles gestern geahnt hätten?«

»Alles«, jammerte García Vidal, »es hätte alles geändert. Die beiden würden heute noch leben.«

»Das ist Bullshit, und das wissen Sie auch. Hören Sie endlich mit der Greinerei auf. Wenn das jemand hört, denkt der doch glatt, Ihnen habe jemand den Nachtisch weggefressen.«

»Ich greine nicht, ich bin verzweifelt«, rief der Comisario, um gleich darauf mit einem völlig erstaunten Gesicht und Bergers Hand auf der Brust rücklings in einen der Pools zu stürzen. Prustend erhob er sich aus dem Wasser.

»Ups«, kam es trocken von Berger, »das tut mir jetzt aber leid.«

»Miguel, das haben Sie mit Absicht getan.« García Vidal konnte gar nicht glauben, wie ihm geschah. »Ich habe es genau gesehen.«

»Das zeigt mir, dass Sie der Sinn für Realität noch nicht völlig verlassen hat.« Er winkte einen Polizisten heran. »Könnten Sie bitte den Comisario kurz nach Hause fahren? Ich denke, er sollte sich umziehen.« Er blickte den staunenden Comisario scharf an. »Und dabei vielleicht mal in Ruhe nachdenken.«

Sichtlich irritiert folgte García Vidal dem jungen Kollegen zum Auto. Zu guter Letzt rief Berger ihm noch hinterher: »Und sollten Sie sich im Streifenwagen aufhängen, bedenken Sie bitte, dass der dann keinen TÜV mehr bekommt.«

Andrea Bastos konnte sich ein Grinsen nicht verkneifen. »Danke, Señor. So notwendig es auch war, so ein Ding hätte ich mir nicht leisten können.«

»Wozu hat man Freunde. Er ist nach seinem letzten Abenteuer als Komapatient ohnehin noch nicht hundertprozentig wieder auf dem Posten. Der Comisario soll erst einmal wieder einen klaren Kopf bekommen.« Berger bedeutete Bastos, ihm zu folgen. »Was hat sich genau abgespielt?«

»Der Notar und ein Kollege der *Guardia Civil* wurden heute Morgen in einem Aquarium tot aufgefunden. Es war mit Sicherheit Mord, der Doc meint, wieder durch Pressluft.«

Berger nickte. »Lassen Sie uns mal schauen.«

Nach einem kurzen Gang standen sie vor dem Schaufenster. Bergers Blick fiel auf die kleine Vase. Er wurde böse. »Die Petersilie ist ja wohl der Gipfel.«

»Ich glaube«, sagte Andrea Bastos, »dass es genau das war, was den Comisario so ausklinken ließ.«

»Wer das dahingestellt hat, versteht etwas von psychologischer Kriegsführung. Das muss der Neid ihm lassen.«

Exakt an der Stelle, an der man die Leichen, die inzwischen geborgen waren, im Wasser vorgefunden hatte, schwammen nun kleine Bojen, die von den Polizeitauchern dorthin gehängt worden waren. Die Muräne, die man durch diesen »Eingriff« um ihren Nachtisch betrogen hatte, schaute mit einem beleidigt anmutenden Gesicht aus ihrem Bau und hoffte auf die nächste Leiche.

»Haben die beiden Putzfrauen noch etwas Entscheidendes berichten können?«

»Nein. Als ich ankam, waren die noch völlig geschockt. Sie sind rüber in die Bar, um sich mit einem Hierbas zu beruhigen.«

»Kann man sie inzwischen befragen?«

»Ich denke schon.«

»Dann sollten wir rübergehen. Außerdem könnte ich einen Cortado vertragen.«

Als Berger und Bastos die Bar C'an Cristo betraten, saßen die beiden Damen und vier weitere Museumsangestellte, die darauf warteten, das Aquarium wieder für den Publikumsverkehr öffnen zu können, sternhagelvoll an einem langen Marmortisch und hatten sorgsam sieben Flaschen des mallorquinischen Kräuterlikörs vor sich aufgereiht. Aus der achten Flasche wurde gerade eine neue Runde eingeschenkt.

Berger setzte sich zu ihnen und versuchte, diejenige auszumachen, die am meisten vertragen konnte. Das schien Antonia Nadal zu sein. Die anderen saßen nur noch wirr kichernd am Tisch oder lagen völlig betrunken darauf.

»Señora, dürfte ich Ihnen ein paar Fragen stellen?«

Sie schaute ihn mit sehr glasigen Augen an. »SiesindkeinBulle, ichkenneSie.« Sie unterbrach ihr eigenes Genuschel durch heftigen Schluckauf. »Schulligung.«

»Das stimmt, Señora, ich bin Berater der Polizei.«

»BeraterderPolissssei? SoeinenleckerenBeraterhabendie?« Ihr entfuhr ein Rülpser, der jedem Müllkutscher zur Ehre gereicht hätte. »Schulligung. Ich bin müde.«

»Sie dürfen auch gleich ins Bett, Señora.«

»Was? SiewollnmitmirinsBett?«

»Nein, Señora –«

Sie unterbrach ihn. »SagenSienichtSeñorazumir. Señorasagen Männerwennsiefickenwollen. Enrique –« Sie stieß erneut auf. »Schulligung. EnriquehatauchimmerSeñorazumirgesagt. Aberichdumme-KuhhabihnzumTeufelgejagt.« Sie sah ihn eindringlich an. »VerstehenSiemich?«

»*Sí*, Señora.«

»SiesollennichtSeñorasagen. NurgeileKerlesagenSeñora. Stimmt, SiewollenjaauchmitmirinsBett.« Sie begann, sich die Haare zu raufen. »WarumhabeichdenEnriquenichtrangelassen, ichdummeKuhich. Jetztwäreichreich!« Sie begann bitterlich zu weinen. »SagenSie,warumbinimmerichdiemitderArschkarte?«

Berger schaute auf Bastos. »Ich würde sagen, das bringt jetzt nichts mehr. Lassen Sie die Damen nach Hause bringen und achten Sie bitte darauf, dass eine Kollegin dabei ist. Dieser flotte Käfer«, er zeigte auf die schwankende Antonia, »ist ganz wild auf Ihre Rente.«

Gleich nachdem die betrunkenen Damen abgeholt worden waren, machte sich Berger auf den Weg zum Büro des Notars. Am Museum gab es für ihn nichts mehr zu bestellen.

Trotzdem sie alles im Griff hatte, war Carmen über die Verstärkung froh. »Guten Morgen, Señor. Vielen Dank übrigens.«

»Wofür, meine Schöne?«

»Dass Sie den Chef aus der Schusslinie genommen haben. Bastos hat angerufen und mir alles brühwarm berichtet.«

»Nichts zu danken. Wie ich höre, hast du hier eine technische Sensation gefunden?«

»Ich nicht.« Sie zeigte auf einen Kollegen der Spurensicherung. »Er hat dieses Dingelchen hier aus der Lampe über dem Besprechungstisch geholt.« Sie hielt ihm eine Art Chip hin, der nicht größer als der Kopf eines Streichholzes war.

»Kann man die irgendwie orten?«, fragte Berger.

»Eben nicht. Diese Art von Wanzen ist der letzte Schrei auf dem Markt. Einzeln existieren sie praktisch gar nicht, sie benötigen einen Gegenpart, der nicht weiter entfernt als zwei Meter ist. Erst dann bilden beide Wanzen zusammen einen Sender, der weiter weg qualitativ hochwertig empfangen werden kann.«

»Was vermutlich bedeutet, dass man auch die kleinen Gegenstücke nicht orten kann, wenn sie nicht in unmittelbarer Nähe des Partnerstücks sind.«

»Das ist ja das Perfide an diesen Dingern. Wenn die Gesprächsrunde gestern abgehört wurde, müssen die beiden Damen oder eine von ihnen auch verwanzt gewesen sein.«

»Genauso ist es.«

»Wenn ich Ihnen noch etwas zeigen darf?« Sie gingen in den Nachbarraum, in dem zwei Sekretärinnen ihren Arbeitsplatz hatten. Carmen drehte ein senkrecht an einem Regal angebrachtes Vierkantholz um einhundertachtzig Grad. Der gesamte Mittelteil des Regals schwenkte zur Seite. Sie betraten einen kleinen Raum, der voller Akten war. An dessen Stirnseite befand sich ein uralter Geldschrank.

»Señor Narratx war nicht nur Notar, er war auch der Syndikus zweier konkurrierender Schmugglerbanden.«

Berger grinste. »Lass mich raten. Die Namen sind Bauzá und Álvarez?«

»Das war jetzt aber richtig schwer«, unkte Carmen. »Wir sollten uns ganz schnell einen Durchsuchungsbeschluss für die Konten der Álvarez und Bauzás bei der Banca March besorgen. Ich bin mir sicher, dass wir da erfahren, was die Herrschaften auf der hohen Kante haben.«

»Das dürfte nicht schwer sein. Ich nehme an, dass das Gericht auch Interesse an dieser Information hat.«

»Wie gehen wir weiter vor?«

»Wenn ich mich recht erinnere, hat Cristóbal die beiden Clan-Chefinnen heute für zwölf Uhr mittags herbestellt, oder?«

»Das stimmt. Wir sollten es dabei belassen. Wenn die beiden wirklich kommen, so verwanzt, wie wir glauben, dann hatten sie keine Ahnung von dem, was hier vorging.«

»Okay.« Berger war zufrieden, weitergekommen zu sein. »Weißt du schon etwas Näheres über den toten Kollegen?«

»Das ist der nächste interessante Punkt. Der wohnte nämlich ganz zufällig im Nebenhaus.«

»Wie, hier nebenan?«

»*Sí*, Señor.«

»Na dann wollen wir doch gleich mal klopfen.«

Sie mussten nicht lange warten, bis sie von einer schlanken, schwarz gekleideten jungen Frau eingelassen wurden. Carmen nahm sie tröstend in den Arm. »Oh Maria, es tut mir so leid.«

Der Frau schossen aufs neue Tränen in die Augen. Sie hätte nicht sagen können, zum wievielten Mal am heutigen Tag.

Carmen zeigte auf Berger. »Maria, das ist ein guter Freund des Comisario, er wird dir jetzt ein paar Fragen stellen.«

Maria nickte. »Ich weiß aber nicht, ob ich helfen kann. Ich habe noch immer keine Ahnung, wie das alles passieren konnte. Toni saß gestern Abend, als ich zum Nachtdienst gegangen bin, an seinem Funktisch und wollte mit Leuten in Neuseeland reden.Er hat bestimmt nicht vorgehabt, die Wohnung zu verlassen.«

»Wo arbeiten Sie bitte, Señora?«

»Ich bin Krankenschwester in der Klinik in Manacor.«

Berger sah sich um. »Ihr Mann war Amateurfunker?«

»*Sí*, Señor. Ich bin es auch. So haben wir uns kennengelernt.«

»Und von wo funken Sie immer?«

»Wenn Sie mir bitte folgen wollen.«

Sie gingen durch einen Flur und kamen zu einem kleinen Zimmer ohne Fenster. Darin standen ein Tisch, ein Stuhl und eine Lampe. Der Rest war Elektronik.

Berger staunte. »Das alles können Sie bedienen?«

»Fragen Sie, weil ich eine Frau bin?«

»Nein, ich frage, weil ich ein Technik-Idiot bin.« Er schaute sich bewundernd um. »Was sind das nur alles für Anzeigen?«

Sie lächelte traurig. »Toni würde Ihnen das jetzt alles gerne erklären, wenn er noch leben würde.« Sie begann wieder zu weinen.

Berger wartete, bis sie sich die Tränen getrocknet hatte. »Señora, wissen Sie, mit wem er zuletzt gefunkt hat?«

Sie schaute auf die Frequenzanzeige. »Nein, diese Frequenz kenne ich nicht. Aber was mich im Nachhinein wundert, ist die Tatsache, dass heute Morgen, als ich vom Dienst kam, noch alles an war. Toni muss die Wohnung mit dem Vorhaben verlassen haben, gleich wiederzukommen. Der Frequenzstabilisator lief nämlich noch, und der ist unser teuerstes Stück. Er läuft schnell heiß, und darum stellt Toni ihn immer aus, wenn er vorhat, nicht so bald wiederzukommen.«

Berger schaute sich weiter um. »Was ist das für ein Computer?«

»Das ist ein ganz normaler PC.«

Berger betätigte die Escape-Taste. Der Bildschirm öffnete sich. Toni schien kurz vor seinem Tod noch gechattet zu haben. »Was ist das für ein Forum?«

Sie schaute kurz auf den Bildschirm. »Das ist das Chatforum für uns Funker.«

»Können Sie sehen, mit wem Ihr Gatte zuletzt Kontakt hatte?«

Sie tippte zielstrebig auf der Tastatur herum. »Da, sehen Sie«. Sie zeigte auf den Bildschirm. »Toni hat eine allgemeine Anfrage gestellt, wer schon einmal Kontakt mit der hier angegebenen Frequenz hatte.«

Berger versuchte, sich auf dem Bildschirm zurechtzufinden. »Hat jemand geantwortet?«

»Ja, mehrere. Hier, schauen Sie mal. ›Digger‹ schreibt, das sei eine beliebte Abhörfrequenz. Er sei Privatdetektiv und würde die auch immer benutzen, wenn er observiert.«

Berger schaute auf die Uhr. »Ich bekomme so langsam ein Bild von dem, was sich gestern hier abgespielt hat. In zwanzig Minuten bin ich mir vermutlich ganz sicher, vorher aber noch nicht.« Er drehte sich zu Carmen um. »Ist Cristóbal schon wieder aufgekreuzt?«

Sie nickte. »Er hat eine SMS geschickt, dass er auf dem Weg hierher ist. Hoffentlich hat er sich wieder beruhigt.«

»Wir werden sehen.«

Es klingelte an der Tür, und Maria ging hinaus, um zu öffnen.

»Señor Comisario, nehme ich an. Gehen Sie doch bitte gleich durch zu Ihren Kollegen.«

»Señora, ich möchte Ihnen zuerst mein tief empfundenes Beileid aussprechen.«

Sie nickte. »Ich danke Ihnen. Und bitte, finden Sie das Schwein, das uns das angetan hat.«

»Uns?«

»*Sí*, Señor. Ich bin schwanger. Toni wird in fünf Monaten Vater.«

Er nahm sie in den Arm. »Wir alle werden für Sie und für Ihr Kind da sein, das verspreche ich Ihnen.« Er schaute sich fragend um. »Wo sind meine Kollegen?«

»Folgen Sie mir bitte.«

García Vidal blieb vor dem kleinen Funkraum stehen, weil darin kein Platz mehr war. »Vielen Dank für die Dusche, Miguel. Sie haben einen gut bei mir.«

Er ließ sich erzählen, was die beiden inzwischen herausbekommen hatten.

»Und nun denken Sie, der junge Mann könnte durch Zufall mitbekommen haben, dass sein Nachbar, der Notar, abgehört wird?«

Er erntete von Berger ein Kopfnicken. »Einen Beweis dafür haben wir erst dann, wenn Sie wieder mit der schmuggelnden Chefetage am Tisch sitzen.«

»Na dann werde ich mich mal in die Startblöcke begeben. Übrigens, Miguel, wenn Sie mich noch einmal in so ein Planschbecken schmeißen, sehen Sie zu, dass mehr Wasser drin ist. Ich habe mir das Knie aufgeschlagen.« Er machte Anstalten zu gehen, schaute sich aber noch einmal nach Carmen um. »Ich brauche alle Telefonverbindungen vom Festnetz der Kanzlei und von den Privathandys der beiden Vorzimmerdamen.«

»Haben wir einen Richter, der uns das unterschreibt?«

»Noch nicht, aber du wirst sicher einen finden.«

***

Pünktlich um zwölf saßen die beiden Damen am Hinterzimmertisch der Kanzlei. García Vidal hatte den Platz des Notars eingenommen. »Señora Bauzá, Señora Álvarez, ich danke Ihnen, dass Sie gekommen sind. Ich nehme an, Sie haben schon von dem tragischen Ableben des Notars gehört?«

Beide nickten betreten. Señora Álvarez versuchte, das Gespräch ohne jegliche Kälte zu eröffnen. »Señor Comisario, ich bitte Sie, uns unser gestriges Verhalten nachzusehen.«

García Vidals Handy vibrierte in seiner Hose. Er zog es aus der Tasche und las die SMS. Die Damen reagierten sichtlich verschnupft. Sie hatten wohl erwartet, dass sich der Comisario ausschließlich um sie kümmern würde. In diesem Augenblick trat ein Polizeitechniker ein und legte dem Comisario einen Zettel vor. García Vidal drehte ihn um und schob ihn den Damen hin. Darauf stand mit großen Buchstaben geschrieben: »Reden Sie nur über neutrale Dinge, Sie tragen Spionagewanzen bei sich und werden abgehört.«

Señora Bauzá und Señora Álvarez waren sichtlich betreten. Sicher wurde ihnen gerade schlagartig klar, warum ihre Geschäfte in letzter Zeit immer mieser liefen, selbst die Legalen.

Señora Álvarez setzte ihre Rede schließlich fort. »Aber wir bleiben dabei. Wir halten uns an den Kodex. Nichtsdestotrotz möchten wir Ihnen für all das danken, was Sie für unsere Familien getan haben.«

Der Techniker nahm den Chip von der Lampe, den er für dieses Gespräch extra wieder an seinem alten Platz deponiert hatte. Er legte ihn in ein bleiummanteltes Kästchen und klappte es zu.

García Vidals Handy brummte wieder. Er klappte es auf und las zufrieden Bergers Nachricht: »Sind Sie noch im Raum? Ich höre hier drüben nichts mehr.« Er gab dem Techniker ein Zeichen.

»Sie können jetzt wieder frei sprechen, der Abhörmechanismus ist unterbrochen«, erklärte dieser den Señoras. »Sicherheitshalber werden wir das hier«, er zeigte auf das Kästchen, »unten in unserem Wagen deponieren.« Eine Kollegin nahm es ihm aus der Hand, um es wegzubringen. »Trotzdem möchte ich Sie bitten, mir bei der Suche nach Ihren Chips zu helfen. Was hatten Sie bei den letzten Besprechungen immer bei sich?«

Señora Bauzá war sich sofort sicher. »Mein Hörgerät. Den

Schmuck, meine Brille und auch die Kleidung habe ich jedes Mal gewechselt.« Sie nahm das Hörgerät aus dem Ohr und gab es dem Techniker.

»Bei mir kann es eigentlich nur die Brille sein«, bemerkte Señora Álvarez. »Aber ob man da so einen Chip unterbringen kann? Das halte ich für schwierig.«

Mit einem geübten Handgriff hatte der Techniker das Hörgerät geöffnet. Der Übeltäter war unter den Batterien versteckt. Er wurde mittels so eines kleinen Kästchens gesichert. Bei der Brille war der Chip hinter einer kleinen Verzierung am äußeren Ende des Bügels installiert. Auch für diesen Chip gab es das passende Behältnis.

»Señoras, zur Sache. Sie können davon ausgehen, dass wir in diesem Büro eine Menge Material finden werden, das Ihnen mit Sicherheit zu einer ziemlich extremen Altersarmut verhelfen könnte. Es wäre also ratsam, wenn Sie ihren Kodex mal vergessen und mir meine Fragen beantworten würden.«

Nun war es Señora Bauzá, die einen Vorstoß unternahm. »Im Fernsehen heißt es in so einem Augenblick immer: ›Können wir einen Deal machen?‹ Gibt es so etwas auch in der Realität?«

García Vidal lächelte sie an. »Das kommt ganz darauf an, was Sie zu bieten haben.«

»Nichts weiter als unsere Mithilfe.«

»Hm.« Er überlegte. »Woraus bestehen Ihre Geschäfte?«

»Wir schaffen Plagiatsware von Afrika nach Mallorca. All den Quatsch, den man auf Wochenmärkten Touristen andreht.«

»Ist das alles?«

»Außerdem ein bisschen Gold, das wir ohne Mehrwertsteuer extrem billig einkaufen.«

»Und mit viel Gewinn wieder verkaufen«, vervollständigte García Vidal ihren Satz. »Ich habe noch immer Ihr Ehrenwort, dass Sie mit Cabrera und all dem, was sich in letzter Zeit auf der Insel getan hat, nichts zu schaffen haben?«

»Dessen können Sie sicher sein.«

»Es gibt ein Geheimarchiv, in dem alles über Sie und Ihr Unternehmen gelagert ist. Wir haben es noch nicht durchsucht und fangen damit auch erst in zwei Tagen an. Wenn Sie mir mit Ihren Verbindungen den entscheidenden Tipp geben, sodass wir diese andere Bande stellen können, werden Sie dieses Archiv eine Stunde vor uns finden – unbeaufsichtigt, versteht sich. Aber ich sage Ihnen eines: Die Gelder auf Pepes Konten bei der Banca March sind dennoch futsch, das ist Ihnen doch klar?«

Die beiden Damen nickten betreten.

García Vidal lächelte sie an. »Ich nehme an, dass Sie, wenn Sie Ihre Unterlagen zurückerhalten, dennoch nicht der Armut anheimfallen werden, oder?«

»*Sí*, Señor. Wir danken Ihnen und versichern, dass wir noch im Laufe des Tages erste Ergebnisse liefern werden.«

García Vidal erhob und verbeugte sich. »Sie wissen, wo ich zu finden bin.«

***

Crasaghi war wie verabredet um zehn Uhr in der Bar Sa Plaça eingetroffen und wartete seitdem auf den Residente. Mittlerweile ging es auf zwei zu, doch endlich, neun Cortados später, war es so weit. Berger erschien auf der Bildfläche. Er hatte den Termin wegen der beiden Toten verschoben, leider aber vergessen, den Bischof davon zu unterrichten. Vorsichtig schlichen er und der Comisario durch den Hintereingang in die Bar. Bernardo dankte dem Himmel, dass sie endlich da waren.

»Señor Residente, ich habe inzwischen alle Familiensünden seit dem frühen Mittelalter gebeichtet, aber so richtig unterhalten konnte ich Seine Exzellenz damit nicht. Hätten Sie nicht anrufen können?«

»Sorry, war meine Schuld.« García Vidal hob die Hände. »Ich habe ihn gebraucht.«

Mit dieser Geste gingen sie auch in den Schankraum, in dem Crasaghi nervös auf den Tisch trommelte. »Señor Residente, können Sie sich ungefähr vorstellen, wie sauer ich bin?«

»Es tut mir furchtbar leid«, Berger lächelte ihn voll übertriebener Demut an, »aber ich komme gerade aus Canossa. Da bin ich nämlich hingegangen, um mich bei Ihnen zu entschuldigen.«

»Reden Sie keinen Unsinn«, widersprach García Vidal, »ich bin schuld.«

Berger zeigte auf den Comisario. »Er ist schuld.«

»In diesem Fall bin ich es wirklich«, beteuerte García Vidal. »Da ich den Residente dringend brauchte, bat er mich, Ihnen Bescheid zu geben. Habe ich im Stress vergessen.«

»Gott gebe mir ein Zeichen, wer von Ihnen beiden der Lügner ist.«

Bernardo servierte Cortados für Berger und den Comisario. »Damit wird sich der Allmächtige schwertun, Exzellenz. Was die Ausreden betrifft, sind beide perfekt.«

Es folgte ein umfassender Bericht für den Bischof, der durch die vielen Cortados schon leichte Herzrhythmusstörungen hatte.

»Okay«, resümierte er schließlich. »Der Mörder war also doch der Gärtner, nur muss noch recherchiert werden, bei welcher Firma er arbeitet.«

Die Tür ging auf, und Carmen betrat die Bar. »Señores, es gibt interessante Neuigkeiten über Narratx' Sekretärinnen. Die eine heißt Antonetta Álvarez, hat aber nichts mit den Álvarez aus Colonia Sant Jordi zu tun. Sie stammt aus Llucmajor. Dann gibt es noch eine Maria Cantona. Sie ist dort Azubi. Und diese junge Dame hat immer an den Tagen, an denen der Notar Termine mit den Damen Bauzá oder Álvarez vereinbarte, mit ein und derselben Nummer telefoniert. Und dreimal dürfen Sie raten, wem die gehört.«

Alles schaute sie ratlos an.

»Dem guten und ach so harmlosen Staatsdiener und Hafenmeister Julián Álvarez.«

»So eine Ratte«, fluchte García Vidal.

»Man reiche ihm einen Sack und drei Katzen«, meinte Berger lakonisch angesichts der Stimmungslage des Comisario.

Der konnte die Neuigkeit noch immer nicht fassen. »Auf den wäre ich im Leben nicht gekommen.«

»Hat er seine Rolle so perfekt gespielt, oder war er in seiner Rolle nur perfekt für einen Fremden?«, fragte Crasaghi. So, wie Sie ihn mir beschrieben haben, hat der doch gar nicht das Zeug für einen Bandenchef.«

»Hat er auch nicht«, erwiderte der Comisario. »Und genauso wenig Ahnung wird er davon haben, dass wir um sein böses Spiel wissen. Das ist unser Vorteil.« Er zeigte auf Carmen. »Ich brauche alles über den Mann, dessen wir habhaft werden können. Außerdem müssen wir sein Haus filzen, aber davon darf er nichts merken. Kinder, wir müssen ihn röntgen, und er darf noch nicht einmal ahnen, dass er beim Arzt ist. Packen wir das?«

Carmen nahm die Sache gelassen. »Was bleibt uns anderes übrig?«, fragte sie.

»Kann die Spurensicherung etwas beitragen?«, fragte Berger. »Die müssten doch langsam mit der Auswertung der beiden Cabrera-Einsätze rüberkommen, oder?«

»Die ersticken in Fingerabdrücken und DNA-Proben, haben aber bisher nicht einen Treffer in der Datenbank landen können. Die einzige Erkenntnis daraus ist, dass Angel Bauzá nichts mit den beiden durchsuchten Höhlen zu tun haben dürfte.«

Carmen war da anderer Meinung. »Sein kleines Konto sagt aber etwas anderes aus. Der Mann hatte richtig was auf der Kante, und das konnte er mit seinen gefangenen Thunfischen nicht erarbeiten. Seinen ziemlich neuen Kutter hat er sogar bar bezahlt, und das hat bisher kein mallorquinischer Berufsfischer geschafft.«

»Also müssen wir ihn weiter auf unserer Liste behalten.« García Vidal schaute auf seine Aufzeichnungen. »Außergewöhnlich ist übrigens, dass viele DNA-Proben weiblich sind. Fast ausschließlich die, die wir auf der Kleidung und den Fesseln der Flüchtlinge gefunden haben. Was sagt uns das?«

»Es kann doch eigentlich nur bedeuten, dass die Schleuser vor allem weiblich sind«, meinte Crasaghi.

Berger orderte eine neue Runde Cortados. »Cristóbal, Sie schauen so skeptisch.«

»Nicht skeptisch, mein Freund, sondern ratlos. Dass die Damen auch bei unrechten Dingen federführend mitmischen, das wissen wir ja. Aber die Drecksarbeit, also der direkte Umgang mit den armen Schweinen, die da herumgestoßen werden, das machen doch meistens Männer. Außerdem habe ich ein kleines Problem mit Señor Álvarez. Ich bin mir nicht sicher, ob wir den guten Hafenmeister an der langen Leine lassen oder Druck auf ihn ausüben sollten.«

»Der Mann ist nicht so tough«, sagte Berger. »Wenn er zu früh einknickt, ist der Rest der Bande bald auf der Flucht. Das müssen wir vermeiden, zumal wir noch gar nicht wissen, wen wir eigentlich jagen.«

Angela Bischoff betrat die Bar. Nachdem sie den Comisario kurz geküsst, sich einen Cortado geordert und sich gesetzt hatte, stand sie gleich im Mittelpunkt des Interesses.

»Angela, Königin der Geheimdienste, Meisterin aller offenen Fragen, was sagen deine Kontaktleute?«

»Zu was?«

»Zu den U-Booten zum Beispiel.«

»Dafür habe ich natürlich meine Spezis bei der Bundesmarine. Also: Nach der Analyse aller Aussagen handelt es sich um ein U-Boot, das es gar nicht mehr geben dürfte, nämlich ein russisches U-Boot mit dem verheißungsvollen Namen Projekt 641. In der NATO wurde es als ›Foxtrott-Klasse‹ bezeichnet. Achtundfünfzig Stück haben die Russen zwischen 1957 und 1970 für sich selbst gebaut, das letzte ist 1993 außer Dienst genommen worden. Vier Boote gingen dann noch nach Indien und dreizehn in den weiteren Export. Im Mittelmeer waren vier davon unter libyscher Flagge stationiert. Sie sind offiziell außer Dienst und liegen laut Satellitenbildern brav und artig im Hafen von Zuwara. Ob die vier Boote, die man da sieht, wirklich echt sind, kann aber niemand sagen, der nicht vor Ort war. Die Seestreitkräfte in unserer Nähe, also Marokko, Tunesien und Algerien, haben von den alten Schinken keine mehr. Ägypten hat welche aus der ›Kilo-Klasse‹, aber die stimmen nicht mit den Beobachtungen überein.«

»Hm«, machte Berger nachdenklich. »Wie viele Leute braucht man eigentlich, um mit so einem Ding herumzufahren?«

»Voll unter Waffen benötigt man eine Besatzung von siebzig Mann. Um von Hafen zu Hafen zu schippern und eventuell ein paar Flüchtlinge zu transportieren, reicht schon ein gutes Dutzend.«

García Vidal beobachtete den Residente aufmerksam. »Miguel, ich kenne Sie lange genug, um zu wissen, dass Sie etwas ausbrüten. Was geht in Ihrem Schädel vor?«

»Ich versuche gerade, alle Informationen, die Angela uns soeben präsentiert hat, sinnvoll unter einen Hut zu bekommen.«

Der Comisario sah ihn verständnislos an. »Das halte ich für so gut wie unmöglich. Frauen sind traditionell auf U-Booten verboten.«

Angela schüttelte den Kopf. »Vergiss es, Cristóbal. Die Zeiten sind vorbei.«

»In der arabischen Welt?«

»Dieses Verbot mag ja hier und da noch gelten«, fuhr Berger fort, »nur mit Sicherheit nicht in Libyen. Da gibt es ganze Eliteregimenter, alles nur Frauen. Jung, hübsch und völlig skrupellos. Jetzt, wo sie keinem spinnerten Oberst mehr dienen müssen, heißt ihr Kriegsherr Mammon, je schnöder, desto besser.«

»Was sie mit ihren männlichen Kollegen gemein haben«, fügte Angela hinzu.

»Nehmen wir mal an, da sind ein paar nautisch ausgebildete Elitesoldatinnen, die sich nebenher etwas verdienen möchten. Ich kann mir nicht vorstellen, dass die Regierung davon etwas ahnt.« Crasaghi schaute fragend in die Runde. »Wie lange braucht man von diesem libyschen Hafen nach Cabrera?«

Angela konnte die Frage auf Anhieb beantworten. »Schätzungsweise drei Tage«, sagte sie.

»Wir stehen vor einem Berg von Fakten«, resümierte Crasaghi. »Aber was passiert jetzt?«

García Vidal hatte sich während der ganzen Zeit Notizen gemacht. »Machen wir Nägel mit Köpfen.« Er legte den Stift zur Seite, und nun war es Carmen, die sich schreibbereit hielt. »Zuerst wird der Hafenmeister rund um die Uhr so observiert, dass er wirklich nichts davon mitbekommt. Dabei will ich nur Könner ihres Fachs in seiner Nähe sehen. Oder besser nicht sehen. Es werden zusätzlich die Damen Bauzá und Álvarez unter Personenschutz gestellt. Ich habe kein Interesse daran, dass im Museum heute Nacht noch ein Damenbecken aufgemacht wird. Weiterhin möchte ich, dass die Häfen von Sa Ràpita und von Colonia Sant Jordi durch die Küstenwache kontrolliert werden. Ich will zu jeder Zeit wissen, wer da ein- und ausfährt. Angela, es ist bekannt, dass seit dem 11. September alle Funkgespräche irgendwo aufgezeichnet und gespeichert werden. Vor allem im arabischen Raum. Ich will wissen, wer mit den Leuten vom U-Boot Kontakt hält und wie. Ich bin mir fast sicher, dass die Drahtzieher der Schleuser irgendwo in Marokko oder Tunesien sitzen. Es wird also über Umwege gehen müssen. Miguel, Sie schnappen sich unseren Kirchenfürsten und sehen auf Cabrera nach dem Rechten. Die Bereitschaftspolizei bleibt vorerst dort stationiert. Wenn sich da auch nur die kleinste Kleinigkeit tut, will ich sofort davon erfahren, okay?«

Alles nickte.

»Ich werde mich jetzt zum Inselrat begeben, um den Schmugglerdeal abzusichern. Das Ding ganz allein auf meine Kappe zu nehmen, könnte heikel werden. Ich habe irgendwie das Gefühl, dass wir noch auf Überraschungen stoßen werden.«

***

Vor der gräflichen Finca hielt eine große schwarze Limousine. Zwei Männer stiegen aus und kamen direkt auf den Haupteingang zu. Tomeu stellte aus der Küche heraus fest, dass es sich dem Nummernschild nach um ein Diplomatenfahrzeug handelte. Anatol öffnete ihnen.

»Sie wünschen?«

»Señor, wir kommen vom israelischen Konsulat und hätten gern eine Frau Mira Katzev gesprochen.«

Anatol ließ sie herein und bat sie, kurz zu warten.

Gräfin Rosa, die Großherzogin und Mira waren auf der Terrasse gerade dabei, einige Schiffsprospekte zu studieren, um sicherzugehen, dass ihnen nicht eventuell doch noch eine Kleinigkeit auffiel, die dem Residente auf seinem neuen Boot gefallen würde.

»Königliche Hoheit, Gräfin Rosa, draußen sind zwei Herren vom israelischen Konsulat. Sie würden gern mit Frau Katzev sprechen.«

Mira schaute verschreckt hoch, dann nickte sie aber.

»Gehen Sie doch in mein Arbeitszimmer, dann sind Sie ungestört«, sagte die Gräfin.

»Vielen Dank für das Angebot, aber ich habe keine Geheimnisse vor Ihnen. Ich würde die Herren gern hier und in Ihrem Beisein empfangen.«

»Tu das, mein Kind«, machte ihr die Großherzogin Mut. »Zur Not schlagen wir sie gemeinsam in die Flucht.«

Anatol führte den Besuch auf die Terrasse.

Die beiden hielten sich gar nicht erst mit irgendwelchen Höflichkeitsfloskeln auf. Sie traten zielstrebig auf die junge Israelin zu. »Major Mira Katzev?«

»Ja.«

»Wir sind hier, um Ihren Pass einzuziehen.«

Sie war wie vom Donner gerührt. »Und warum, wenn ich fragen darf?«

»Sie haben sich unerlaubt von der Truppe entfernt.«

»Ja, aber …« Völlig konsterniert drehte Mira sich hilfesuchend zur Großherzogin um. »Was sagt man denn dazu?«

Tante Auguste war schlagartig in ihrem Element. »Meine Herren, Major Katzev wird alles andere tun, als Ihnen ihren Pass auszuhändigen.«

Die beiden standen da wie die Ölgötzen. Der ältere von beiden fasste sich zuerst wieder. »Mit wem haben wir bitte die Ehre?«

»Da Sie es nicht für nötig hielten, sich vorzustellen, erübrigt sich Ihre Frage. Sie befinden sich auf exterritorialem Gebiet. Wenn Sie Ihre Schulaufgaben gemacht hätten, wüssten Sie, dass Sie den Pass dieser Dame auf spanischem Hoheitsgebiet nur nach einem vorherigen Antrag und von einem spanischen Exekutivbeamten einziehen lassen können. So etwas lernt man im ersten Lehrjahr an der Diplomatenschule. Außerdem haben Sie gegen ein Prinzip verstoßen, das auf der ganzen Welt gültig ist. Sie beide haben sich mit jemandem eingelassen, ohne sich vorher zu vergewissern, wer er ist. Ich, meine Herren, habe nämlich schon mit einigen Ihrer Ministerpräsidenten gespeist, als Sie noch mit einer Trommel vor dem Bauch um Ihre Buddelkiste herumrannten.«

»Ja, aber –«

»Nichts aber, meine Herren. Sie werden jetzt ganz artig dieses Grundstück verlassen, in Ihr Konsulat fahren und dort auf einen Anruf warten, in dem Ihnen mitgeteilt wird, in welchem Land Sie ab nächster Woche spielen dürfen. Guten Tag.« Sie wandte sich an ihren Butler. »Anatol. Würden Sie den Herren bitte den Weg hinaus zeigen, und danach verbinden Sie mich bitte mit Benjamin.«

Die beiden Männer trollten sich wie zwei geprügelte Hunde.

»Welchen Benjamin meinst du, Tantchen?«, fragte die Gräfin mit einem breiten Grinsen.

»Na, welchen werde ich wohl meinen. Netanjahu natürlich«, brüllte Auguste so laut, dass es die beiden noch hören konnten.

Als sie weit genug weg waren, schütteten sich die drei Frauen vor Lachen aus.

»Kinder, nein.« Mira wischte sich die Tränen aus den Augen.

»Meinen Pass werden die ihr Lebtag nicht vergessen. Vielen Dank, Königliche Hoheit.«

»Keine Ursache, mein Kind.«

»Aber eines würde mich doch noch interessieren. Welchen Benjamin meinten Sie wirklich?«

»Das mit Netanjahu war kein Quatsch! Sie wollen doch, dass das mit Ihnen und Ihrer Dienststelle wieder in Ordnung kommt, oder?«

»Ja, sicher.« Jetzt war es Mira, die fassungslos war.

Anatol kehrte auf die Terrasse zurück. Er übergab Mira einen Brief. »Entschuldigen Sie, meine Dame, aber diesen Brief vergaßen die Herren vor lauter Schreck an Sie weiterzuleiten.«

Mira öffnete erstaunt den Umschlag und las. So herzlich, wie sie eben noch hatte lachen können, so tieftraurig wurde ihr Gesichtsausdruck.«

»Kindchen«, fragte die Großherzogin besorgt. »Ist es was Ernstes?«

Mira nickte. Tränen rannen ihr über die Wangen. »Fatma hat es leider nicht geschafft. Sie ist heute Morgen im Militärkrankenhaus von Haifa an einer Infektion des Rückenmarks gestorben.«

12

Der junge Diakon, der Crasaghi als Adjutant zugeteilt war, hatte darum gebeten, beim Bischof beichten zu dürfen. Dazu verzogen sich die beiden unter Deck. Berger übernahm solange das Steuer der Llaut. Nach ein paar Minuten kam Seine Exzellenz wieder nach oben.

»Nanu, allein?«

»Der junge Bruder ist mit den Rosenkränzen beschäftigt, die er zu beten hat.«

Berger grinste. »Auch in einem Kirchengewand kann ein rechter Schlingel stecken.«

Crasaghi lächelte in sich hinein. »Ich kenne Sie nun auch schon ein paar Tage, Señor. So ein Satz rutscht Ihnen nicht einfach so heraus. Was liegt Ihnen auf der Seele?«

»Eine Frage, Exzellenz, eine simple Frage.«

»Raus damit.«

»Die Nummer mit Ihrem Tauchurlaub können Sie einem Ihrer Kollegen im Beichtstuhl andrehen. Ich frage mich sogar, ob Sie überhaupt ein richtiger Bischof sind.«

Das Erstaunen in Crasaghis Blick war echt. »Wie kommen Sie denn darauf?«

»Sie sehen aus wie ein Filmstar. Ihr Keuschheitsgelübde kann durchaus als Verbrechen an der Damenwelt angesehen werden. Sie sprechen diverse Sprachen fließend. Sie haben überall in der Welt Kontakte, um die Sie jeder Außenminister beneiden würde. Mein lieber Daniele, bei Ihnen ist etwas faul.«

Berger hatte an dieser Stelle mit einem breit angelegten Dementi gerechnet. Stattdessen folgte ein vielsagendes Schweigen. Crasaghi brüllte etwas auf Latein unter Deck.

Berger stutzte. »Was hat der arme Teufel denn verbrochen? Besonders freundlich hat sich das nicht angehört.«

»Ich habe dem jungen Mann gesagt, dass er noch ein paar Rosenkränze drauflegen soll, denn das, was ich Ihnen jetzt sagen werde, muss unter uns bleiben.«

»Wird das eine Beichte?«

»So ähnlich, mein Lieber. Mein Name ist wirklich Daniele Crasaghi, ich bin wirklich Priester, meine Familie hat wirklich mehr Geld, als wir jemals ausgeben können, und inklusive Latein beherrsche ich acht Sprachen.«

Berger schüttelte ungläubig den Kopf. »Damit sind schon mal die ersten hundert Vaterunser fällig.«

»So viele?«

»Ich denke, der Bischof war gesponnen?«

»Nicht ganz, ich darf mich so nennen, übe als Kurienbischof aber keine seelsorgerische Funktion aus. Ich bin Leiter des Geheimdienstes des Vatikans.«

Berger riss die Augen auf. »So ein waschechter Sankt Null-null-Christi? Ein J. Edgar Hoover der Glaubenskongregation? Benedikts Kardinal Richelieu?«

»Jetzt tragen Sie aber ein wenig dick auf, finden Sie nicht auch?«

»Bei Ihnen, lieber Daniele, kann es nicht dick genug sein. Suchen Sie auf Cabrera auch nach Uran, für ein klitzekleines Sakralbömbchen vielleicht?«

»Nein, obwohl auch der Vatikan Interesse daran hat, dass hier kein spaltbares Material gefunden wird. Ich bin im Auftrag der Glaubenskongregation hier, um nach dem Heiligen Gral zu suchen.«

Berger war für einen Moment ehrlich sprachlos. Er sah Crasaghi an, als sei ihm der Leibhaftige erschienen. »Haben Sie sich heute Morgen vorgenommen, im Laufe des Vormittages einen Atheisten mal so richtig zu verarschen?«

»Nein, das ist die Wahrheit.«

»Hier auf Cabrera soll sich der Heilige Gral befinden? Wie kommen Sie denn auf das schmale Brett?«

»Ihnen ist vielleicht bekannt, dass Richard Löwenherz 1192 auf seinem Rückweg vom dritten Kreuzzug von Leopold von Österreich gefangen genommen und erst gegen ein heftiges Lösegeld freigelassen wurde.«

Berger nickte. »Das war doch die Nummer mit Little John und Robin Hood.«

»Stimmt, die interessieren uns aber nicht weiter. Zeitgenössischen Unterlagen zufolge, die bisher unentdeckt im Kirchenarchiv des Vatikans schlummerten, wurde König Richard vor seiner geplanten Gefangennahme gewarnt und legte auf seinem Weg von

Akkon nach Genua aus Furcht vor Raub und Plünderung seiner Kriegsschätze nicht auf Sardinien, sondern auf Cabrera an, um sie dort zu verstecken. Darunter soll auch der Heilige Gral sein.«

Berger lachte. »Mal abgesehen davon, dass es das Ding gar nicht gibt, ist das eine nette Geschichte.«

Crasaghi zog die Stirn kraus. »Was macht Sie so sicher, dass es den Gral nicht gibt?«

»Weil halb Hollywood ihn schon erfolglos gesucht hat. Außerdem gäbe es dann irgendwo einen Menschen, der daraus getrunken hätte und die ewige Jugend besäße, und den, mein lieber Herr Bischof, hätten Sie längst bei irgendeiner Castingshow auf der Bühne entdeckt. Aber nehmen wir mal an, es gibt ihn wirklich: Warum macht der hier zuständige Erzbischof die Suche nicht offiziell, steckt sich auf Cabrera einen Claim ab und lässt tausend Ministranten mit Schippchen und Eimerchen kommen, um loszulegen?«

»Weil es nicht um irgendeinen alten Pott geht, sondern um die wohl wichtigste Reliquie des Christentums.«

»Danach werden wir beide also die nächsten Tage suchen?«

»Erst, wenn der ganze Zinnober hier vorüber ist. Jetzt werden wir wohl kaum Zeit dafür haben.«

Berger zweifelte. »Mehrere Hundertschaften von Polizisten haben die Insel gerade eben erst auf links gedreht oder sind noch dabei, das zu tun. Und die haben jede Menge Spezialgeräte, die ihnen dabei helfen. Da werden wir zwei Deppen nicht unbedingt den großen Coup landen.«

»Glück, mein Lieber Residente, hat nur der, der nicht daran zweifelt.« Crasaghi lächelte Berger an. »Aber dafür, dass Sie grundsätzlich an allem zweifeln, hatten Sie eigentlich schon eine Menge davon.«

Beide betrachteten voller Bewunderung das Ziel ihrer kurzen Überfahrt.

»Mein Gott, ist das ein wunderschönes Fleckchen Erde.«

Berger lachte auf. »Wenn es denn mal Erde wäre, dann würde hier eine Menge mehr wachsen. Stattdessen finden Sie hier fast alles, was auf Fels gedeiht. Und wie Sie ja schon lesen konnten, wachsen hier in Höhlen auf wundersame Weise sogar Grale.«

***

Carmen hatte alles, was García Vidal angeordnet hatte, in die Wege geleitet. Momentan war sie dabei, die Aussagen der Flüchtlinge zu protokollieren. Sie gab den Namen des alten Mannes routinemäßig in den »Schengencomputer« ein. Es wurde eine Überlagerung angezeigt. Ein marokkanischer Asylberechtigter, der auf den Namen Melok Ibn Ahmed Salech hörte, war darin verzeichnet. Diesen Namen hatte der alte Salech als einen seiner Söhne genannt. Davon, dass der junge Mann Arzt in der Uniklinik von Barcelona war, hatte er allerdings nichts gesagt.

»Interessant«, murmelte Carmen. »Den wollen wir doch mal kurz anrufen. Vielleicht ist das wirklich Papas Sohnemann, und er kann uns helfen.«

Es dauerte nur drei Minuten, da hatte sie ihn schon am Hörer.

»Señor Salech, mein Name ist Carmen Lucas, ich bin Comisaria der *Policía Nacional* auf Mallorca. Ich bitte Sie um Ihre Mithilfe.«

»Gern.«

»Ihr Vater ist Ahmed Ibn Hussein Salech?«

»*Sí*, Señora. Ist etwas mit ihm?«

»Machen Sie sich bitte keine Sorgen. Er ist auf einem etwas abenteuerlichen Weg nach Mallorca gekommen, zusammen mit Ihrer Mutter, Señor. Sie sind bei bester Gesundheit. Leider steht ihre Einreise mit einer strafbaren Handlung in Zusammenhang, was das Asylverfahren extrem belasten könnte.«

Der Arzt wusste sofort, worauf es Carmen ankam. »Und was verlangen Sie von mir, damit dieser Zusammenhang nicht aktenkundig wird? Geld?«

Carmens Stimme wurde scharf. »Könnten Sie wohl akzeptieren, dass es auch Polizisten gibt, die nicht auf ihr persönliches Wohl aus sind?«

»Entschuldigen Sie bitte, Señora. Aber mein Verdacht ist der Erfahrung geschuldet, die ich mit der Polizei gemacht habe.«

»Ich hoffe, nicht mit den spanischen Kollegen. Wäre es Ihnen möglich, noch heute nach Mallorca zu kommen? Es wäre doch nett, Ihren Vater wiederzusehen und uns bei dieser Gelegenheit vielleicht einige Fragen zu beantworten.«

»Gern, Señora. Es wird sich einrichten lassen«

***

Nachdem sie in der Hafenbucht von Cabrera angelegt hatten, wollte sich Berger zuerst im Haus von Angel Bauzá umsehen. Er hoffte, dort Hinweise darauf zu finden, woher der wirtschaftliche Reichtum des Fischers stammte. Ganz im Gegensatz zum Äußeren des Mannes war sein kleines, direkt am Hafen gelegenes Häuschen geradezu proper.

»Meine Herren«, entfuhr es Berger. »Der hat hier öfter den Boden gewischt als sich die Zähne geputzt.«

Das wollte dem Bischof nicht einleuchten. »Macht ihn das nun verdächtig?«

»Nicht unbedingt verdächtig, aber es schärft den Blick eines jeden Betrachters. Ein derart offensichtlicher Bruch macht neugierig und lädt zur Suche nach der Ursache ein.«

»Die Mallorquiner lieben es doch, Familienfotos aller Generationen an den Wänden hängen zu haben.« Crasaghi zeigte im Raum herum. »Wenn ich mich hier so umschaue, frage ich mich, ob Ángel das erklärte schwarze Schaf der Familie war?«

»Wie kommen Sie darauf?«

»Schauen Sie doch mal dahinten, da ist die ganze Ecke voll.« Crasaghi ging auf die Stelle zu. »Das sieht aus wie eine intakte Familiengalerie. Dann kommt dieses Wahlplakat. Ich nehme an, es handelt sich dabei um den vom Comisario erwähnten Kommunistenführer Emilio Bauzá. Es würde mich nicht wundern, wenn das sein Vater gewesen wäre. Danach ist bildlich gesehen Ebbe. Es kommt nichts mehr. Da vorn hängt nur noch seine Konzession als Fischer auf Cabrera. War Bauzá juniors politisches Zuhause vielleicht doch eher die rechte Ecke?«

Berger nickte. »Sie haben recht, Daniele.« Er schaute sich um. »Hier hängt wirklich kein weiteres Bild. Das deutet durchaus auf einen Bruch innerhalb der Familie hin, und die politische Zugehörigkeit kann dabei eine große Rolle spielen. Ich möchte die restlichen Bauzás nicht unbedingt als Kommunisten hinstellen, aber um sich mit einem dunkelroten Dogmatiker, wie der Clan-Chef Emilio einer war, in die Wolle zu bekommen, hätte für Bauzá schon eine moderate konservative Grundeinstellung ausgereicht.«

»Wir sollten uns nach einem Parteibuch umsehen.« Crasaghi drehte sich auf dem Absatz einmal um die eigene Achse. »So etwas hat man doch eigentlich in seinem Schreibtisch. Wenn man aktiv ist, in der obersten, wenn man vom Alltag geläutert wurde, vermutlich in der untersten Schublade. Ich sehe aber noch nicht einmal einen Schreibtisch.«

Das gesamte Haus bestand aus einem einzigen Wohnraum und einer kleinen Küche im Untergeschoss sowie einem Schlafraum mit Terrasse und einem Bad in der oberen Etage. Sie benötigten nicht lange für ihren Rundgang.

»Hier ist wirklich kein Schreibtisch. Auch sonst nichts, was nach Büroarbeit aussieht. Der Mann muss irgendwo noch ein Haus haben. Als Kleinunternehmer erstickt man normalerweise in Papierkram.«

»Vielleicht hat er einen Buchhalter.«

»Was zu ermitteln wäre.« Berger stutzte. »Oben im Schlafzimmer, neben dem Bett, standen drei gepackte Seesäcke.«

Crasaghi nickte. »Ja, da standen welche. Aber das ist doch für einen Seemann nicht ungewöhnlich, oder?«

»Der Seesack ist für einen Seemann sein Heiligtum. Da hat man nicht mehrere von. Aber selbst wenn, Bauzá war Fischer, das ist eine ganz andere Spezies. Warum hat der so viele Seesäcke, wo er doch jeden Abend hier direkt vor seinem Haus anlegen kann?«

»Vielleicht wollte er verreisen oder umziehen.«

»Lassen Sie uns nachsehen, Daniele. Einen Blick wird es wohl wert sein.«

Vom Jagdfieber gepackt, nahm Berger immer zwei Treppenstufen auf einmal. Die Seesäcke waren schnell geöffnet, und beide schauten sich verwundert an. Berger hob einen und kippte den Inhalt auf den Fußboden. Vor ihnen lagen um die dreißig originalverpackte Schnorchelsets. In den beiden anderen Seesäcken waren Hüte, Mützen, Strandbekleidung und Luftmatratzen, schlichtweg alles, was ein Tourist an einem Strandkiosk kaufen konnte.

»Diesen ganzen Quatsch hat doch Carmen in der Höhle an der Südklippe gefunden. Hat Bauzá hier einen Kiosk betrieben?«

Crasaghi schüttelte den Kopf. »Nein, dann wären die Wände sicher voll von dem Zeug.«

Bergers Gesicht hellte sich auf. »Kinder, nee, wir reden die ganze Zeit von den Rissen, die durch die Familien gehen, und sehen sie nicht. Bauzá war zwar ein Bauzá, aber noch lange kein Bauzá.«

Der Bischof schaute ihn prüfend an. »Schmerzen scheinen Sie bei so einem Anfall aber nicht zu haben.«

»Hören Sie doch hin.« Berger wurde ungeduldig. »Bauzá war zwar ein Bauzá, aber noch lange kein Bauzá.«

Man sah Crasaghi an, wie der Groschen pfennigweise fiel. »Und weil er ein Bauzá war, aber kein Bauzá sein durfte, zahlte er es den Bauzás so heim, wie es ein Bauzá eben tun würde.«

»Genau, er zahlte es ihnen heim, wo es ihnen ehrlich wehtun würde, nämlich auf ihrem eigenen Terrain.«

»Sagen Sie, Miguel, was ist Ihrer Meinung nach der Schreibtisch eines Fischers?«

Berger klopfte Crasaghi anerkennend auf die Schulter. »Sein Boot. Und ebendieses werden wir uns jetzt einmal ganz genau ansehen.«

***

Es gab zwar niemanden auf dem gräflichen Anwesen, der Fatma gekannt hatte, dennoch war es so etwas wie Trauerstimmung, was dort durch die Räumlichkeiten waberte. Selbst Filou lag nicht wie sonst faul und träge in seinem Körbchen, sondern saß betreten schauend auf seinem Platz und beobachtete genau, was um ihn herum geschah. Man hatte das Gefühl, das Tier scanne die gesamte Umgebung mit seinen sensiblen Antennen ab.

»Ach, Kind«, sagte die Großherzogin seufzend. »Wie können wir dem Mädel nur helfen?«

»Ich fürchte, gar nicht«, antwortete Gräfin Rosa. »Wir können ihr zehnmal sagen, dass sie für Fatmas Tod nicht verantwortlich ist, es wird nichts nützen. Wir waren nicht dabei, als das alles passierte.«

»Womit du recht hast. Was mir aber im Nachhinein richtig Angst macht, ist ihr Gesicht. Mit jeder Minute, die nach der Todesnachricht verstrich, wurde ihr Gesicht härter, ja fast schon brutal.«

»Du meinst, sie hegt Rachegefühle?«

Die Großherzogin kaute auf ihrer Unterlippe. »Ich fürchte, ja. Das Schlimme dabei ist, dass ich sie so gut verstehen kann.«

Sie verstummten, denn soeben betrat Mira die Terrasse. Sie

schien aus der Schockstarre wieder erwacht zu sein, aber ihr sonst so gewinnendes Lächeln war komplett aus ihrem Gesicht verschwunden. Sie hatte wieder den schwarzen Kampfanzug an, in dem sie die Gräfin aus dem Wasser gezogen hatte.

»Gräfin, Sie wollten heute noch mit der Großherzogin nach Cabrera fahren. Ich wäre Ihnen dankbar, wenn Sie mich mitnehmen würden.«

Rosa versuchte, in ihrem Gesicht zu lesen, was sich hinter Miras Stirn abspielte. »Mir scheint, als ließe diese Bitte auf nichts Gutes schließen. Was wollen Sie da?«

Miras Fassade blieb undurchdringlich. »Auf der Insel befinden sich noch persönliche Dinge von Fatma, die nicht in falsche Hände gelangen sollen.«

»Wenn ich Sie so ansehe, Kindchen, dann sind diese Dinge bei Ihnen auch nicht unbedingt in richtigen Händen«, sagte Tante Auguste besorgt.

»Richtig«, stimmte Rosa zu. »Wenn es sich nur um eine angebrochene Packung Tampons handeln würde, hätten Sie andere Klamotten an.«

Mira schossen die Tränen in die Augen. »Ich will, dass diese Schweine nicht einfach so davonkommen.«

»Ich denke, Sie haben die Herrschaften schon im Wasser abserviert?«

»Nicht die vom U-Boot.«

»Mira, wie stellen Sie sich das vor? Wollen Sie sich am Strand auf die Lauer legen und warten?«

»Nein. Ich habe mit unserer Vertretung telefoniert und über den Konsul Kontakt zu meinen ehemaligen Vorgesetzten aufgenommen. Um meinen Abgang vom Mossad einigermaßen verträglich zu gestalten, habe ich mich bereit erklärt, diese ganze U-Boot-Geschichte noch mit aufzuklären. In meiner Zentrale wissen sie inzwischen, wer der Kopf dieser Schieberbande ist und wo er sich aufhält. Sie wissen auch, wie die U-Boot-Besatzung neue Instruktionen bekommt.«

»Heißt das, Sie wissen, wann die wieder hier vorbeikommen?«

»In der kommenden Nacht. Der israelische Geheimdienst hat durch einen fingierten Funkspruch neue Fracht angefordert. Soweit ich herausgehört habe, ist das alles mit dem spanischen Außenministerium abgesprochen. Der Übergabepunkt ist diesmal auf hoher See.«

Gräfin Rosa war völlig verdattert. »Es werden Flüchtlinge übergeben?«

»Insgesamt vierzehn, darunter auch Kollegen vom Mossad.«

»Das hört sich für mich so an, als hätten sie erneut die Firma gewechselt«, sagte die Großherzogin scharf. »Ich denke, wir hatten eine Abmachung. Haben Sie das schon vergessen?«

»Nein, Königliche Hoheit, aber zuvor habe ich für ein paar Tage eine kleine Nebenbeschäftigung. Erst danach stehe ich Ihnen komplett zur Verfügung.«

»Wenn Sie dann noch leben.«

»Davon gehe ich aus.«

»Ist das alles mit dem Comisario abgesprochen?«

»Nein«, antwortete Mira genervt. »Aber mit allen an der Aktion beteiligten staatlichen Diensten. Die werden es ihm schon irgendwie beibringen. Darf ich nun mit Ihnen mitfahren? Sie müssen mich nur vor der Insel absetzen, den Rest mache ich ganz allein.«

Die Großherzogin erhob sich. »Rosa, mein Kind, ich denke, wir sollten in See stechen.«

»Du wirst diesen Irrsinn doch nicht etwa mitmachen?«

»Nein, aber wir können das Schlimmste vielleicht noch verhindern, wenn wir auch dort sind. Unsere liebe Mira fährt sowieso, wenn nicht mit uns, dann irgendwie anders, und wenn sie schwimmt. So können wir die Hinfahrt nutzen, um ihr diesen Furz im Hirn irgendwie auszutreiben.«

***

Die Hoffnung, dass sie irgendwelche Papierunterlagen oder sonstige Aufzeichnungen an Bord von Bauzás Boot finden würden, trog. Anders als in seinem Haus war der gute Angel hier nämlich nicht annähernd so ordentlich gewesen. Zuerst gingen Berger und Crasaghi Stück für Stück die Bordelektronik durch. Aber da war nichts zu finden, was von der normalen Ausrüstung eines kleinen Fischerbootes abweichen würde. Das einzige Extra war der Glasboden – und überhaupt die Rumpfform, wie Berger jetzt erst feststellte. Eigentlich war das Boot ein klassischer Katamaran, nur wurde dieser Vorteil bei der Verdrängung dadurch wieder aufgehoben, dass der Rahmen des Glasbodens bis in die Wasseroberfläche hineinragte und somit Widerstand bot. Was Berger ebenfalls jetzt erst auffiel, waren die beiden mächtigen Gasdruck-Federarme, die an der hinteren Kante des Glasbodens angebracht waren.

»Was meinen Sie, Daniele, das sieht aus, als könnte man den Boden hochklappen, oder nicht?«

»Dann würde die Kiste doch absaufen«, warf der Bischof irritiert ein.

»Nicht unbedingt.« Berger zeigte auf die Außenwände des Bootes. »Wenn sich der Rand des Ausschnittes für diesen Glasboden oberhalb des Wasserspiegels befindet, dann nicht.«

»Warum hat Bauzá dann nicht auch Schnorcheltouren angeboten? ›Erst gucken, dann tauchen‹, das wäre doch ein super Slogan gewesen.«

Berger sah ihn völlig entgeistert an.

»Was ist denn nun schon wieder? Habe ich etwas Dummes gesagt?«

»Im Gegenteil, mein Lieber. Ihre Worte waren so was von klug.« Berger raufte sich seinen kurz geschorenen Schopf. »Wir sind derartig blinde Hornochsen! Wenn Blödheit fromm machen würde, hätten Sie uns beide schon längst heiliggesprochen.«

»Michael, bitte reden Sie Klartext. Wieso sind wir blöd?«

»Weil uns das mit den Tauchfahrten nicht schon früher aufgefallen ist.«

Crasaghi hätte mit seinem dusseligen Gesicht jedes »Blondinen-Festival« gewonnen.

»Jetzt wissen wir, wie die Flüchtlinge an Bord gekommen sind.«

»Aha, das ist schön. Aber so richtig zufrieden wäre ich erst, wenn Sie mich in den Kreis der Wissenden aufnehmen würden. Ich verstehe nur Bahnhof.«

»Bauzá hat so eine Art Flüchtlingswaschmaschine erfunden. Als Flüchtlinge kamen sie auf die Südseite der Insel, während er fischte, zu ihm an Bord. Hier hat er sie mit allen notwendigen Accessoires ausgestattet, um sie dann unauffällig als Touristen durch den Glasbodenschacht in die Freiheit zu entlassen. Mit den Ausflugsbooten sind die Damen und Herren schließlich ans Festland gebracht worden. Kein Zoll, keine Polizei, kein gar nichts.«

»Aber wo hat er die armen Teufel von Bord geschickt?«

»An der blauen Grotte. Da schnorcheln doch jeden Tag Hundertschaften von Touristen.«

»Ich denke, deren Zahlen standen immer genau fest? Das wäre doch jedem Kapitän aufgefallen.«

»Natürlich, die waren mit von der Partie. Er hat dem Kapitän pro Flüchtling einen Hunderter gegeben oder auch zwei, und der hat seine Passagiere auf der Heimfahrt einfach nicht mehr so genau wie eigentlich erforderlich gezählt. So ist es keinem Menschen aufgefallen, dass mit fast jeder Tour Flüchtlinge nach Mallorca kamen. In Colonia Sant Jordi wurden sie abgeholt, und damit war alles perfekt.«

»Das ist ja ungeheuerlich«, murmelte der Bischof.

»Und wir wundern uns, warum Bauzá sein Boot aus der Portokasse bezahlen konnte.« Berger schüttelte den Kopf. »Wir sollten schnellstens den Comisario einfliegen lassen. Der muss entscheiden, was hier weiter unternommen wird.«

***

García Vidal hatte von den Verantwortlichen des Inselrates nur widerstrebend grünes Licht für seinen Deal mit den beiden Schmugglerköniginnen bekommen, und das auch nur unter Vorbehalt. Die Abmachung galt nur für den Plagiatswarenschmuggel der Vergangenheit. Sowie nur noch die kleinste Kleinigkeit hinzukäme, wäre die Vereinbarung hinfällig.

Er fuhr gerade die Auffahrt zur gräflichen Finca hoch, als ihm der Rolls-Royce der Großherzogin entgegenkam. Darin erkannte er neben ihr und Gräfin Rosa auch Mira.

Er parkte seinen Wagen und stieg aus. Der Rolls-Royce hielt ebenfalls, und es öffnete sich eine Tür.

»*Hola*, Comisario«, sagte die Gräfin. »Wir haben es zwar eilig, aber ich möchte kurz etwas mit Ihnen besprechen. Leider waren Sie auf Ihrem Handy nicht zu erreichen.«

»Es tut mir leid, Señora, ich habe mit meinen Bossen verhandelt.«

»Es geht um unsere gute Mira.«

»Ihretwegen bin ich hier.«

Rosa staunte ihn an. »Wieso das denn?«

»Es kommt gleich ein Hubschrauber, der Frau Katzev und mich nach Cabrera bringen wird. Dort soll irgendeine Aktion der spanischen und israelischen Geheimdienste laufen, von der ich mal wieder absolut nichts wissen darf. Unsere heiß verehrte Frau Doktor hat da wohl eine nicht unwesentliche Funktion.«

»Haben Sie eine Ahnung, was da abgehen soll?«

»Und wenn ich sie hätte, ich dürfte Ihnen nichts darüber verraten.« García Vidal lächelte sie vielsagend an. »Ich nehme an, dass da irgendein Schwein abgestochen werden soll, dessen Fleisch auf keinen Fall in den Handel gelangen darf.«

Mira krabbelte aus dem Wagen. »Das haben Sie aber wirklich nett umschrieben, Comisario, und damit den Nagel auf den Kopf getroffen. Ich bin Ihnen dankbar, dass Sie es den beiden Damen erklärt haben. Mir haben sie nämlich kein Wort geglaubt und gedacht, ich mache jetzt hier einen auf Rambo. Und dass Sie mich jetzt sogar mit einem Hubschrauber abholen, ist mehr als nur aufmerksam.«

García Vidal nickte freundlich in den Rolls-Royce. »Königliche Hoheit, Gräfin Rosa, wir sind dann mal weg.«

In diesem Augenblick schwebte auch schon der Helikopter über ihren Köpfen ein und setzte hinter der Finca auf einem freien Campo auf.

Rosa fühlte sich durch die Ereignisse etwas überrumpelt. Sie setzte sich wieder in den Wagen und sah ihre Tante fragend an. »Und was machen wir jetzt?«

»Aber Kindchen«, antwortete die Großherzogin. »Wir fahren natürlich wie geplant nach Cabrera, wozu hast du sonst dein Kampfschwein scharfgemacht?«

Die Gräfin sah zuerst Filou an, der neben der Großherzogin saß, dann wieder ihre Tante. »Also wenn ich es genau bedenke, bin ich mir nicht sicher, liebes Tantchen, wen von euch beiden du meinst.«

»Och, Liebchen«, quengelte Auguste wie ein kleines Kind. »Auf Cabrera ist bald was los, und hier ist der Hund begraben. Lass uns endlich dorthin fahren, wo einer alten Dame etwas geboten wird.«

***

Auf der Flughafenwache der Polizei fand sich ein kleines Büro, in dem Carmen sich in Ruhe mit Dr. Salech unterhalten konnte.

»Ich danke Ihnen, dass Sie sich die Zeit genommen haben, meine Arbeit hier auf Mallorca zu unterstützen.«

»Wenn ich ehrlich bin, Señora, fühle ich mich eher, als hätten Sie mich herzitiert.«

»Sie können davon ausgehen, dass ich das getan hätte, wenn Sie einer Anreise nicht so prompt zugestimmt hätten. Aber nun sind Sie da, und wir können unser Treffen als einen freundlichen Besuch Ihrerseits werten.« Sie schaute kurz in ihre Unterlagen. »Señor Salech, mir ist klar, dass Sie Ihren Bruder, der sich noch in Marokko befindet, in Gefahr bringen, wenn man Ihnen eine Zusammenarbeit mit den Behörden nachweisen kann.«

»Das ist nicht ganz richtig, Señora«, korrigierte Salech. »Es reicht schon der bloße Verdacht.«

»Genau das ist der Grund, warum wir uns hier am Flughafen treffen. Ich habe auf meinem Laptop Bilder von diversen Personen, die wir verdächtigen, sich mit kommerziellem Menschenhandel zu befassen. Wir wären Ihnen dankbar, wenn Sie sich diese Bilder einmal ansehen würden.«

»Warum soll ich das machen? Sie verlangen von mir, dass ich Menschen verpfeife, die mir entscheidend dabei geholfen haben, in Spanien mein Glück zu finden.«

»Diese Herrschaften hätten Sie aber auch ohne Bedenken über Bord geschmissen, wenn Ihnen im Zuge Ihrer Einreise ein Polizeiboot begegnet wäre. In diesem Job ist sich jeder selbst der Nächste.«

»Worin liegt mein Vorteil, wenn ich Ihnen helfe?«

»Ich könnte mich zum Beispiel um Asyl für Ihre gesamte Familie bemühen.«

Der Arzt überlegte kurz. »Gut, Sie scheinen ein Mensch zu sein, auf den man sich verlassen kann. Machen wir den Deal. Ich werde Ihnen helfen, soweit ich kann, ohne meine Leute zu gefährden.«

Als Carmen den Bildschirm ihres Computers gerade zu Dr. Salech drehen wollte, klingelte ihr Handy. Der Comisario war dran und berichtete ihr von Bergers Entdeckung. »Ich fasse es nicht«, war ihr Kommentar. »Da wäre ich im Lebtag nicht draufgekommen. Ich frage hier gleich mal meinen Gesprächspartner.« Sie klappte ihr Handy wieder zu.

Dr. Salech nickte ihr wohlwollend zu. »Ich danke Ihnen, dass Sie es mit der von Ihnen zugesicherten Anonymität ernst meinen. Was soll ich Ihnen bestätigen?«

»Ich bitte Sie, sich folgende Geschichte anzuhören und mir zu sagen, ob Sie sie so oder anders erzählen würden.«

Er nickte. »Gern.«

»Der Fluchtweg geht von Casablanca per Flugzeug nach Tunesien und zu Fuß weiter durch die Wüste nach Libyen. In einer Hafenstadt werden die Flüchtlinge mit verbundenen Augen auf Schiffe verfrachtet, wobei es sich auch um U-Boote handeln könnte. Die Fahrt dauert etwa drei Tage, dann geht es, wieder mit verbundenen Augen, in eine Höhle. Einige Zeit später werden die Flüchtlinge wie Schnorcheltouristen verkleidet und von einem Fischerboot auf die andere Seite der Insel Cabrera gebracht. Dort steigen Sie durch ein Loch im Boot ins Wasser, um gleich darauf neben einem Touristenboot wieder aufzutauchen und nach Colonia Sant Jordi oder in eine andere Hafenstadt im Süden Mallorcas gebracht zu werden.«

Wieder nickte Salech. »Wenn ich ein Drehbuch schreiben würde, wäre das die Handlung.«

»Wunderbar. Kommen wir zum Casting. Wie würden Sie die Rollen besetzen?« Sie drehte den Computer zu ihm hin, und der junge Arzt betrachtete eine Menge Bilder.

Bei Julián Álvarez schoss sein Zeigefinger zum ersten Mal nach vorn. »Den hier würde ich als mittleres Management besetzen. Der hat in Colonia Sant Jordi alles für uns geregelt.« Er merkte gar nicht, wie er plötzlich aus dem Rollenspiel ausbrach und konkret wurde. Auch bei Angel Bauzá tippte er auf den Bildschirm. »Das war der Fischer, der uns zum Schnorcheln brachte. Er hat uns außerdem mit Essen versorgt, als wir in der Höhle eingesperrt waren.«

Den zweiten Durchlauf der Bilder sah sich der Mann ebenfalls klaglos an, ohne aber weitere Personen identifizieren zu können.

»Was ich sagen kann, ist, dass die Menschen, mit denen wir zu tun hatten, ständig mit sehr viel Respekt von den beiden *dueñas* sprachen, den ›Eigentümerinnen‹ all derer, die an der Aktion beteiligt sind. Das müssen wohl die absoluten Bosse hier auf Mallorca sein.«

»Woher wissen Sie das mit den *dueñas?* Haben die Helfer denn Arabisch oder Französisch miteinander gesprochen?«

»Teilweise, aber nur die Frauen und die Leute auf dem U-Boot.«

»Und der Rest?«

»Sprach Mallorquinisch.«

»Und das haben Sie verstanden?«

»*Sí*, Señora. Ich war schon als kleiner Junge Fan von Barça. Der FC Barcelona war für mich das Himmelreich. Zu meinem achten Geburtstag hat mich mein Vater zu einem Architektenkongress nach Barcelona mitgenommen, und bei der Gelegenheit sind wir auch zu einem Spiel ins Stadion Camp Nou gegangen. Mich haben die vielen freundlichen Menschen damals sehr fasziniert, und von da an wollte ich unbedingt Catalán lernen. Und ich habe es gelernt.«

»Haben Sie inzwischen die spanische Staatsbürgerschaft?«

»*Sí*, Señora. Ärzte werden hier gebraucht.« Er sah sie fragend an. »Señora, Sie sagten, dass ich meine Eltern wiedersehen dürfe, wenn ich nach Mallorca komme. Ich denke, ich habe mich an unsere Abmachung gehalten.«

»*Sí*, Señor. Das haben Sie. Aber eine Begegnung auf dem Flughafen halte ich für nicht so gut.«

»Das würde mir aber schon reichen, Señora, bitte!«

»Nein, ich halte es für das Beste, wenn Sie gleich in das nächste Flugzeug nach Barcelona steigen. Die Beamten werden Sie über das Rollfeld dorthin begleiten.«

»Werde ich abgeschoben? Warum?«

»*No*, Señor, das ginge ja gar nicht. Sie sind Spanier.«

»Warum darf ich meine Eltern dann nicht im Gefängnis besuchen?«

»Weil Sie im Flugzeug neben Ihnen sitzen werden.«

Sein Gesicht leuchtete vor Freude. »Wirklich?«

»*Sí*, Señor. Vergessen Sie aber bitte nicht, sich mit Ihren Eltern bis spätestens Montag bei der Ausländerbehörde zu melden. Wir haben Sie verwaltungstechnisch dorthin abgegeben.«

***

Es war für den Comisario klar, dass man eine Lagebesprechung mit Berger nur dort abhalten konnte, wo es genießbaren Cortado gab. Auf Cabrera war das nur bei Cati der Fall. Doch solange man nicht sicher war, wer eigentlich zu den Guten und wer zu den Bösen gehörte, musste man vorsichtig sein. Darum trafen Mira und er sich mit dem Residente und Crasaghi in der kleinen Station der Guardia Civil. Einer der jungen Beamten bekam den eminent wichtigen Job, sie per Autoshuttle mit Catis Cortados zu versorgen – bei den Straßen auf Cabrera eine echte Herausforderung. Kurz bevor der junge Mann die erste Runde servierte, gesellten sich noch die Kolleginnen Arantxa Burguera und Marga Santo zu ihnen. Die beiden waren mit der Spurensicherung der beiden Höhlenkomplexe befasst gewesen.

»Na, seid ihr endlich durch?«

Beide nickten bedient. »Noch so einen Scheißjob, und ich kündige«, raunzte Marga Santo, als sie sich setzte. »Habt ihr eine Ahnung, was es heißt, so eine Riesenhöhle gentechnisch zu untersuchen?«

»Und wenn man dann endlich durch ist, hat man plötzlich einen Neandertaler als Hauptverdächtigen«, ergänzte Berger trocken.

García Vidal blieb sachlich. »Gibt es denn schon irgendwelche Erkenntnisse?«

»Als wir den Müll, den wir in der Höhle vorfanden, durchsucht hatten, dachte ich, die Reste einer Teenagerparty beseitigt zu haben.« Arantxa Burguera winkte ab. »Genauso sieht es aus, wenn mein siebzehnjähriger Sohn Geburtstag gefeiert hat.«

»Unordnung ist nicht unbedingt nur eine Vorliebe der Jugend«, wandte Crasaghi ein. »Wenn unsere Ministranten ihr monatliches Treffen im Messdienerheim beendet haben, ist oft das blanke Chaos angesagt.«

»Gab's sonst noch was, außer Müll?«

»Nur das Übliche.« Marga griff sich den Cortado des Residente, ohne seine Protestgeste zu beachten. »Es sind unglaublich viele Proben genommen worden. Bis die Forensiker ausgetüftelt haben, wie viele Menschen die Höhle in letzter Zeit genutzt haben, sind die Verdächtigen schon an Altersschwäche gestorben.«

»Ganz genau«, erklärte Arantxa. »Wir wussten ja noch nicht mal, wohin mit den Spuren. Unsere Forensik ist eh überlastet, und die in Barcelona hat auch gleich abgelehnt. Wir mussten den ganzen Quatsch nach Valencia schicken. Die Proben von gestern, die aus den jeweiligen Zentralhöhlen, sind aber teilweise schon fertig erfasst, und da gibt es zwei Auffälligkeiten.«

»Welche denn?«, fragte Berger neugierig.

»Die Bösewichte, die in der einen Höhle tätig waren, hatten mit der anderen nichts zu tun, und sie können nicht aus nur einer Familie stammen.« Arantxa klappte lautstark ihre Kladde zu.

García Vidal war enttäuscht. »Also das Worst-Case-Szenario: Es könnte praktisch jeder mit jedem gewesen sein.«

»*Sí*, Señor.«

Er schüttelte den Kopf. »Es ist zum Knochenkotzen. Egal wo wir mit den Ermittlungen ansetzen, wir schmieren ab.« Ihm fiel plötzlich etwas ein. »Arantxa, ich bitte Sie, Señora Bauzá und Señora Álvarez für zwölf Uhr mittags noch einmal in die Kanzlei des Notars zu bestellen. Ich will mit ihnen zusammen in das Archiv gehen, vielleicht werden sie dann etwas gesprächiger.«

»Bis dahin sollten wir mal eine Bestandsaufnahme machen, was wir alles auf der Habenseite sehen«, sagte Berger, um die Stimmung etwas aufzuhellen. Sein Gesicht verfinsterte sich aber gleich wieder, als er von dem jungen Wachtmeister einen halb verschütteten Cortado vorgesetzt bekam. »Señor Sargento«, sagte er ironisch, »ich hätte gern einen neuen. Und ich wäre Ihnen dankbar, wenn ich ihn aus der Tasse trinken könnte, statt ihn vom Tablett zu schlürfen.« Er rieb sich mit nun wieder strahlender Miene die Hände und fasste zusammen: »Wir haben in toter Form zwei schwule Nazis, eine Irakerin, den Fischer Bauzá, das arme Schwein von Schickebier und Großvater Pepe. Des Weiteren das Muränenfutter, bestehend aus dem Polizisten und dem Notar. Wir nehmen an, dass die Nazis und die Irakerin den heimischen Schmugglern bei ihrer irrwitzigen Suche nach spaltbarem Material in die Quere kamen und Schickebier mit dem Foto von den auswärtigen Chefschmugglern abgelost hat. Vierfache Todesursache: zur falschen Zeit am falschen Ort. Das gilt wohl auch für den toten Kollegen von der Guardia Civil. Er hat Narratx nur kurz melden wollen, dass er abgehört wird. Der wurde allerdings gerade umgebracht, weil er dem Comisario einen Tipp gegeben hatte. Schließlich haben die beiden auf der Straße weithin sicht- und vielleicht sogar hörbar miteinander geredet. Für die Mörder war das offensichtlich Grund genug. Abhören konnten sie ihn da unten ja nicht. Zeuge am Mord des Notars zu werden, war auch das Todesurteil des jungen Kollegen. Bleiben als ermittlerischer Störfaktor also nur noch Angel Bauzá und Großvater Pepe.«

»Nein«, widersprach der Comisario. »Kein Störfaktor. Wenn wir Bauzás DNA in der Höhle nachweisen können, in der die Flüchtlinge untergebracht waren, ist erwiesen, dass das Kerngeschäft des Bauzá-Clans entgegen den Beteuerungen der feinen Señora Bauzá Cantratx der Menschenhandel ist. Für das Rauschgift wäre demnach die Familie Álvarez zuständig.«

»Das könnte sein, muss aber nicht«, bestätigte Berger. »Wenn dem aber so wäre, dann hätte Bauzá folgerichtig als Verräter liquidiert werden müssen, als wir die Rauschgifthöhle fanden, also nach Opa Pepe. Gestorben ist er aber vorher. Die Reihenfolge ist falsch.« Nun bekam er doch endlich eine volle Tasse. »Gibt es von den Beamten, die wir zur Bewachung der Clan-Chefinnen und des Hafenmeisters abgestellt haben, etwas Neues?«

»Nein«, kam es niedergeschlagen vom Comisario. »Der Hafenmeister macht nichts weiter als seinen Dienst, und die beiden Damen bleiben mit ihren Hintern schön zu Hause. Es telefoniert keiner, und es werden auch keine Mails geschrieben.«

»Das hört sich nach allgemeinem Abwarten an«, warf der Bischof ein, »als würde man absichtlich Funkstille halten.«

»*Sí*, Señor.« García Vidal massierte sich die Stirn. »Verdammt, ich weiß einfach nicht, wo ich ansetzen soll.«

Alles brütete eine Weile vor sich hin.

»An was für einer Aktion ist eigentlich Frau Katzev beteiligt?« fragte Berger.

»Darüber darf ich nichts sagen.« García Vidal machte eine entschuldigende Geste. »Nur so viel, dass es den Zulieferern der Menschenhändler heute Nacht noch an den Kragen geht. Die Aktion wird von der Marine und dem militärischen Abwehrdienst koordiniert. Cabrera ist heute Nacht komplett zu räumen, damit sich die einzelnen Dienste nicht in die Quere kommen.«

»Was ist mit den Touristenbooten?«

»Die Touristen wurden komplett ausquartiert und von Leuten der Marine ersetzt. Cabrera ist hermetisch abgeriegelt.«

Polternd betrat ein verstörter junger Polizist den Raum. Er wurde von einem kleinen Schwein verfolgt. »Señor Comisario, die Herrschaften ließen sich nicht abwimmeln.«

»So viel zum Thema ›hermetisch abriegeln‹«, meinte Crasaghi lachend.

Die Großherzogin und Gräfin Rosa betraten den Raum.

»Was ist hier los, Comisario?«, schimpfte die alte Dame. »Warum wird hier so ein Zirkus veranstaltet, nur weil ich meinen Sohn besuchen möchte?«

Rosa begrüßte Berger mit einem flüchtigen Kuss. »Tut mir leid«, raunte sie ihm zu, »aber Tantchen war wieder mal nicht zu bändigen.«

García Vidal erhob sich und bot der Großherzogin seinen Stuhl an. Sie setzte sich mit einem Nicken. »Ich danke Ihnen, mein Sohn.«

»Königliche Hoheit«, sagte der Comisario freundlich. »Kann ich Ihnen mit irgendetwas behilflich sein?«

»Natürlich können Sie das. Ich hätte gerne den Herrn dahinten eine Stunde lang für mich.« Sie zeigte auf Berger. »Ich nehme an, dass Sie heute Abend alle wieder aufs Festland fahren. Wenn es so weit ist, hätte ich ihn gern als meinen Passagier.«

Bergers Gesichtsausdruck verfinsterte sich. »Königliche Hoheit, Sie nerven.«

»Korrekt«, konterte sie, »aber sehen Sie eine andere Möglichkeit, mit Ihnen mal ein ernstes Wort zu reden?«

Berger wollte etwas erwidern, wurde aber von García Vidal ausgebremst. »Dann sei es so. Da ich Sie, Miguel, spätestens morgen wieder brauche, lösen wir die Runde jetzt auf. Ein Schnellboot der Guardia Civil wird uns alle nach Cala Figuera bringen, und Sie, Residente, nehmen bitte auf der königlichen Jacht Platz.«

»Nichts da«, weigerte sich Berger. »Die Gräfin kommt mit mir mit.«

»Ich hätte Sie aber gern allein, Señor.«

»Und ich möchte ein für alle Mal bemerken, dass es die Gräfin und mich nur noch im Doppelpack gibt.« Es quiekte unter seinem Stuhl.

»Sorry, Filou. Also Doppelpack mit Schwein.«

***

Die Nacht war, wie angekündigt, tropisch und wolkenlos. Aus dem Depot, das sie mit Fatma zusammen angelegt hatte, hatte sich Mira alles genommen, was sie für ihre Mission benötigte. Die See lag spiegelglatt vor ihr, doch wenn alles nach Plan lief, würde sich das bald ändern. Sicher hinter der künstlichen Pinie vor dem Höhlenausgang verborgen, konnte sie alles beobachten, was sich in der Meerenge zwischen Cabrera und dem Felsen der Estell de s'Esclata Sang tat. Kurz nach Mitternacht tauchte die Silhouette einer spanischen Fregatte im Mondlicht vor der Felsenküste auf. Gleich würde ein Marinezodiac anlanden, das später Flüchtlinge und Agenten vom U-Boot ins Felsenversteck bringen sollte. Zeit für Mira, sich von nun an im Wasser zu verstecken. Dass die Israelis eine Agentin auf Cabrera hatten, das wussten die Spanier, nur nicht, was ihre genaue Aufgabe war. Sie zog sich unter die Felsnische zurück, unter der sie sich schon mit Fatma zusammen im Schlauchboot versteckt hatte.

Sie hatte große Probleme, nicht einzuschlafen. In ihrem Neoprenanzug war es angenehm warm, und die voll aufgeblasene Tarierweste hielt sie mühelos an der Wasseroberfläche, sodass sie ganz entspannt auf das Kommende warten konnte. Gegen drei Uhr dreißig tauchte das U-Boot mit leisem Zischen circa vierzig Meter von ihr entfernt auf. Die Besatzung hatte es eilig, die vordere Turmluke wurde sofort geöffnet, um die menschliche Fracht an Deck zu holen.

Mira tauchte zum Bug des U-Bootes und wartete. Geplant war, dass zwei als Flüchtlinge getarnte Agenten die Kontrollleuchten der Torpedoklappen während der Überfahrt so manipulierten, dass sie durch einen Funkimpuls umgepolt werden konnten. Normalerweise leuchteten sie rot auf, wenn sie geöffnet waren. Dazu gab es ein akustisches Signal. Durch ein eingebautes Funkrelais würde diese Funktion genau ins Gegenteil umgekehrt. Als Zeichen, dass alles verabredungsgemäß installiert worden war, sollte ein kleines Leuchtstäbchen, an ein Gewicht gebunden, vom Schlauchboot ins Wasser geworfen werden.

Dem Mossad war bekannt, dass die Schmuggler die Mannschaftsstärke des U-Boots von normalerweise siebzig auf unter zwanzig Mann verringert hatten, damit es sich für alle Beteiligten lohnte. Um sich bei Entdeckung wehren zu können, waren die Torpedorohre bestückt, ein Nachladen wäre aber wegen der fehlenden Kampfbesatzung nicht möglich gewesen.

Die Agenten waren schon bei der ersten Fuhre ans Festland dabei. Das Zodiac hatte noch nicht vom U-Boot abgelegt, da sah Mira schon das Signal. Vorsichtig aktivierte sie den wasserdichten Sender. Wenn alles klappte, würde dem ersten Offizier im Leitstand jetzt optisch und akustisch angezeigt, dass die Torpedoklappen geöffnet waren. Es müsste sofort der Befehl erfolgen, die Kappen wieder zu schließen, doch weil der Sender das Signal umgekehrt hatte, würde genau das Gegenteil passieren. Der wachhabende Offizier schlief nicht, und die Klappen der sechs Fronttorpedos öffneten sich.

Jetzt musste Mira sich beeilen. So schnell sie konnte, fixierte sie jeden der sechs Torpedoköpfe mit vier Holzkeilen. Wenn jetzt einer von ihnen durch Pressluft aus dem Rohr getrieben werden sollte, gäbe es einen sogenannten Rohrkrepierer. Nach getaner Arbeit drückte sie den Senderknopf erneut. Das Spiel wiederholte sich, und prompt schlossen sich die Torpedoklappen wieder.

Wenn die Besatzung fit ist, dachte Mira, schicken sie jetzt jemanden ins Wasser, um die Klappen auf Sicht zu prüfen. Sie schwamm in Deckung. Und wirklich, schon nach Minuten wurde ein Taucher, durch ein Seil gesichert, vom Deck aus ins Wasser gelassen. Er schwamm um den Bug des Schiffes herum und überprüfte jede Klappe einzeln. Ob sie richtig verschlossen waren. Als er wieder an Bord ging, waren auch die restlichen Flüchtlinge übergeben worden, und das U-Boot stach wieder in See.

Es war nun die Aufgabe der spanischen Marine, das Boot aufzubringen. Dass die Besatzung dem Befehl, unverzüglich aufzutauchen, nachkommen würde, war kaum zu erwarten. Durch den Abschuss eines Torpedos hatten sie sich bei anderen Gelegenheiten schon zweimal aus der Affäre ziehen und flüchten können. Zufrieden machte sich Mira auf den Heimweg.

Gegen vier Uhr vierzig war die Explosion sogar noch auf Cabrera zu hören. Zu dieser Zeit hatte Mira den Weg in die Cala Llombards schon zur Hälfte hinter sich. Gegen sieben Uhr dreißig erreichte sie erschöpft, aber guter Laune den Strand. Die erfolgreiche Durchführung ihres Auftrags sicherte ihr den ehrenhaften

Abschied aus der Armee und ihren Pass. Was ihr aber viel wichtiger war: Fatma konnte ihre Ruhe finden.

In der Cala Llombards waren um diese Zeit schon die ersten Frühschwimmer im Wassser, als Mira wie aus dem Nichts plötzlich angeschwommen kam.

»Wo kommen Sie denn her?«, fragte eine Dame auf Deutsch.

»Aus dem Meer.«

»Aus dem Meer, wie kann das denn sein?«

Mira lächelte sie an. »Ich bin eine Meerjungfrau.«

Die Dame wurde ungehalten. »Reden Sie doch keinen Blödsinn. Meerjungfrauen gibt es gar nicht. Außerdem haben die Fischschwänze. Sie haben zwei Beine, also was soll der Quatsch?«

Mira schaute betroffen an sich herunter. »Jetzt weiß ich endlich, warum die mich da unten rausgeschmissen haben.«

Sie ging zum Parkplatz, wo sie wie verabredet den Jeep der Gräfin vorfand. Einer ihrer Mitarbeiter hatte ihn pünktlich dort abgestellt und den Schlüssel auf dem linken Hinterreifen deponiert.

Trotz ihrer Müdigkeit fühlte sich Mira wie neugeboren. Für sie begann mit dem heutigen Tag ein neues, wunderschönes Leben.

13

Carmen gehörte natürlich wieder zu den Ersten im Santanyíer Büro der *Policía Nacional.* In der Linken einen großen Pott Kaffee und in der Rechten einen Stapel Berichte über die vielen aufgelaufenen Kleinigkeiten der letzten Tage balancierend, versuchte sie, unfallfrei ihr kleines Büro zu erreichen. Davor wartete schon Marga Santo auf sie, ein Foto in der Hand.

»Gut, dass du kommst. Ich habe hier ein kleines Problem.«

»Dann schieß mal los.« Carmen öffnete die Bürotür mit ihrem Ellenbogen, und beide Frauen traten ein.

»Vor fünf Tagen ist auf der MA 6100 zwischen Ses Salines und Colonia Sant Jordi ein Notarztwagen geblitzt worden.«

»War er im Dienst?«

»Nein. Der war noch nie im Dienst. Den gibt es gar nicht.«

Nachdem sich Carmen ihrer Last entledigt hatte, griff sie nach dem Foto, das ihr die Kollegin vor die Nase hielt. »Das ist kein Notarztwagen. Die von der Gemeinde sind gelb, und andere gibt es nicht.«

»Solche Notarztschilder fürs Autodach habe ich auch noch nie gesehen. Nachdem ich festgestellt hatte, dass auch das Kennzeichen gefälscht ist, habe ich jedenfalls eine Vergrößerung anfertigen lassen.« Sie gab Carmen ein zweites Foto. Auf dem Dach war nun das Magnetschild lesbar, auf dem in großen Lettern »Notarzt im Einsatz« stand. Auch das Gesicht des Fahrers war deutlich zu erkennen.

»Das kann doch niemals ein Arzt sein«, entfuhr es Carmen. »Der ist doch noch grün hinter den Ohren.«

»Das denke ich auch. Ich habe den Wagentyp durchs Programm laufen lassen und herausgefunden, dass ein Mietwagen dieses Typs in derselben Nacht auf einem Feld nahe Llombards abgefackelt wurde.«

»Im Fall Pepe Álvarez, der in Colonia Sant Jordi von einem vermeintlichen Notarzt getötet wurde, läuft eine Fahndung nach dem Notarztwagen. Gib das Bild des Jungen mal ein, dann werden wir sehen.« Sie schaute ein weiteres Mal auf den Fahrer. »Aber ich kann mir beim besten Willen nicht vorstellen, dass dieser blond gelockte Milchbubi ein eiskalter Mörder sein soll.«

»Welcher Milchbubi mordet?«, fragte Arantxa Burguera, die gerade an Carmens Büro vorbeiging. Als Carmen ihr das Foto zeigte, nickte sie. »So sind sie, vor allem die, die wie ein Engel aussehen.« Sie wollte gerade weitergehen, da hielt sie plötzlich inne und drehte sich um. »Kann ich das Bild noch einmal sehen?«

Carmen gab es ihr.

»Den kenne ich.« Anrantxa verzog das Gesicht, und man sah förmlich, wie sie in ihren Gehirnwindungen wühlte. »Ich denke, den habe ich in der Kirche gesehen. Ich stand am Gang hinten, und er saß rechts von mir. Da sich die Familien instinktiv voneinander ferngehalten haben, ist das vermutlich ein Bauzá.«

Marga Santo nickte anerkennend. »Dann werde ich gleich mal im Computer nachsehen. Vielen Dank, Frau Kollegin.«

***

Der Besprechungsraum der *Policía Local* von Ses Salines war rappelvoll. Die Nachtdienstberichte über die vom Comisario angeordneten Observierungen standen im Mittelpunkt des Meetings. Und da tat sich herzlich wenig.

»Mir kommt es vor, als würden die uns vorführen. Wenn sie nicht ganz blöd sind, haben sie den Braten ohnehin längst gerochen.«

García Vidal sah fast flehentlich zu dem Kollegen der Küstenwache. »Was tut sich in den Häfen? Ich hoffe, dort steppt der Bär.«

»Es tut mir leid, Sie enttäuschen zu müssen. Es hat sich kein Schiff losgerissen. Señor Álvarez geht pünktlich zum Dienst und ebenso pünktlich wieder nach Hause. Einen solideren Hafenmeister kann man sich gar nicht vorstellen.«

»An den Sonarsperren hat sich ebenfalls nichts getan?«

»Absolut nichts. Da ist noch nicht einmal ein Fisch durchgeschwommen, der einen Angelhaken verschluckt hat.«

Das Handy des Comisario klingelte. Am Ton konnte er erkennen, dass es jemand aus seinem Büro war.

»Leute, ich bin gerade mitten in einer –« Er stutzte, dann hörte er aufmerksam zu. »Okay, ich werde mir sofort ein paar Leute schnappen und ihn mir greifen. Mal sehen, was er zu den Vorwürfen zu sagen hat. Danke, Carmen.«

Er schaute sich im Raum um. »Kolleginnen und Kollegen, wir haben im Mordfall Pepe Álvarez eine heiße Spur. Der falsche Notarzt scheint in eine Radarfalle getappt zu sein. Die Kollegen konnten den erst achtzehnjährigen Enrique Bauzá identifizieren. Den nehmen wir uns jetzt zur Brust. *Vamos*, auf in die Carrer Porrassaret.«

Innerhalb von Minuten hatte die *Policía Local* die gesamte Umgebung der kleinen Straße hermetisch abgeriegelt, was García Vidal nur mit Widerwillen zur Kenntnis nahm. Ein bisschen weniger Aufsehen hätte der Sache seiner Meinung nach weit mehr gedient. Der örtliche Polizeichef wollte es sich aber offenbar nicht nehmen lassen, mit Masse und Präsenz vor den Bundespolizisten zu glänzen. Innerhalb von Minuten wusste leider die ganze Stadt, dass es den Bauzás irgendwie »an den Kragen« ging.

García Vidal stieg mit zwei Beamten der *Guardia Civil* aus dem Dienstwagen und klingelte. Señora Bauzá Cantratx öffnete.

»*Bon dia*, Señor Comisario, womit kann ich Ihnen helfen?«

»Ihr Enkel Enrique wurde bei einer Verkehrskontrolle mit einem Notarztwagen geblitzt.«

»Enrique ist mein Großneffe. Mit einem Notarztwagen, sagen Sie?«

»*Sí*, Señora.«

»Er fährt aber keinen Notarztwagen. Das wüsste ich.«

Aus dem Inneren des Hauses rief eine verzweifelte Stimme: »Geh sofort von der Tür weg Tante, sonst muss ich dich erschießen!«

García Vidal reagierte geistesgegenwärtig. Er packte die Frau an den Schultern und zog sie mit einem Ruck auf die Straße. Ein Schuss ertönte, und Holzsplitter von der Haustür stoben herum. Bevor die völlig entgeisterte Señora überhaupt etwas sagen konnte, griffen auch die beiden Beamten zu, und zu dritt schleppten sie die zappelnde Frau hinter ihren Streifenwagen in Deckung. Sie zogen ihre Waffen und hielten sie im Anschlag.

»Enrique, hier ist Comisario García Vidal. Gib auf, mein Junge. Mach nicht alles noch schlimmer.«

»Gehen Sie weg von der Straße und verschwinden Sie überhaupt aus Ses Salines. Ich spreche nicht mit Ihnen.«

Während García Vidal weiterhin erfolglos versuchte, mit dem verschreckten Jungen Kontakt aufzunehmen, alarmierte einer der beiden Polizisten über Funk das *Comando Policial de Operaciones Especiales*, von dem einige Beamte schon zu Anfang der Observierungsaktion vorsorglich in Ses Salines stationiert worden waren. Innerhalb von Minuten waren die Kollegen in Position.

Ein gepanzertes Polizeifahrzeug fuhr vor und brachte Señora Bauzá Cantratx in Sicherheit. In kurzen, sehr sachlichen Sätzen beschrieb die alte Dame ihr Haus und erklärte, wo sich der Junge schon seit seiner Kindheit immer versteckte, wenn es ernst wurde. In einem alten Schrank, der schon seit über hundert Jahren das Entree der Bauzás zierte. Außer ihm und dem Hund war niemand im Haus.

Innerhalb kürzester Zeit drangen mehrere Beamte über den großen Hof von hinten in das Haus ein, sodass nur noch die Diele ungesichertes Terrain war. García Vidal öffnete auch den anderen Flügel der Haustür und schaute vorsichtig in den dunklen Raum. »Enrique, mach keinen Quatsch. Noch kann ich dir helfen. Wenn du erst jemanden erschossen hast, nicht mehr.«

Der Junge schob wortlos die Schranktür von innen auf und schaute vorsichtig heraus. Plötzlich explodierte direkt vor dem Schrank eine Blendgranate, und ein Schuss peitschte durch den Raum. Enriques Waffe flog im hohen Bogen davon, als der Treffer in seiner Schulter den Jungen förmlich in den Schrank zurückschleuderte. Die Beamten des Sonderkommandos stürmten die Diele und zogen ein völlig paralysiertes, greinendes Wesen aus dem Schrank. Ohne Rücksicht auf seine Verletzung zu nehmen, warfen sie Enrique auf den Boden und drehten seine Arme auf den Rücken. Er brüllte dabei wie ein angeschossenes Tier.

Mit gefesselten Händen wurde er auf eine Trage gesetzt, die zwei Sanitäter hereinbrachten. Noch im Entree untersuchte ihn ein ebenfalls alarmierter Notarzt.

»Der Junge ist transportfähig«, sagte der erfahrene Mann ruhig. »Nur ein Steckschuss in der Schulter. Wie es aussieht, sind keine lebenswichtigen Gefäße verletzt.«

Nachdem der nunmehr schweigende Enrique fertig untersucht

und notärztlich versorgt war, versuchte García Vidal noch einmal sein Glück. »Hör mal, mein Junge, das Spiel ist aus.«

»Nein, Señor.« Der Junge begann, wirr zu lachen. »Das Spiel, wie Sie es nennen, beginnt erst richtig, wenn Sie mich nicht sofort wieder freilassen.«

»Du weißt, dass das nicht möglich ist, aber du hast es nicht anders gewollt. Enrique Bauzá, ich verhafte Sie hiermit. Sie stehen in Verdacht, Señor Pepe Álvarez getötet zu haben. Alles, was Sie nunmehr sagen, kann gegen Sie verwendet werden. Sie haben das Recht, sich einen Anwalt kommen zu lassen. Sollten Sie keinen kennen, so wird Ihnen ein Pflichtverteidiger vom Staat gestellt. Haben Sie mich verstanden?«

Enrique reagierte gar nicht auf seine Worte, er lachte nur hysterisch. Der Comisario gab den Sanitätern das Zeichen, dass sie den Jungen nun wegtragen durften. Kurz bevor sie aus der Haustür traten, drehte der sich um und brüllte fast triumphierend. *»Mi dueña me vengará!«*

Enriques Kopf war kaum im Sonnenlicht, da heulte in der Ferne ein Motorrad auf. Wie ein Pfeil schoss es gleich darauf aus einem Feldweg und bog mit halsbrecherischem Tempo nach rechts in die Carrer Porrassaret ein. Der Sozius hatte alle Hände voll damit zu tun, sich auf der Geländemaschine halten zu können. Der Fahrer fuhr auf den Bürgersteig und hielt direkt auf die Sanitäter mit der Trage zu. Der Beifahrer zog eine Maschinenpistole aus seiner Lederjacke und begann zu feuern. Einer der Sanitäter brach getroffen zusammen, der andere ließ sich hektisch nach hinten in den Hausflur fallen. Die Trage fiel krachend zu Boden. Je näher das Motorrad kam, desto präziser saßen die Treffer. Der auf seiner Trage festgeschnallte Enrique hatte keine Chance. Von Schüssen durchsiebt, war er augenblicklich tot. Dann geschah etwas derart Brutales, dass García Vidal es nicht für möglich gehalten hatte. Obwohl der Fahrer des Mord-Bikes noch genug Zeit hatte, um den Toten herumzufahren, raste er direkt über ihn hinweg und benutzte den Körper des Toten als Startrampe für einen zweifelsohne professionellen Flug. Nach gut fünf Metern landete das Motorrad durch seine extrem weiche Federung problemlos wieder auf der Straße. Der Fahrer gab Vollgas, und das Mörderduo verschwand genauso schnell, wie es gekommen war.

Der Comisario hatte hilflos mit ansehen müssen, wie der Junge auf der Trage durchsiebt wurde. Bis er seine Waffe gezogen und die Straße erreicht hatte, bogen die beiden Motorradfahrer bereits wieder rechts in einen Feldweg ab. García Vidal hatte noch nicht einmal Zeit zu schießen. Jetzt ärgerte er sich, dass er über Funk schon den sicheren Zugriff gemeldet hatte. Die SEK-Leute hatten schon zusammengepackt und deshalb nicht eingreifen können.

Geschockt sah er auf den Jungen. *»›Mi dueña me vengará‹?«* Er lachte verzweifelt auf. »Von wegen ›Meine Herrin wird mich rächen‹! Sie hat sich gerächt, aber an dir, du dummer Junge!«

Im Nu war der Ort des Geschehens von den Polizisten umringt, die nicht mit der Verfolgung des Motorrades beschäftigt waren. Der Notarzt, der im Haus noch seinen Papierkram erledigt hatte, kümmerte sich um den angeschossenen Sanitäter.

García Vidal war außer sich vor Zorn. »Bringt mir sofort Señora Bauzá Cantratx her. Sie soll sehen, was sich in ihrem Haus abgespielt hat, sie soll begreifen, was man mit ihrem Großneffen gemacht hat.«

Die am ganzen Leib zitternde Frau musste fast getragen werden. Als sie den Jungen sah, brüllte sie wie irrsinnig auf. »Enrique, mein Junge, was haben sie dir angetan?«

Der Comisario ging auf sie zu, ergriff ihre Schultern und schüttelte sie heftig durch. Er zeigte auf Enriques Leiche. »Das ist das Werk derer, die die ganze Zeit geschwiegen haben, Señora Bauzá Cantratx. Es ist auch Ihr Werk. Sagen Sie mir jetzt um Gottes willen, wer dafür verantwortlich ist!«

Die Frau hyperventilierte fast. »Das waren die *dueñas*!«

»Wer zum Teufel sind diese *dueñas*?«

»Die beiden Álvarez-Mädchen.«

García Vidal glaubte, seinen Ohren nicht trauen zu können. »Maria Antonia und Maria Estrella Álvarez, die beiden Großnichten von Großvater Pepe?«

»Seine Nichten?« Señora Bauzá Cantratx begann, hysterisch zu lachen. »Sie meinen, seine Mörderinnen. Die beiden Engelsgesichter hat der Teufel gezeugt, Señor. Wenn Sie ihre Namen nennen, müssen Sie ausspucken, Señor, um nicht vergiftet zu werden.« Sie spuckte hektisch dreimal auf den Boden. »Gegen das furchtbare Regime dieser beiden Ausgeburten des Bösen waren die Franquistas geradezu eine Wohlfahrtsorganisation. Sie sollen für das, was sie uns allen angetan haben, in der Hölle schmoren!«

García Vidal konnte nichts dagegen tun, dass die alte Dame völlig aus der Fassung geriet und nur noch wirres Zeug brüllte. Er drehte sich hilflos zu dem Notarzt um. »War ich das, Señor Médico?«

»*Sí*, Señor, aber ich denke, Sie waren nur der Auslöser. Irgendwann wäre sie vor Kummer sowieso explodiert.«

García Vidal griff nach seinem Handy und wählte die Nummer von Andrea Bastos. »*Hola*, Andrea, bist du noch in der Kanzlei des Notars?«

»*Sí*«, gab Bastos irritiert zurück.

»Ist Señora Álvarez da?«

»*Sí*. Wir warten auf Señora Bauzá.«

»Die kommt nicht. Schnapp dir die Dame und fahre mit ihr so schnell wie möglich aufs Polizeirevier nach Ses Salines. Dort verbarrikadiert ihr euch so lange, bis Carmen oder ich bei euch auftauchen, ist das klar?«

»Okay, Boss, wir fahren.«

»Ich schicke dir die *Guardia Civil*, die wird euch auf halbem Weg entgegenkommen und euch eskortieren.«

García Vidal legte auf und schaute sich nach einem Offizier der *Guardia Civil* um, den er gerade noch am Ort des Geschehens gesehen hatte. »Señor, trommeln Sie bitte das SEK mit allen Spezialfahrzeugen zusammen. Treffpunkt ist so schnell wie möglich der Parkplatz vor dem Cabrera-Museum in Colonia Sant Jordi. Capitán Ramirez soll mich bitte auf dem Handy anrufen, dann erkläre ich ihm alles Nötige.«

Der Beamte eilte davon, und García Vidal griff erneut zum Telefon, um wie versprochen die *Guardia Civil* zu alarmieren. Er machte ein grimmiges Gesicht. »So, meine beiden Engelchen. Wenn die alte Dame recht mit euch hat, dann kommt jetzt der böse Onkel Cristóbal mit der Kavallerie und wird euch die Flügel stutzen.«

***

Señora Bauzá Cantratx hatte sich nach einer kurzen Behandlung durch den Notarzt wieder so weit unter Kontrolle, dass sie ihrer

Trauer nur noch durch Tränen Ausdruck verlieh. Sie saß, still vor sich hinweinend, im Mannschaftsbus und wartete darauf, wieder in ihr Haus gehen zu können. Carmen, die inzwischen ebenfalls in der Carrer Porrassaret eingetroffen war, setzte sich zu ihr. »Señora Bauzá, es tut mir unendlich leid, dass wir Ihren Enrique nicht mehr retten konnten.«

Sie nickte. »Ich weiß, mein Kind, Sie haben Ihr Möglichstes getan. Ermordet haben die ihn.«

»Wen meinen Sie genau mit ›die‹?«

»Die beiden Álvarez-Mädchen. Sie sind die Ausgeburt des Bösen. Ihre erste Jugendbande hatten sie schon als Ministrantinnen, und in der Schule gab es auch bald keinerlei Gesetze mehr für sie.«

»Sie meinen, keinen Kodex«, hakte Carmen nach.

»Den schon gar nicht. Nein, ich meine wirklich Gesetze. Die Álvarez-Mädchen haben geraubt, betrogen und gefoltert. Altersgenossen, die ihnen nicht hörig waren, wurden systematisch in den Tod getrieben. Der Junge ist ihnen zum Opfer gefallen, weil er jung und dumm war. Die beiden hatten ihn verhext.«

»Warum haben Sie sich denn nicht schon viel früher an die Polizei gewandt?«

»Gegen das eigene Fleisch und Blut aussagen? Enrique ans Messer liefern? Würden Sie gegen alles verstoßen, was Ihnen einmal etwas wert und wichtig war? Nein, junge Dame, für eine Bauzá war es noch nie eine ernsthafte Option, einen Bauzá zu verraten. Selbst wenn er einer Álvarez hörig war.«

»Wer hängt von Ihrer Familie noch mit drin?«

»Welche Kinder von meinen Nichten und Neffen da mitmachen, weiß ich nicht genau. Von Enrique wusste ich es nur, weil er bei mir wohnte. Einmal war er völlig verzweifelt und wollte sich umbringen, nur weil Maria Estrella ihre Hand weggezogen hatte, als er sie mit einem Handkuss begrüßen wollte. Stattdessen hielt sie sie einem anderen hin.«

»Das klingt, als seien die Jungen verrückt nach den Álvarez-Mädchen.«

»*Sí*, Señora, ausnahmslos. Es geht sogar so weit, dass sie den Jungen befehlen, mit welchem anderen Mädchen sie zusammen sein sollen. Auf diese Weise haben sie auch die jungen Mädchen unter ihrer Knute. Hier, in Colonia Sant Jordi, läuft schon seit Jahren nichts mehr, ohne dass die Álvarez-Mädchen es abnicken. Selbst auf ihrer Schule waren sie die Bosse. Irgendwann hatten wir Alten hier und auch auf Cabrera nichts mehr zu sagen. Mein Bruder hat versucht, sich dagegen aufzulehnen. Einen Tag später fanden sie ihn im Hafenbecken. Er sei betrunken hineingestürzt, hieß es. Dabei hatte er noch nie in seinem Leben auch nur einen Tropfen Alkohol angerührt. Das wussten alle und ließen es sich eine Warnung sein. Als wir irgendwann herausfanden, dass seit einer ganzen Weile Rauschgift über Cabrera reinkam, hieß es, dass sich unsere Jugendlichen einer marokkanischen Gang angeschlossen hätten. Die Drecksarbeit wurde nämlich immer von nordafrikanischen Frauen erledigt. Die waren gut, unglaublich brutal und gewissenlos. Es gab keine Schuld, die sie nicht eingetrieben haben. Doch irgendwann dämmerte uns, dass es andersrum war, dass die beiden Mädchen diese Amazonen engagiert hatten. Es dauerte nicht lange, da kam zum Rauschgift dann auch noch Schutzgeld.« Sie lachte auf. »Und wie man hört, jetzt sogar Menschenhandel.« Sie vergrub das Gesicht in ihren Händen. »Mein Gott, die sind achtzehn bis zwanzig Jährchen alt. Was wird erst sein, wenn sie dreißig sind? Dürfen wir hier überhaupt noch in Ruhe sterben, oder verfüttern uns diese Teufel vorher schon an die Fische?«

Carmen legte ihr die Hand auf die Schulter. »Señora Bauzá Cantratx, ich bin zu unerfahren, um Ihren Schmerz überhaupt begreifen und vielleicht sogar nachempfinden zu können. Ich kann Ihnen nur versprechen, dass dieses Terrorregime der Mädchen heute noch ein Ende nehmen wird. Das Haus der Àlvarez wird gerade von der Polizei gestürmt.«

»Und wenn schon.« Die alte Dame winkte müde ab. »Stellen Sie sich das nur nicht so einfach vor. Die sind jung, aber durchtrieben und geradezu teuflisch professionell. Unterschätzen Sie diese Mädchen nicht, sonst werde ich morgen an Ihrem Sarg stehen, so wie ich heute vermutlich noch am Sarg Ihres Kollegen stehen werde.«

Carmen zog ihre Stirn kraus. »Wissen Sie, wie viele Amazonen von den Mädchen angeheuert wurden?«

»Es hat einmal mit zweien angefangen. Inzwischen sollen es acht sein. Sie sind irgendwo zwischen Llombards und Ses Salines auf einer Finca untergebracht, die eigentlich an Touristen vermietet wird. Ich habe aber gehört, dass zwei von ihnen bei einem Tauchunfall umgekommen sein sollen.«

»Wir müssen also mit sechs rechnen.«

»*Sí*, Señora Comisaria.«

»Und wissen Sie, was das genau für Frauen sind?«

»Es sind Teufelinnen, genau wie ihre beiden *dueñas*. So lassen sich diese beiden Rotzgören von ihren Leuten nennen. *Mi dueña*, ›meine Besitzerin‹. Ist das nicht lächerlich?« Sie lachte auf. »Ich war auch einmal die Chefin unserer Sippe, aber auf so eine Idee wäre ich nie gekommen. Und wenn doch, hätten mich meine Leute mit Schimpf und Schande aus dem Dorf gejagt.«

***

Als Berger und der Bischof an der Sammelstelle eintrafen, wartete García Vidal dort schon mit einem ganzen Aufgebot auf sie.

»*Hola*, Comisario, hier sind wir. Was liegt an?«

»Das habe ich Ihnen doch schon am Telefon erzählt. Wir warten noch auf das Okay des *Comando Policial de Operaciones Especiales*. Die haben noch nicht genug Leute zusammen.«

»Das ist doch aber sicher kein *Palacio*, sondern ein ganz normales Haus. Da reichen doch wohl ein paar Mann.«

»Schon«, erwiderte der Comisario, »aber wir wollen unbedingt vermeiden, dass uns noch jemand so einfach durch die Lappen geht wie vorhin die Motorradmörder.«

»Hat man die inzwischen gefunden?«

»Negativ.«

Berger sah sich um. »Ist Señora Álvarez schon da?«

»Seit fünfzehn Minuten.« García Vidal wies mit dem Kopf auf den Einsatzbus der *Guardia Civil*. »Sie sagt aber nichts.«

»Schon wieder dieser Kodex?«, wollte Crasaghi wissen.

»*Sí*, Señor. Der Schwur, niemanden aus der Branche zu verpfeifen, ist denen heilig.«

Das ließ der Bischof nicht gelten. »Hier geht es nicht um einfachen Schmuggel, sondern um Totschlag und eiskalten Mord. Ich denke sehr wohl, dass das eine andere Branche ist.«

»Das ist richtig«, ging Berger dazwischen. »Aber es geht hier um das eigene Fleisch und Blut. Da schlägt das Unrechtsempfinden hin und wieder seltsame Haken.«

Marga Santo kam mit dem richterlichen Durchsuchungsbeschluss. »Wir sind rechtlich aus dem Schneider, Comisario.« Sie wies über ihre Schulter nach hinten. »Da kommt Capitán Ramirez. Er scheint uns seine Aufstellung für das kommende Match mitteilen zu wollen.«

An dem beschwingten Gang des Capitán konnten sie ablesen, dass er bereit war. »*Vamos*, Comisario, wir können«, rief er ihnen zu. »Das Haus in der Carrer de Velázquez ist bereits umstellt, der Angriff kann erfolgen. Señor Berger, sind Sie wieder mit von der Partie?«

»Dank Ihnen, Capitán, aber aus dem Alter bin ich, denke ich, raus.«

***

Das Haus der Álvarez war typisch mallorquinisch. Nichts an der Fassade ließ darauf schließen, welchen Wohlstand seine Bewohner genossen. García Vidal und Marga Santo hatten sich mit schusssicheren Westen ausgerüstet und fuhren nun mit einem Streifenwagen vor dem Einsatzobjekt vor. Für den Laien war nichts weiter zu beobachten, als dass da ein ganz normaler Streifenwagen vor dem Haus hielt. Dass die ganze Gegend von Beamten nur so wimmelte, war nur für den Experten sichtbar. Die beiden stiegen aus dem Wagen und gingen zur Tür, wo sie mehrmals erfolglos klingelten. Als sie schließlich ihre Waffen zogen, waren sie im Nu von mehreren Beamten des SEK umringt. Mit Rammböcken wurden die Schlösser aller Eingangstüren des Hauses gleichzeitig aufgestoßen, und mit vorgehaltenen Waffen drangen die Kollegen von allen Seiten her ein. Es erklangen Rufe aus dem hinteren Teil des Hauses. Ein Schuss war zu hören, dann ein lautes Jammern. Als García Vidal in die Küche stürmte, aus der das Geräusch gekommen war, fand er einen kaum achtzehnjährigen Jungen vor, der sich auf dem Boden krümmte. Ein glatter Schulterdurchschuss hatte ihn gestoppt. Ein Polizist des Sondereinsatzkommandos überreichte Marga eine alte russische Armeepistole, die, wie sich jetzt erst herausstellte, gar nicht geladen war.

Der Mann zuckte bedauernd mit den Schultern. »Es tut mir leid, Comisario, aber dieser Esel hat auf mich angelegt. Woher sollte ich wissen, dass die Knarre blind ist?«

»Wie ist dein Name?«, herrschte García Vidal den geschockten Jungen an.

»Ich sage Ihnen nichts«, kam es greinend zurück.

»Damit deine *dueña* nicht sauer auf dich ist, stimmts?« Marga schien mit dieser Behauptung den Nagel auf den Kopf getroffen zu haben.

»*Sí*, Señora, sie wissen von ihr?«

»Sie schickt uns, du Esel.«

Der Junge war so verschüchtert, dass er gar nicht in der Lage war, Sinn von Unsinn zu trennen. »Ist das wahr?«

»*Sí*, mein Junge. Und du wolltest auf uns schießen. Welcher Maria du auch gehörst, sie wird ganz schön sauer auf dich sein.«

In seinen Augen war nackte Panik zu sehen. »Bitte, Señora, sagen Sie ihr nichts. Ich bitte Sie, sie wird mich töten.«

»Nein, mein Junge, bei uns bist du in Sicherheit.«

»So wie Enrique es war?«

García Vidal stutzte. »Woher weißt du von Enrique?«

»Wir haben über Funk mitgehört.«

»Wo?«

»Hinten im Labor. Sie müssen dreimal an der Stahltür klopfen, dann wird Ihnen geöffnet.«

»Und wer öffnet?«

»Joau.«

»Ist der auch bewaffnet?«

»Nein, der ist harmlos. Der gehört uns allen.«

García Vidal schüttelte den Kopf. »›Der gehört uns allen‹«, äffte er ihn nach. »Wo sind wir hier nur hineingeraten.«

Gefolgt von mehreren Beamten ging der Comisario zur beschriebenen Stahltür. Nach dreimaligem Klopfen wurde sie wirklich geöffnet. Ein blasser junger Mann stand dahinter.

»Sind Sie der Comisario?«

»*Sí*, Señor. Und Sie?«

»Mein Name ist Joau Gómez.« Er machte eine einladende Geste. »Dann mal hereinspaziert. Was glauben Sie, wie lange ich schon auf Sie warte.«

Als García Vidal eintrat, verschlug es ihm die Sprache. Er stand in einem rund fünf mal fünf Meter großen Raum, dessen Wände mit aller erdenklichen Elektronik nur so gespickt waren. »Wo bin ich hier?«

»Im Herzen des Bösen, Señor.«

»Sie wussten, dass wir kommen?«

»Natürlich. Sie haben ja ausreichend digitalen Krach gemacht.«

»Wir haben geheime digitale Frequenzen benutzt. Die sind abhörsicher.«

»*Sí*, Señor«, gab der junge Mann trocken zurück. »Und der Klapperstorch bringt die Babys.«

»Moment mal«, fuhr Marga dazwischen. »Wir haben Spezialhandys. Die sind definitiv safe.«

Joau nickte gelangweilt. »So definitiv, wie der Flamingo die schwulen Babys bringt.«

Marga Santo und García Vidal steckten irritiert ihre Waffen weg.

»Sehen Sie diese kleine Wunderkiste?« Joau ging auf eine Art Funkstation zu, wie sie von Amateurfunkern benutzt wird. »Das ist ein digitaler Frequenz-Cracker. Mit dieser Maschine höre ich jedes Handy ab, das im Umkreis von fünf Kilometern in Gebrauch ist.«

»Aber da kommt doch nur Klicken und Klacken heraus, oder nicht?«

»So ein Blödsinn. Wir hören hiermit alles schön im Klartext. So eine Kiste haben wir auch für Ihren Funk, inklusive aller Träger- und Unterfrequenzen.«

Der Comisario kam aus dem Staunen gar nicht heraus. »Sie wussten also über jeden unserer Schritte Bescheid?«

»*Sí*, Señor, über Ihre Schritte, die der *Guardia Civil*, der *Policía Local*, der Ranger auf Cabrera, der Küstenwache, der Feuerwehr und der Krankenwagen. Hätte die Heilsarmee Funk, wüssten wir auch, was vor jeder Suppe, die gereicht wird, gepredigt wird.«

»Wurden die Küstenwache und der Notar auch von hier aus abgehört?«

»*Sí*, Señor, bis uns der junge Polizist auf die Schliche kam.«

García Vidal schaute ihn ernst an. »Sie gehören also zu denen?«

»Ja und nein«, kam es gefasst. »Ja, da ich der Kopf dieser ganzen Elektronik bin. Nein, weil ich es nicht freiwillig tue. Die Amazonen haben meine beiden Schwestern als Geiseln auf ihrer Finca. Als ich mich einmal weigerte, eine Wanze zu bauen, brachten sie mir ein Ohr von Dana. Ich bin mir sicher, dass es bei der nächsten Weigerung ein etwas größeres Stück geworden wäre.«

»Wo ist diese Finca?«

»Zwischen Llombards und Ses Salines.« Er ging zum Computertisch. »Ich werde Ihnen ein Satellitenbild ausdrucken. Dank Google Earth kein Problem.« Nach ein paar Klicks sprang der Drucker an.

García Vidal wies einen der Polizisten an, den Ausdruck an sich zu nehmen. »Damit gehen Sie zum Residente. Der soll sich Carmen schnappen und dort einmal nach dem Rechten sehen.« Wieder an Joau gewandt, fügte er hinzu: »Und das, was Sie mit unserem Funk machen, können Sie auch mit deren Funk?«

»Aber Señor, wollen Sie mich beleidigen?«

»Nein. War nur so eine dumme Idee.« García Vidal wurde unruhig. »Wissen die eigentlich, dass wir hier sind?«

»*Sí*, Señor. Deswegen sind sie ja nicht mehr hier.«

»Und wissen Sie, wo sie sind?«

»Nein. Sie simsen nur untereinander.«

»Das könnte man doch auch cracken«, sagte Marga Santo.

»*Sí*, Señora, aber ich liebe meine Schwestern in einem Stück.«

Marga wurde skeptisch. »Und diese Salamitaktik Ihrer Arbeitgeber sollen wir Ihnen glauben?«

»Ich habe noch das Ohr, in Formalin eingelegt. Das hat man mir als kleine Gedankenstütze hingestellt.«

Über Carmen wusste García Vidal von den Nordafrikanerinnen. Nun hoffte er, etwas mehr über die geheimnisvollen Damen herauszubekommen. »Waren das diese sagenumwobenen Nordafrikanerinnen?«

Joau nickte. »*Sí*, Señor. Es sind aber Libyerinnen. Die *dueñas* haben sie bei irgendeiner Marokkoreise kennengelernt. Es sind ehemalige Elitekämpferinnen aus Gaddafis Leibgarde.«

»Danke für den Tipp. Darauf werden wir uns einstellen. Die kochen letztlich auch nur mit Wasser.« Der Comisario zuckte bedauernd mit den Achseln. »Ihnen ist doch klar, dass wir Sie erst einmal verhaften müssen?«

Joau nickte. »Tun Sie, was Sie nicht lassen können. Ich wandere nur von einem Verlies ins andere. Für das, was ich getan habe, muss ich die Konsequenzen tragen. Aber ich bin überzeugt, dass jeder von Ihnen dasselbe getan hätte. Sie haben ja keine Ahnung, mit wem Sie es zu tun haben.«

»Doch, mein Junge, ich mache mir gerade ein Bild davon.« García Vidal überlegte kurz. »Na bitte«, entfuhr es ihm. »Ich habe eine Idee.« Er hob sein Funkgerät an den Mund. »Kollegen, könnt ihr mir mal Capitán Ramirez herschicken?«

Nach kurzer Zeit kam der Gerufene und traute seinen Augen nicht, als er den Raum betrat. »Was ist denn das hier?«

»Dieser junge Mann hier«, der Comisario zeigte auf Joau Gómez, »kann mit seiner Höllenmaschinerie alles, wovon Sie nur träumen, Señor, und ich schwöre Ihnen, dass davon nichts erlaubt ist.«

»Hört sich gut an.« Ramirez schaute sich bewundernd um.

García Vidal legte Joau seine Hand auf die Schulter. »Ein einmaliges Angebot, Capitán, aber Sie müssen sich sofort entscheiden.«

»Und welches?«

»Ich biete Ihnen den jungen Mann hier mit all dem ganzen Quatsch. Wenn Sie ihn nehmen, wird er einer von den Guten und Sie einer von den sehr Guten.«

Ramirez nickte. »Okay, und welche Kröte muss ich dafür schlucken?«

»Keine.«

»Wenn Señor Gómez will, dann will ich auch.«

Joau nickte, und Ramirez reichte ihm die Hand. »Willkommen auf unserer Seite, junger Mann, aber zuerst will ich wissen, was Sie alles können, dann sage ich Ihnen, was Sie bei uns verdienen.«

Joau lächelte ihn glücklich an. »Und wenn es nur ein Euro ist, dann hätte ich mich schon verbessert.«

14

Die Finca, auf der die Amazonen untergebracht waren, konnte mit Hilfe des Ausdrucks leicht gefunden werden. Das Haus selbst war so dicht von Palmen eingerahmt, dass man es von der Straße aus nicht einsehen konnte. Wenn man direkt vor den so typischen mallorquinischen Steinmauern stand, wucherten dahinter schier undurchdringliche Kakteenhecken. Ein Vorauskommando des SEK hatte bereits rund um das Grundstück Posten bezogen, als Berger und Carmen dort eintrafen. Bischof Crasaghi war nicht dabei. Er hatte beschlossen, am Abend die Totenmesse für den jungen Polizisten zu lesen, und wollte sich in Ruhe in der Sakristei der Kirche von Ses Salines darauf vorbereiten.

Sie wurden von einem der Beamten begrüßt. »*Hola*, Comisaria. Bisher konnten wir keinerlei Lebenszeichen ausmachen. Die Finca scheint leer zu sein.«

Carmen drehte sich zu Berger um. »Señor Residente, ich sehe, dass Sie Ihre Waffe gezogen haben. Ich denke, Sie sind zu alt für solche Nummern?«

»Viel zu alt, aber wenn ich dich da allein reingehen lasse, werde ich auch nicht viel älter. Bleibe ich hier draußen, und dir passiert etwas, wird Tomeu mich schlicht und ergreifend erschlagen. Das kann ich nicht riskieren.«

Sie schaute ihn prüfend an. »Kann ich mich darauf verlassen, dass Sie im Haus nicht Ihren Hintern riskieren werden?«

Berger grinste sie an. »Wie könnte ich, meine Liebe. So einen schönen Arsch bekomme ich nie wieder.«

»Also dann.« Sie führte das Funkgerät ans Gesicht. »*Vamos*, Señores. Sehen wir mal, was uns drinnen erwartet. Seid vorsichtig, es soll sich um Elitekämpferinnen handeln.«

Mit Macheten und großen Astscheren wurden Schneisen in den blühenden Wall geschlagen und geschnitten. Dann erst konnten die einzelnen Trupps von allen Seiten her zu dem einsam gelegenen Haus vorrücken. Die dichte Bepflanzung rundherum, die das Haus vor Blicken von außen schützen sollte, bot den Polizisten nun eine hervorragende Deckung.

Langsam schlichen sie weiter vor. Dabei musste irgendjemand wohl eine Lichtschranke durchquert haben, denn im Gebäude heulte plötzlich eine Sirene los. Schüsse fielen. Carmen und Berger warfen sich sofort in Deckung. Von den Palmen um sie herum stoben Holzstückchen durch die Luft und prasselten auf sie herab. »Da scheint jemand verärgert zu sein«, bemerkte Berger trocken. »Frag doch mal, ob die Kollegen hinten auch beballert werden.«

Die schienen mitgehört zu haben, denn postwendend kam die Antwort über Funk. »Beschuss nur von der Portalseite. Wir rücken weiter vor.«

Vom Garten her ertönte Sekunden später der Knall einer Explosion. Schlagartig wurde nicht mehr nach draußen geschossen, jetzt ballerte jemand im Haus herum. Die Trupps links und rechts neben ihnen schossen Tränengasgranaten durch die Scheiben ins Innere. Ein greller Blitz durchzuckte das Haus, dem ein weiterer enormer Knall folgte.

Unmittelbar darauf kam über Funk: »Zugriff ist erfolgt. Eine männliche Person in Gewahrsam.« Von allen Seiten her drangen jetzt Trupps des SEK in das Haus ein. Eine Etage nach der anderen wurde gesichert. Carmen und der Residente gingen nun ebenfalls rein. Sie hatten eigentlich ein Chaos erwartet, trafen aber genau das Gegenteil an. Überall herrschten penible Ordnung und Sauberkeit.

»Scheinen wirklich nur Frauen zu sein«, meinte Carmen grinsend. »Dabei ist es völlig schnurz, ob die nun aus Europa oder aus Libyen kommen.«

»Ich bin gespannt, was für ein Backfisch uns da ins Netz gegangen ist. So planlos, wie die herumgeballert hat, kann das mit der Elite nicht weit her sein.«

Im Entree hatten die Besamten einen jungen Mann festgenommen, der mit auf dem Rücken fixierten Händen auf dem Boden lag und wie ein kleines Kind wimmerte.

»Was ist das denn?«, wunderte sich Berger. »Stand Gaddafi auf knackige Knabenärsche, oder ist das der Hausknecht der libyschen Damenwelt?«

Carmen gab einem der Polizisten ein Zeichen. »Hebt dieses Häufchen Elend mal auf und setzt ihn auf einen Stuhl. Vielleicht beruhigt er sich dann wieder.«

Etwas entfernt war mit einem Mal ein leises Klopfen zu hören. Alles horchte angestrengt, woher es kommen könnte.

»Das hört sich nach der Küche an«, sagte einer der Beamten ungläubig. »Aber die haben wir doch gesichert.«

Sie schlichen in die angegebene Richtung, um die Signale nicht zu übertönen. In der Mitte der Küche waren sie am lautesten. Berger ging in die Knie und legte sein Ohr an die Bodenfliesen. »Hier muss es einen Keller geben.«

»Wenn, dann ist der Zugang dazu im Vorratsraum.« Carmen sah sich um. »Der muss hier nebenan sein.«

Neben der Küche war ein Hauswirtschaftsraum mit Waschmaschinen und Trockner eingerichtet. Unter einem Rollschrank fanden sie die für mallorquinische Häuser typische Falltür zum Keller. Von dort aus gingen ein paar Stufen nach unten. Drei Polizisten gingen vorsichtig treppab. Früher hatte man da unten sicher eine Petroleumlampe entzünden müssen, heute war ein Bewegungsmelder eingebaut. Es waren jetzt Hilferufe zu hören, die immer lauter wurden.

»Können die Kollegen mit dem Hooligantool mal herunterkommen?«, gab einer der Männer über Funk durch. »Wir haben hier einen Verschlag, der durch eine Tür gesichert ist.«

Ein Polizist eilte mit einem übergroßen Krallenbrecheisen in den Keller. Nach kurzer Zeit war die Tür geöffnet.

»Señora Comisaria, Sie können jetzt herunterkommen, der Raum ist gesichert«, schnarrte es aus dem Funkgerät.

Berger und Carmen stiegen die kurze Treppe hinab und fanden in dem kleinen Raum hinter der aufgebrochenen Tür zwei junge Mädchen vor, die sich völlig verängstigt umarmten, wobei jede versuchte, die jeweils andere mit ihrem Körper zu schützen. Einer der beiden fehlte ein Ohr.

Carmen komplimentierte die Polizisten hinaus. »Ich denke, dass wir hier unten keine Waffen mehr benötigen. Ich wäre Ihnen dankbar, wenn sie uns kurz allein ließen.«

Die Kollegen verließen den Kellerverschlag.

»Hallo, meine Damen.« Carmen versuchte, so beruhigend wie möglich auf die beiden einzuwirken. Es schien zu funktionieren, sie zitterten zumindest nicht mehr so sehr. »Mein Name ist Carmen Lucas, und das«, sie zeigte auf Berger, »ist mein Kollege Michael Berger. Wie sind von der *Policía Nacional*. Joau hat uns geschickt, um Sie zu holen.«

»Geht es ihm gut?«, fragte eine der beiden.

»*Sí*, sehr gut sogar. Sie brauchen keine Angst mehr zu haben, hier im Haus sind nur noch Polizisten. Sie sind in Sicherheit. Wie heißen Sie?«

Aus dem vor Angst schlotternden Knäuel wurden wieder zwei Menschen. Es war ihnen noch anzusehen, wie schön sie einmal gewesen sein mussten, vor ihrem Martyrium.

»Ich bin Felipa«, sagte die eine, »Ich bin Rosalia«, die andere. »Wir sind Zwillinge«, antworteten sie zusammen.

»Geht es euch gut?«

»Es wird schon wieder.« Rosalia versuchte stöhnend aufzustehen. Dabei half ihr ihre noch sitzende Schwester. Auch Carmen und Berger sprangen ihr bei.

»Hat man Ihnen etwas angetan?«, fragte Carmen.

»Nein, man hat uns nur mal wieder fürchterlich verprügelt, weil ich gestern das Couscous habe anbrennen lassen.«

»Aber was sollen wir machen, wenn wir nicht genug Öl zum Kochen bekommen? Da kann so etwas schon mal passieren«, ergänzte Felipa. »Wir hatten noch Glück im Unglück, dass nur *dueñas* da waren, sonst wären wir nicht nur verprügelt worden, nehme ich an.«

Berger half nun Felipa auf die Beine. »Sie meinen die beiden Álvarez-Mädchen?«

»Nein, unsere *dueñas*. Wir wurden ihnen von den beiden großen *dueñas* geschenkt.«

Berger versuchte sich zu konzentrieren. »Die Álvarez-Mädchen sind also die Besitzerinnen eurer Besitzerinnen?«

Rosalia nickte. »Genau so ist es.«

»Wie alt sind Sie beide, wenn ich fragen darf?«

»Wir sind seit einer Woche zweiundzwanzig.«

Carmen war noch immer sehr um die beiden besorgt. »Wie lange hat man Sie hier gefangen gehalten?«

»Seit der Frühmesse des 5. Dezember. Da hielt plötzlich ein Wagen neben uns, und wir wurden hineingezogen. Man hat uns hier ausgeladen, und seitdem wurden wir wie Sklavinnen gehalten.« Felipas Hand suchte nach der ihrer Schwester. »Das ist nun schon ein Dreivierteljahr her.«

»Aber ich bitte Sie, so hoch waren die Hecken doch nun auch wieder nicht«, sprudelte es aus Carmen heraus. »Da wäre ich an Ihrer Stelle doch schon längst geflohen.«

»Was meinen Sie, wie oft wir daran gedacht haben? Einmal haben wir es sogar versucht.« Felipa stockte in ihrem Bericht, dafür sprang Rosalia ein.

»Sie hatten doch unseren Bruder. Zur Strafe haben sie uns seinen kleinen Finger geschenkt, der steht in der Küche, in Formalin eingelegt. Wenn wir noch einmal fliehen sollten, hieß es, würden wir noch mehr Teile von Joau bekommen. Irgendwann muss er auch einmal versucht haben, zu entkommen.«

»Haben die das erzählt?«

»Nicht direkt«, sagte nun Rosalia. »Eines Abends kamen sie in unsere Schlafkammer. Sie haben mich gegriffen und mir einfach das Ohr abgeschnitten. Doll wehgetan hat es eigentlich nicht. Es hat nur so furchtbar geblutet.«

»Haben sie dazu nichts gesagt?«, fragte die entsetzte Carmen.

»Doch. Sie sagten, wenn unser Bruder noch einmal fliehen sollte, seien unsere Brüste fällig.«

Carmen wurde blass. »Wir sollten nach oben gehen. Mir wird übel in diesem Kabuff. Ist das Ihre Schlafkammer?«

»Nein«, antwortete Felipa. »Die ist oben. Hier wurden wir nur eingesperrt, wenn unsere *dueñas* weg waren, damit Pablo nicht über uns herfällt. Das hat er nämlich schon ein paarmal versucht.«

»Pablo ist dieses greinende Jüngelchen da oben?«

»Haben Sie ihn gefangen genommen?«

»*Sí*«, bestätigte Berger.

»Ach, wissen Sie, wenn er seine Hormone besser unter Kontrolle hätte, wäre er eigentlich ein ganz netter Kerl. Dem ging es auch nicht viel besser als uns.«

Sie kletterten alle vier in die Küche. Den beiden jungen Frauen bereitete jeder Schritt Schmerzen, daher dauerte es etwas, bis alle in der Küche standen.

»Dürfen wir Ihnen einen Pfefferminztee machen? Kaffee haben wir leider nicht im Haus.«

Berger und Carmen schauten sich irritiert an. Sie nickte. »Warum nicht, wenn es Ihnen nichts ausmacht?«

Felipa lachte hell auf. »Nein, ganz und gar nicht. Das ist das erste Mal, dass es uns Spaß macht, einen Pfefferminztee zu kochen.«

Rosalia füllte einen Wasserkessel und setzte ihn auf den Gasherd. »Wir sind Ihnen ja so dankbar, dass Sie unseren Bruder befreit haben.«

»Natürlich«, fügte Felipa hinzu, »sind wir Ihnen auch für unsere Freiheit dankbar.«

Carmen und Berger nahmen an einem kleinen Küchentisch Platz. Schon bald standen kleine Tassen mit dampfendem Pfefferminztee vor ihnen. Das wunderbare Aroma zog durch die ganze Küche.

»Trinken Sie ihn vorsichtig. Er ist von der Konsistenz her etwas likörartig, deshalb kann man sich daran leicht die Zunge verbrennen.«

Sie rührten viel Zucker hinein. Der erste vorsichtige Schluck war für Carmen und Berger eine wahre Geschmacksexplosion. So etwas Köstliches hatten beide noch nie getrunken. Carmens Unwohlsein war schlagartig vergessen.

»Himmel«, raunte Berger, »jetzt weiß ich, was ich neben Cortado in Zukunft noch trinken kann.«

»So etwas Gutes bekommen Sie aber nur bei uns«, trällerte Rosalia. »Unser Pfefferminztee hat uns das Leben gerettet, das weiß ich genau. Wenn den jeder so kochen könnte wie wir, hätten uns die *dueñas* sicher schon totgeschlagen.«

Carmen schaute auf die Uhr. Es war kurz vor achtzehn Uhr. Eigentlich hatte sie auch zu dem Gottesdienst für den toten Kollegen gehen wollen, aber die Arbeit ging natürlich vor. Sie machte eine einladende Geste in Richtung der in der Küche stehenden Frauen. »Nehmen Sie doch bitte Platz.«

»Bei Ihnen?«

»Ja, natürlich.«

Da keine weiteren Stühle in der Küche waren, holten die beiden schnell zwei Hocker aus der Eingangshalle und setzten sich dann zu ihnen. Man merkte ihnen an, dass sie etwas für sie völlig Ungewohntes taten, was sie aber dennoch mit Stolz erfüllte.

»Wie viele *dueñas* hatten Sie eigentlich?«

»Es waren insgesamt acht. Nun sind es nur noch sechs. Zwei von Ihnen muss etwas passiert sein. Vor ein paar Tagen weinten die anderen den ganzen Tag und schlugen uns bei der kleinsten Kleinigkeit. Die beiden *dueñas* haben wir seither nicht mehr gesehen. Sie scheinen aber selbst *dueñas* gehabt zu haben, mit denen nicht gut auszukommen war.«

»Haben Sie denn diese Ober*dueñas* einmal gesehen?«

»*Sí*«, nickten beide. »Das waren zwei Frauen, die nicht viel älter waren, als wir es sind. Aber denen gehört hier wohl alles.«

»Waren Ihre *dueñas* bewaffnet?«

»Und wie. Sie hatte alle Pistolen, automatische Waffen. Messer und sogar Handgranaten.«

»Haben Sie eine Ahnung, wo die heute alle hin sind?«

»Nein, aber irgendetwas Wichtiges muss heute geschehen sein, denn sie waren sich nicht sicher, ob sie wieder herkommen würden. Sie haben zu Pablo gesagt, er könne uns haben, wenn sie bis Mitternacht nicht wieder da sein sollten.«

Berger wurde unruhig. »Sie haben also wirklich keine Ahnung, was da heute abgehen könnte?«

»Vielleicht doch«, kam es schüchtern von Felipa. »Pablo brachte heute Morgen einen riesigen Pappkarton, in dem jede Menge schwarze Kleider und schwarze Schleier waren. Vielleicht wollten sie zu einer Beisetzung. Wenn die anderen beiden *dueñas* wirklich tot sind, macht das ja auch Sinn.«

Carmen überlegte. »Schleier sind doch eigentlich nur für Witwen.«

»Und für Damen, die nicht erkannt werden wollen.« Berger sprang vom Tisch auf. »Mein Gott, sind wir dämlich. Die sind auf der Totenmesse für den Polizisten. Mehr unbewaffnete Kollegen der Guardia Civil bekommen sie nie wieder vor ihre Flinten.«

Nun sprang auch Carmen auf. »Und Cristóbal, Angela, die Gräfin und die Kollegen sind bestimmt mittendrin.« Sie nahm das Funkgerät hoch. »Alles sofort aufsitzen. Das Objekt wird nicht mehr gesichert.«

»Was ist mit dem festgenommenen Jungen?«, quäkte es aus dem Lautsprecher.

Die beiden ließen die völlig verdutzten Mädchen wortlos in der Küche stehen und rannten aus dem Haus. Carmen riss ihren Kollegen den jungen Mann förmlich aus den Händen, legte seine Arme um eine Palme und schloss die Hände hinter dem Stamm mit ihren Handschellen zusammen. »Den holen wir hier ab, wenn wir Zeit dafür haben.«

»Aber Sie können mich doch hier nicht einfach festbinden.«

Rosalia und Felipa waren ihnen nach draußen gefolgt und betrachteten neugierig die Szene.

»Die beiden Damen werden Sie bewachen, Pablo, genau so, wie Sie es mit Ihnen gemacht haben.« An Felipa und Rosalia gewandt sagte Carmen: »Holen Sie sich ein Küchenmesser und schneiden Sie ihm die Eier ab, wenn er aufmuckt. Seine Mama hat bestimmt auch gern etwas von ihrem Sohn bei sich herumstehen.«

Pablo pinkelte sich vor Angst fast in die Hosen. »Aber Señora, das werden die wirklich machen!«

»Meinen Segen haben sie.«

Sie stürmten zu ihren Autos.

»Alles mit Blaulicht nach Ses Salines, zur Kirche«, rief Carmen aufgeregt ins Funkgerät. »Aber an der Stadtgrenze dann wieder ohne. Die dürfen nicht hören, dass wir kommen.«

***

Der Katafalk, auf dem der Sarg von Antonio Nuñez stand, war mit Hunderten von Rosen aller nur erdenklichen Farben geschmückt. Es sollte ein heiterer Gruß für ein junges, hoffnungsvolles Leben sein, das ein jähes Ende gefunden hatte. Wie beliebt Antonio bei seinen Kollegen gewesen war, zeigte sich auch daran, dass alle acht Kolleginnen und Kollegen, die die Totenwache stellten, Tränen in den Augen hatten. Neben dem Sarg lächelte Toni von einem großen Bild noch ein letztes Mal in die Menge. Es war ein unbeschwertes, entwaffnendes Lächeln.

Die Kirche war bis auf den letzten Platz gefüllt. Wer keinen Sitzplatz gefunden hatte, der musste mit einem der vielen Stehplätze in den Nebenschiffen vorliebnehmen. Alle beobachteten natürlich die junge Witwe, die in der ersten Reihe neben ihrer Familie Platz genommen hatte. Sie wusste um diese Blicke, die sie die ganze Messe über begleiten würden. Doch sie hatte nichts zu verbergen, schon gar nicht ihre Trauer. Daher verzichtete sie auf einen Schleier und auf jeglichen Schmuck. Ihr schwarzes, schlichtes Kleid und ihre natürliche Schönheit waren Schmuck genug.

García Vidal hatte mit Absicht einen Stehplatz gewählt, um einen besseren Überblick zu haben. Ihn wunderte, dass mehrere tief verschleierte Frauen in der Kirche waren, aber auch nur Stehplätze gewählt hatten. Ein schwarzer Schleier stand eigentlich nur der Ehefrau zu, vielleicht auch noch der Mutter oder der Schwester, aber die saßen alle zusammen, ganz vorn beim Sarg in der ersten Reihe. Dort war niemand verschleiert.

Bischof Crasaghi hielt eine sicherlich sehr ergreifende Predigt, aber sie interessierte den Comisario nicht. Ihn beunruhigten die verschleierten Damen zu sehr, als dass er sich auf irgendwelche salbungsvollen Worte hätte konzentrieren können. Eine der Damen stand links vom Altar, eine andere rechts davon. García Vidal suchte das Kircheninnere mit den Augen ab. Jetzt war er sich sicher, dass etwas nicht stimmte. Diese verschleierten Trauergäste standen nämlich strategisch genau so, wie er sie postiert hätte, um das Kircheninnere zu kontrollieren. Er zählte sieben.

García Vidal beugte sich zu Angela rüber und flüsterte: »Siehst du die schwarzen Witwen am Altar und in den Kreuzgängen?«

Angela schaute in die angegebenen Richtungen. »Das ist, denke ich mal, etwas übertrieben, meinst du nicht auch?«

»Aber hallo. Das sind auch keine Kleider, was die anhaben, sondern fast schon Burkas, unter denen man einiges verstecken könnte.«

»Denkst du an Waffen und gehst im Geiste schon einmal den Notfall durch?«

Er musste lächeln. Seine Angela kannte ihn schon recht gut. »Im Prinzip schon, aber die, die ich alarmieren würde, sind alle hier, in zu engen Uniformen, als dass man darunter Waffen verstecken könnte.« Er schaute sich aufmerksam um. »Ich werde mich mal einer dieser schwarzen Witwen nähern. Vielleicht kann ich etwas herausbekommen.«

García Vidal suchte sich eine Dame aus, die von vielen Menschen möglichst eng umringt war. Es dauerte eine Weile, bis er sich an das Zielobjekt herangearbeitet hatte. Als er direkt neben ihr stand, stellte er sich kurz so auf die Zehenspitzen, dass jeder in der Nähe denken musste, er würde lediglich versuchen, einen Blick auf den noch immer redenden Bischof zu erhaschen. Dabei ging er mit der Verschleierten auf Tuchfühlung. Ein Schreck durchzuckte ihn. Was er da an seinem Bein spürte, war eindeutig eine Art Gewehr oder automatische Waffe. Jedenfalls fühlte es sich, mit der Hüfte ertastet, so an – und es hatte vor allem auch die richtige Größe. García Vidal entschuldigte sich in aller Form. »*Perdón*, Señora.«

Er schlich sich zu Angela zurück.

»Bingo. Wer immer das auch sein mag, diese Person ist bewaffnet. Noch scheint hinter uns aber alles ruhig zu sein. Siehst du die kleine Tür zwischen den beiden Säulen?«

Angela schaute sich unauffällig um. »Ja.«

»Das ist der Umkleideraum der Ministranten. Der hat einen separaten Ausgang. Schnapp dir die Gräfin und verlass umgehend mit ihr die Kirche. Ich befürchte das Schlimmste. Alarmiere Carmen, die wird wissen, was zu tun ist.«

Angela wollte erst widersprechen, doch dann folgte sie den Anweisungen klaglos.

Gräfin Rosa hatte zu ihrem Glück einen Sitzplatz ganz außen in der Bank ergattern können, sodass Angela kein Problem hatte, sich an sie heranzuarbeiten. »Rosa, Alarmstufe knallrot«, flüsterte sie ihr zu. »Bitte folgen Sie mir umgehend.«

Rosa erkannte an Angelas Stimme, dass das kein Spaß sein konnte. Sie erhob sich so unauffällig wie möglich und wand sich geräuschlos aus der Enge der Kirchenbank. »Wohin geht's?«

»Erst einmal raus. Draußen erkläre ich Ihnen alles. Außerdem ist Ihnen schlecht, Sie müssen jeden Augenblick kotzen und haben mich gebeten, dass ich Sie hinaus an die frische Luft begleite.«

Rosa wurde schlagartig blass, hängte sich bei Angela Bischoff ein und wurde von ihr förmlich aus dem Kreuzgang geschleift. Die von Cristóbal angegebene Tür war tatsächlich offen. Ein junger Mann, der an dem langen Tisch saß, an dem früher die Ministranten ihre Belohnung in Form einer Mahlzeit eingenommen hatten, sprang auf, als die beiden Frauen hereinstolperten.

»Hier ist der Durchgang verboten«, bellte er unfreundlich.

Angelas geübtem Blick entging nicht, dass er unter seinem weiten Hawaiihemd eine Waffe trug. Gräfin Rosa begann, herzerweichend zu würgen. »Der Dame ist schlecht, sie muss ganz schnell an die frische Luft.«

Von der Dringlichkeit dieses Anliegens überzeugt, sprang der junge Mann auf und wollte Angela helfen, das Bündel Elend doch lieber schnell nach draußen zu begleiten. Kaum stand er vor ihnen, ließ sich Gräfin Rosa in seine Arme fallen. Er konnte gar nicht anders als sie mit beiden Armen auffangen. In so einem Augenblick kann auch ein zierliches Persönchen, wie die Gräfin es war, ein ziemliches Gewicht entwickeln. Ächzend zog er sie an sich. »Meine Herren, ist die schwer.« Er schaute sich nach Angela Bischoff um, die jetzt hinter ihm stand. »Könnten Sie mal bitte die Füße Ihrer Freundin nehmen?«

»Ja, natürlich, sofort«, antwortete sie, machte aber keine Anstalten, die gräflichen Füße zu erreichen, sondern nahm vom Holztisch einen Metallleuchter und schlug ihn dem jungen Mann ins Genick.

Mehr als ein Grunzen war nicht von ihm zu hören. Erst ließ er die Gräfin aus seinen Armen rutschen, dann fiel er wie ein gefällter Baum der Länge nach neben den Tisch. An seinem Kopf hatte sich eine ziemlich übel aussehende Platzwunde aufgetan, die heftig blutete.

Rosa bekam einen Schreck, als sie sah, was Angela da angerichtet hatte. »Mussten Sie denn gleich so doll zuhauen?«

»Woher soll ich denn wissen, dass der überhaupt nichts aushält? Nun haben wir beide wenigstens ein richtiges Opfer, das dringend aus der Kirche rausmuss.«

Mit geübtem Griff entwaffnete sie den Mann und durchsuchte ihn nach anderen gefährlichen Gegenständen. Sie nahm ihm einen Rosenkranz, ein Handy und ein Funksprechgerät ab. Gräfin Rosa öffnete inzwischen die Tür zur Straße, die wohl von dem jungen Mann verriegelt worden war. Dann griffen beide zu, hoben ihr Opfer auf und schleppten es stöhnend auf die Straße.

»Ich hätte nicht gedacht, dass ich mir an der Jugend noch mal einen Bruch heben werde«, schimpfte Rosa.

Als sie die andere Straßenseite erreicht hatten, legten sie den jungen Mann ab. Mehrere Streifenwagen rasten um die Ecke und hielten abrupt neben der Kirche. Berger sprang aus einem der Wagen, gefolgt von Carmen.

»Was ist denn hier passiert?«

»Cristóbal hat uns rausgeschickt, um Hilfe zu holen, da drin geht gleich eine wilde Schießerei los, befürchtet er. Er hat sieben tief verschleierte Personen gezählt, und er glaubt, dass die bis unter die Zähne bewaffnet sind.«

»Sie werden lachen, Angela, aber der gute Mann hat leider recht. Ist da drin noch alles ruhig?«

Angela nickte.

»Und was habt ihr mit dem da gemacht?« Er zeigte auf den blutenden Kerl zu ihren Füßen.

Gräfin Rosa rang nach der Anstrengung noch immer nach Luft. »Angela hat ihn mit einem ›Candle-Light-Schwinger‹ ins Nirwana geschickt. Scheint einer der Bösen zu sein, er war auch bewaffnet und hat die Tür bewacht.«

Carmen gab einem Kollegen ein Zeichen. »Nehmen Sie den hier fest und rufen Sie Krankenwagen und Notarzt in großer Besetzung. Wenn es da drin wirklich eine Schießerei gibt, brauchen wir einige.« Der Mann rannte erschrocken zum Funkgerät seines Dienstwagens. »Wie ist die Lage da drin?«, wollte sie von Angela wissen.

Die benutzte die staubige Heckscheibe des Streifenwagens als Flipchart. »Das hier ist der Altar. Eine verschleierte Person steht links, eine weitere rechts neben dem Katafalk, dann gibt es jeweils zwei im linken und im rechten Kreuzgang und hier hinten am Mittelgang der Kirchenreihen. Was die noch an Zivilpersonen in der Kirche postiert haben, ist nicht ersichtlich. Ich glaube aber, den Hafenmeister hier hinten gesehen zu haben. Der ist ja wohl einer von denen.«

»Da fehlt eine.« Carmen zog ihre Stirn kraus. »In der Kirche müssen acht sein. Die beiden Álvarez-Mädchen und sechs Amazonen.«

»Ich habe nur sieben gesehen«, erwiderte Angela Bischoff, »und Cristóbal hat auch nur von sieben gesprochen.«

Der SEK-Truppführer, der den Einsatz bei der Finca geleitet hatte, trat neben sie. »Es tut mir leid, Comisaria, aber ich habe nicht viel nachalarmieren können. Die meisten Kollegen sind unbewaffnet hier beim Gottesdienst und haben natürlich auch ihr Handy aus.«

»Capitán Ramirez auch?«

»*Sí*, Señora, der leider auch.«

Carmen überlegte. »Um das Objekt zu umstellen, fehlen uns die Leute.«

»Und um Scharfschützen zu postieren, fehlt uns das Schussfeld«, ergänzte der Truppenführer.

»Noch haben wir immerhin einen unbeobachteten Eingang. Wir sollten sehen, dass wir in die Kirche kommen und dass sich jeder in der Nähe einer schwarzen Dame postiert.«

»Und wie sollen wir uns verständigen?«

»Gar nicht. Wenn die plötzlich anfangen, Randale zu machen, macht jeder seine Zielperson so gut es geht unschädlich. Dass wir auch in der Kirche sind, damit rechnen die doch gar nicht.«

»Das stimmt.« Der SEK-Mann kratzte sich am Kopf. »Aber um unerkannt hineinzukommen, müssen wir Zivilkleidung tragen, ohne Weste, ohne alles. Das verstößt gegen die Dienstvorschriften.«

»Besondere Sachlagen erfordern besondere Maßnahmen, Señor.«

»Das stimmt, aber die letzte Entscheidung darüber muss ich jedem einzelnen meiner Männer selbst überlassen.«

»Dann fangen Sie mit der Überzeugungsarbeit an«, spornte Carmen ihn an. »Wir haben alles, nur keine Zeit.«

Keine fünf Minuten später standen alle vollzählig in Zivil um den Streifenwagen mit der Zeichnung an der Scheibe.

»Sowie die *Policía Local* da ist und hier alles abgeriegelt hat, legen wir los.«

Carmen verteilte die Positionen. Jede der Damen sollte von einem Beamten überwacht werden. Berger bekam die eine am Katafalk zugewiesen, Carmen nahm die andere.

»Und was ist mit uns beiden?«, protestierte die Gräfin.

»So weit kommt es noch, dass der deutsche Hochadel in einer mallorquinischen Messe herumballert«, wies Berger sie zurecht. »Sie und Angela werden schön hier draußen bleiben und meinetwegen den Verbandplatz koordinieren. Ihren Hintern halten Sie jedenfalls schön aus der Schusslinie heraus.«

Rosa wollte protestieren, wurde aber von Carmen gestoppt. »Bitte, Condesa, der Residente hat recht. Wenn es in der Kirche erst richtig losgeht, brauchen die hier draußen jede helfende Hand.«

Sie ließen sich ausreichend Zeit, damit es im Innern der Kirche nicht auffiel, dass immer mehr Leute durch die kleine Seitentür den Kreuzgang betraten und in die Trauergemeinde einsickerten.

García Vidal war völlig überrascht, als Angela Bischoff wieder neben ihm auftauchte.

»Was soll das denn? Ich denke, du bist draußen in Sicherheit.«

»Und du kannst dir hier drin in Ruhe ein Loch in den Pelz schießen lassen. Nein, da möchte ich lieber dabei sein.«

»Ist ja schon gut.« García Vidal konnte jetzt keine Meinungsverschiedenheit gebrauchen. »Hast du noch jemanden mitgebracht?«

»Ja, ein paar SEK-Beamte und Carmen und der Residente haben sich hier in der Kirche strategisch günstig verteilt. Jedes bekannte Zielobjekt ist abgedeckt. Ich bin dem Hafenmeister zugeteilt.«

»Welche ist meine Dame?«

»Du hast keine. Dein Job ist es, den Bischof aus der Schusslinie zu nehmen, wenn es kracht. Wenn der etwas abbekommt, wäre das eine denkbar schlechte Presse, meinte Carmen.«

»Gutes Mädchen. Daran hätte ich jetzt gar nicht gedacht.« Er nickte ihr zu. »Dann lass uns Stellung beziehen. Wenn die irgendetwas vorhaben, kann es nicht mehr lange dauern, bis sie damit anfangen.«

Crasaghi hatte seine Predigt bald darauf beendet. »Liebe Trauergemeinde, es ist zwar nicht alles gut, was uns hier und im Fernsehen an amerikanischer Kultur begegnet, doch an manchen Dingen sollten wir uns ein Beispiel nehmen. So ist es bei unseren amerikanischen Freunden Sitte, am Sarge eines lieben Menschen noch ein paar persönliche Worte zu sagen. Ich wurde darum gebeten, Ihnen diese Gelegenheit zu geben. So komme bitte der nach vorn, der diesem guten Beispiel folgen möchte.«

Durch die Menschenmenge in der Kirche ging ein Raunen.

Eine der schwarzen Damen ging an das Mikrofon, das neben dem Katafalk aufgestellt war. Sie lüftete den Schleier. Es war Maria Estrella. Neben sie trat Maria Antonia, ihre Schwester, auch sie lüftete ihren Schleier.

»Meine Damen und Herren, jeder von Ihnen behält jetzt bitte in aller Ruhe seinen Sitz- oder Stehplatz.« Sie suchte jemanden in den Sitzreihen der Kirche. Ihre Augen blieben an Capitán Ramírez hängen. »Señor Ramírez, Sie werden jetzt bitte Ihr Handy anstellen.«

Ramirez erhob sich von der Kirchenbank. »Ich bin es nicht gewohnt, von einer jungen Dame, die noch nicht einmal bei der Polizei ist, Anweisungen entgegenzunehmen.«

Maria Estrella schlug ihren schwarzen Umhang zur Seite. Eine Heckler-&-Koch-Maschinenpistole kam zum Vorschein, und ein Aufschrei ging durch die Kirchengemeinde. »Sie sollten sich schnellstens dran gewöhnen, Capitán, denn nur so können Sie ein Blutbad verhindern.«

In diesem Augenblick ließen auch die anderen schwarzen Damen ihre Umhänge fallen. Alle waren ähnlich schwer bewaffnet.

»Von jetzt an geschieht hier nur noch das, was ich sage. Wie Sie sehen, halte ich einen Sender in der Hand, mit dem ich die ganze Kirche in die Luft sprengen kann. Wir alle sitzen im wahrsten Sinne des Wortes auf einem Pulverfass. Also halten Sie Ruhe und tun Sie nur das, was ich Ihnen sage. Es geht um Ihr Leben.«

Wieder ging ein Raunen durch die Kirche.

Crasaghi stand noch immer auf seiner Kanzel und versuchte verzweifelt, mit dem Residente Blickkontakt aufzunehmen. Er konnte jedoch nur den Comisario entdecken, der seinen Blick aber erwiderte. Dabei machte er mit den Händen ein Zeichen, das der Bischof als Nachricht deutete, dass die Lage unter Kontrolle sei. Nur wie, das war Crasaghi nicht klar.

»Señor Capitán, haben Sie Ihr Handy eingeschaltet?«

Diesmal nickte Ramirez nur, als er angesprochen wurde.

»Dann rufen Sie in der Einsatzzentrale an. Sie werden uns einen Sikorsky-CH-53-Helikopter zur Verfügung stellen. Wir wissen, dass die *Guardia Civil* keinen hat. Wir wissen aber auch, dass die Fregatte ›Saragossa‹, die augenblicklich im Hafen von Palma vor Anker liegt, zwei solche Transporthubschrauber an Bord hat. Einer davon wird in spätestens einer Stunde vollgetankt und mit laufenden Rotoren auf der Plaça zwei Querstraßen weiter landen und uns aufnehmen. Außerdem wird er mit zwei gefüllten Überführungstanks ausgerüstet sein. Haben Sie mich verstanden?«

Ramirez war im ersten Augenblick wie paralysiert. Er hätte es niemals für möglich gehalten, dass eine so junge Frau vor einem so großen Publikum derart eiskalt reden und überhaupt so abgebrüht agieren konnte. »*Sí*, Señora, ich werde es weitergeben. Ich bin mir aber nicht sicher, ob ich das durchbekomme.«

Maria Estrella hob mit ihrer rechten Hand eine Pistole, die mit einem Schalldämpfer versehen war. Sie zielte auf einen der Polizisten, der als Totenwache neben dem Katafalk seines Kollegen stand, und drückte ab. Ein hässliches »Plopp« hallte durch das Kirchenschiff. In die Schulter getroffen, flog der junge Mann rücklings in die aufgestellten Kränze. Ein Aufschrei des Entsetzens ging durch die Kirche. Zwei Kollegen knieten sich neben ihn und leisteten Erste Hilfe.

»Ich denke«, verkündete Maria Estrella ungerührt, »Sie werden es durchbekommen.«

García Vidal lief es heiß und kalt den Rücken herunter. Er hatte diese Mädchen völlig unterschätzt. Wie er überhaupt bei diesem Fall das Gefühl hatte, in fast allen Belangen komplett danebengelegen zu haben. Jetzt wurde ihm klar, dass er vergessen hatte, nach einem Zeichen zu fragen, wann sie losschlagen sollten, und vor allem danach, wer es geben würde.

Seine Gedanken wurden durch den lauten Ruf einer alten Dame unterbrochen. »Maria Estrella, du bist eine kaltblütige Mörderin.« Catalina Bauzá Cantratx erhob sich ächzend von der vordersten Kirchenbank, keine drei Meter von der jungen Frau entfernt. »Die Familien ächten dich.« Sie spuckte dreimal vor ihr aus und drehte ihr demonstrativ den Rücken zu. Wie auf Kommando erhoben sich alle anwesenden Bauzás und Álvarez und drehten Maria Estrella ebenfalls den Rücken zu.

Die bekam vor Zorn fast Schaum vor dem Mund. »Wie kommst du alte Schabracke nur dazu, mich zu ächten? Wenn hier jemand ächtet, dann die wahren Herrscherinnen dieser Familien. Das sind Maria Antonia und ich, sonst niemand. Ich befinde hiermit, dass du es nicht mehr wert bist, unsere Blicke mit deinem Kadaver zu beleidigen. Grüße den Teufel von uns, du alte Hexe.«

Maria Estrella hob erneut ihre Pistole, aber diesmal knallte der Schuss mit einem hundertfachen Echo durch das Gotteshaus, und die junge Frau sackte mit einem verwunderten Ausruf schwer getroffen zu Boden. Der Schuss hatte sie aus nicht einmal drei Metern Entfernung getroffen. Niemand hatte bemerkt, dass Rosalia Álvarez Barosa sich nicht erhoben und ihrer Tochter den Rücken zugedreht hatte. Sie hatte stattdessen in aller Ruhe eine uralte Armeepistole von Pepe aus der Handtasche gezogen, auf sie gezielt und abgedrückt, bevor sie noch einen Mord begehen konnte.

Die völlig geschockte Maria Estrella konnte es gar nicht glauben. »Mama, was hast du gemacht?«

Rosalia Álvarez Barosa ließ ebenfalls geschockt die Waffe fallen und begann zu schluchzen. »Gott verzeih mir, aber ich musste es tun.«

Maria Antonia erwachte aus ihrer Schreckstarre. »Amazonen«, rief sie und schoss mit ihrer Waffe an die Kirchendecke, »rächt eure *dueña* mit einem Blutbad!«

Es rieselten ein paar Putzklümpchen auf die Trauergemeinde nieder, aber sonst blieb es ruhig. Nicht eine der angesprochenen Amazonen rührte sich. Selbst Maria Antonia kam nicht mehr dazu, ihre Waffe auf jemanden zu richten. Berger und zwei unbewaffnete Polizisten der *Guardia Civil* warfen sich auf sie und rissen sie ihr aus den Händen.

Keine der Amazonen rührte sich, weil jede einzelne von ihnen den kalten, harten Stahl einer Schusswaffe in ihrem Genick spürte. Sie begriffen, dass Gegenwehr keinen Sinn mehr hatte. Da auch in den seitlichen Kirchenschiffen überall Kollegen der *Guardia Civil* standen, waren sie in Sekundenschnelle entwaffnet.

Plötzlich waren aber doch Schüsse im hinteren Teil der Kirche zu hören. Überall im Kirchenschiff gingen die Menschen in Deckung. Drei junge Mitglieder der Bande, denen man durch ihre Kleidung nicht hatte ansehen können, dass sie auch dazugehörten, rannten, wild um sich schießend, in den Vorraum der Kirche und verschanzten sich dort, als sie merkten, dass der Ausgang von der *Polícia Local* belagert wurde.

Während die jungen Kerle von den Beamten des *Comando Policial de Operaciones Especiales* in Deckung gezwungen wurden, begannen die Einsatzkräfte am Altar, die Kirche über die Nebentüren und durch die Sakristei zu evakuieren. Draußen war eine Reihe Notarzttrupps vor Ort, die sich um die Verletzten kümmerten.

Der Comisario klopfte von außen an die Kanzel, in der sich Bischof Crasaghi verschanzt hatte. »Exzellenz, Sie sollten die Chance nutzen und bei den jungen Damen die Beichte abnehmen. Ich denke mal, dass sie in der nächsten Zeit nur noch damit beschäftigt sein werden, andächtig ihrem Rechtsbeistand zu lauschen.«

Crasaghi erhob sich und blinzelte vorsichtig über die Brüstung ins Geschehen. »Ist die Gefahr vorbei?«

»*Sí*, Exzellenz.«

»Hören Sie mit Ihrem blödsinnigen ›Exzellenz‹ auf und zeigen Sie mir lieber, wo ein Klosett ist. Ich fürchte, ich habe mir vor Angst in die Hose gepinkelt.«

»So was tun Bischöfe auch?«

»Mit Hingabe, Comisario, vor allem dann, wenn ihnen bei einer heiligen Messe der Hirtenstab zerschossen wird.« Crasaghi hielt nur noch den unteren Teil seines Insignes in den Händen. »Fragen Sie mich bitte nicht, wo der Rest hin ist.«

Um wenigstens ein bisschen Würde zu wahren, tastete er den Boden der Kanzel nach seiner Mitra ab. Mit einem »Na also« fand er sie und setzte sie auf.

García Vidal stutzte. »Während der Predigt hatten Sie die doch gar nicht auf.«

»Stimmt, ich war ja schon längst wieder unten, um den Sarg nach draußen zu begleiten. Aber als es knallte, bin ich ganz schnell wieder hoch.« Er hob den halben Bischofsstab. »Mitsamt meiner angeschossenen Würde.«

García Vidal riss die Augen auf, als er die Mitra genauer betrachtete. »Nehmen Sie das Ding da lieber wieder ab. Nicht dass Sie Ihr eigener Hut auspfeift, wenn Sie ins Freie gehen.«

Crasaghi nahm seine Mitra wieder ab und besah sie sich. Splitter des Bischofsstabes und des Geschosses hatten den Hut völlig zerfetzt und durchlöchert. Der Mann wurde kreidebleich. »Um Gottes willen!« Er wurde plötzlich ganz steif. »Nichts wie weg hier. Das, was eben fehlte, habe ich jetzt auch noch in der Hose.«

Capitán Ramirez hatte in der Zwischenzeit die Einsatzleitung übernommen. Mit einem Nicken nahm er die Nachricht eines Kollegen zur Kenntnis, dass in der gesamten Kirche kein Sprengstoff gefunden worden sei. Als der Capitán Carmen sah, bekam er einen Schreck. »Señora Lucas, sind Sie verletzt?«

»Nein, ich stand nur direkt hinter Maria Estrella, als ihre Mutter sie über den Haufen schoss.«

»Ich muss Ihnen ein Kompliment machen. Sie haben das alles toll gemanagt.«

»Na ja«, sie schüttelte verlegen den Kopf, »es war alles ein wenig improvisiert.«

»Das mag sein, aber in solchen Situationen erkennt man den Profi. Hut ab, junge Kollegin.« Er ging weiter, um sich um die Gefangenen zu kümmern.

Maria Antonia saß völlig apathisch mit auf dem Rücken gefesselten Händen an eine Säule gelehnt und wartete auf den Abtransport ins Untersuchungsgefängnis.

Carmen stellte sich vor sie. »Es waren acht Amazonen. Zwei von ihnen sind beim Tauchen zu Tode gekommen.«

»Sie sind ermordet worden«, zischte die junge Frau, ohne aufzuschauen. »Sie sind heimtückisch ermordet worden.«

Carmen zog die Stirn kraus. »Wenn jemand mordend durch die Gegend zieht, dann kann es schon mal passieren, dass es einen selbst erwischt. Ein Arbeitsunfall sozusagen.«

»Sie haben nicht gemordet, sie haben im Auftrag ihrer Herrinnen getötet.« Maria Antonia wurde immer lauter.

»Ach, und das ist kein Mord?«

»Nein, das ist Bestimmung!«, brüllte sie Carmen an. »Außerdem haben wir Granden keinerlei Rechenschaft darüber abzulegen, wen wir beseitigen lassen.«

»Mädel«, raunte Carmen, »du gehörst nicht ins Gefängnis, du gehörst für den Rest deines Lebens in die Psychiatrie.«

Vor der Kirche war Capitán Ramirez' Kommandobus in Stellung gebracht worden. Die drei noch wehrhaften Mitglieder der Schmugglerbande waren unter Kontrolle, und durch Sonden und Sender hatte man auch einen genauen Überblick darüber, wie sie bewaffnet waren und was sie gerade taten.

García Vidal und der Capitán werteten die Bilder zusammen aus.

»Was ist, Comisario? Sie machen einen abwesenden Eindruck.«

»Mir bereiten die Söldnerinnen Kopfschmerzen. Was machen wir mit ihnen, als was werden sie eingestuft? Alles, was in der Ära nach Gaddafi aus Libyen kommt, wird wie ein rohes Ei behandelt. Ich würde mich nicht wundern, wenn die um des lieben Friedens willen einfach nach Tripolis abgeschoben würden. Frei nach dem Motto ›Hat es nie gegeben‹.«

»Das würde Sie wohl ziemlich wurmen.«

»Das würde mich nicht nur wurmen, es würde mich geradezu zum Wahnsinn treiben.«

Ramirez zuckte mit den Achseln. »Können Sie es verhindern?«

»Eben nicht! Aber erst mal müssen wir ohnehin noch die Sechste im Bunde finden. Wenn wir die haben, kann ich mir immer noch über die Politik Gedanken machen.«

»Ach, da fehlt eine?«

»*Sí*, Señor. Aus den anderen ist leider nicht rauszubekommen, wo sie stecken könnte.«

»Könnte die hier irgendwo als Sniper auf der Lauer liegen?«

García Vidal winkte ab. »Das glaube ich nicht. Dann hätte sie schon geschossen, als für ihre Leute noch etwas zu retten war.« Er schoss plötzlich hoch. »Ist der Julián Álvarez noch da, oder habt ihr den schon nach Palma gebracht?«

»Der ist noch da.«

»Dann in den Bus mit ihm. Den werde ich mir vornehmen.«

Der Bischof saß bei einer Tasse Tee in der Sakristei und versuchte, seine Nerven wieder in den Griff zu bekommen. Berger und Gräfin Rosa setzten sich zu ihm. »Na, Eminenz? Mutter Kirche ist plötzlich ganz schön weit weg, wenn man in den eigenen Taschen nach Leckerli für Zerberus, den Höllenhund, sucht, gell?«

Crasaghi winkte ab. »Hören Sie bloß auf. Ich hatte mein Lebtag noch nicht so eine Angst, und mir zittern noch immer Knie und Hände.«

»Aber er lebt noch, das ist das Wichtige.«

»Schon, aber können Sie mir sagen, wie ich dem Heiligen Vater erklären soll, dass mein Hirtenstab und meine Mitra zerschossen wurden?«

»Gibt's so eine Mütze nicht neu zu kaufen?«

»Schon, im Normalfall bekäme ich eine Mitra und einen neuen Bischofsstab von meiner Diözese, aber bei Kurienbischöfen ist das anders. Da bekommt man den vom Papst.«

»Dumm gelaufen. Gerade beim Arbeitsmaterial gibt es immer wieder Schwund.«

»Das sagen Sie so einfach. Aber Kinder!«, regte sich der Bischof erneut auf. »Eine ganze Kirche voller böser Menschen, so etwas habe ich noch nicht erlebt.«

Gräfin Rosa grinste ihn an. »Dann seien Sie froh, dass noch genug Gute übrig waren, um dem Spuk ein Ende zu bereiten.«

»Noch ist er ja gar nicht zu Ende. Oder hat man die jungen Männer im Vorraum schon zur Aufgabe überreden können?«

»Nein, noch nicht.«

»Dann sollten wir für sie beten.«

»Das hat Zeit«, wandte der Residente ein. »Wir sollten lieber dafür beten, dass wir die sechste der Amazonen finden. Die rennt nämlich noch, bis an die Zähne bewaffnet, über die Insel, und kein Mensch weiß, was sie vorhat.«

Bergers Handy vibrierte. Er klappte es auf und las eine Nachricht von García Vidal. »Ich soll rüber in den Kommandobus kommen, da verhören sie gerade den Hafenmeister. Vielleicht hat der etwas Interessantes zu bieten.« Sprach's, und schon war er weg.

»Exzellenz …«, sagte Gräfin Rosa verlegen. Es gab da eine Frage, die ihr auf der Seele brannte.

»Gräfin, bitte nennen Sie mich so, wie ich in Gottes Namen getauft wurde, Daniele.«

Sie lächelte ihn an. »Also gut, Daniele, nehmen wir einmal an, ein Paar, das Sie näher kennen, würde heiraten wollen. Würden Sie die Trauung vornehmen dürfen?«

»Sind Sie vielleicht ein Teil dieses Paares?«

Rosa lief rot an. »Ähm, es könnte sein.«

»Und könnte ich sicher sein, dass der Bräutigam beim Jawort nicht unter Drogen steht oder mit Waffengewalt gezwungen wird?«

»Sie werden es nicht glauben, er hat mich sogar gefragt.«

Der Bischof faltete die Hände. »Mein Gott, du wurdest schon wegen weitaus kleinerer Wunder gepriesen.« Er lachte sie an. »Liebste Gräfin, es gäbe keine zwei Menschen auf dieser Erde, die ich lieber trauen würde als Sie. Aber weiß er denn, dass Sie mich fragen?«

»Er wird es spätestens dann erfahren, wenn Sie vor uns stehen.«

15

Von dem so korrekten Hafenmeister war nur noch wenig übrig geblieben. Vor ihnen saß ein Häuflein Elend.

»Señor Álvarez, Ihnen ist klar, dass Sie Ihr Strafmaß nur noch durch eine umfassende Aussage mildern können?«

Der Mann nickte.

García Vidal sah ihn fest an. »Wünschen Sie einen Anwalt?«

Álvarez schüttelte den Kopf. »Der könnte auch nur dasitzen und zuhören. Ich will gar nichts mehr. Ich will den ganzen Mist nur noch loswerden und meine Ruhe haben.«

»Das kann ich verstehen.« Der Comisario stellte ein Aufzeichnungsgerät an. »Verhört wird Señor Julián Álvarez, anwesend sind Capitán Ramirez vom *Comando Policial de Operaciones Especiales*, Comisario García Vidal von der *Policía Nacional* und Michael Berger in beratender Funktion. Das Verhör wird von Comisario García Vidal geführt. Ich beginne. Señor Álvarez, die Gruppe, der Sie angehörten, wurde geführt von?«

»Maria Antonia und Maria Estrella Álvarez.«

»Sind Sie mit ihnen verwandt?«

»Ja, es sind meine Nichten. Die Töchter meiner Schwester Rosalia.«

»Welche Funktion hatten Sie in dieser kriminellen Vereinigung?«

»Ich war Informant in dienstlichen Dingen und habe die Anlandung von Schmuggelgut und Flüchtlingen koordiniert.«

»Señor Álvarez, Sie haben uns auf die Existenz eines Mini-U-Boots hingewiesen. Wir haben zwar Ersatzteile dafür gefunden, aber das Boot selbst nicht. Was ist damit?«

Er lachte kurz und bitter. »Das war die teuerste Fehlinvestition, die je gemacht wurde. Das Ding ist kläglich beim Beladen in einer der Höhlen abgesoffen.«

»In welcher? Wir haben es nicht gefunden.«

»In der großen Höhle, in der Sie die Flüchtlinge gefunden haben. Es liegt unter einem stählernen Tarnnetz, das völlig mit Korallen bewachsen ist.«

»Señor Álvarez, Sie hatten Hilfe aus dem Ausland?«

»*Sí*. Unsere Partner sind in Fez wohnhaft. Namen kann ich Ihnen aber nicht nennen. Unsere *dueñas* hatten den Kontakt.«

»Mit ›unsere *dueñas*‹ meinen Sie wen?«

»Meine beiden Nichten, sie wollten so genannt werden.«

»War Ihnen das als Onkel, also als Respektsperson, nicht zuwider?«

»Zuerst schon, aber dann wurde ich überzeugt.«

»Wie überzeugt?«

Álvarez bekam feuchte Augen. »Señor Comisario, wissen Sie, wie Lämmer kastriert werden?«

»Sí, mit einer Zange.«

»Wenn Sie das einmal am eigenen Leib erfahren haben, tun Sie alles, damit es Ihnen kein zweites Mal passiert, *comprende*?«

»Sie wollen damit sagen, dass Sie …«

»*Sí*, Señor.«

»Von Ihren Nichten?«

»Keineswegs, Comisario, die haben sich an einem Verwandten doch nicht ihre herrschaftlichen Finger dreckig gemacht. Fürs Grobe hatten die ihre Amazonen. Das waren keine Frauen, das waren Teufelinnen mit Engelsgesichtern. Ohne jegliches Gewissen.«

»Ist noch jemandem Ähnliches widerfahren wie Ihnen?«

»Dem armen Enrique Bauzá haben sie dasselbe angetan. Außerdem weiß ich, dass hier und da noch einigen anderen etwas abgeschnitten wurde, um deren Familien unter Druck zu setzen. Ich sage ja, das waren Teufelinnen.«

»Woher kamen die Amazonen?«

»Soweit ich weiß aus Libyen. Das sollen Leibwächterinnen von diesem irren Oberst gewesen sein. Absolute Elitesoldatinnen. Fit in allem, was man sich nur denken kann.«

»Wie viele waren hier auf Mallorca?«

»Acht. Gehaust haben sie irgendwo auf einer Finca. Ich selbst war nie da, ich weiß das nur vom Hörensagen.«

»Wo sind Sie ihnen denn begegnet?«

»Auf Cabrera. Es waren immer vier von ihnen dort stationiert, um unsere Depots zu bewachen. Zwei bei den Rauschmitteln in der alten Álvarez-Höhle, und zwei bei den ›Asylaffen‹, die wurden immer in der ehemaligen Bauzá-Höhle untergebracht.«

»Wieso ehemalig?«

»Die *dueñas* haben die Familien enteignet.«

»Wie?«

»Durch Mord.«

Der Comisario war entsetzt. »Gleich Mord? Das kann doch nicht Ihr Ernst sein.«

»Die haben sich nicht lange mit Warnungen aufgehalten. Zeit ist Geld, hat Maria Estrella immer gesagt.«

»Sind die Amazonen auch für die Morde an den beiden Nazis und der Irakerin verantwortlich?«

»Ich weiß nichts von Nazis und anderen Leuten. Ich weiß nur, dass drei Taucher getötet wurden, die unseren Depots zu nahe kamen. Die Kampfweiber haben sie mit Gewichten am Meeresgrund verankert. Dann kamen aber zwei andere Taucher und haben sie losgeschnitten. Mit denen gab es dann wohl richtig Zoff. Die müssen gut gewesen sein, denn zwei von den Amazonen hat es das Leben gekostet.«

»Was war mit dem Deutschen?«

»Dieser Idiot hat zwei von den Amazonen beim Landgang auf Cabrera fotografiert und wollte sie der Guardia Forestal melden. Das war sein Todesurteil.«

»Und mit Angel Bauzá?«

»Der ist seiner Gier erlegen. Als Sie und Ihre Kollegen auf der Insel auftauchten, hat er versucht, die *dueñas* zu erpressen. Das ist ihm schlecht bekommen. Ich sage ja, die beiden Teufelinnen kannten keine Gnade.«

»Warum musste Großvater Pepe sterben?«

»Weil er sich beim Notar über seine beiden Großnichten beklagt und ihn in deren Geschäfte eingeweiht hatte. Was der Notar und Pepe aber nicht wussten, war, dass die Kanzlei von den *dueñas* abgehört wurde. Zuerst wurde Pepe umgebracht, dann der Notar. Durch irgendeinen dummen Zufall kam aber Antonio Nuñez von der *Guardia Civil* just in dem Augenblick in die Kanzlei, als sie den armen Narratx kaltgemacht haben. Sein Tod war eigentlich nur ein Kollateralschaden. Aber als Warnung an alle, die in dem Fall ermittelten, kam er den *dueñas* gerade recht. Sonst hätten sie die beiden Leichen nicht so publikumswirksam im Museum platziert.«

»Wissen Sie etwas über den Mord an Enrique Bauzá?«

»Das war doch erst heute. Nein, wer das war, kann ich nicht sagen. Ich habe selbst nur davon gehört. Aber ich nehme an, das werden die Amazonen gewesen sein. Das war ja ihr Job.«

»Señor Álvarez, wissen Sie, wohin die geplante Flucht heute gehen sollte?«

»Nach Marokko, mitten in die Wüste. Ich habe nur die Koordinaten, die ich dem Piloten geben sollte, mehr weiß ich nicht. Es war wohl ein Empfangskomitee geplant.« Er kramte aus seiner Hosentasche einen Zettel mit den genauen Angaben der Breiten- und Längengrade.

»Señor Álvarez, wir konnten nur fünf der Amazonen festnehmen. Wissen Sie, wo sich die sechste herumtreibt?«

»Ich weiß nur, dass sie nicht mit nach Marokko wollte. Sie wollte zuerst Rache für ihre Schwestern üben.«

»Für ihre Schwestern?«

»Eine von den beiden Taucherinnen, die vor Cabrera ums Leben kamen, war wohl ihre leibliche Schwester. Ansonsten redeten sich alle untereinander so an.«

»Und wo glaubte die Amazone denjenigen zu finden, der dafür verantwortlich ist?«

»Dadurch, dass wir den Polizeicomputer angezapft haben, wussten wir, dass sich eine Soldatin der israelischen Armee irgendwo in Santanyí aufhält, auf irgendeiner Finca. Da wollte sie hin.«

Berger sprang auf. »Scheiße, die will Mira an den Kragen.« Er riss die Tür auf und rannte auf die Straße. »Wo ist Carmen?«, brüllte er.

Ein Polizist deutete auf die Kirche. Berger stürmte, so schnell er konnte, durch das ganze Menschengewimmel. Erst in die Sakristei, dann in das Langhaus mit dem Altar. Dort hielten sich die Sicherheitskräfte verschanzt, da die drei Bandenmitglieder noch immer nicht aufgegeben hatten.

»Carmen, du musst sofort mit nach Hause kommen. Die sechste Amazone will Mira umbringen. Ruf schnell Tomeu an, damit er alles in Sicherheit bringt.«

Sie schüttelte den Kopf. »Sein Handy ist aus. Er ist mit Esmeralda beim Kinderarzt, wegen der Impfungen.«

»Scheiße, dann komm mit, wir müssen so schnell wie möglich nach Santanyí.«

***

Blinder Hass war es, der die Amazone zum Ungehorsam trieb, und dieser Hass konnte nur durch Blutrache gestillt werden. Sie musste die israelische Soldatin einfach töten. Die andere war bereits tot, wie im Intranet der Polizei zu lesen gewesen war, aber das reichte ihr nicht.

Mit dem Motorrad hatte sie die rund zehn Kilometer lange Strecke von Llombards zur gräflichen Finca in kaum einer Viertelstunde zurückgelegt. So weit es ging, umrundete sie das riesige Areal, um das Gelände und natürlich auch die Fluchtwege zu erkunden. Sie entschloss sich, dass Grundstück von der Klippenseite her zu betreten. Von dort hatte sie zur Not auch noch den Fluchtweg übers Meer. Dazu musste sie nur einen Sprung ins Wasser aus rund zwanzig Metern Höhe überstehen, aber das kannte sie schon von ihrer Ausbildung her.

Ihre Gedanken wanderten in die Kirche. Sie stellte sich vor, wie der Plan von ihren Schwestern umgesetzt worden war. Vielleicht waren sie schon mit dem Hubschrauber auf dem Weg nach Marokko, auf dem Weg in die Freiheit und in den Wohlstand. Diese Gedanken gaben ihr zwar Kraft für ihr Vorhaben, lenkten sie aber auch ab. Hier ging es darum, eine Feindin auszuschalten. Eine Feindin, die ihre Schwestern umgebracht hatte. Sie weidete sich geradezu an dem Gedanken, sie eiskalt abzuknallen und ihr dabei in die Augen zu sehen.

Sie grinste. Jetzt zuzuschlagen war ein günstiger Zeitpunkt. Sie überprüfte ihre Beretta und die Micro-Uzi, eine kleine Maschinenpistole mit enorm hoher Feuerkraft. Zuletzt kam ihre Kletterausrüstung dran, zwei Seile, einige Karabinerhaken, ein Hammer und mehrere Fels- und Spaltendübel. Nach einem kurzen Gebet machte sie sich auf den Weg.

***

Die Praxis des Kinderarztes war völlig überlaufen. Alles, was unter sechs Jahre alt war, quengelte und weinte, weil es ihm schlecht ging oder ihm langweilig war. Und alles, was an Jahren darüberlag, war wegen der unerträglichen Quengelei am Rande eines Nervenzusammenbruchs. Tomeu und Esmeralda hingegen bildeten eine Art Fels in der Brandung. Sie saßen staunend im Wartezimmer, hielten sich aneinander fest und begriffen nicht, was um sie herum ablief. Als eine Mutter einen Weinkrampf bekam, weil ihr Kind seit einer halben Stunde ununterbrochen brüllte, reichte es Tomeu. Er setzt Esmeralda auf einen Stuhl. »M-m-m-mom-ment, K-k-klein-nes, i-i-i-ich k-k-k-komme g-g-gleich w-w-wieder.«

Er ging hinaus und erschien kurze Zeit später wieder im Wartezimmer. Um ihn herum sprangen grunzend und bellend sein Hund Shakespeare und Filou. Schlagartig war Ruhe im Wartezimmer. Kinder, die eben noch greinend auf den Schößen ihrer genervten Mütter gesessen hatten, strahlten nun übers ganze Gesicht. Innerhalb kürzester Zeit wurde aus dem Vorhof zur Hölle ein kunterbuntes Spielzimmer. Nur der Höllenhund selbst war noch nicht überzeugt. Außer sich vor Wut kam die Sprechstundenhilfe herein.

»Das ist eine Arztpraxis, Señor, und kein Jahrmarkt! Verschwinden Sie augenblicklich mit ihrem Viechzeug und nehmen Sie Ihr Zigeunerbalg gleich mit.«

Eine junge Mutter erhob sich und stellte sich schützend vor Tomeu und seine kleine Esmeralda. »Señora, Sie haben absolut kein Recht, dieses Kind derartig zu beschimpfen, nur weil ihr Vater mit zugegeben unkonventionellen Mitteln uns alle vor dem absoluten Wahnsinn bewahrt hat. Im Gegenteil, Sie sollten ihm dankbar sein. Und wenn Sie sich bei dem Mädchen nicht augenblicklich in aller Form entschuldigen, werde ich dafür sorgen, dass kein einziger Patient mehr diese Schwelle übertritt, solange Sie hier beschäftigt sind.«

Die Gesichtsfarbe der Sprechstundenhilfe wechselte von knallrot zu quittegrün, um dann einem doch eher gepflegten Leichenblass Platz zu machen.

Dr. Bunyol kam ins Wartezimmer. »Was ist denn hier los?« Um nichts eskalieren zu lassen, stellte er sich zwischen die beiden Kampfhühner. »Kann mir mal bitte jemand sagen, was hier abgeht?«

»Diese Frau«, die junge Mutter zeigte auf die Sprechstundenhilfe, »hat diesen Herren beschimpft und seine entzückende Tochter als Zigeunerbalg beschimpft.«

»Und dieser Kerl hat aus meinem Wartezimmer einen Schweinestall und einen …«, sie blickte auf den Irischen Wolfshund, »einen Flohzirkus gemacht.«

»Señora, ich sehe nur, dass dieser junge Vater einer entzückenden Tochter ein absolutes Irrenhaus in einen Hort des Friedens verwandelt hat, und ich würde mir wünschen, dass das so bleibt.«

Jetzt dominierte wieder das Rot in ihrem Gesicht. »Herr Doktor, Sie müssen sich entscheiden. Wenn das Schwein bleibt, dann gehe ich.«

Der Arzt schüttelte den Kopf. »Meine liebe Sonja, das Schwein bleibt.«

Wutschnaubend rauschte die Sprechstundenhilfe aus dem Wartezimmer, zog ihren Kittel aus, knallte ihn auf den Empfangstresen und verließ die Praxis.

Dr. Bunyol zuckte mit den Achseln und schaute sich mit einem hilflosen Lächeln im Gesicht um. »Wer war der Nächste?«

***

Carmen und Berger schnappten sich den erstbesten Streifenwagen. Die Gräfin kam angelaufen und konnte gerade noch zu ihnen in den Wagen steigen. »Ramirez hat mich informiert. Er stellt ein SEK-Team zusammen und kommt hinter uns her.«

Mit Blaulicht ging es in Richtung Santanyí. Über Funk forderte Carmen Verstärkung bei der dortigen *Guardia Civil* an. Dann unterrichtete Berger Carmen und die Gräfin über das, was er aus dem Verhör mit dem Hafenmeister wusste.

***

Die Amazone hatte den Weg über die Klippen zum Herrenhaus der Finca schon fast hinter sich. Es fehlten nur noch ein paar Meter, um auf die Terrasse mit dem großen Swimmingpool zu gelangen. Die waren auch bald geschafft. Vorsichtig zog sie sich über den Rand des Geländers, um die Lage zu peilen. Sie sah eine junge, schwarzhaarige Frau, die so sehr mit einer alten Dame in ein Gespräch vertieft war, dass sie ihre Umwelt völlig vergessen zu haben schien. Eine weitere Person war durch die Fenster im Innern des Hauses nur schemenhaft zu sehen. Sie schien in der Küche zu werkeln. Ansonsten war alles ruhig. Viel zu ruhig für so ein großes Haus. Sicherheitshalber wartete sie noch eine Weile, ob sich ein weiterer Bewohner dieser Riesenfinca auf der Terrasse zeigen würde. Sie war sich aber ziemlich sicher, dass alle anderen am Trauergottesdienst für den Polizisten teilnehmen würden. Auch der Tod dieses Mannes war ihr Werk. Das hatte sie eigentlich gar nicht geplant gehabt, nur war der Mann zu seinem Unglück genau in dem Augenblick aufgetaucht, als sie die Leiche des Notars an den Schreibtisch setzen wollte. Sie hatte den toten Körper zu Boden gleiten lassen, als sie die Tür des Vorzimmers klappen hörte, und sich hinter der Tür versteckt. Der Mann war ins Büro gekommen und hatte sich über die Leiche gebeugt, um vielleicht noch Erste Hilfe leisten zu können. In diesem Augenblick hatte sie mit dem Haitöter zugestochen. Er hatte vermutlich nur ein Knirschen gehört. Bevor der Schmerz des Einstichs von ihm überhaupt wahrgenommen werden konnte, war sein verlängertes Rückenmark von diesem ungeheuren Luftdruck schon zerstört gewesen. Er schien gut trainiert gewesen zu sein, denn seine Augen waren noch eine Weile hin und her gewandert, bevor er den typischen Blick eines Toten bekommen hatte.

Sie schaute auf ihre Uhr. Es war an der Zeit, ihr Rachewerk zu vollenden. Sie zog sich erneut über das Steingeländer, um die Lage ein weiteres Mal zu sondieren. Sie sah nichts Neues. Ihr war klar, dass sie zuerst den Mann im Innern des Hauses ausschalten musste, damit sie sich ungestört um die von ihr so verhasste Israelin kümmern konnte. Die alte Dame, die bei ihr saß, stufte sie als gefahrlos ein.

***

Auch Dr. Bunyol war sofort von der kleinen Esmeralda gefangen. Vielleicht lag das an ihren großen, klugen Augen, mit denen sie ihre Umwelt ganz genau und sehr ernst, aber dennoch freundlich zu beobachten pflegte. Selbst während der Untersuchung ließ sie den Doktor nicht aus den Augen.

»Señor«, er lächelte die kleine Dame an, während er mit Tomeu sprach, »Ihre Tochter ist quietschgesund. Nur werde ich sie jetzt leider piksen müssen. Ich hoffe sehr, dass es ihr nicht die Laune verderben wird.« Er zog eine Spritze auf. »Tut mir leid, dass das hier etwas improvisiert ist, aber meinen Vorzimmerdrachen haben wir ja gemeinsam in die Flucht geschlagen.«

»T-t-tut m-m-m-mir l-l-l-eid«, kam es betreten von Tomeu.

»Das muss Ihnen nicht leidtun, es war einfach an der Zeit.« Er desinfizierte Esmeraldas Oberarm. »Das ist eine Mehrfachimpfung, deswegen gibt es nur einen Stich.«

Die Kleine zuckte zwar ein wenig, als die Nadel in ihren Arm einstach, und ihr Gesicht verzog sich etwas, aber sie schien sich selbst Tränen zu verbieten.

»Meine Herren«, kam es anerkennend vom Doktor, »Ihre Kleine ist nicht nur bildschön, sondern auch außergewöhnlich tapfer.« Er klebte ein buntes Pflaster auf die Einstichstelle und überreichte dem Mädchen eine kleine Tüte Gummibärchen. Esmeraldas Gesicht hellte sich merklich auf. »Ich habe jetzt ein personelles Problem, Señor. Könnten Sie mir nicht für ein paar Tage Ihr Schwein und Ihren Hund borgen? Ich weiß nicht, wie ich sonst Ordnung in mein Wartezimmer bekommen kann.«

»T-t-tut m-m-mir l-l-leid.« Tomeu erhob sich und nahm seine kleine Tochter auf den Arm. »Sh-sh-shakesp-p-peare und F-f-filou s-s-sind auf d-d-der F-f-finc-c-ca u-u-unv-v-erzichtb-b-bar.«

***

Dadurch, dass die beiden Haustiere zu jeder Zeit das Haus verlassen und betreten durften, gab es erstens eine Eingangsklappe nur für sie und waren zweitens fast alle Türen, die nach draußen führten, ständig offen. Bei den hohen Temperaturen auf Mallorca und weil der wachsame Shakespeare auf dem Grundstück wachte, dachte niemand darüber nach, ob sich Einbrecher dadurch eingeladen fühlen könnten.

Die vorsichtige Amazone wählte die Schwingtür für die Tiere, die in eine Art Hauswirtschaftsraum führte. Das war durch die vielen, gut sichtbaren Elektrogeräte vom Garten her problemlos auszumachen gewesen. Da es sich bei Shakespeare um einen Irischen Wolfshund handelte, konnte sie zudem fast aufrecht durch den Nebeneingang laufen. Die Tür vom Wirtschaftsraum zur Küche war nur angelehnt, sodass es kein Problem war, die Küche zu sondieren, bevor sie sie lautlos betrat. Anatol, der Butler der Großherzogin, spürte den Genickschlag nicht, der ihn niederstreckte. Nur das Messer, das er in der Hand hatte, fiel scheppernd zu Boden.

Die beiden Damen auf der Terrasse schreckten durch dieses Geräusch hoch.

»Was war das denn?«

Mira erhob sich von ihrem Stuhl, zog ihre Waffe aus dem Hosenbund und ließ ihren Blick prüfend über die Terrasse und den Teil des Gartens schweifen, den sie vom Tisch aus einblicken konnte. »Von hier draußen kam das nicht.«

»Es hörte sich auch mehr nach der Küche an.« Die Großherzogin lachte auf. »Das wäre seit fünfzig Jahren das erste Mal, dass Anatol überhaupt etwas fallen lässt.«

»Ich werde sicherheitshalber einmal nachsehen.« Zögerlich ging Mira ins Innere des Hauses. »Anatol«, rief sie quer durchs Wohnzimmer, das nur durch einen langen Tresen von der Küche getrennt war. »Anatol, ist Ihnen etwas passiert?«

Hinter dem Tresen war ein leises Stöhnen zu hören. Sie steckte ihre Waffe wieder weg und stürmte um die Küchenzeile herum zu dem offensichtlich schwer gestürzten Butler, um ihm aufzuhelfen.

Die flinke Mira ebenfalls mit nur einem Schlag außer Gefecht zu setzen, war für die Amazone nicht so einfach. Sie traf nur ihre Schulter. Mira wirbelte herum und versetzte der Angreiferin mit ihrem Ellenbogen einen Stoß an das Jochbein. Die Amazone taumelte zurück und krachte mit dem Rücken gegen den Kühlschrank. Mira trat ihr wie ein Kickboxer mit dem ausgestreckten Bein gegen das Brustbein. Das hässliche Knirschen der Rippen war durch das ganze Wohnzimmer zu hören. Durch den heftigen Tritt riss auch der Gurt, an dem die Libyerin ihre Maschinenpistole trug, und polterte auf den Boden. Eine kurze Salve löste sich, acht bis zehn Schüsse schlugen in die Geschirrschränke ein. Um Anatol vor den Geschossen zu schützen, warf sich Mira über ihn. Diesen Vorteil nutzte die Amazone zu ihren Gunsten. Blitzschnell zog sie eine Pistole aus dem Holster, das sie am Gürtel trug. Obwohl ihr die Schmerzen in der Brust fast den Atem raubten, brüllte sie Mira auf Arabisch an. Die hob sofort die Arme und ergab sich. Während sich die Amazone aufrappelte, versuchte Anatol, noch halb betäubt, ebenfalls aufzustehen. Ein brutaler Tritt an seinen Kopf ließ ihn schwer getroffen in sich zusammensacken. Mira wollte wieder angreifen, doch ein Schuss, der dicht neben ihr in die Mikrowelle einschlug, hielt sie davon ab. Erneut wurde sie auf Arabisch angebrüllt.

Mit erhobenen Händen verließ sie die Küche, die Amazone mit gezogener Waffe in einem gewissen Sicherheitsabstand immer hinter ihr her. Mira war klar, dass sie es mit einer geschulten Gegnerin zu tun hatte, die sich nicht so leicht überrumpeln lassen würde. Fieberhaft überlegte sie, was sie tun könnte, aber ihr blieb vorerst nichts weiter übrig, als den Anweisungen zu folgen und auf die Terrasse vorzugehen.

Dass eine so alte Frau, wie sie nun einmal war, nicht in irgendwelche Kämpfe, die offensichtlich in der Küche oder im Wohnzimmer stattfanden, eingreifen könnte, war der Großherzogin klar. Sie hoffte, die Situation dadurch etwas entschärfen zu können, dass sie sich komplett dement und somit für jeden Angreifer harmlos stellte. Als sie Mira mit erhobenen Händen und blutender Nase auf die Terrasse kommen sah, bekam sie es doch mit der Angst zu tun. Die bewaffnete Amazone trug nicht unbedingt dazu bei, dass dieses Gefühl nachließ.

»Reiß dich zusammen, altes Mädchen«, murmelte sie vor sich hin. »Du hast den Krieg überstanden, dann wirst du auch diesen Mist hier überstehen.« Sie lächelte so verblödet, wie sie nur konnte. »Miralein, hast du mir Besuch mitgebracht?«

Die Israelin durchschaute ihr Spiel sofort und sprach zu ihr, wie man liebevoll mit einem Hirnamputierten zu sprechen pflegt. »Wir sitzen in der Scheiße, Herzogin, ich hoffe sehr, dass die Dame hinter uns kein Wort von dem versteht, was wir hier sagen.«

Die Amazone brüllte wieder etwas auf Arabisch.

»Sie fragt mich, ob Königliche Hoheit einen an der Klatsche hätten.«

»Sagen Sie Ja«, jauchzte die Großherzogin. Ein Sabberfaden quoll ihr aus dem rechten Mundwinkel, sie klatschte in die Hände und fing an zu singen. »Backe, backe Kuchen, der …«

Die Stimme der Amazone überschlug sich vor Zorn.

Tante Auguste schwieg lieber, konnte es sich aber nicht verkneifen, aus ihrer Spucke vorm Mund noch ein paar kleine Speichelblasen zu machen. Die sowieso schon aufgeregte Libyerin fühlte sich nicht ernst genommen und drehte vor Ärger fast durch.

Mira nahm, wie ihr wohl von der Frau befohlen worden war, die Hände auf den Rücken. Mit einer Hand legte die Amazone

Stahlfesseln um ihre Handgelenke und ließ sie zuschnappen. Nach weiteren Befehlen auf Arabisch musste Mira rücklings vor ihr niederknien. Obwohl die Großherzogin kein Wort verstand, hörte sich das, was die Amazone von sich gab, an, als ob ein Hassprediger beim Freitagsgebet versuchen würde, die Menge der Gläubigen aufzustacheln. Mira schienen diese Tiraden aber eher mit Furcht zu erfüllen. Sie wurde nämlich aufgefordert, noch einmal zu Allah zu sprechen, dem sie gleich gegenüberstehen würde.

Die Libyerin steckte die Pistole weg, nahm eine Art Eispickel von ihrem Gürtel und wollte gerade zustechen, da hörte sie dicht hinter sich einen Schuss.

Mira dachte, dass man auf sie geschossen hätte. Davon irritiert, überhaupt keinen Einschlag zu spüren, drehte sie sich um und sah in die vor Schreck geweiteten Augen der Amazone. Den Eispickel noch hoch in der Hand haltend, drehte sie sich zur Seite, um zu sehen, wer ihr da in den Rücken geschossen hatte. Die Großherzogin hatte eine wie ein Spielzeug anmutende, doppelläufige Kleinkaliberpistole in der Hand und beobachtete gespannt, ob die Araberin nun umfallen würde oder nicht. Um sicherheitshalber erneut schießen zu können, schob sie die Verriegelung der Waffe zur Seite. Die Amazone begriff, dass sie die alte Dame unterschätzt hatte, und machte mit dem Eispickel in der Hand einen Schritt auf sie zu. Tante Auguste drückte ängstlich ein zweites Mal ab. Der Einschuss in der Brust der Frau war deutlich zu stehen. Wieder wankte sie, aber auch dieser Schuss konnte sie nicht fällen.

Schon als Tomeu mit dem Jeep der Gräfin den Weg vom Tor hoch zum Herrenhaus fuhr, waren Shakespeare und Filou außer sich vor Aufregung. Der Wagen kam kaum zum Stehen, da sprangen beide Tiere schon wild kläffend aus dem Auto und stürmten in Richtung Terrasse. Im wilden Galopp rannten sie auf die schwarze Frau zu, Shakespeare mit großen Sätzen links um den Tisch herum, Filou mit Trippelschritten den längeren Weg rechtsherum.

Als die Amazone gerade mit dem Eispickel auf die Großherzogin einstechen wollte, kam Shakespeare im Sprung angeflogen. Er schnappte nach dem erhobenen Arm, riss die Frau zu Boden, und seine kräftigen Kiefer bissen unbarmherzig zu. Das Krachen der Unterarmknochen ging allen Anwesenden durch und durch. Die

Amazone konnte gar nicht begreifen, wie ihr geschah. Plötzlich schoss etwas ohrenbetäubend Quiekendes auf ihr Bein zu und biss sie ebenfalls. Als sie begriff, dass sie von einem Schwein gebissen wurde, bekam ihr Gesichtsausdruck etwas Panisches.

Der riesige Wolfshund ließ den schlaffen Arm der Frau los, stellte sich mit den Vorderbeinen auf ihre Brust und drückte sie so zu Boden. Er fletschte wild knurrend die Zähne und hielt sein fürchterliches Gebiss ganz dicht, jederzeit bereit, zum tödlichen Biss zuzufassen, neben ihre Kehle.

Keinen Augenblick zu spät kam Tomeu auf die Terrasse gestürzt, entwand der Frau den Eispickel, nahm die Pistole aus ihrem Gürtel und durchsuchte, vom bitterbösen Knurren des Hundes begleitet, ihre Taschen nach weiteren Waffen. *»T-t-t-ranqu-qu-quilo, cánido«*, sagte er beruhigend zu Shakespeare. Filou hatte währenddessen mit dem wild zappelnden Unterschenkel der Frau heftig zu kämpfen, doch das kleine Schwein ließ todesmutig, wie es war, die feindliche Wade so lange nicht mehr los, bis die Großherzogin das Schauspiel beendete. »Filou, aus! Komm bei Fuß.«

Zum großen Erstaunen aller Anwesenden gehorchte Tante Augustes »Kampfschwein« ihr aufs Wort.

Vor dem Haus fuhren mehrere schwere Wagen vor. Laute Rufe und schnelle Schritte von vielen Menschen waren zu hören.

»Da kommt die Kavallerie.« Tante Augustes Gesicht entspannte sich sichtlich.

»Die sollen sich aber erst um Herrn Anatol kümmern. Ich fürchte, der hat etwas mehr abbekommen.«

Die Großherzogin sprang auf und eilte in die Küche. Der alte Mann hatte sich zwar etwas aufgerappelt, war aber noch immer völlig benommen. Ein Notarzt, der mit dem SEK-Team eintraf, kümmerte sich um den Butler. Die Großherzogin wich nicht von der Seite ihres Anatol.

Mira wurde von Berger und der Gräfin von den Handfesseln befreit. Noch immer sichtlich geschockt, rieb sie sich die Handgelenke. »Meine Herren, das hätte aber wirklich in die Hose gehen können.«

Drei SEK-Beamte kümmerten sich um die Amazone, die mit wirrem Gesicht ständig etwas vor sich hin brabbelte.

»Was faselt die da?«, wollte Berger wissen.

Mira musste grinsen. »Sie ist noch immer völlig geschockt, dass sie von einem Schwein, einem für eine Muslima unreinen Tier, gebissen wurde.«

»An ihrer Stelle würde ich mir über andere Dinge den Kopf zerbrechen«, bemerkte Rosa trocken.

»Das scheint für sie aber das dringendste Problem zu sein. Sie weiß nicht, wie sie es abwaschen kann, und befürchtet, nie wieder eine Moschee betreten zu dürfen.«

»Ich hoffe doch stark«, ließ Capitán Ramirez verlauten, »dass sie das tatsächlich nie wieder tun kann.«

Carmen ließ sich von Tomeu die kleine Esmeralda in den Arm drücken, die etwas eingeschüchtert auf die vielen Menschen schaute.

»Dieser einzelnen Dame etwas nachzuweisen, wird nicht einfach sein. Die Amazonen werden brav und artig immer die jeweils andere beschuldigen, und da unser Gesetz keine Kollektivstrafen oder Sippenhaft kennt, wird der Richter ein ernsthaftes Problem haben«, sagte sie.

Ramirez schüttelte den Kopf. »Das ist doch immer die gleiche Scheiße. Man reißt sich den Arsch auf, um diese Idioten einzukassieren, und dann so etwas.«

Erst jetzt sah Berger, dass die Amazone einen Einschuss in der Brust hatte. »Kinder, die hat ja etwas abbekommen.«

Mira blieb ungerührt. »Die hat aber auch eine schusssichere Weste an. Machen Sie sich also keinen Kopf.«

»Wer hat denn geschossen?«, fragte die Gräfin erstaunt. »Ihnen waren doch die Hände gebunden.«

»Fragen Sie mich nicht wie, aber die Großherzogin hatte plötzlich so eine Damenpistole in der Hand und gab damit zwei Schüsse ab.«

»Ach, du großer Gott.« Gräfin Rosa stöhnte auf. »Die hat doch wohl nicht etwa ihre Mata-Hari-Knarre bei sich gehabt?«

»Was ist denn das?«, fragte Berger.

»So eine kleine zweiläufige Pistole, wie sie in Western oft von irgendwelchen Berufsspielern benutzt wird.«

»Eine Derringer?«

»Nein, eine tschechische Kleinkaliberpistole aus dem Ersten Weltkrieg. Die hat Tantchen 1945 von ihrem Mann bekommen, damit sie sich vor den Russen schützen konnte.«

»Und, hat sie?«

»Natürlich.« Gräfin Rosa lachte. »Es hat sich sogar herumgesprochen, und die Herrschaften sind vor lauter Angst nur bis zur Elbe vorgerückt.«

»Kinder, wenn die mit einer Knarre herumballert, die Jahrzehnte nicht gewartet wurde, dann kann ihr ihre eigene Hand um die Ohren fliegen.«

»Das müssen Sie nicht mir sagen, sondern ihr.«

Der Notarzt hatte sich inzwischen bis zur Amazone vorgearbeitet. Innerhalb kürzester Zeit war sie versorgt und wurde in einen Krankenwagen verladen.

»Was ist mit Anatol?«, fragte Gräfin Rosa.

»Der ist schon auf dem Weg ins Krankenhaus, um dort mit einem MRT schwerere Verletzungen am Schädel auszuschließen. Wenn er Glück hat, ist es aber mit einer kleinen Gehirnerschütterung abgetan.«

Rosa gab ihrem Residente einen Kuss. »Und was ist mit Ihnen?«

»Ich fühle mich etwas durch den Wolf gedreht. Bitte schmeißen Sie hier alles raus, ich will heute nur noch ganz in Ruhe mit Ihnen in die Bar zu einem Cortado.«

***

Nach und nach wurde die Runde der Freunde in der Bar Sa Plaça immer größer. Bernardo und Lorenzo, sein Schwiegersohn, kamen kaum noch mit den Bestellungen nach. Esmeralda spielte auf der Plaça mit anderen Kindern und wurde dabei von Filou und Shakespeare betreut, sodass selbst Tomeu einmal Zeit hatte, etwas durchzuschnaufen.

In der Kirche hatten mittlerweile auch die letzten drei Mitglieder der Schmugglerbande ihre Stellung aufgegeben und waren festgenommen worden, sodass die Akte »Cabrera« geschlossen werden konnte.

»Mir graut schon jetzt vor den Berichten.« García Vidal ärgerte sich. »Manchmal sehne ich mich geradezu danach, wieder ein kleiner Kriminalkommissar zu sein.« Er grinste dabei frech zu Carmen hinüber.

»Dann müssten Sie aber für ihren Boss die vielen Berichte schreiben, mit denen er sich brüstet«, konterte sie.

»Olle Petze«, kam es postwendend zurück.

»Wo ist Ihr Problem, Herr Kollege?«, fragte Capitán Ramirez. »Sie haben offenbar sogar jemanden, der Ihnen den Schreibkram abnimmt, und dennoch schauen Sie unzufrieden aus der Wäsche.«

»Ich frage mich immer wieder, ob Antonio Nuñez und der Notar heute noch leben würden, wenn ich entschlossener taktiert hätte.«

»Was war denn daran unentschlossen?« Berger rührte in seinem Cortado herum. »Sie haben sich sofort dazu entschlossen, zwischen den beiden Familien deeskalierend tätig zu werden. Aus der damaligen Sicht eine kluge und weise Entscheidung. Es hat ja niemand ahnen können, dass das gar kein Kampf zwischen zwei Schmugglerfamilien war, sondern Krieg zwischen den Generationen herrschte.«

»Hinzu kommt, dass eine davon eine Generation war, für die ungeschriebene Gesetze wie Familienehre oder Standeskodex keinerlei Bedeutung mehr hatten«, fügte Angela Bischoff zu. »Da ging es mit einer kaum vorstellbaren Brutalität nur noch um die Machterhaltung zweier völlig entgleister Twens.«

»Apropos zwei Generationen.« Gräfin Rosa zeigte lächelnd zur Tür.

Bischof Crasaghi führte behutsam die sichtlich geschaffte Großherzogin in die Bar.

»Kinder«, schimpfte sie. »Warum ist denn hier alles abgesperrt? Man kann sich noch nicht einmal mit dem Taxi vorfahren lassen.«

»Es tut mir leid, Duquesa«, entgegnete García Vidal, »aber das hat man alles für die Touristen gemacht.«

»Ja, für die jungen.« Tante Auguste ließ sich erschöpft auf einen Stuhl fallen, den ihr Gräfin Rosa frei gemacht hatte. »Ich bin auch eine Touristin, aber eine alte. Soll man doch gleich ein Schild an die Tür machen, auf dem eine schwarze Puppe mit einem Rollator rot durchkreuzt ist. Kurzer Text darunter: ›Wir müssen leider draußen bleiben.‹« Sie schaute sich schnaufend um. »So, wir kommen gerade aus dem Krankenhaus, Anatol geht es den Umständen entsprechend gut, ich soll alle recht herzlich von ihm grüßen. Er bleibt heute Nacht zur Beobachtung dort, morgen kann er aber wieder entlassen werden.«

»Und ich«, hob Crasaghi etwas beleidigt an, »soll ganz besonders Frau Bischoff und die Gräfin von meinem Kollegen grüßen, den Sie so aufopferungsvoll mit einem Kerzenleuchter bearbeitet haben.«

»Wie«, rief Gräfin Rosa etsetzt, »das war einer Ihrer Leute?«

»*Sí*, Señora.«

»Aber der war bewaffnet.«

»Und zwar mit einer SIG Sauer und nicht mit dem Katechismus«, fügte Angela Bischoff zu.

»Der Mann ist auch Leutnant der Schweizergarde und kein Priester. Er wurde zu meinem Schutz nach Mallorca abgeordnet und hat in der Sakristei auf mich gewartet.«

»Dann hätte er sich beim Warten nicht so dämlich anstellen sollen«, sagte der Residente. »Machen Sie es zukünftig wie unsere Mira, schicken Sie Ihre Armee nach Hause und vertrauen Sie ganz und gar einer tierischen Leibgarde. Ich kenne da eine Libyerin, die von heute an schon Stresspickel bekommen wird, wenn es in der Gefängniskantine Schnitzel gibt.«

»Der soll es übrigens gar nicht so gut gehen«, bemerkte Crasaghi. »Abgesehen von dem schmerzhaften Schweinebiss hat ihr wohl auch noch ein Pferd gegen das Brustbein getreten.«

»Das war ich«, meldete sich Mira schüchtern.

»Am schlimmsten ist aber der Hundebiss mit der offenen Unterarmfraktur. Wenn sich das entzündet, sagen die Ärzte, und das kann bei so einem Tierbiss leicht passieren, werden sie wohl amputieren müssen.« Crasaghi genoss sichtlich seinen ersten Schluck vom Cortado. »Dem Polizisten hingegen, den es in der Kirche erwischt hat, geht es nach der OP wieder blendend.«

»Also mal wieder Ende gut, alles gut«, resümierte die Großherzogin.

»Leider nicht ganz so gut, Duquesa.« García Vidal zuckte bedauernd mit den Schultern. »Leider muss ich gegen Sie ein Verfahren einleiten.«

»Ein Verfahren? Warum das denn?«

»Wegen unerlaubten Waffenbesitzes, Königliche Hoheit.«

Sie war sichtlich betreten. »Aber das war doch nur eine ganz kleine Pistole und dazu noch uralt.«

»Das ist mir durchaus bewusst, deshalb wird es auch nur ein ganz kleines Verfahren, weil auch ähh …«

»… die Schützin uralt ist«, vervollständigte Tante Auguste süffisant lächelnd den Satz.

García Vidal schaute sich hilfesuchend in der Runde um. »Kann mir mal jemand sagen, wie ich aus der Nummer wieder herauskomme?«

Gräfin Rosa tätschelte ihm grinsend die Hand. »Mein lieber Cristóbal, Sie müssen keine Angst haben. Tantchen ist ja nicht mehr bewaffnet.«

16

Während der Comisario mit der schriftlichen Aufarbeitung der vergangenen und vor allem ereignisreichen Tage beschäftigt war, erfüllte Berger seinen Vertrag bei Bischof Crasaghi und tauchte mit ihm in sechs Tagen einmal um die Hauptinsel Cabreras. Nebenher waren sie damit beschäftigt, die inzwischen belüfteten Nebengänge der Schmugglerhöhlen genauestens zu untersuchen. Aus Crasaghis Sicht leider ohne Erfolg. Ein größerer Schatz aus Zeiten König Richards war nicht zu finden. Im Moment war der Bischof mit seinem Assistenten allein unterwegs. Berger hatte ihm am gestrigen Abend, seinem letzten Arbeitstag beim Bischof, noch feierlich eine Art Schatzkarte überreicht, die er zufällig in seinen Unterlagen gefunden hatte.

Der Residente selbst hatte andere Dinge zu tun, sehr viel wichtigere Dinge, als dem Kirchenmann bei der Suche nach dem Schatz behilflich zu sein. Heute, am frühen Morgen, war nämlich sein neues Boot, das der Schiffsbauer gestern weit vor dem vereinbarten Termin in den Jachthafen von Portopedro geliefert hatte, zu Wasser gelassen worden. Cala Figuera verfügte über keinen eigenen »Slipkran«, mit dem man Boote dieser Größe vom Hänger heben konnte.

Jetzt, am Nachmittag, lagen die funkelnagelneue Llaut 38 und die königliche Motorjacht vor der Südküste Cabreras auf spiegelglatter See miteinander vertäut. Auf dem hinteren Deck der Jacht gab es eine große Kaffeetafel, an der die meisten schon saßen.

»Na, mein Sohn?« Die Großherzogin lächelte Berger freundlich an. »Wie fühlt man sich so als Kapitän einer Luxus-Llaut?«

»Einfach wunderbar, ich danke Ihnen für Ihre tatkräftige Unterstützung.«

»Papperlapapp.« Die Großherzogin winkte ab. »Was meine Kleine kaputt gemacht hat, das muss wieder gerichtet werden, und wenn ihr die Familie dabei auch etwas unter die Arme greift. Wissen Sie schon, wie Sie es taufen werden?«

»*Sí*, Tantchen. Wenn Sie nichts dagegen haben, würde ich es gern ›Auguste‹ nennen.«

Sie ergriff sichtlich gerührt seine Hand. »Aber nur unter einer

Bedingung, mein Sohn. Es soll nur dann so heißen, wenn ihr beide euch darauf genauso liebt wie auf dem alten Boot.«

Berger war irritiert. »Hat Rosa Ihnen davon erzählt?«

»Kein Wort, Señor, aber ihre Augen haben Bände gesprochen.«

Gräfin Rosa erhob sich leicht errötend und flüsterte ihrer Tante etwas ins Ohr.

»Na wunderbar.« Die Großherzogin grinste zufrieden. »Dann sei es endgültig sein Boot.«

Berger wunderte sich. »Kann ich vielleicht den Inhalt dieser wohl entscheidenden Information erfahren?«

Rosa erhob sich von ihrem Stuhl, stellte sich neben Berger, küsste ihn auf die Wange und flüsterte: »Gern, Residente. Ich habe nur Vollzug auf der Herfahrt gemeldet und dass wir so bald wie möglich wieder ablegen wollen.«

»Königliche Hoheit«, hob der Comisario feierlich an, »Ich darf Ihnen übrigens mitteilen, dass das Verfahren gegen Sie eingstellt wurde.«

»Wegen Notwehr?«

»Nein, Duquesa, mit einer nicht registrierten Waffe hätten Sie sich noch nicht einmal zur Not wehren dürfen.«

Bergers Neugier war geweckt. »Und wie haben Sie den königlichen Hals unseres Tantchens retten können?«

»Die unsachgemäße Handhabung einer Antiquität ist auch mit unzulässig hoher Geräuschentwicklung nicht zu verfolgen, wenn sie zur Abwehr einer allgemeinen Notlage eingesetzt wird.«

Berger lachte laut auf. »Da haben Sie sich aber einen abgebrochen. An Ihnen ist ein deutscher Vorzeigebeamter verloren gegangen, mein lieber Cristóbal.«

»Die zweite gute Nachricht ist die, dass Sie nun auch offiziell die Genehmigung haben, das Lötzinn von der Insel nach Deutschland zu verschiffen.«

»Du kannst es ja bei uns zwischenlagern, bis wir einen Container organisiert haben«, schlug die Gräfin vor.

Bischof Crasaghi und sein Schweizergardist legten längsseits mit einem Schlauchboot an.

»Na«, begrüßte Berger ihn grinsend, »haben Sie ihn gefunden?«

»Was hat er denn gesucht?«, erkundigte sich García Vidal neugierig.

»Jetzt kann ich es ja sagen.« Crasaghi schien wirklich etwas beleidigt. »Ich habe im Auftrag der Kirche nach dem Heiligen Gral gesucht, den König Richard nach seiner Abreise von Akkon hier auf Cabrera vor den Häschern des österreichischen Königs versteckt haben soll. Señor Berger hat mir freundlicherweise eine diesbezügliche Schatzkarte überlassen.«

García Vidal nickte anerkennend in Bergers Richtung. »Ich wusste gar nicht, dass er so etwas Wertvolles besitzt. Sind Exzellenz denn fündig geworden?«

»Oh ja«, sagte Crasaghi ironisch und knallte einen blauen Putzeimer auf die Kaffeetafel. Daran war ein Streifen gelbes Klebeband befestigt, auf dem mit schwarzem Edding »Heiliger Gral« geschrieben stand. Sein Assistent legte mindestens genauso beleidigt eine Packung überlanger Trinkhalme daneben.

»Sie sind sich also sicher, Residente, dass einem, wenn man daraus trinkt, die ewige Jugend geschenkt wird?«

Berger sah ihn so unschuldig an, wie er nur konnte. »Mehr noch, Exzellenz, wenn die Touristen daraus trinken, dann werden sie sogar wieder zu Kindern.«

ENDE

Danksagung

Ich möchte Birgit, Max und Gaby sehr herzlich dafür danken, dass sie als meine »Testleser« nie die Geduld mit mir verloren haben.

Andreas Schnabel
TOD AUF DER INSEL
Mallorca Krimi
Broschur, 208 Seiten
ISBN 978-3-89705-811-8

»Ein spannender Thriller, der vom Autor mit viel Humor und Ortskenntnis gewürzt wird – eine unterhaltsame Lektüre nicht nur für Urlauber.« Westdeutsche Zeitung

»Mit viel Lokalkolorit, eine Reverenz an alle Mallorca-Fans, hat der Autor wieder einen Plot konstruiert, der den Leser kreuz und quer über die Insel führt. Dankenswerterweise ist dem Buch erneut eine Karte der Insel beigefügt, auf der sämtliche Schauplätze der Handlung durchnummeriert sind. Also nicht nur Spannung, sondern auch Service.«
Rhein-Erft-Rundschau